크리스마스 캐럴 / 가면고

최인훈 전집 6
크리스마스 캐럴/가면고

초판 1쇄 발행 1976년 12월 15일
초판 7쇄 발행 1988년 11월 10일
재판 1쇄 발행 1993년 11월 21일
재판 4쇄 발행 2005년 6월 8일
3판 1쇄 발행 2009년 10월 28일
3판 5쇄 발행 2025년 9월 26일

지은이 최인훈
펴낸이 이광호
펴낸곳 ㈜문학과지성사
등록번호 제1993-000098호
주소 04034 서울 마포구 잔다리로7길 18(서교동 377-20)
전화 02) 338-7224
팩스 02) 323-4180(편집) / 02) 338-7221(영업)
전자우편 moonji@moonji.com
홈페이지 www.moonji.com

ⓒ 최인훈, 2009, Printed in Seoul, Korea

ISBN 978-89-320-1920-8 04810
ISBN 978-89-320-1914-7(세트)

이 책의 판권은 지은이와 ㈜문학과지성사에 있습니다.
양측의 서면 동의 없는 무단 전재 및 복제를 금합니다.

최인훈 전집 6

크리스마스 캐럴/가면고

문학과지성사
2009

일러두기

1. 『최인훈 전집』의 권수 차례는 초판 발행 연도를 기준으로 했다.
2. 이 책의 맞춤법 및 외래어 표기는 국립국어연구원의 『표준국어대사전』을 따랐다. 다만, 일부 인명(러시아말)과 지명, 개념어, 단체명 등의 표기와 맞춤법, 띄어쓰기는 작가와 협의하에 조정하였다.
3. 인용문은 원본 그대로 표기하는 것을 원칙으로 하였으나, 경우에 따라 현행 맞춤법에 맞게 옮겼다.
4. 속어, 방언, 구어체, 북한어 표기 등은 작가가 의도한 바를 그대로 따랐다.
   예) 낮아분해 보이다/더치다/좀체로/어느 만한/클싸하다 등.
5. 단편과 작품명, 논문명, 예술작품명 등은 「 」, 장편과 출간된 단행본 및 잡지명, 외국 신문명 등은 『 』 부호 안에 표기했다. 국내 신문은 부호 표기를 생략했다.
6. 말줄임표는 ……로 통일하였고, 대화문이나 직접 인용은 " "로, 강조나 간접(발췌) 인용은 ' '로 표기하였다.

차례

크리스마스 캐럴 1 • 9
크리스마스 캐럴 2 • 31
크리스마스 캐럴 3 • 62
크리스마스 캐럴 4 • 100
크리스마스 캐럴 5 • 122
가면고 • 185

해설 사랑, 혹은 현대의 구원/김병익 • 315
해설 소통의 방법론/강헌국 • 324

크리스마스 캐럴

크리스마스 캐럴 1

아버님이 부르신다기에, 나는 읽던 책을 덮고 사랑방으로 건너갔다. 내 방은 뜰아랫방이다.

아버님은, 그의 맏딸이자 내 누이동생인 옥이와 마주 앉아 있었다.

"아버님, 부르셨어요?"

아버님은 한참 말없이 나를 쳐다보더니 옥이더러

"얘, 내가 너희 오래비를 불렀던가?"

하고 물으셨다.

"글쎄요. 저도 그걸 생각하던 참인데. 아빠는 어떻게 생각하세요?"

"네 말마따나 글쎄다."

"아무튼 저렇게 오셨으니깐, 부르신 걸로 하시는 게 어떨까요?"

"그도 그렇군. 얘 그럼 내가 불렀다. 게 앉아라."

아버님은 빈 방석을 가리켰다.

나는 자리에 앉으면서 불가불 한마디 해야겠다고 생각했다.

"아버님, 저를 부르셨든 않았든, 저는 조금도 상관 않습니다. 저는 여기 이렇게(나는 손바닥으로 내 무릎을 가볍게 두들겼다) 존재하니깐요. 즉 존재는 본질에……"

철썩하는 소리에 나는 놀라서 말을 그쳤다. 아버님이 손바닥으로 방바닥을 두드리신 것이다.

"얘야 너무하는구나. 어쩌면 그러니?"

"어쩜 그래요? 아이 참."

목에 건 진주 목걸이가 좌르르 소리를 내게 머리를 저으면서, 옥이도 말하는 것이었다.

"아버님, 그리구 옥아. 내가 잘못했는가 봅니다. 저는 이런 일로 해설라무내……"

나는 당황해서 말을 끊었다. 이북 출신인 어떤 친구놈의 사투리가 불쑥 튀어나왔기 때문이다.

아버님과 옥이는 약 1분간 손뼉을 치면서 웃었다. 그것은 쓰인바 박장대소拍掌大笑란 말을 이루기 위함이었다.

나는 그들에게 박수 소리가 너무 크다는 뜻의 주의를 주었다. 그들은 곧 충고를 받아들여, 웃음과 손뼉 치기를 멈추었다.

나는 아버님에게 물어봤다.

"그런데 용건은 무엇이오니까?"

아버님은 의아스런 얼굴로

"얘 너 이상스런 말을 쓰는구나?"

"죄송합니다. 다 제가 이르지 못한 탓입니다. 아버님, 마음 상하셨지요?"

나는, 방바닥에 이마를 대고 어깨를 떨면서 흐느껴 울 자세를 잡기 위해서, 우선 오른팔을 눈으로 가져가려고 했다. 나의 속셈을 재빨리 알아챈 옥이는

"오빠, 그만하세요"

하고 날카롭게 쏘아붙였다. 지금은 그만두었지만, 한때 성악가가 되겠다던 그녀의 목청은 훌륭한 것이었다. 나는 그런 감동을 감출 필요는 없는 것이었다.

"애 넌 목청이 좋아. 나의 심심한 존경을 받아주련?"

그러자 아버님이 사정없이 나를 공격하였다.

"애 철아. 넌 언제나 그 철이 들겠니, 원 실없는 애두……"

나는 아버님을 지켜보았다. 이마에 잡힌 주름이 유난히 깊어 보였다. 노인을 괴롭혀드려서는 안 된다는 생각이 불현듯 떠올랐다. 나는 별수 없이 양반의 씨라는 증거에 다름 아니었다.

"아버님 잘 알았어요. 그건 그만하시구 절 부르신 용건을 말씀해주세요."

옥이는 정이 담뿍 어린 눈매로 나를 건너다보았다.

"음 그 얘길 해야겠구나. 그런데 너 오늘 무슨 날인지 아니?"

나는 조금 어리둥절했다.

"아버님 그런 모양으로 말씀하시면 유감스럽습니다. 아닌 밤중에 홍두깨로 대체 무슨 말씀을 하시려는 겁니까?"

"글쎄 대답이나 해라. 오늘이 무슨 날인지 아니?"

그러자 나는 문득 짚이는 점이 있어서

"저어, 혹시 할아버지 제삿날이 아니었던가요?"
하고 이판사판으로 넘겨짚었다.

아버님의 낯빛은 대뜸 어두워졌다. 그리고 한숨을 쉬셨다. 그리고 재떨이를 끌어당기시더니 절반 남은 꽁초를 집어 들어 피워 무셨다. 그리고 말씀하시는 것이었다.

"참 너두 너구나. 나도 모르는 할아버지가 또 계시는 모양이구나, 네 말대로라면. 철이는 과거를 창조하는 모양이구나?"

나는 낯이 뜨거워졌다. 그렇기로서니.

"설령 제가 실수했기로서니 그렇게 놀리시는 건 어른답지 않으십니다."

"싸우지는 말자. 여태껏 우리들의 우정으로 봐서라두 요만 일로 서로 언짢아져서야 되겠니. 그건 그렇구 오늘은 크리스마스이브란 말이다."

"그걸 물으신 것인가요?"

"그렇다."

딴은 오늘이 양력으로 섣달 스무나흗날이니까 크리스마스이브임에 틀림은 없다.

"저도 그쯤은 알고 있어요."

"그래서 옥이가 오늘 밤, 밖에서 자고 오겠다는구나."

"이 추운 날씨에요?"

"응?"

"감기가 들 겁니다."

"너는 대체 무슨 말을 하고 있니?"

"오늘 밤은 영하로 내려간다고 아까 라디오로 말하던데요?"

이때 옥이가 상냥스럽게 풀이해주었다. 밖에서 잔다는 말은, 한데서 잔다는 말이 아니라, 외박한다는 뜻이니까 그렇게 알아달라고 했다.

"그래? 아버님 제가 그만 실수했습니다. 그러니까 오늘 밤이 크리스마스이브니간드루 옥이가 외박 허가를 해주십사 한다 이런 말씀이지요?"

아버님은 바로 그렇다는 고갯짓을 하셨다.

"그런데 저는 왜 부르셨어요?"

"넌 그렇게밖에 말 못 하겠니?"

"아버님 왜 자꾸 그렇게 말씀하셔요? 꼬지 마시고 순하게 해주세요."

"오빠 말이 맞아요. 저두 아까부터 그렇게 여쭙고 있는 중이었어요."

"아무튼 내 생각은 외박은 안 된다는 거야. 이 점이 가장 중요해."

"글쎄 아빠는 그저 안 된다니 왜 안 돼요?"

"그럼 내가 묻겠다. 옥아 넌 교인이던가?"

"아이 참 누가 교인이래요?"

"그럼 크리스마스가 어쨌다는 거니?"

"크리스마스니깐 그렇죠."

"뭐가?"

"크리스마스지 뭐긴 뭐야요?"

"철아 네 생각은 어떻니?"
"글쎄요."
"너는 무엇이든 글쎄요구나. 좀 이건 이렇구 저건 저렇다는 식으루 시원시원해질 수 없겠니?"
"아버님 불초의 이 자식을 꾸짖어주세요."
"넌 날 상대로 신파를 할 셈이냐?"
"아빠, 너무 오빠를 나무라지 마세요. 오빠는 좋은 인간이에요. 그리구 그 사람은 고독한 사람예요."
"그래? 철아, 넌 고독하냐?"
"글쎄요."
"또 글쎄요구나."
"아직 생각해본 적이 없어서……"
"네 일이니깐 잘 생각해보아라."
"아빠 그럼 전 가요."
옥이는 일어설 기세를 보였다.
"안 된다!"
아버님이 얼마나 꽥 소리를 지르셨던지 옥이는 새파래지면서 주저앉았다. 나는 좀 심하시지 않은가 생각했다.
"글쎄 왜 그러세요?"
"몇 번 말해야 알겠니?"
"다들 오늘 저녁은 밤샘을 하는걸요."
"왜 그런다더냐?"
"아이 속상해, 왜는 왜야? 크리스마스니깐 그런대두요."

"계집애들한테는 얘기했자 끝장이 없구나. 철아, 우리 남자들끼리 얘기해보자. 글쎄 크리스마스에 온통 이렇게 난리를 하니 어떻게 된 일이냐?"

"글쎄요."

"크리스마스면 예수가 난 날이라지. 예수교인이면 밤새 기도두드리고 좀 즐겁게 오락도 섞어서 이 밤을 보내도 되련만 온 장안이 아니, 온 나라가 큰일이나 난 것처럼 야단이니 도대체 이게 어떻게 된 거니?"

"아버님 손 데시겠어요."

아버님은 황급히 담배를 비벼 끄면서 나한테 고맙다는 치사를 하였다. 나는 아버님이 군자라는 생각을 새삼스럽게 했다.

"창피한 일이 아니냐?"

"글쎄요."

"창피한 일이다. 정신이 성한 사람이 보면 얼마나 우스꽝스럽겠느냐. 넌 남의 제사에 가서 곡을 해본 적이 있느냐?"

"뭐, 없어요."

"그것 봐라. 원래 옛날에는 종족마다 수호신이 있지 않았니? 그래서 한 해에 한두 번씩 제사를 크게 차려서 신을 위로했지. 옛날에 한 종족이 다른 종족에 굴복했다는 증거는 정복자의 신을 섬기는 것이었지."

나는 아버님의 말씀을 잠깐 중단시키고 말했다.

"아버님, 말씀이 좀 불온해지십니다."

"불온하다니? 애가 너는 나를 사상적으로 몰 생각이냐?"

"사상적으로라뇨?"

"그럼 불온하단 건 무슨 소리야!"

아버님은 와들와들 떨었다.

"진정하세요. 너무 흥분하셨어요."

"오냐 내가 좀 지나쳤다."

우리는 말없이 한참을 앉아 있었다. 창문 밖에 선 오동나무가 몸을 흔드는 기척이 알릴 만큼 조용했다.

"아무튼 나는 창피해서 못 살겠다."

"아빠, 그럼 아빠는 자기가 창피하지 않으려구 절 내보내지 않는 거군요?"

아버님은 이 소리에 깜짝 놀라신 모양이었다. 마치 얼빠진 사람처럼 옥이를 빤히 쳐다볼 뿐 말을 못 하신다. 나는 노인의 건강을 몹시 염려했다. 나는 옥이에게 눈을 깜박거려 보였다. 그래도 그녀는 그 표독스런 눈길을 아버님에게서 떼지 않았다. 이윽고 아버님은 훨씬 부드러운 목소리로 달래듯 말했다.

"옥아, 너는 몇 살이지?"

"아빠는 그것도 모르세요?"

"옥아 너 무슨 말버릇이냐? 아버님 물으시는데?"

그녀는 잔뜩 부은 채 볼멘소리로 그래도 대답은 하는 것이었다.

"열아홉 살이지 뭐."

"그래 열아홉 살이지. 나는 쉰다섯이다. 나는 너보다 더 인생을 살았다. 그러니까 내 말이 옳다. 응 알았지? 내 옥이 사달라던 인형을 사주지. 알았지? 인젠 네 방으로 가거라."

"싫어요."

"허 이러지 말래두. 내일 우리 같이 가서 인형 사자."

"인형은 또 뭐예요?"

"허 이런 놈 봤나? 언제는 울면서 보채구선."

"아이 어쩜. 고등학교 졸업식 때 집으로 오면서 거리에서 본 그거?"

"그럼."

"아빤 꼭 바보 같애. 누가 그런 것 갖구 싶대요?"

나는 그녀에게 말씨가 어째 수상해지는 데 조심하라고 일렀으나 들은 체도 않았다.

"년두 변덕은……"

"그런 건 인제 일없어요."

"그럼 무얼 사줄까?"

"정말 사주시겠어요?"

"가만있어. 인공위성을 하나 사달라느니 이런 건 안 돼."

"누가. 그런 것 아녀요."

"어디 말해봐."

"쨔닐 사주세요."

"쨔니?"

아버님은 의아스런 낯빛을 지으시며 나를 보았다. 낸들 알 턱이 없다.

"애야 그게 뭐냐?"

"맞혀보세요."

"그러지 말구."
"말할까요?"
"오냐."
"제 보이 프렌드."
아버님과 나는 서로 쳐다보았다.
"무얼 하는 사람이니?"
아버님의 목소리는 조금 어색했다.
"학생이죠 뭐."
"어느 학교냐?"
"시시한 대학이에요."
"시시한?"
"자기 말로는 N대학이라 하지만 제가 알아봤더니 가짜야요."
"뭐?"
"그래두 사람은 시시하지 않아요."
우리들이 이런 말을 하고 있는데 라디오에서 크리스마스 캐럴이 울려나왔다. 라디오는 옥이 방에 있다. 옥이는 울상이 되었다. 나는, 옥이는 오늘 밤 나가야 한다고 생각했다. 연이어 들려오는 성탄절 노래가 나의 그런 느낌을 점점 부풀게 하였다.
"아버님 옥일 보냅시다."
아버님은 나를 쳐다보았다.
"보내는 것이 좋겠어요."
"그럴까?"
"그럼요. 연말이니깐요."

"연말이라……"

"옥이의 기쁨을 아버님은 빼앗을 작정이세요?"

"얘 그건 무슨 말이냐?"

"글쎄요."

"네가 금방 말해놓고 글쎄라니?"

"제가 그런 말을 했던가요?"

우리는 또 깊은 침묵에 잠겼다. 가만히 앉아 있던 옥이가 부서지는 소리를 냈다.

"어머나 벌써 7시야."

그 소리를 들으시고 아버님은 책상 위에 얹어두었던 회중시계를 집어 들고 시간을 알아보셨다.

"철아 7시가 틀림없구나. 네 생각은 어떻니?"

"아버님 그건 할 수 없어요. 지금이 7시면 7시가 틀림없겠죠. 저한테 물으시나 마나예요. 물론 아버님이 제 재능을 믿고 계신 줄은 압니다만 그렇다고 시간을 만들어내고 시각을 바꿀 수야 없잖아요."

"그래 네 말이 옳다. 난 뭐 너더러 시간을 만들어내라는 말은 아니다."

"그럼 무슨 말씀이신가요?"

"이 시계를 좀 봐다오."

아버님은 시계를 내 손바닥에 놓으시고 내 곁으로 다가앉으셨다. 시계는 낡아빠진 일본제 금시계였다. 물론 금박은 다 벗겨지고 강철의 밑바탕이 둔하게 빛나는 물건이었다.

"아버님 전 시계에 대해서 잘 몰라요. 내일 시계포에 갖다 보이지요."

"시계포에서는 알까?"

"어디가 고장입니까?"

"음. 내 생각은 이렇다. 가령 오늘이 크리스마스면 이 시계 속에 무슨 변화가 일어나도록 할 순 없을까? 이를테면 시계가 갑자기 노래를 부르기 시작한다든지 혹은 1초가 1분만큼 느리게 간다든지."

"그러니까 이 기계에 기적이 일어나게 된다는 말씀이죠?"

"기적? 그렇지. 여하튼 오늘이 특별한 날이라는 것을 말이지."

"그건 안 될 거야요."

"왜?"

"그리스도가 그런 일은 싫어한대요. 악마가 예수더러 높은 데서 뛰어내려보라구 했을 때 그리스도는 거절했어요."

"흠 그 얘긴 나도 들었다."

이때 옥이가 불쑥 참견을 했다.

"그런 게 왜 없어요? 있어요."

아버님과 나는 의심쩍게 그녀를 바라보았다. 그녀는 체크무늬가 있는 트위드 천으로 지은 스커트에 분홍색 스웨터를 입고 있었다. 그리고 나의 누이동생임에도 불구하고 몹시 아름다웠다. 나는 그녀에게 물었다.

"어디 그런 표적이 있니?"

"저기."

그녀는 벽을 가리켰다. 나는 그녀의 손끝이 가리키는 곳을 보았다. 거기에는 간장 회사에서 찍어낸 달력이 붙어 있었다. 아버님은 안심하신 듯한 투로

"달력 말이냐?"

하고 물으셨다. 그녀는 끄덕였다.

"달력이 어쨌다는 거냐?"

"달력에 있잖아요? 25일이 빨간 글씨로 써 있지 않아요?"

그녀는 짜증 난 듯이 말했다. 아버님은 나에게 눈짓을 주었다. 우리 두 사람은 옥이를 방에 남겨두고 밖으로 나왔다.

아버님은 말씀하셨다.

"얘 여자들의 직관이라는 데 대해서 넌 어떻게 생각하느냐?"

"글쎄요. 그 문제에 대해선 별로 생각해보지 않았습니다만 뭐 대단한 건 아니라구 보는데요."

"그래도 지금 그 소릴 안 들었느냐?"

"무슨 소릴요?"

"무슨 소리는 무슨 소리야? 달력 말이다."

"글쎄요. 저두 그걸 생각하고 있었는데 이렇게 하면 어떨까요?"

"어떻게?"

"지금 그 달력은 간장 회사에서 낸 거 아냐요?"

"그렇딘가?"

"그렇습니다. 간장 회사에서 어떻게 종교적인 문제에 대해서 유권적인 해석을 내릴 수 있겠느냐 이렇게 들이댄단 말씀입니다."

"신기한 생각이구나."

"꼼짝 못할 겁니다."

아버님은 한참 말이 없으시다가

"나는 반대다"

하셨다.

"아니 왜 그러십니까?"

"아무리 그렇기로서니 어린아이한테 그렇게 막 나갈 수야 있니? 어른들이 달려들어서……"

적당치 않은 장소에서 어버이의 자애를 베풀려는 것이라고 나는 생각했다.

"아버님 그렇지 않아요."

"뭐가 안 그러냐?"

"귀수불심鬼手佛心이란 말 있지 않습니까?"

"귀수가 되란 말이지?"

"안 그럴까요?"

"그러나 목적이 수단을 정당화하지 못한다 하는 말도 있다."

"결국 선택하는 것이죠. 한꺼번에 앉고 설 수는 없지 않습니까?"

"어려운 얘길 하려는 게 아니다. 문제는 구체적이야."

"구체적입니다."

"그러니까 하는 말이다. 그런 수단을 쓰면 혹 그 애가 울음을 터뜨릴지 누가 아니?"

나는 옥이가 그렇게 약한 아이는 아니라고 항변하였다. 설사 누구한테 밟히더라도 대뜸 뛰어 일어나서 상대방의 정강이를 걷어찰 수 있는 강한 성격이라는 점을 누누이 설명했다.

"아니야. 그 앤 아직 어린애야."

"아버님. 나이 열아홉인데 왜 어린앱니까?"

"나이는 아무튼 어린애는 어린애지 그래 어른이란 말이냐?"

"자녀들을 그렇게만 보시는 건 결국 본인들을 위해서 좋지 않아요."

"지켜줘야지."

"반드시 그러는 편이 좋을는지는 모를 일입니다. 결국 사랑이죠."

"사랑. 맞았다."

우리는 서로가 뜻이 맞은 이 결론에 대단히 목이 메었다. 아버님은 내 손을 지그시 잡으시며, 어쩐지 뒷일이 마음 놓인다는 뜻의 말씀을 하셨다. 유언 비슷한 말을 하시는 것은 기력이 쇠한 징조라고 나는 생각했다. 그러므로 오늘 저녁에 옥이한테 양보해서 아버님이 풀이 꺾이시는 것은 차마 자식으로서 볼 수 없을 것이었다. 우리들이 이처럼 여러모로 사건의 핵심에 다가서려고 애쓰고 있는데 방문이 방긋이 열리더니

"뭣들 하고 계세요?"

옥이가 우리를 부르는 것이었다. 우리는 당황해서 얼른 방으로 들어갔다.

옥이는 밝은 낯빛으로

"무슨 얘길 하셨어요?"

하고 물었다. 아버님은 몇 번 기침을 하시더니 곧이곧대로 말씀하

셨다.

"우리는 사랑에 대해서 얘기했단다."

"어머. 사랑."

그녀는 두 손바닥을 마주 붙여 볼에 갖다 대고 꿈꾸는 듯한 눈이 되었다.

"저한테도 들려주세요. 네 아빠."

그녀는 아버님에게 무얼 조를 때처럼 몸을 꼬면서 콧소리를 냈다.

"철아 우리 오늘 저녁, 사랑에 대해서 얘기하기로 할까?"

"네 참 좋으신 생각이에요 아버님."

"그럼 먼저 내가 젊었을 때 연애하던 얘길 할까?"

우리는 찬성했다.

아버님 얘기는 꼭 두 시간이 걸렸다. 그는 한 말을 또 하고 더구나 그 여자의 용모를 자꾸만 되풀이해서 설명하는 따위로 생략의 솜씨를 아직 익히지 못하고 계신 것이 분명했다. 나는 그 점에 대해서 일깨워드렸다.

"아버님 요새는 주인공의 용모 같은 건 그리 꼬치꼬치 그려 보이는 게 아닙니다. 그건 빼세요."

그러자 아버님은 시무룩해지셨다.

"그러냐. 나한테는 무엇보다 귀한 인상이지만 너희들이 그렇다면 별수 없는 일이구나. 그래서 나의 결론은 이렇다. 사랑이란 물건은 아껴야 된다는 거야. 말하자면 귀금속을 가진 사람들이 진짜는 은행에 맡기고 가짜를 지니고 다니는 것이나 마찬가지란 말이지. 사랑을 남용하면 망가지기 쉬워. 샘솟듯 하는 사랑이란 말이 있지만 다 하는 소리구 사실은 그렇지 못해. 사랑은 거미줄 다루듯 해야 돼. 아이들이 이걸 가지면 곧 망가뜨리구 인색한 사람이 가지면 썩히는 거야. 망가뜨리지두 말구 썩히지두 말아야 해. 늘 햇빛에 쬐고 깨끗하게 지니구 있어야 해. 요새 사람들은 너무 남용하는 것 같애. 게다가 어떤 사람은 자기 사랑을 곗돈으로 붓기두 하구 또 투전판에 대기두 한다는군."

아버님은 여기서 뜻깊게 옥이를 쳐다보았으나 그녀는 눈치를 알아챈 것 같지는 않았다.

그녀는 곗돈이니 투전이니 하는 낱말을 곧이곧대로 받아들인 것임에 틀림없었다. 왜냐하면 그녀는 계를 한 적도 없었고 물론 투전 같은 것은 모르기 때문이었다.

"그 다음엔 무얼 할까?"

아버님은 부드럽게 웃으시면서 나한테 물어보셨다. 나는 그제사 아버님의 음모를 알아차렸다. 그는 시간을 벌고 있는 것이었다. 이 음모에 끼는 것이 옳은 일인지 아닌지, 나는 아직도 망설이지 않을 수 없었다. 두 사람의 어른이 한 아이를 속이고 있다는 것만을 따진다면, 이것은 무서운 도덕적 부패임을 의심할 나위가 없었으나, 그렇게 겉만 보고 일을 가름하는 것은 또 의심할 수 없이 얄팍한 일이었다.

"얘들아 우리 화투 내기를 할까? 참 너희 어머니도 부르자."

아버님은 끝내 화투 내기를 내놓으시는 것이었다. 아버님은 평소에 화투 같은 것을 잡는 분이 아니다. 그런 분이 이런 제안을 하게 된 마음을 헤아리면서 나는 울적한 느낌을 어쩔 수 없었다.

옥이는 아까부터 아무 소리도 않고 앉아 있었다. 나는 그녀의 다소곳한 것이 어쩐지 불안스러웠다. 꼭 무슨 일이 일어나고야 말 것만 같았다. 만일 그렇게 되는 경우에 나는 책임을 벗을 수 있을까? 나는 깨끗하다고 손을 씻을 수 있을 것인가? 아무래도 불안이 떠나지 않았다. 그리고 아버님이 어머니를 이 자리에 부르자는 데 대해서도 그것이 꼭 옳은 노릇이라고만 볼 수는 없는 일이었다. 왜냐하면 사람이 하나 더 는 만큼 뜻을 모으기가 어려울 것이 아닌가.

"아버님 어머니를 꼭 불러야 할까요?"
하고 나는 넌지시 여쭈어봤더니 아버님은 펄쩍 뛰시는 것이었다.

"필요라는 건 필요하면 필요한 것이야. 꼭이란 말은 삼가는 게 좋지 않을까?"

"물론 기분이 나쁘시다면 취소해도 좋습니다."

"그렇게 하는 게 몸에 이로울 거야. 그럼 취소한 걸로 하겠어. 좋겠지?"

"좋습니다."

"다시 말하면 어머니를 부르기로 하겠는데 그래도 좋겠니?"
하고 끈질기게 거푸 다짐을 하시는 것이다.

"좋다구 하지 않았습니까?"

"그렇다구 애야, 짜증을 낼 것까지는 없지 않으냐?"

"제가 언제 짜증을 냈습니까? 짜증을 낸 증거를 대주십시오."

"애비가 자식들한테 일일이 증거를 대야만 하겠니?"
보다 못했던지 옥이가 끼어드는 것이었다.

"아빠 그만하세요. 오빠가 뭐 별 뜻이 있어서 그랬겠어요?"

아버님은 옥이의 면목을 세워주는 체하시면서 슬며시 나에 대한 공격을 거두었다. 나는 아버님도 여간 교활하신 게 아니구나 하고 생각했다.

어머니까지 오셔서 넷이 둘러앉아 화투판이 끝내 벌어지고야 말았다.

쟁반같이 둥근 달이 비치는 들판을 살찐 사슴이 뿔을 흔들면서 달려갔다. 우거진 관목 사이로, 흰 이빨을 드러낸 성난 멧돼지가 쏜살같이 달린다. 우리는 그때마다, 야 공산명월이다, 홍살이다, 칠월이다, 팔월이다, 광만 긁어대는구나 하면서 감격하는 것이었다. 또는 암향이 피어오르는 매화나무 등걸에 올라앉은 꾀꼬리가, 아슬아슬한 대목에서 승패를 가름하는 수도 없을 수는 없었다. 그러면 우리는 야 매조 열 끗이 사람 잡누나 하고 지극히 과장된 언어를 남발하는 것이다. 오월 난초가 싱싱한 강가에서 우리는 별수 없이 단오절에 대해서 생각하였다. 사꾸라 스무 끗 광짜리가 한번은 논쟁을 일으키고야 말았다. 물론 그것은 나의 실수였다. 사꾸라 광짜리에 둘러친 휘장이 일본 전국 시대의 야전용 장구라는 것을 내가 지적한 것이다. 아버님은 물론 화투는 일본에서 건너온 것이지만 그렇다고 해서 이런 데까지 감정을 갖는 것은 큰 국민답지 못하다고 타일러주셨다. 다만 술어를 한국말로 고쳐 써서 문화는 문화대로 어디까지나 흡수해야 한다고 주장하셨다. 나는 더 항변을 하려다가 아버님의 얼굴을 보고는 움찔 놀라며 입을 다물었다. 그는 연방 눈짓을 주고 있었던 것이다. 나는 그 뜻을 얼른 알아차리고 자 홍단이 위험합니다. 홍단 삼십이면 삼삼은 구요 구십은 따고 들어가니 그래도 해보시겠습니까, 이렇게 얼버무렸다. 아버님 얼굴에는 만족스러움과 감사의 빛이 역력히 떠올랐다. 그 다음부터는 이상한 일이 벌어졌다. 옥이가 단풍 두 쪽을 쥐고 있으면 나와 아버님은 바보같이 훌훌 내던져서 영락없이 풍약을 주고 말았으며 손에 든 것 하나 없이 3약 2단을 독차지하는 등 옥이는 승승장구하였다. 다만 어머니만은 곧잘 눈치 없이 구셨다. 딸과 승벽을 겨루어서는 어쩌자는 셈이신지 끝끝내 비 깍지를 틀어쥐고 있다가 옥이의 비약을 깨뜨려놓고서는 조용한 승리의 미소를 지으셨다. 그럴 때면 아버님은 괴로운 한숨을 쉬셨다. 그러나 일생을 통해서 남편을 편하게 하는 것으로 삶의 보람을 살아온 한 인간에 대해서, 언감생심焉敢生心 마음속으로나마 저주의 염을 가질 수는 없었기 때문에 더 괴로우실 거라고 나는 짐작했다. 이렇게 되고 보니 옥이는 매우 흐뭇한 모양이었다. 그녀는 우리들 세 사람의 노름 솜씨가 어쩌면 그렇게 엉성한가 하고 꾸짖었으며 아무래도 지능 계수가 낮은 탓일 것이라고 지적하고, 그렇다면 유전일 터이니 그녀 자신은 돌연변이에 든다고 맺었다. 우리는 이 같은 수모를 모두 참았다. 그것은 괴로운 정신적 고행이었다. 아버님이나 나나, 남에게 지기 싫어하는 것은 매일반이었다. 그런 우리가 그녀의 온갖 모욕을 허허하며 받아넘긴 것은 아무리 생각해도 놀라운 일이었다. 나는 새삼스럽게 노름은 무서운 것이라는 느낌을 금할 수 없었다. 우리들의 고상한 목적을 늘 생각하면서도 나는 놀랍게도 이기자는 노력을 하고 있는 자신을 발견하고는 깜짝 놀라서 약단짜리를 팽개치곤 했기 때문이다. 그리고 보니 아버님 역시 그런 실수를 자주 하시는 것을 알 수 있었다. 그럴 때마다 그는 낯을 붉혔다. 나는 마음이 가는 곳을 좇되 울타리를 넘지 않는다는 심경이 얼마나 어려운 일인가를 뼈아프게 느꼈다. 지금 우리는 이기면 지는 것이었다. 지면 이기는 것이었다. 그러면서 이기려는 유혹을 퍼뜩 느끼는 것이었다. 빈대가 미워서 초가삼간을 태운다는 말 가운데는 배달민족의 얼에 숨어 있는 치열한 격정이 담겨 있는 것이라고 나는 생각하였다. 그러나 소경이 제 닭 치는 인생을 살아서는 안 된다. 늘 남의 닭을 쳐야지. 쥐 잡으려다 독 깨는 어리석음을 저질러서야 될 말인가. 그런 때에는 덫을 쓰거나 약을 뿌리는 것이 좋다. 독을 깨지 말고 쥐를 잡자면 참아야 하지. 참지 못하는 사람은 아무 일도 못 하고 만다.

밤은 깊어갔다.

아버님은 고단해 보이셨다. 어머니가 몇 번인가 인제 그만들 하자고 넌지시 제안을 하시는 것이었으나 그때마다 도리도리를 하셨다. 나는 어머니한테 아버님 심중을 살펴드리자는 뜻의 무어라 할까 서글픈 그러면서 건방진 설교를 귓속말로 속삭였다. 어머니는 물론 반대하시지 않았다. 그녀는 친구하고 술은 오랠수록 좋다고 말했다. 다만 마시고 싶던 술을 한 방울도 혀끝에 대지 못하고 마음에도 없던, 값이 싸고 쓰디쓴 술만을 마시면서 살아야 한다면 얼마나 괴롭겠니마는 나는 행복했다고, 왜냐하면 자기는 마시고 싶은 술을 마시면서 살아왔기 때문이라고 했다.

그때였다.

대문 밖에서 풍선 터뜨리듯 갑자기 노랫소리가 터졌다.

네 사람의 이교도의 여덟 개의 눈이 허공의 한 점에서 시선을 모으기 위하여 분주하게 움직였다. 노랫소리는 계속되었다. 우리는 일어서서 대문간으로 나갔다. 꼬마 합창대들이었다.

그들을 보자 옥이는 비로소 사태의 핵심을 알아챈 모양이었다. 그녀는 말할 수 없이 슬픈 눈으로 나를 보다가 다음에 아버님을 보았다. 아버님은 고개를 떨구셨다.

크리스마스이브는 지나버린 것이다.

그녀는 한 팔을 머리 위로 들어올려 손가락 마디를 사내애들처럼 척 튀기더니 허리를 흔들면서 트위스트를 추기 시작했다. 그리고 노래를 불렀다.

쟈니는 정말
나를 사랑해

합창대와 우리는 양쪽에 멍하니 서서 미친 듯이 추어대는 그녀를 바라보았다. 꼬마들의 시선은 그녀의 손과 발을 따라 오르락내리락했다.

아버님이 조용히 땅에 무릎을 꿇고 앉으셨다. 두 손을 가슴에 여미셨다. 그리고 나를 쳐다보시며 물으셨다.

"철아 내가, 내가 흉악한 놈이지?"

나는 깊이 생각한 끝에 아버님의 시선을 피하면서 말했다.

"글쎄올시다."

크리스마스 캐럴 2

마루에 올라서면서 나는 하늘을 보았다.

짙은 잿빛으로 흐린 품이 필시 눈이 오시려는 징조였다.

그때 사랑방에서 아버님의 밭은기침 소리가 나고 이어 나를 부르시는 것이었다.

"철아, 이리 좀 건너오너라."

나는 마루 끝에 올려놓았던 한 발을 도로 내리고 돌아서서 사랑방 쪽으로 건너갔다.

방문 앞에서 나는 기웃하면서 여쭈었다.

"아버님 부르셨습니까?"

아무 대답도 없었다.

나는 잠시 머뭇거리다가 아까보다는 좀더 크게 다시 말하였다.

"아버님 부르셨습니까?"

그래도 속에서는 여전히 감감했다. 나는 문득 짚이는 바가 있어서 혼잣말처럼 이렇게 중얼거렸다.

"내가 잘못 들었나?"

그러고는 짐짓 돌아서는 기척까지 내었다. 아니나 다르랴 속에서는 황망한 소리가 나를 불러 세웠다.

"불렀다. 이리 들어오너라."

나는 회심의 미소를 재빨리 지은 다음 재빨리 거두고 방문을 열고 방에 들어섰다.

아버님은 윗목에 앉아서 눈을 감고 계셨다. 내가 앉자, 아버님은

"너는 부르면 올 일이지 무슨 여러 소리냐?"

하고 약간 역정 난 듯이 말씀하셨다.

"예?"

먼저 그렇게 뜻 없는 대꾸를 드린 다음 나는 슬그머니 아버님의 낯빛을 보았다. 나만이 아는 그 은근한, 어쩌면 고귀한 교활의 빛이 그 입술 언저리에 희미하게 감도는 것을. 나는 말했다.

"아버님 소자는,"

잠깐 끊었다가

"소자가 불민한 탓이옵니다."

"무엇이 불민하단 말이냐?"

"소자는 항시 지척에 모시고 있으면서도 한 가지도 마음 흡족하실 일을 못 해드리옵고 행동거지가 슬기롭지 못하여······"

"그만두어라. 너를 꾸짖으려던 건 아니다"

하고 나의 말문을 막아버리시고는 그제야 줄곧 감으셨던 눈을 뜨

시고 이번에는 훨씬 누그러진 낯빛을 지으시면서 속삭이듯 이렇게 말씀하셨다.

"철아."

"네?"

"또 왔구나……"

"네? 누구 말씀이신가요?"

아버님은 가련하구나 하는 듯싶은 눈으로 나를 바라보시더니

"너는 왜 그리 부실하냐……"

하시면서 고개를 옆으로 돌리시며 끌끌 혀를 차셨다.

부실하다는 말은 나의 가슴을 아프게 했으나 언감생심 불만스런 빛은 나타내지 않고 그 대신 나는 몸 둘 바를 몰라 하듯 옴지락거렸다.

"아직도 모르겠느냐?"

나는 잠시 깊이 생각에 잠긴 다음

"소자 미련하여……"

아버님은 큰기침을 하셨다. 나는 그 뜻을 곧 알아차리고 바야흐로 풀어놓으려던 장광설을 삼켰다.

아버님은 옆에 놓였던 총채를 들어 달력을 가리키셨다. 총채의 끝이 가리키는 곳 ― 25.

나는 순간 얼굴에 모닥불이 끼얹히듯 화끈해지며 이번에는 정말로 몸 둘 바를 몰라 쩔쩔매었다.

나의 그러한 진실한 당황스러움과 부끄러움이 아버님의 마음을 약간 상하게 해드린 모양이었다.

아버님은 측은한 말투로

"너무 상심 말아라"

하시고는 인자하게 웃으셨다.

나는 그 웃음에 끌려서

"아버님"

하고 불렀다.

"오냐."

"건방진 말씀 같지만 철이 들면서 저는 여러 가지를 조금씩 깨닫는 것 같아서 참 즐겁습니다."

"?……"

"이를테면, 인자仁慈하다는 말 같은 게 그겁니다. 학교에서 배울 땐, 어질고 자애스럽다는 말이다 하고 풀이를 들었는데, 사실은 세상에는 인자라는 글씨에 맞는 일 같은 건 없다 하는 걸 깨달았어요. 그러니까 철이 든다는 건 학교에서 배운 것이 얼마나 거짓말인가 하는 걸 깨닫는 일이다 하는 걸 깨닫는 일이라는 걸 깨달았습니다."

"흠."

"그런데 또 있거든요. 아버님이 저를 보고 웃으실 때는 틀림없이 인자하다는 말로밖에는 나타낼 길이 없다는 걸 또 깨달았단 말씀입니다."

"아이두. 그래 애비가 자식을 보고 웃는데 야차夜叉같이 벌쭉거리겠니?"

"그러니 말씀입니다. 세상은, 속에는 또 속이 있는가 보지요?"

"온……"

아버님은 겉으로는 어이없으신 것처럼 하셨으나 기실 만족스러우신 듯하였다. 어버이로서 훌륭하다는 증거를 잡으셨고, 둘째로는 슬하에 둔 자식이 아주 숙맥은 아니라는 증거도 잡으셨기 때문임이 뚜렷하였다. 나는 그런 일로나마 효도의 대신을 할 수 있다면 매일같이 아버님의 관상을 보아드리고 밤을 새워 연구해서 구수한 에피그램을 대고 쏟아놓아도 좋다고 느꼈다.

"그 얘긴 그만하고, 이번 크리스마스는 어떻게 넘겼으면 좋겠니."

"어떻게 넘기다니요?"

"참 답답하구나. 너도 알다시피 올해는 옥이뿐이 아니고 네 어미도 교회에 나가기 시작했으니, 작년의 유가 아니잖겠느냐?"

"그렇지만 아버님, 전 지난해 옥이를 속여서 크리스마스 놀이를 못 가게 한 다음 몹시 괴로웠습니다."

"괴로웠다?"

"네."

"해괴하구나."

"옥이가 낙심해서 앓기까지 하잖았어요? 전 불쌍해서…… 어린 것이 저 좋다면 그만이지……"

"예끼 도척이 같은 놈."

"네?"

나는 깜짝 놀라 아버님을 멍하니 쳐다보았다.

아버님은 와들와들 떠시면서 한참이나 말을 잇지 못하시다가 마침내 수습하시더니 나지막한 목소리로 말씀하시는 것이었다.

"네 어미가 어린것이냐?"

나는 정수리에 자그마한 불벼락을 맞은 듯 꿀 먹은 벙어리가 된 듯 말을 못 하고 꺽꺽 느끼기만 하였다. 그러면서 머릿속으로는 아버님의 천재적인 반격을 이리저리 가늠하기에 바빴다. 어머니로 말하자면 올해 쉰여덟이시니까 분명히 어리다고는 할 수 없다. 그러나 이런 경우 사람의 어리고 숙성하고를 어찌 해를 넘기면 보태는 나이로만 따지랴. 그 점을 번연히 아시면서도 내가 감히 그 말을 까놓지 못할 것을 짐작하고 아버님은 허를 찌른 것이었다. 아무리 안간힘을 써도 나는 신통한 대꾸를 생각해내지 못하였다. 그러자 아버님이 한 걸음 물러서셨다.

"어미는 그렇다 치고, 옥이가 불쌍하다고 그대로 두어야 하겠니? 아이가 독약을 마신다고 그대로 두어야 옳겠니?"

"독약요?"

놀라는 서슬에 침이 걸려서 나의 목소리는 쥐새끼 우는 소리처럼 방정맞게 나왔다. 아버님은 픽 웃으셨다. 그러나 곧 웃음을 거두시며

"미안하다. 그런 경우에 웃지 않고 배기겠니? 미안하구나."

"괜찮습니다. 어마지두에 그러신 걸 무얼 그러십니까?"

나는, 남의 생리적 실수에 대하여 사람이란 얼마나 원죄적 가학성을 가지고 있는가를 잘 알고 있는 터였으므로, 너그럽게 웃어 보였다. 아버님은 자신의 실수를 깨달으시고 분명히 한풀 꺾이시면서

"아무튼 야단이구나. 나는 그래도 네가 무슨 묘안을 채비하구 있으려니만 했는데……"
하고 언짢아하시면서 지그시 눈을 감으시는 것이었다.
"그런데 아버님."
"오냐."
"아까 독약이라구 하셨는데……"
"했다."
"너무하시지 않을까요?"
"너무하냐?"
"글쎄올시다."
그즈음 아버님은 번쩍 눈을 뜨시면서
"지금 네 말로 너무하다고 하구서?"
"아닙니다. 전 너무하지 않을까요, 하고 여쭈어본 것이지 너무하다, 이렇게 딱 끊은 건 아닙니다."
"말꼬리를 잡고 그러지 말아라. 아니 너는 어떻게 된 아이가 무슨 의논을 하면 요긴한 점에는 글쎄올시다만 하구, 그리 분명치가 못하냐?"
"아버님, 오늘 저녁 어머니하구 옥이가 교회에 나가면 정말 안 될까요?"
"안 된다."
"다시 생각을……"
"너두 사람이면 창피한 줄 알아라."
"글쎄올시다."

"너는 대체 어느 쪽이냐, 내 편이냐? 저 애들 편이냐?"

"아버님 아이들 싸움도 아니겠구 편은 또 뭡니까?"

"또, 말꼬리를 잡는구나."

"더 말씀해 무엇하겠습니까? 제가 아무렴 아녀자들 편일라구요."

"그러면 그렇겠지."

내가 어머니를 슬쩍 아녀자라는 말 속에 집어넣어서 아까 아버님의 반격에 복수한 것도 깨닫지 못한 듯하였다.

"아무튼 일이 급박한데 이 일을 어떡허면 좋으냐?"

아버님이 급해하실수록 나는 더욱 생각이 떠오르지 않았다.

"그럼 물러가거라. 잘 생각해두었다가 저녁에 얘기하자."

아버님은 침통하게 말씀하시고는 또다시 눈을 감았다.

나는 물러나오면서 옥이의 방 동정을 살폈다. 그러나 아무 기척도 들을 수 없었다. 나는 헛기침을 두어 번 하고는

"있니?"

하고 불렀다.

"응?"

"들어가도 좋아?"

"응."

나는 문을 열고 그녀의 방에 들어섰다. 옥이 방은 언제나 깔끔하다. 윗목 한편에 책상 겸 화장대가 있고 그녀는 대개 아랫목에서 뜨개질을 하거나 자수를 뜨고 있는데, 오늘은 뜨개질을 하고 있었다.

나는 곁에 앉으면서

"누구 거니?"

하고 말을 붙였다.

그녀는 살짝 웃으면서

"오빠 거야"

하고 나를 쳐다보았다. 그녀에 대한 음모를 방금까지 꾸미다가 온 나는 속이 찔렸다. 그래서 말은 없이 그녀의 재빠른 손놀림을 보면서 가끔 그녀의 낯빛을 살폈다. 필시 오늘 저녁 무슨 일이 일어날 것을 알면서 그녀의 표정에는 아무런 내색이 없었다. 숱이 많고 윤이 나는 머리카락. 약간 위로 들린 코끝. 알맞게 크고 도톰한 입술. 아주 귀엽게 생긴 그 얼굴은 늘 나에게 여러 가지 생각을 하게 만들었다. 그 얼굴은 여러 소설에 잘 나오는, 욕망을 가지고 있고 진흙처럼 허덕이며 남자를 파멸하게도 한다는 그런 여자를 짐작게 하는 티는 손톱만큼도 없었다. 나는 그녀가 작년 이맘때 쟈니라고 그녀가 부른, 남자 친구를 가지고 있었던 일을 생각했다. 이런 아이들끼리의 사귐이라는 것이 어떤 것인지 모르는 나로서는, 그녀가 남자 친구를 가졌다는 사실을 퍽 신기하게 생각했었다. 지난봄부터 그 쟈니하고는 그만둔 모양이었다. 대학 일 학년생이지만 그녀는 별로 책을 가진 것이 없었다. 나는 교과서와 노트가 꽂힌 그녀의 책상을 바라보면서 그 간소한 품위를 진심으로 찬탄하였다. 그럴수록 그녀가 한번 믿고 있는 일을 돌이키는 것은 아주 어렵다는 사정도 생각하면서 나는 슬그머니 그녀의 방에서 나와 내 방으로 돌아왔다.

불을 켜지 않은 방에 혼자 누워 있자니 멀리서 분명한 크리스마스 노래가 들려왔다. 내 마음은 불편하였다. 어쩌면 슬프다고 하는 것이 옳을는지 몰랐다. 나는 슬퍼야 할 아무 까닭도 없다고 내 자신을 타일렀지만 그래도 소용없었다. 어둠을 타고 조용히 울려오는 가락은 나를 뒤숭숭하게 만드는 것이었다.

저녁상을 물리고 난 다음 늘 하는 대로 우리는 둘러앉아서 이야기를 하였다. 아버님은 신문을 보시다가
"얘 이것 봐라"
하고 나를 부르셨다.
나는 아버님이 들고 계시는 신문을 기웃하면서
"네?"
하였다.
"어흠. 여기 있구나. 올해의 십대 뉴스에 '신금단 부녀 비극의 상봉'이 들어 있구나. 쯧쯧."
나는 머리를 가로저었다.
"생각 없는 짓이었어요."
"그건 웬 말이냐?"
"글쎄 난 그 아버지가 한 일을 찬성할 수가 없습니다."
아버님은 의심쩍은 눈으로 나를 바라보셨다.
"글쎄, 소문에 듣자면, 북한에서는 월남한 사람이 있는 가족은 차별 대우를 하고 아주 들볶는다는데, 신금단이 내 딸이다 하구 천하에 광고를 하구 동경까지 가서 법석을 떨어놓았으니 그 딸 처

지가 어떻게 됐느냔 겁니다."

"부녀지간의 정이 어디 그러냐……?"

"아무리 그렇기로서니 15분간 만나보기 위해서 장차 그 딸이 받아야 할 고통을 생각하면 어디 그럴 수가 있었겠습니까?"

"그래도 부녀간에 한이 없으면 그만이 아니겠니?"

"글쎄올시다. 초가삼간 다 타도 빈대 죽는 맛이라면 몰라도 너무 당치 않아요. 딸을 뺏어오는 것이면 몰라도 한번 본다는 일인데 그거야 오히려 아버지가 참아야죠. 그쪽에서 넘어온 사람이니 그쪽 사정을 잘 알 터인데 그런 끔찍한 짓을 하다니…… 가령 한참 유행하던 어린이 유괴 사건을 비유 삼아 얘기해봅시다. 경찰에 알리면 아이는 죽인다 할 때, 선량한 부모면 망설이지 않겠어요? 말하자면 신금단이는 유괴당한 아이지요. 흉악 범인이 틀어쥐고 있습니다. 그런데 신문에다 터뜨린다, 요로에 알린다니 될 말인가요? 그것도 국방장관에게 탄원해서 국군을 풀어 뺏어달라는 것이면 몰라도……"

"옥아 네 의견은 어떠냐?"

아버님은 옥이에게 도움을 비셨다. 옥은 고개를 갸우뚱하더니 이렇게 말했다.

"오빤, 너무해. 어쩜 그리 인정머리 없수?"

나는 주먹으로 내 가슴을 힘껏 사정없이 쾅 짓이겼다. 마치 남의 가슴인 것처럼. 그리고 말했다.

"아이구 답답해라. 하긴 네가 그렇게 말하는 건 갸륵하다. 내 신상에 해로우니 난 아버지 안 만날 테야 한대서야 그게 어디 사람이냐 마는 문제는 그게 아니잖아? 이 경우, 아버지는 안전지대에 있구 딸은 위험지대에 있지 않아? 물론 우린 지금 신금단이를 적이 아니다 하는 전제를 두고 말하고 있다. 이게 신금단이가 아니고 박정애나 허정숙이라면 문제가 다르지. 그러나 신금단이가 어느 국기 아래서 뜀을 뛰건 그녀 자신은 하나의 꼭두각시가 아냐? 뜀을 뛰는데 공산주의식으로 뛰고 민주주의식으로 뛸 수야 없지 않아? 그러니까 신금단이를 우리는 그저 뜀박질 잘하는 한 사람의 약한 여자로 알잔 말이야. 그녀는 뜀박질 덕분으로 좋은 보수를 받고 가족을 기르고 있겠지. 그렇다면 그녀에게 풍파 없이 가만둬 두는 게 아버지의 사랑이 아닐까? 신금단 동무의 아버지는 남조선으로 도망친 악질 반동분자였수다레, 이런 처지를 만들어야 옳아?"

아버님도 옥이도 말이 없었다.

이윽고 아버님은 말씀하셨다.

"네 말이 아주 일리가 있다. 허나……"

아버님은 예의 고상한 교활을 입가에 어리우시며

"……허나, 그건 하나만 알고 둘은 모르는 소리다. 가령 네 말대로 신금단이한테는 안됐다마는 이번 일로 해서 우리 국민 모두가 민족 양단이라는 비극을 뼈아프게 다시 느끼고 그 일로 해서, 이거 통일이 돼야겠구나, 내 부모 내 형제를 마음대로 만나는 세상을 만들어야지 하는 기운을 불러일으켰다면 뜻있는 일이 아니냐?"

하고 말씀하시는 것이 아닌가?

그러나 나는 말했다.
"아닙니다. 그것이야말로 키르케고르적인 생각이 아니라 헤겔식의 생각입니다."
"응? 무슨 개구리?"
"어머, 오빠두 아버지한테, 뭐야."
옥이는 나를 흘기면서 의젓이 나무랐다. 나는 황망하게
"아니, 그만 딴 얘기를 했습니다"
하고 얼버무리고
"아버님 말씀은 수긍키 어렵습니다"
하고 잘라 말하였다.
"수긍키 어렵다?"
"네. 옛날, 사람들이 깨지 못했을 때는 사람을 잡아서 신에게 제사를 드린 적이 있지요. 왜 성경에도 있잖아요. 여호와가 아브라함에게 그 아들을 번제로 드리라 하고 시험한 식으로 말입니다. 신금단 사건이 그녀 개인에게는 불행했지만 민족에게 깨우침을 주었다고 해석하는 것은, 바루 그런 인신공양人身供養식인 사고방식이란 말씀입니다. 민족의 철없는 딸을 하나 잡아서 민족이라는 신에게 바치고 대가로 축복을 받자는 게 아니구 무엇입니까? 본인이 자청한 것이 아닌 바에는 이런 제물祭物은 학살입니다. 유관순이처럼 스스로 제단祭壇에 오른 경우면 다릅니다. 그것은 강한 인간이 스스로 택한 희생이었으니까요. 그래서 유관순은 민족 종교의 성녀聖女가 아닙니까? 그러나 신금단이는 뜀박질을 잘한다는 것뿐이구 인간적으로는 그저 우리 옥이나 마찬가지로 어리고 약한 여자여서, 공산이건 민주건 민족이건 어느 종교를 위해서건 성녀가 될 생각은 없고, 착실한 남자를 만나서 아들딸 낳고, 사는 사회에서 사는 게 소원이라면 이번 일로 그 여자는 신세 망친 게 아닙니까? 아바이 목을 한번 홀 감아본 값으로 매일같이 자아 비판대에 서고, 감시를 받고, 약혼자로부터는 파혼 선고를 받고, 그녀보다 나은 기록이 나올 때는 쫓겨나서 아오지 탄광에 가서 석탄이나 줍는 신세가 된다면 누가 책임집니까? 이런 일이 있은 다음 신금단 개인의 처지를 근심하는 소리는 없구, 북괴의 야만성을 규탄해야 한다느니, 판문점에 면회소를 만들자거니 아 그런 소갈머리 없는 얌체들이 어디 있는가 말입니다. 그게 범인의 손아귀에 자식을 맡긴 어버이가 취할 태돕니까? 그런 경우에 어버이는 말할 수 없이 불안하고, 약해져서 입은 있어도 떠들지 못하고 흉악한 범인의 비위를 건드릴세라 조심해야 되지 않겠어요? 어린아이를 제물로 바쳐놓고는 장사를 하려는 정치가들. 개인의 프라이버시고 뭐고 특종에 눈이 벌건 신문쟁이들. 모질고 독한 사람들. 나라의 녹도 더 먹고 남보다 더 호사를 했으면서도 궂은일에는 손을 털고 남의 희생을 이용하여 자기가 배부르자는 사람들. 면회소를 만들어서는 어쩌자는 것입니까? 북한 당국에 '반동분자들의 가족'을 가르쳐주자구요? 이렇게 무지스럽고 이렇게 몽매해서야 통일이 정작 되더라도 끔찍하지 않겠습니까?"

아버님은 눈을 감으신 채 오랫동안 말씀이 없으셨다. 이윽고 자리에서 일어나시며

"애야 아무래도 얘기가 심상치 않아졌다. 내 방에 가서 계속하

기로 하자"

하고 말씀하시면서 앞서 나가시는 것이었다. 나는 꽤 격한 목소리로 의견을 주장했는데도 불구하고(그것도 아버님을 거의 면박하는 투로) 내 의견을 고즈넉하게 들으시고 점잖게 상대하시는 아버님의 태도에 탄복하면서 온순한 새끼 염소처럼 뒤를 따랐다.

아버님은 방에 들어가시자 벽장을 여시고 사기그릇에 담은 차를 내리시며 옥이를 불렀다. 옥이가 차를 들고 나간 다음 아버님은

"애 우리 차나 들면서 잘 좀 얘기해보자"

하고 말씀하셨다. 아버님이 아끼는 차를 내놓을 때는 기분이 좋으신 징조다.

"민족의 대사를 논의하자면서 고급 차를 마시는 건 부도덕한 일일까?"

"아닙니다 아버님. 제 생각에는 그렇지 않을 것 같습니다. 저와 아버님도 그 민족의 한 사람이 아니겠습니까?"

아버님은 무릎을 탁 치시며

"그 말 한번 어여쁘고나."

연해 고개를 끄덕이시며 만족해하셨다.

"철아."

"네?"

"네 이놈……"

아버님은 노골적으로 대견해하시면서 나를 건너다보신다. 이러다가는 무릎에 올려 앉히고 볼기를 토닥거릴 염려도 없지 않았으므로 나는 슬그머니 겁이 나서 앉은 채로 조금 물러났다. 그리고

사랑에도 격식이 있어야 한다는 진리를 깨쳤다.

"그래 네 말을 듣자니 통일을 해도 큰일이다 했는데 수월찮은 말이구나."

"여쭐까요?"

"암."

여부가 있느냐고 손짓하신다.

"지금 모양으로 통일이 된다면 큰일입니다. 해방된 지도 스무 해나 되었으니 북은 북대로 남은 남대로 지금 있는 정권에 좋건 싫건 몸을 맡긴 사람들이 생겨나지 않았습니까? 이 사람들은 서로가 절대 용납하지 못하는 사람들입니다. 자 이런 형편으로 통일이 된다면 어떻게 화합을 하겠습니까? 전쟁 때도 백병전이 가장 무섭다고 하지 않습니까? 서로 엇갈려서 싸우니 처참하다는 것입죠. 해방되던 해 한 살이던 아이가 스무 살이 아닙니까? 이 아이들에게 그동안의 사정을 어떻게 설명합니까? 그 밖에 얽히고설킨 인간관계를 어떻게 해결합니까? 이런 준비가 하나도 돼 있지 않으면서 그저 통일만 하자는 건 고자가 제 욕심에 장가들겠다는 거나 마찬가집니다."

"네 말을 들으면 북한 정부하구 우리 정부를 동격으로 보고 하는 것 같으니, 그 점을 분명히해다구."

나는 황급하게 손을 내저었다.

"아닙니다. 물론 제가 아버님을 의심하는 것은 아닙니다만, 말하자면 밀고를 하신다거나……"

"너무하는구나……"

"불초 미련한 놈이, 구변이 모자라……"

나는 송구스러워서 머리를 조아렸다.

"안다. 네 죄가 아니니라. 그래 말해보렴."

"네. 제 뜻은 이렇습니다. 남의 정부와 북의 정부를 같이 생각한다는 것이 아니고 남의 정부가 옳기는 하나 그렇다고 피를 보면서 통일하거나 혹은 통일된 연후에 피를 보아야 할 그런 통일을 해서는 안 된다는 생각입니다."

"네 말대로라면 한국이 해방된 것은 잘못이구나."

"네?"

아버님은 또 무슨 말씀을 하시려는구?

"해방이 되면 친일파들이 괴로워야 하니 해방해서는 안 된다는 이치가 설 수 있지 않았겠니?"

나는 아차 하였다. 그러나 곧 미소하였다. 아버님은 나의 침착한 웃음이 약간 뜻밖이셨던 모양으로 보였다.

"그것은 그렇지 않습니다."

"어째서 안 그러냐?"

"첫째로 친일파들은 괴로워도 마땅한 사람들이었던 반면에 통일이 되어서 괴로울 사람들 가운데는 도덕적으로 비난할 수 없는 사람들이 섞여 있습니다. 둘째로 해방을 위해서는 준비가 있었습니다만 통일을 위해서는 아무 준비도 없습니다. 해방을 위해서는 안중근 의사를 비롯해서 한국 사람의 양심과 용기를 대변해준 훌륭한 사람들이 스스로 제단에 올라가서 피를 흘렸습니다. 그런 까닭에 우리는 남의 덕으로 해방되었다고는 하나 떳떳합니다. 해방된

다음에도 그 사람들을 표준 삼아서 옳고 그름을 가릴 수 있었습니다. 그러나 통일의 경우에는 아직 아무도 제단에 오른 사람이 없습니다. 남이나 북이나 서로 옳다 하고 서로 이기겠다고 힘을 뽐낸 사람만 있었지 남쪽에서건 북쪽에서건 제정신을 가지고 서로 힘을 삼가고 극단주의를 피해야 한다고 주장한 사람은 없습니다. 모두 '남반부 해방' 아니면 '북한 해방'입니다. 이것은 힘이지 사랑이 아닙니다. 상대편 정부만 염두에 두었지 그 밑에서 살아온 국민을 살피지 않은 생각입니다. 이런 생각이 바뀌어가자면 제물이 필요합니다. 이런 생각을 용감하게 내놓고 그 때문에 박해받는 순교자가 필요합니다. 그런 사람들의 수요가 늘어가고 사람들이 그들을 옳다 할 때까지 기다려야 합니다. 지금은 아무도 스스로 그 아픔을 맡으려고는 않고 힘없는, 우연히 제단 근처를 지나가는 사람을 붙잡아서 태워 죽이고 있습니다. 이런 잔인한 사람들은 더 고생해야 합니다. 거짓 선지자를 눈감아주고 약한 자를 괴롭히는 민족은 망해야 합니다. 신금단이는 바로 그런 불쌍한 희생잡니다. 아흔아홉 마리의 양들에게 몰려 희생의 낭떠러지에 처박힌 한 마리의 양입니다."

아버님은 대꾸를 않으셨다. 우리는 오래도록 서로 눈길을 피한 채 마주 앉아 있었다. 오금과 발목이 저려온 것으로 보아 오랜 사이였다는 것을 알 수 있었다. 나는 이렇게 오래가면 건강에 좋지 못하리라는 것을 잘 알고 있었으므로, 납덩어리처럼 무거운 이 침묵을 어떻게 뚫어낼 것인가를 골똘히 생각하고 있었다. 무엇보다도 건강이라는 문제는 허투루 생각할 수 없는 일이다. 건강은 사람의 행복에 가장 중요한 것이니 그럴 수밖에 없다.

그때 문이 열리며 옥이가 주전자를 받쳐 들고 방에 들어섰다.

침묵은 깨졌다.

그녀는 아버님과 나에게 차를 따라놓고 말하였다.

"신금단 얘기는 어떻게 됐어요?"

아버님이 대꾸하셨다.

"우리는 민족의 운명에 대해서 이야기했다."

"민족의 운명요?"

"그래."

"어머. 그럼 아버지하구 오빠는 애국자예요?"

아버님은 나를 건너다보셨다. 그래서 나는 말했다.

"너는 아버님을 조롱하는 거냐?"

"왜?"

그녀는 눈이 휘둥그레졌다.

"그렇지 않고 뭐냐?"

"뭐가 그래요?"

"그렇다."

"그런 까닭을 대라는 거 아니에요."

"확실한 일을 가지고 대기는 무얼 대니?"

"오빠한테만 확실하지 뭐가 확실하단 말예요?"

"너는 말이면 다 하는 줄 아니?"

"제가 무슨 말을 다 했어요?"

아버님이 끼어드셨다.

"싸우지 말아라."

"싸우는 게 아닙니다. 제가 옥이하구 싸울 처진가요? 유감스런 말씀입니다. 싸움이라면 힘이 비등할 때거나, 또 아니면 형편 볼 것 없이 상대방을 짓이겨버려도 아깝지 않을 때야 될 수 있는 일인데, 옥이한테야 어디 그럴 수 있습니까?"

"그러니까 사랑은 힘을 삼간다 그런 말이 되는구나?"

옥이의 눈이 반짝 빛났다.

"아버지 그거 무슨 뜻?"

나는 옥이가 필시 사랑이라는 말을 좁은 뜻으로만 짐작하고 있는 줄 짐작하고 그녀에게 일러줬다.

"사랑이라면 누워서 떡 먹기로 생각하는 모양이다만 그렇지 않다. 사랑이란 어려운 거야."

"누가 그렇게 생각한댔어요. 아이 참 오빤, 나라면 애당초 깔보시나 봐."

"깔보는 게 아니다. 나는 그저……"

"얘들아, 또 싸우는구나……"

아버님은, 우리 두 남매에게 똑같은 눈으로 나무람을 보내시고 난 다음 옥이를 향하여

"너는 이런 문제에 그닥 관심이 없는 편이 아니냐?"

하고 물으셨다.

"어떤 문제요?"

"말하자면 우리가 지금까지 얘기하고 있는 이런 문제."

"글쎄 그게 뭔지 여쭈어보는 거 아냐요?"

"옥아, 너 아버님한테 짜증을 내는 거니?"

나는 그렇게 주의시켰다.

"아니 괜찮다."

"네? 아버님, 뭐라고 하셨는지요. 실례지만 한 번만 다시 말씀해주세요."

"괜찮다고 했다."

"그러니까 옥이가, 다시 말하면 제 누이동생 즉 아버님의 딸 되는 아이가 아버님에게 짜증을 내도 괜찮으시다는 말씀이신가요?"

"무얼 그러니?"

"아닙니다. 물론 저로서도 일을 벌이려든가 하잘것없는 꼬투리를 가지고 이러쿵저러쿵하자는 것은 아닙니다만, 아무래도 요긴한 대목인 만큼……"

"알았다. 그런데 옥아. 안된 말 같다만 너 이 자리를 좀 비켜줄 수 없겠니?"

"제가요?"

"그렇다. 안된 말 같다만, 네가 들어오기 전까지는 우리는 퍽 유익한 담론을 나누고 있었는데 그만…… 네가 등장하고부터는 통 갈피를 잡을 수 없게 됐구나. 그런즉……"

"아버지, 전 아버지 분부하신 대로 차를 끓여 온 것 아녜요?"

"철아, 옥이가 차를 끓여 왔던가?"

"그렇구말구요."

"그러니까 저 문지방을 넘어설 때 이 애 손에 차가 들려 있었단 말이지?"

"그럼요."
"왜 그랬을까?"
"그런 건 별로 대단한 일이 못 될 것 같습니다만……"
"대단치 않다니 무슨 소리냐."
"분명한 일이었으니까요."
"분명한 것일수록 의심해보아야 하지 않을까?"
"아버님께서는 이순耳順을 지나시고도 아직 헤매시는 상태에 계신가요?"
"헤맨다는 말은 좀 꺼림칙하구나. 사리를 꿰뚫어 보려는 힘이 왕성하다구 바꾸어줄 수 없겠니?"
"좋으실 대로 하십시오. 아버님 마음 편하신 게 제일이죠."
"맘 편하다는 것도 여러 가지다. 부딪쳐야 할 일을 짐짓 외면해서 편한 것은 옳지 않은 일이고……"
"그런 걸 투안偸安이라고 합죠?"
"바로 그렇다. 네가 알기는 아는구나. 그런데 옥아 다시 아까 얘기로 돌아간다만 잘 생각해서 좋도록 해줄 수 없겠니?"
"그러니까 저더러 이 방에서 나가란 그 말씀?"
"오냐."
"그리구 심부름시킬 때만 부르시려는 거죠?"
"아니다. 이젠 심부름시킬 일도 없다."
"정말?"
"정말이구말구."
"그럼 다시는 절 부르시지 않겠다구 약속하세요."

"한다."

"알았어요. 꼭 약속했어요? 그럼 오빠하구 둘이서 얘기 많이 하세요 네."

그녀는 상냥스럽게 머리를 숙이고 밖으로 나갔다.

아버님은 후유 한숨을 쉬시며

"인제 됐다. 아무래도 옥이가 끼여서는 깊은 맛이 있는 얘기는 못 하지?"

하셨다. 나는 망설였다. 옥이보다 내가 잘났다고 시인하는 결과가 되는 것은 괴로운 일이었기 때문이었다.

"그러나 아버님. 깊은 맛이 있는 얘기를 위해서 사람을 희생시켜서야 되겠습니까?"

"애 말이 그렇지, 그게 무슨 희생까지야 되겠니. 나는 희생이라고는 생각지 않는다. 안 그러냐?"

"그 점에 대해서는 더 신경을 쓰지 말기로 합시다."

"그래 네 말이 옳다. 이 세상에 있는 모든 사물에 대해서 하나하나 관심을 가진다는 건 고단한 일이니까."

"옳습니다. 산다는 일은 생략한다는 일이고, 훌륭한 삶이란, 기술적으로 뛰어난 생략이 행해진 경우를 말하는 것이 아니겠습니까?"

"그럼 자살은 어떻게 될까?"

"자살은 다릅니다."

"완전한 생략일 텐데."

"그런 경우에는 생략이라 할 수 없습니다. 생략이라면 남는 것이 있어야만 하는데 자살하면 남는 것이 없지 않습니까?"

"있지."

"네?"

"시체와 추억이 안 남겠니?"

나는 아버님의 시적詩的인 비약에 그만 기가 질려버렸다. 그리고 이처럼 훌륭한 분과 밤새워 이야기의 꽃을 피울 수 있다는 일에 감격하였다.

"시체와 추억. 그렇습니다. 그러나 이미 그것들은 생명을 가지고 살아가는 것이 아닙니다. 시체는 썩고 추억은 잊혀집니다."

"죽은 다음에 좋은 추억을 남기도록 해야겠구나."

"그건 허영이 아닐까요."

"허영? 아름다운 추억을 남기자는 게 허영이라 불려서야 쓰겠니?"

"하긴…… 사람을 이롭게 하는 허영이라면 그것을 향하여 돌을 던질 수 있는 사람이 얼마 되겠습니까만 실지로 어느 허영이 유익했느냐를 가려내는 것은 쉬운 일이 아니잖을까요?"

"그렇지 않느니라. 세상에는 알면서도 짐짓 덮어둬야 할 일이 많아."

"나쁜 일을 보고서도 가만히 있어라, 도적놈을 보고서도 모른 체해라 그런 말씀이죠."

"이를테면 네가 말한 통일 신중론이 바로 그게 아니냐."

나는 두번째로 정수리에 자그마한 불벼락이 떨어지고 꿀 먹은 벙어리처럼 꺽꺽 느끼기만 하였다.

나는 한 손으로 이마를 짚고, 깊은 생각에 잠겼다. 나는 점차로 제정신을 걷잡고 고개를 번쩍 들었다.

"아버님 말씀이 옳아요. 그러나 아까도 말씀드린 것처럼 거기는 조건이 있습니다."

"조건이라?"

"그렇습니다. 우리가 무슨 이론이든지 극단으로 주장하면 반드시 자가당착에 빠지는 것은 무슨 까닭이겠습니까."

"말해보렴."

"그건 우리가 살고 있다는 것은 인생에 볼모를 보내고 있다는 조건하에서라는 것입니다. 만일 우리가 삶에 대하여 너무 고도한 태도를 취하면 삶은 우리를 협박합니다. 우리에게서 잡은 볼모에 해를 가합니다."

"그런데 네가 말하는 그 볼모라는 건 뭐냐?"

"일반적인 표현을 쓰면 '인간의 유한성'이 곧 우리가 삶에게 잡힌 볼모라고 할 수 있죠."

"그런데 애야 네가 언제 변증법을 그토록 익혔느냐? 훌륭하구나."

"과분한 말씀이십니다. 제 얘기는 사람이 사물을 인식하는 것은 불가피하게 상대적인 것인즉, 다시 말하면 볼모 잡힌 어버이처럼 약한 것인즉 설령 좋은 일을 위해서라 할망정 극한 수단을 써서는 안 된다는 것이죠."

"내 기억에 틀림이 없다면 작년에 우리는 귀수불심鬼手佛心이란 결론에 이르렀던 것으로 아는데."

"그러나 때가 지나면 마음도 변하는 것이 아니겠습니까? 귀수불심 대신에 인수불심人手佛心이라면 어떨까요?"

"인수불심……"

"이상은 높게, 방법은 신중하게란 뜻이죠."

"하긴 교각살우란 말이 있구나."

"그겁니다. 같은 뜻을 적극적으로 나타낸 것이죠. 쥐 잡으려다 독 깬다는 말도 있고, 소경이 제 닭 친다는 말도 있습죠."

아버님은 끄덕이시면서

"얘 한잔 더 하자"

하고 나에게 차를 권하셨다.

"차 맛이 어떠냐?"

"좋습니다."

"너희들 입에는 안 맞을지 모른다."

"너희들 입이라뇨?"

"너희는 아무래도 커피가 낫지 않겠니?"

"그런 것도 아니에요. 커피는 커피 맛, 이 맛은 이 맛이죠."

"참 너는 편견이 없는 편이구나."

"편견이란 건 열등감에서 오는 것 아닙니까? 우린 어떤 것이건 머리끝까지 푹 빠지긴 싫어요."

"그럼 여자는 어떠냐?"

아버님은 슬쩍 떠보시는 것이었다.

"아버님두……"

"괜찮아, 온 녀석두……"

"다른 얘기면 몰라도……"

"그 얘기는 부끄럽단 말이지?"

"부끄럽다면 퍽 고전적입니다만, 다음 기회에 말씀드리죠."

"그래, 네 말하는 걸 보니 그 점에만은 절대주의잔 모양이구나."

나는 몹시 곡경에 처해진 것을 느끼며 아버님의 관심을 딴 곳으로 이끌려고 했다.

"아버님!"

"오냐."

"사랑이란 가냘픈 것 아닙니까?"

"그렇지."

"허물 만지듯 조심스럽게 다뤄야 하지 않겠어요?"

"그렇지."

"그러니 다치지 말고 가만두어두는 게 어떨까요?"

"얘, 철아!"

"네?"

"너는 군자구나."

"아버님두."

"틀림없다. 고전을 모르는 아이들도 군자가 될 수 있다니 웬일이냐?"

"제가 군자라는 건 당치 않습니다만 고전을 모른다고 군자가 못 될 법은 없지 않습니까?"

"그럴까?"

"사람이 삶을 이해하는 길은 저마다 갖가지가 아니겠습니까?"
"과연 옳은 말이구나. 너는 오늘 저녁 옳은 말만 하는구나."
"왜 그러십니까?"
"어쩐지 불안하구나."
나는 의아스러워서 말했다.
"불안하시다뇨?"
"폭풍이 오려 할 때 으레 고요함이 깃들듯이 무슨 불길한 조짐이 아닌지 모르겠다."
나는 아버님이 나를 놀리고 계시는 것인지, 혹은 정말로 어떤 예감에 사로잡혀 계신지 가늠할 수가 없었다.
그때 잘그럭 하는 소리가 났다.
나는 아버님을 보았다. 아, 아버님 손에 들었던 찻잔이 땅에 떨어져 깨어지고 질펀하게 차가 방바닥에 흘러 있지 않은가. 나는 얼이 흩어져 일어서려 하는데 아버님이 손을 들었다.
"떠들지 말아라."
아버님은 어두운 낯빛을 지으시며 무슨 기척을 살피시는 것이었다. 나는 등골이 오싹하고 소름이 쪽 끼쳤다.
"쉬이."
아버님은 나의 살갗에 소름이 끼치는 소리를 나무라듯 다시 손을 저었다. 그러나 그 목소리는 아무리 낮은 것이었을망정 내 살갗에 소름 끼치는 소리보다는 훨씬 큰 것이었다. 이것이야말로 쥐 잡으려다 독 깨는 것, 소경이 제 닭 치는 것이 아니겠는가. 나는 오늘 저녁 말씀드린 내용이 얼마만큼이나 아버님에게 통한 것인지 부쩍 의심스러워졌다. 그러나 아버님은 나하고는 다른 세계에 살아 계시는 중이었다. 큰 새의 뜻을 까막까치가 어찌 짚으리오. 아버님은 핼쑥하신 얼굴로 나를 보며 속삭이듯 말씀하셨다.

"애야!"

"네."

아버님은 불러놓으시고는 이내 입을 다무시고 눈을 감으셨다. 나는 까닭 모를 두려움으로 간이 콩알만 해지며 핏기 가신 아버님의 입술만 하염없이 지켜보았다. 사위는 괴괴하고 쥐새끼 우는 소리 한번 없었다. 그러자 내 머리에도 그 어떤 검은 그림자가 번개처럼 스쳤다. 나는 부지중

"아버님!"

하고 다급하게 부르짖었다.

"오냐."

아버님은 눈을 감으신 채 머리를 끄덕이셨다. 나는 그것을 보자 아버님이 떨고 계시는 그림자와 내 머릿속을 스치고 간 그림자가 같은 것임을 알았다. 내 가슴은 솜방망이 치듯 톡 톡 톡 톡 울리기 시작했다. 나는 재차 나직이 말했다.

"아버님!"

아버님은 천천히 눈을 뜨셨다. 나를 바라보는 아버님의 눈 속에 나는 싶디깊은 늪을 보았다. 아버님은 먼저 한 무릎을 일으키시고,

"내가 지금 일어서는 거냐?"

하고 물으셨다.

"글쎄올시다."

아버님의 심사에 동정한다는 것이 내 입에서는 뜻밖에도 내던지는 듯한 대답이 나왔다. 그러나 아버님은,

"아마 그런가 보다"

하고 스스로 다짐하시면서 조용히 몸을 일으키셨다.

아버님은 방문 앞에서 또 한 번 머뭇거리셨다. 나는 할 일이 없이 그 등 뒤에 서 있었다. 그렇게 보아서 그런지 아버님 등이 한결 굽어 보였다. 역시 노인의 등이란 약간 굽은 것이 기품이 있어 보였다. 웬 까닭일까. 나는 나중에 잘 생각해보기로 하고 당장은 가슴에 접어두기로 하였다. 왜냐하면 아버님은 지금 운명의 문 앞에 숨 막히게 서 계시는 것이기 때문이었다. 아버님은 마지막으로 다시 한 번 나를 돌아보신 다음 문을 드윽 여시며

"옥아!"

하고 부르셨다. 그 순간 우리 두 사람은 우뚝 멎으며 굳은 돌이 되었다.

밖에는 어느새 소복이 눈이 내려 있었다. 댓돌 위에, 온 마당에, 대문 지붕에, 그 옆에 선 소나무에 귀여운 눈이 소복이 깔려 있었다. 그리고 저쪽 안방 댓돌 아래에서 대문간까지 두 쌍의 발자국이 의좋게 종종걸음을 새기고 있었다. 초저녁에 작정한 일도 까맣게 잊고 우리들 부자가 고담준론에 빠져 있는 사이 모녀는 베들레헴의 마구간으로 가버린 것이다.

우리는 서로 쳐다보았다. 아버님 얼굴에 갈꽃처럼 슬프고 아름다운 미소가 떠올랐다.

"철아!"

"네."

"그들은 이 시대가 우리들한테서 잡아간 볼모냐?"

나는 한참 만에야 대답하였다.

"사랑은 양보합니다."

아버님은 손을 내미셨다. 나는 그 손을 살며시 잡았다.

우리는 마루 끝에 서서 눈 위에 새겨진 볼모들의 도주逃走의 표적 하나하나에 양보의 도장을 우리들의 두 쌍의 눈으로 꼬박꼬박 눌러갔다.

크리스마스 캐럴 3

　벌써, 아침부터, 되어가는 일이 심상치 않았다. 나는 가슴이 덜컥 내려앉았다. 드디어 올 것이 왔구나 하고 나는 생각하였다. 칫솔을 아무리 찾아도 보이지 않는 것이다. 내 것만이 아니고 온 집안 식구의 칫솔, 그러니까 네 개의 칫솔이 쥐도 새도 모르게 자취를 감추고 말았다. 칫솔이 밤사이에 발이 생겨서 걸어나갔을 리는 없었다. 그렇다면 누군가가 가져간 것이 분명한데 무슨 까닭에 하필이면 칫솔을 노린 것일까. 그것은 특별히 값비싼 칫솔은 아니었다. 옥이의 칫솔이 그중 새것이었으나, 그것마저도 산 지가 벌써 서너 달은 된 것이었고, 나 자신의 것으로 말한다면, 나는 솔질을 하면서 이빨로 씹는 버릇이 있는 탓으로 몽당빗자루처럼 초라한 물건이었다. 가져가본들 쓸모라고는 없는 물건을 노렸다는 사실이 사실은 쭈뼛한 일이었던 것이다. 나는 마루에 걸터앉아서 깊은 시름에 잠겼다. 오늘따라 왜 일착으로 세수하러 나왔던가 하고 나는 뉘우쳤다. 나는 옥이가 이 일을 발견했을 때의 놀라움을 생각하였다. 그리고 그녀의 외마디 소리에 따라 부엌에서 뛰어나오실 어머니와 아직도 기척이 없으신 아버님의 놀라 깨어나실 모습을 생각하였다. 무슨 일이 있든지 그녀를 막아야 한다는 것이 먼저 해야 할 일이었다.

나는 마루에 올라서서 그녀의 방문 앞에 섰다.

"있니?"

말해놓고 보니 새삼스럽게 그것은 우스운 버릇이라는 생각이 들었다. 옥이가 간밤에 밤도망을 했을 리는 없고 보면, 그녀가 방 안에 있을 것은 세 살배기라도 환히 알 수 있는 일이 아닌가. 그러나 지금 그러한 하찮은 생각에 오래 잠겨 있을 겨를은 없었다.

"애?"

두번째 불러놓고 나는 아차 하였다. 조금도 서두를 필요가 없는 일이 아닌가. 오히려 될수록 시간을 끌어서 그동안에 무슨 좋은 꾀가 생기면 으뜸 바람직한 일인 것이다. 나는 잠깐 망설였다. 어려운 일은 시간을 끈다는 것이 언제까지 버틸 수 있는 일인가 하는 점이었다. 늦게 일어나는 나로서는 그녀의 보통 일어나는 시간을 알 수 없었다. 이러고 기다리고 있는 사이에 그녀가 일어나서, 머리에 띠를 매고 잠옷 입은 모습으로 문을 탁 여는 때에는 일을 그르치게 될 것이었다. 나는 앓는 소리를 냈다. 그러자 옥이의 대답이 들리는 것이었다.

"응?"

나는 조금 화가 났다. 기껏 부를 때에는 잠자코 있다가, 혼자서 앓는 소리를 내는 것을 들을 건 뭐람 하고 생각한 것이었다. 상대편을 향해서 한 것이 아닌 일을 그쪽에서 잘못 알고 대꾸해왔을 때 누구든 난처한 것이 아닌가. 나는 잠자코 있었다. 안에서는 그뿐 더 기척이 없었다. 나는 속으로 옳거니 웃음을 지었다. 그러면 그렇지. 네가 나를 얕보면 안 된다, 모든 것은 내가 오빠고 네가 동생이라는 그 약속 밑에서 이루어지는 거야, 일마다 내 쪽에서 양보하는 것을 너는 모른단 말이야, 이상 된 사람은 마음껏 대한다는 수는 없어. 늘 져주는 거야, 하고 나는 생각하였다. 그러나 지금처럼 다급한 처지에서는 좀 꾀를 써서 그녀를 속여도 일없으리라. 그녀를 위한 일이니까. 그녀뿐이 아니었다. 온 집안 식구를 위한 일이었다. 만일 그녀가 칫솔이 잃어진 일을 안다면, 안 될 말이었다. 나는 자기가 하고 있는 일이 옳다고 다시 한 번 다짐하였다. 그때였다. 나는 잔등이 간질간질한 것을 느꼈다. 나는 휙 돌아봤다. 그리고 뚫어질 듯이 이쪽을 지켜보고 있는 두 개의 눈과 마주쳤다. 부엌에서 어머니가 기웃하고 고개를 내밀고 이쪽을 지켜보고 계시는 것이었다. 그 순간 웬일인지 나는 등골이 오싹해지면서 황급하게 문을 열고 방 안에 들어섰다. 저쪽으로 돌아누운 옥이는 어머니나 들어온 줄 아는지 움직이지 않는다. 나는 발치에 서서 방 안을 둘러보았다. 언제 봐도 깔끔한 방이다. 그러나 살림이래야 별것이 없고, 한쪽 벽에 횃보가 걸려 있고 그 속에 그녀의 옷이 들어 있다. 웬일인지 나는 이 간단한 풍경이 마음에 걸렸다. 옥이와 같은 아이는 좀더 나은 방에 있어야 한다는 생각이…… 들었기 때문이다.

저 머리맡에는 화장대, 그 옆에 캐비닛 이쪽에 침대, 그리고 아담한 책장, 그 옆으로 소파…… 아니, 하고 나는 좀 당황해졌다. 그러한 가구들이 다 들어가기에는 이 방은 너무 좁았다. 그러자면 적어도 방이 셋은 있어야 할 것이었다. 침실과 서재와 응접실과. 나는 팔짱을 끼고 가만히 생각하였다. 물론 아버님을 탓하는 마음에서는 아니었다. 만일 될 수만 있다면 자기의 힘으로 그녀에게 그런 환경을 주고 싶다는 생각에서였다. 그녀가 굳이 그런 환경을 바라고 있으리라는 짐작에서도 아니었다. 그런 데는 대범한 편인 옥인 줄은 알기 때문에 더욱 그래주었으면 싶었다. 느닷없이 이런 생각이 떠오른 것이 또한 그저 일이 아니었다. 왜 이따위 유언遺言 같은 감정이 비집고 나왔을까 하고 나는 불안한 생각이 들었다. 나는 문득 그녀의 이불에서 내민 발을 보았다. 한쪽 발이었다. 그것은 약간 감동적인 풍경이었다. 나는 소리 안 나게 쭈그리고 앉아서 그녀의 발을 구경하였다. 저쪽으로 누운 자세 때문에 이쪽으로 향한 것은 발바닥이었다. 그것은 말랑말랑해 보이고 조그만 손바닥 같았다. 잘 보니 역시 가느다란 금이 가 있다. 어느 것이 운명선일까 하고 나는 생각하였다. 그러자 발바닥에도 운명선이 있는 것인지 어쩐지 자신이 없어졌다. 볼수록 그것은 귀여운 발이었다. 나는 그 발바닥을 간질이고 싶어졌다. 나는 한참 망설이다가 냅기야는 간질간질해버렸다. 끙 하면서 발목이 쏙 들어가고 옥이는 이쪽으로 고개를 돌려 나를 봤다. 나는 계면쩍어서 피식 웃으면서 부스스 일어섰다.

"남 자는데 뭐야 정말."

그녀는 이렇게 말하고는 다시 돌아누우면서 이불을 뒤집어쓴다. 그녀는 내가 장난하러 들어온 줄로 아는 모양이다. 나는 자 이렇게 되었으니 어떻게 한담 하고 맥이 풀려서 서 있었다. 그러나 한 번 잠이 깬 사람이 이불을 뒤집어쓴다고 다시 잠들 수 있을 리가 없다. 옥이도 마찬가지였다. 조금 있더니 그녀는 천천히 이불을 젖히더니 잠이 다 달아난 눈으로 나를 쳐다보았다.

"뭐야 잠두 못 자게."

그녀는 힐난하듯이 말하였다. 나는 조금 섭섭했다. 그리고 자기가 잠든 사이에 내가 그녀를 위해 생각했던 바를 생각하고 조금 괘씸했다. 그러나 지금은 그런 일이 문제인 것은 아니었다. 나는 내가 속으로 생각한 바를 그녀가 모르고 있는 것은 미상불 당연한 일이 아니겠는가, 이렇게 너그럽게 생각하기로 하였다. 옥이는 여전히 짜증 난 듯이 나를 보고 있다. 말할 일이 있으면 빨리 말하고 나가달라, 그 눈은 그렇게 말하고 있었다. 사람의 눈이 말을 한다는 것은 잘 알려진 사실이지만 나는 새삼스럽게 감탄하였다. 소리의 말이 아닌 빛의 말. 표음 문자, 표의 문자, 표광 문자. 나는 표광表光이라는 말이 당돌해서 멋없이 쿡 웃었다.

"아이 정말."

그녀는, 정말 짜증 난 듯이 외치면서, 또다시 이불을 뒤집어썼다.

그녀의 기분은 알겠다. 아마 좋은 꿈을 꾸고 있었음이 분명하다. 나는 그저 멍청하게 서 있는데 그녀의 발이 또 쏙 내미는 것이다. 이번에는 내가 생각하기도 전에 나는 번개같이 쭈그리고 앉으면서 그녀의 발바닥을 간질간질하였다. 그러자 그녀는 일어나 앉으면서

"어머니 오빠 좀 봐요오"
하고 부엌에 대고 외쳤다. 이것은 전혀 뜻밖의 방법이었다.
"왜 그러느냐."
어머니의 느릿한 대답이다.
"오빠 보세요. 잠두 못 자게……"
그녀는 돌아누운 채로 이처럼 말하였다.
"그만 일어나려무나."
어머니는 온건한 대답을 보내온다. 나는 끝내 올 것이 오고 말았구나 하고 생각하면서 고요히 눈을 감았다. 그때 아버지의 밭은 기침 소리가 들렸다. 이어
"철아"
하고 부르시는 것이었다. 나는 문을 열고 마루에 나섰다. 얼른 세면대 쪽을 보았다. 칫솔은 역시 없었다.
"철아."
아버님이 두번째 부르신다.
"부르셨어요?"
나는 방문 앞에서 이렇게 말하였다.
"들어오너라."
나는 조심스럽게 문을 열고 방 안에 들어섰다.
"너는 왜 그러냐?"
대뜸, 아버님은 이렇게 말씀하시면서, 나를 지그시 쳐다보신다.
"네?"
"성냥 좀 이리 다오."

아버님은 요를 깔고 앉으신 채로 담배를 붙여 무신다.

"네가 지금 옥이하구 토닥거릴 나이냐?"

"아버님."

"듣기 싫다. 옛 어른들은 네 나이에 이미 뜻을 세웠느니라."

"그것이 아닙니다."

"무엇이 그것이 아니란 말이냐?"

"그것이, 그것이 아니란 말씀입니다."

"얘"

하고 아버님은 약간 목소리를 높이셨다.

"너 애비한테 농을 거느냐?"

나는 새파랗게 질렸다.

"섭섭합니다. 아버님."

끌끌끌 하고 아버님은 혀를 차셨다.

"얘. 너는 말을 그저 아무렇게나 하는구나. 섭섭하다는 말을 애비한테 쓸 때는 대드는 뜻으로 되는 거야. 왜 너는 언어 감각이 그러냐? 아니, 내가 잘못 알았나? 네 뜻이 바로 대들자는 것이었다면 말이야."

"아버님 피차에 맘에도 없는 이야기는 그만두기로 하는 것이 옳은 줄로 사료합니다."

"왜 그럴까?"

"극한 용어를 서로 수작하다 보면 다칠 염려가 있으니깐요."

"그러나 수가 높으면 그러면서도 다치지 않는 법이 아닐까?"

"물론 아버님의 경우는 염려가 없습니다. 그러나 제가 어디 아버님의 적수가 되겠습니까?"

아버님은 기쁘신 듯이 입을 벌리셨다. 아버님만 한 인간도 역시 아침에는 약하구나 하고 생각하니 인사人事란 매우 덧없는 것이라는 생각이 들었다.

"아첨하지 말라."

나는 아뜩하였다. 역시. 그러나 가만히 있는다는 것은 억울한 일이었다.

"바라는 바가 없는 아첨은 윤리적인 악덕이 아닙니다. 정신적으로 존경하는 사람에 대한 사랑, 그것이 아첨이 아니겠습니까? 베드로는 그리스도에게 아첨하고 있습니다. 그리스도는 그것을 귀엽게 보셨습니다. 무릇 제자란 스승에게 아첨하는 법입니다. 그것이 사랑입니다."

"내가 그리스도란 말이냐?"

"비유로 말씀드린 겁니다."

"비유라……"

"비읍니다."

"얘야."

"네?"

"비유가 사람 잡는단 생각, 해본 일이 있니?"

"살리기도 하지 않습니까?"

"흠."

아버님은 연기를 뿜으시면서 잠깐 내가 자리에 있는 것을 잊으신 듯한 낯빛을 지으셨다.

"실례했다."

퍼뜩 정신이 드신 듯이 눈을 뜨시면서 아버님은 나를 보고 웃으셨다.

"저희들 사이에 무슨 실례가 있겠습니까?"

"그럴까?"

"아닙니다. 제가 실수했군요. 아버님께서는 저한테 실례니 하는 말을 하셔서는 안 됩니다."

"얘?"

"네?"

"넌 효자구나."

"아버님 겸사의 말씀을……"

탁 하고 아버님은 손바닥으로 방바닥을 두드리셨다.

"또 틀리는구나. 겸사의 말씀이라니. 용법이 거꾸로가 아니냐? 겸사의 말이란 건, 상대방이 자기를 낮출 때, 이쪽에서 그것을 부정하여주는 말이야. 이 경우에는 내가 너를 높인 것인데 네가 나더러 그 말을 사용한다는 건 이치에 맞지 않는단 말이야."

"그럴까요?"

"안 그렇겠니?"

"쉽사리 그렇게만 말할 수는 없지 않겠습니까?"

"뭐가 말할 수 없단 말이냐?"

"아버님이 말씀하신 뜻은 잘 알 수가 있습니다. 그러나 세상일이란 어디 그렇게……"

"얘, 얘."

아버님은 손을 저어서 나의 말을 막으셨다.

"너는 지금 도대체 무슨 얘기를 하고 있니? 갈팡질팡이구나."

"그럴까요?"

"자 이거 큰일 났구나. 보통 같으면 갈팡질팡하는 몫은 내가 맡아야 할 게 아니냐?"

"왜 그렇습니까?"

"그야 물론 나이 먹은 사람이 반드시 명석하지 말라는 법은 없지만, 그렇더라두 네가 그 몫을 가로챈다는 건 좀 너무하지 않을까?"

"저두 그 점에 대해서는 여러 번 생각해보았습니다."

"흠 그래서?"

"역시 문제는 쉽지 않습니다."

"쉽지 않은 줄은 잘 아는데, 낸들 어디 좋아서 하는 일이냐, 일이 그렇게 된 걸 낸들 하는 도리가 있느냐."

"물론 저도 아버님을 나무라고 있는 것은 아닙니다. 그 점에 대해서는 마음 놓아주셨으면 합니다."

"정말일까?"

"진정입니다."

"그럼 고맙게 받겠네."

나는 쿡 웃었다. 아버님도 실수하신 것을 깨닫고 쿡 웃으셨다. 그것이 두 사람의 팽팽하던 사이를 금방 풀어놓았다.

"편히 앉아라."

아버님은 한결 부드러운 투가 되시면서, 이렇게 말씀하시는 것이었다.

"내가 너한테 일부러 시끄럽게 굴려는 게 아니다. 계집애들하구 툭탁거리구 하면 사내놈이 채신없어 보이느니라."

"옥이한테 말씀이죠?"

"누구에게나."

"그러니까 경계하란 말씀이죠?"

"경계라니?"

"옥이한테 말씀입니다."

"누가 그렇게 말했니?"

"경계하지 않는다면 위威를 세울 필요가 어디 있습니까?"

"말해보렴."

"전 옥이한테 무서운 얘기를 해야 할 그런 경우를 생각하고 있지 않습니다. 그래서 실없이 뵈는 게 무섭지 않다는 거죠."

"너는 말을 곧게 듣지 못하고 왜 그리 따지느냐?"

"따지는 게 아닙니다."

"그럼 뭐냐?"

"저는 일의 안팎이 그러하다는 걸 사뢰었을 뿐입니다."

"아무튼 너는 서글픈 버릇을 가졌어."

"악담을 하시다니요."

"지나치다. 몇 번 주의를 시켜야 하겠니. 그야, 네가 충격적인 어법을 써서 우리들의 대화를 풍류 높은 것으로 하자는 뜻은 잘 안다마는, 역시 조심해야 할 거다."

"부자유친父子有親이라 했습니다."

탁 하고 아버님은 두번째 방바닥을 두드리셨다.

"너 지금 뭐라고 했느냐?"

"부자유친이라고 했습니다."

아버님은 피우시던 담배를 비벼 끄시고, 한 손으로 내 무릎을 어루만지시며, 이렇게 말씀하시는 것이었다.

"기특하고나. 응 이놈아."

그리고 아버님은 몇 번이나 고개를 끄덕이셨다.

"세 살 먹은 아이 말도 들을 말이 있다고 했으니……"

연해 만족해하신다. 이참에 아버님을 좀더 즐겁게 해드린들 어느 하늘도 벼락은 치지 않으리라고 나는 생각하였다.

"세 살이래셨지요. 아버님?"

"오냐 했다. 물론 네가 세 살이란 게 아니라 비유로……"

"아닙니다. 그게 아니라 삼三이라는 숫자가 퍽 사랑받는 숫자구나 싶어서 말입니다. 삼척동자지요, 삼천 궁녀지요, 삼천 세계지요, 삼인 동행이지요, 삼일천합니다. 삼세번이지요, 사흘 굶어 운운이지요, 삼총사지요, 삼강오륜이지요, 삼위일체지요, 사흘 만에 승천입니다. 삼복입니다. 삼고초려입니다. 삼공육경입니다. 삼국입니다. 삼군입니다. 삼권 분립입니다. 개꼬리 삼 년에, 삼다둡니다. 삼단논법에, 초가삼간, 삼매경에, 삼민주의에, 삼원색, 삼천리 강산에, 삼파전……"

아버님은 황홀하게 나를 바라보고 계셨다. 그 흐뭇해하시는 눈빛이 나의 가슴을 찌르르하게 했다. 왜 그런지 사람 사는 것은 죄야 죄 하는 생각이 들었지만, 그닥 중요한 생각이 아니므로 나는 더 생각하지 말기로 하고 그 대신 조금 웃었다.

"애야 썩 훌륭하구나."

아버님은 좀처럼 감격이 가시지 않는 눈치였다. 나는 조그마한 재롱으로 과분한 칭찬을 너무 오래 차지하는 것은 공정하지 못한 일이라고 늘 생각하고 있었기 때문에, 더는 아버님을 명상 속에 내버려두어서는 안 된다고 생각하였다.

"아버님 그만하시죠."

"아니다. 그만할 일이라고 생각하니?"

"글쎄올습니다."

"부자유친. 엄격한 옛사람들이 하필이면 부자지간을 말하는데 유친이라 했다는 것은 의미심장한 일이야."

"그렇습니다."

"어떻게 된 일일까?"

"서양 사람들은 반대인 것 같아요. 오이디푸스 왕의 이야기로부터 시작해서, 아버지와 아들은 적대 관계에 있지 않습니까? 경쟁자로서 말입니다. 유친이 아니라 유원有怨입니다."

"내 생각으로서는 아마 이렇다. 부자지간은 서로 도道를 더불어 이야기할 수 있는 상대로서, 말하자면 도우道友라 할까, 그런 점으로 본 것 같단 말이야. 옛사람들은, 사람과 사람 사이의 여러 관계 가운데서 철학적인 담화를 나눌 수 있는 사이를 으뜸으로 친 모양이야. 말하자면 부자지간을 길동무로 보았단 말이지."

"옳습니다. 서양 사람들은 아마 섹스의 관계를 으뜸으로 본 것이죠. 부자지간은 그런 까닭에 서로 경쟁할 처지에 있는 수컷과 수컷으로 본 것입니다. 박력 있는 견햅죠?"

"박력이라니?"

"야만인의 건강한 눈이란 말씀입니다."

"그래서 넌 찬성이란 말이냐?"

"글쎄올습니다."

"뜨뜻미지근하구나."

"참 딱하십니다. 찬성이구 불찬이구 어디 있습니까. 소는 뿔로 받고 말은 뒷다리로 차기로 되어 있지 않습니까?"

"또 딴소리를 하는구나."

"딴소리가 아닙니다. 하느님이 그렇게 정했으면 그런 것이지 군소리는 쓸데없는 그런 처지에 우리는 있다는 그런……"

"알겠다. 만은 그렇더라도 결론이랄까 판가름 같은 걸 내려볼 수 없겠니?"

"정 소원이시라면 그야 쉬운 일입니다."

"어떻게?"

"양편이 모두 옳다는 것입죠."

"황희 정승의 흉내를 내는구나."

"네 너도 옳고 나도 옳다, 그러므로 다 옳다."

"음 황희 정승도 옳기는 옳아."

"아버님도 옳습니다."

"너도 옳다."

우리는 박장대소하면서 앙천대소하였다.

아버님은 말씀하시는 것이었다.

"이게 곧 부자유친이 아니겠니?"

"옳습니다."

우리는 또다시 박장대소에 앙천대소하려고 하였으나, 그것은 조금 전에 실시한 바 있으므로, 그만두기로 하였다. 물론 우리는 그것을 말로 주고받지는 않았으나 표광 문자로서 의논한 것이었다. 아버님은 잠깐 바깥 기척에 귀를 기울이시는 척하셨다. 그러나 아버님이 그동안에 무슨 그럴듯한 생각이 떠오르기를 기다리고 계시다는 것은 뻔한 일이었다.

"그런데 얘."

급기야 무슨 궁리가 생기신 모양이었다. 어떤 궁린지는 말씀이 떨어지기를 기다려봐야 할 일이었지만, 내게는 실상 그 말씀인즉 이렇다 하게 궁금하지 않은 것만도 아니었다.

"제가 결국 부정한 것일까요, 긍정한 것일까요?"

"응?"

아버님은 의아스럽게 되물으셨다. 내가 그 말씀에 대답하려고 하는데 뜰에서 호들갑스런 옥이의 목소리가 들려오는 것이다.

"어마 내 칫솔, 칫솔이 없어요!"

나는 그 소리를 들었다. 그러나 담대해진 나는 별로 놀라지 않았다. 아버님의 심경도 역시 같으신 모양이었다. 모든 것을 체념한 담담한 낯빛이었다.

"저 애는 무얼 저리 소란스러우냐?"

"네 뭐 하찮은 칫솔인가 뭔가 그런 것 때문에 아우성인 모양입니다."

"할 수 없구나."

"아녀자지요."

우리는 약간 교활하지 않은 것도 아닌 그런 웃음을 주고받았다. 우리는 은근히 그녀를 비웃는 것이었다.

뜻밖에 일이 순조로워서 아침의 불길했던 사건이 유야무야로 끝난 줄로 생각한 것은 나의 실수였다. 오정 때가 되자 그것이 확실히 드러났다. 뜰에 서 있는데 "편지요" 하는 소리가 났던 것이다. 나는 대문간으로 가서 문틈으로 밖을 내다보았다. 늘 다니는 우체부가 서 있었다.

"편집니까?"

하고 나는 말하였다. 그러나 밖에서는 아무 대꾸도 없었다. 나는 재차 물었다.

"편지면 주세요."

역시 묵묵부답인 것이었다. 일순간 안팎에서는 숨을 죽이고 있었다. 나는 휙 돌아다보았다. 안방이나 건넌방에서 옥이나 아버님이 문틈으로 이쪽을 내다보고 있으려니 해서였다. 그러나 문들은 꼭꼭 닫힌 채였다. 그들은 바짝 문에 다가서서 자초지종을 살피고 있을 것임이 분명하였다. 나는 어디까지나 그들의 감정을 상하고 싶은 마음은 없었고 게다가 밖에 서 있는 우체부에게 언짢은 경험을 주고 싶지 않다는 결심도 퍽 세찼다.

"당신 그래봤자 소용없어요. 괜히 혼나지 말고 네, 좋게 말할 때 순순히 불란 말요."

상당히 모욕으로도 들릴 만한 언사였는데도 우체부는 좀처럼 이쪽의 속임수에 넘어와주지 않는다. 이만저만한 놈이 아니란 것은 모르는 바 아니었으나, 어쩔 수 없이 쓰디쓴 패배의 뒷맛 같은 여울이 나의 가슴 어디선가에서 졸졸 흐르고 있는 것이었다.

"여보!"

나는 약간 짜증 섞인 말투로 이렇게 불렀다. 아무리 그렇기로서니 웬만한 데서 꺾이는 멋이 있어야지. 이건 원 멋대가리도 없고 장작개비 같은 데다가 상당히 끈질긴 작자가 아닌가. 나는 네놈이 그러면 풀이 죽을 내 아니로다 하고 굳게 마음을 잡으면서 누가 못 견디나 내기할 셈으로 일부러 가만히 있기로 하였다. 아니나 다르랴 이번에는 그쪽에서

"여보" 하고 다급하게 부르는 것이었다. 나는 막무가내로 입을 다물고 말았다. 하늘이 무너져도 쨱소리라도 치면 아버님 아들이 아니다. 홍. 사람을 잘못 봤지. 어디서 덤덤한 수작을 호랑이 담배 피우던 시절의 수법을 가지고 사람을 깔보아도 분수가 있지 원 오기가 있단 말야 오기가, 오뉴월에 서리가 내리는 게 여자 원한뿐인 줄 알았나, 오기 하나 보람으로 사는 신세야 이판사판인데 나 죽으면 너는 살 줄 알고 대명천지 밝은 세상에 갱유할 것이냐 분서할 것이냐, 하늘로 솟을 건가 땅으로 잦을 건가 네 이놈 살려두고 보자 이렇게 생각하고 있는 것이다.

"여보."

두번째, 우체부는 이렇게 부르는 것이었다. 그러면서도 여보 소리뿐이지 더는 말이 없는 것이 이만저만한 작자가 아니다. 나는

속으로 놀랐다. 물론 여기서 지고 싶지는 않았다. 초가삼간 다 타도 빈대 죽는 맛이라 참 격정激情의 심리학이다. 나는 조금 추워졌다. 그래서 기왕 일이 이렇게 된 바에야 길게 물고 늘어져야 할 것은 어차피 벗어나기 어려웠으므로, 든든히 몸단속이나 하고 나와야겠다고 언뜻 생각이 미쳐서, 뜰아래 내 방으로 들어가서 외투를 걸치고 장갑을 끼고 다시 나왔다. 자리에 왔을 때, 대문 안에는 사각 봉투 하나가 떨어져 있었다. 가슴에서 철렁 돌이 내려앉았다. 나는 잽싸게 한 손으로 봉투를 집으면서 왼쪽 눈을 감고 오른쪽 눈으로 문밖을 틈새로 내다보았다. 없었다. 나는 번개같이 빗장을 뽑고 밖으로 튀어나갔다. 우체부는 쏜살같이 달아나고 있었다. 그의 등허리에서 커다란 가방이 곤두박질을 하는 광경을 나는 똑똑히 보았다. 나는 한참이나 우체부가 사라진 쪽을 바라보았다. 문득, 그래 우체부를 설령 붙잡은들 어쩔 수 있단 말인가 하는 감회가 일었다. 부질없는 일이었다. 게다가 우체부의 잘못인즉 사실은 없다는 것을 모르는 것도 아니었다. 그의 처지가 되어보면 그렇게밖에는 어떻게 딴 도리가 없었던 것이 분명하였다. 여기 서서 숨을 죽이고 나하고 맞서고 있었을 때의 커다란 가방을 멘 그의 외로움. 나는 그가 달아날 때 그의 등허리에서 춤추던 그 부유스름한 갈색의 가방을 생각하였다. 이미 내 마음은 정해져 있었다. 나는 다시 문에다 빗장을 잠그고 돌아섰다. 아무도 내다보는 사람도 없었다. 그럴 수밖에는 없는 일이었다. 사각 봉투의 수신인은 나로 적혀 있었다.

나는 방 안에 들어가서 먼저 편지의 뒤쪽을 보았다. 거기도 발신인의 이름은, 없었다. 나에게 온 편지인 것만은 틀림없었으므로 나는 뜯어 보기로 하였다.

행운의 편지

이 편지를 받게 되는 당신에게 축복을 보냅니다. 이 편지는 아프리카에 있는 복음 교회의 브라운 장로로부터 시작해서 전 세계를 돌고 있는 비밀의 편지입니다. 당신은 이 편지를 받은 사십팔 시간 안에 당신이 가장 친애하는 사람에게 이 편지를 보내지 않으면 안 됩니다. 그대로 한 사람에게는 행운이 오고 이 지시를 어긴 사람에게는 불행이 옵니다. 루스벨트 대통령은 이 편지를 발송한 다섯 시간 후에 대통령에 당선하였으며 케네디 대통령은 이 편지를 묵살한 지 십이 시간 후에 암살당하였습니다. 그러면 당신의 행운을 찾으십시오. 당신이 발송할 편지의 번호는 五七三八二四六二九호입니다.

당신을 사랑하는
五七三八二四六二八호

나는 편지를 다 읽은 다음에 다시 한 번 봉투를 살펴보았다. 발신인의 이름은 역시 없었다. 나는 편지를 다시 한 번 읽어보았다. 편지의 내용은 글자 한자 한자마다 시커먼 고름처럼 추악하였다. 그리고 세상에 이런 장난을 하여야 하는 사람들이 있다는 일이 나를 서운하게 하였고, 다음 순간에는 나한테 이 편지를 보낸 사람이 누구일까 하고 생각하였다. 나는 이조 시대의 궁중 영화에 잘 나오는 장면을 퍼뜩 떠올렸다. 왕의 사랑을 잃어버린 궁녀가 라이벌 되는 궁녀의 허수아비를 만들어놓고, 앞에는 냉수 한 그릇을 떠놓고 바늘로 허수아비를 찌르고 앉아 있는 장면이었다. 내가 편지에서 받은 느낌은 꼭 그 장면을 볼 때의 느낌과 같았다. 나는 혀를 찼다. 그러고는 잠깐 망설였다. 이것을 나 혼자서 없앨 것인가, 아니면 아버님이나 옥이에게 보일 것인가를 잠깐 망설이다가, 아버님한테는 알리는 것이 좋으리라고 생각하였다. 나는 편지를 집어 들고 아버님 방으로 건너갔다.

"올 줄 알았다."

아버님은 이렇게 말씀하시는 것이었다. 그 순간 내 머리는 실로 악마적인 의혹이 퍼뜩 떠올랐다. 이 편지는 아버님이 보내신 것이 아닐까, 하고 생각한 것이다. 물론 다음 순간에 나는 그것을 미친 생각이라고 떨쳐버렸으나 중요한 것은 그것이 아니었다. 그런 생각이 내 머릿속에서 어떻게 착각으로나마 떠올랐는가 하는 점이었다. 그런 생각을 할 마음은 조금도 없었다. 그런데 나는 바람이 언뜻 지나가듯이 그런 생각을 머리에 담은 것이었다. 그것은 내가 아니었다. 다른 어떤 놈이었다. 나의 해골 속에서 나에게 신분을 감추고 살고 있는 정체불명의 그는 누구일까. 나는 불안하고 짜증스러워졌다. 또다시 허깨비를 바늘로 찌르고 앉아 있는 여자와, 그 여자의 눈과 코와 귀와 입에서 흘러내리는 시커먼 고름이 나의 망막 속에 물감을 쏟아놓은 듯이 확 번졌다. 나는 괴로웠다. 나에게 책임 없는 괴로움을, 그런데도 내가 괴로워해야 한다는 그 일이 괴로운 것이었다.

"너 안색이 좋지 않구나."

"그보다도 아버님. 지금 제가 올 줄 알았다고 하셨는지요."

"암 알구말구."

"어떻게 아셨죠?"

"얘 네 눈빛이 왜 그러냐?"

아버님의 얼굴은 경악해 있었다.

"아, 아닙니다. 그 점을 알아야 할 일이 있기에 말씀입니다."

"그 점이 무슨 점이냐?"

"그 아버님께서 제가 여기 오리라는 걸 어떻게 아셨느냔 겁니다."

"얘기 듣자 듣자 하니 너무하는구나. 애비 방에 아들이 오는데 신기할 게 무어 있니? 너 어디 아프지 않느냐?"

"단순히 그런 뜻이었나요?"

"단순하다."

"그렇다면 죄송합니다. 사실은 이 편지 때문에 제가 좀 흥분한 것 같습니다."

"무슨 편진데 그러느냐?"

"보세요."

나는 편지를 아버님 앞에 놓았다. 아버님은 돋보기를 꺼내 쓰시고, 편지를 집어 들고 읽으셨다. 다 읽으시고는 나를 건너다보면서

"이게 무어냐?"

하고 물으셨다.

"글쎄 저도 말만 듣다가 보기는 오늘이 처음입니다."

"음 네 친구들이 장난을 한 거냐?"

"어느 죽일 놈이 이런 장난을 한단 말씀이세요. 제 친구 중에는 그런 놈은 없어요."

"아니 그렇게 흥분만 할 게 아니라, 우리 차근차근 검토를 하자꾸나."

아버님은 기침을 한 번 하시더니

"그런데 이 브라운 장로란…… 뭐냐?"

하신다.

"그걸 누가 안답니까?"

"흥분하지 말래두. 서양 사람 이름인 모양인데 내가 묻는 건 이게 남자 이름이냐 여자 이름이냔 말이다."

"남자 이름입니다."

"그것 참 이상하다."

아버님은 실망한 듯이 고개를 가로저으신다.

"왜 그러세요?"

"남자랬지?"

"네, 장로면 남자겠지요."

"거 이상하구나."

아버님의 이상하다는 말씀이야말로 더욱 이상한 일이지만, 자꾸 되풀이하시는 것은 이상하다는 점을 강조하시기 위한 말솜씨라는 것을 알고 보면 형식상으로는 조금도 이상할 것이 없고, 그 실질적인 의미만이 이상하다는 것을, 잘 생각해보면 모를 수 없는 일이었으므로 나는 꾹 참고 있기로 하였다.

"거 이상하다."

아버님도 어지간하셔서 세번째로 테마를 되풀이하시고 나서야 이렇게 말씀을 이으시는 것이었다.

"미안했다. 지루했지?"

그러고는 기침을 하시고는

"내 생각으로는, 이건 남자가 아니라 꼭 아녀자가 할 만한 일이란 말이다"

하고 말씀하시는 것이었다.

나의 머릿속에서 허수아비를 쑤시는 여자가 시커먼 고름을 울컥 토했다.

"아버님,"

내 목소리 속에는 미상불 다량의 감격이 섞여 있었다. 그것을 모를 아버님도 아니었거니와 그러한 효과를 잘 즐기고 계시는 눈치를 알아볼 수 있었다. 감정을 계산하는 사람은 얼마나 무서운 사람인가. 그러나 아버님은 웃고 계셨다.

"기독교인다운 장난이야."

"아니 기독교인이라뇨?"

"장로는 예배당에 있는 직분이라면서?"

"그러지 마세요. 이게 기독교와 무슨 상관입니까? 서양에서 전해진 미신이겠지요."

"무얼 어쩌지 않으면 지옥이다 하는 게 기독교답다는 말이다. 누굴 공갈하려구. 주면 그저 주는 거지 웬 협박이냔 말이다."

"아버님 그건 오해십니다."

"군자는 홀로 있어도 예를 지킨다고 했어. 정직한 사람에게 요구할 수 있는 건 그 길밖에 없지 않겠니?"

"아버님 유교나 불교도 미신투성입니다."

"성인이 알 바 아니야. 우부, 우부들이 멋대로 한 일이야."

"예수님도 이런 건 책임이 없어요."

"심판을 한다고 했다면서?"

"그야…… 그렇게 말씀할 성질이 아니죠."

아버님은 아무 말씀도 하지 않으셨다. 한참 만에 이렇게 말씀하시는 것이었다.

"내가 좀 과했나 보다. 문제를 이 편지에 좁히기로 하자. 이의 있느냐?"

"없습니다."

"그럼 가결됐다"

하시면서 아버님은 오른손으로 허우적거리셨다. 나는 필통에서 굵은 붓을 꺼내서 쥐여드렸다. 아버님은 그 용적이 약간 섭섭한 듯하셨으나, 꾹 참으시고 그걸로 놋재떨이를 탱탱탱 두드리셨다.

"결국……"

하고 아버님은 말씀하셨다.

"이 편지가 너에게 있어서나 또한 나에게 있어서나 언짢은 물건인 건 틀림없겠구나. 흠"

하고 아버님은 다시 안경을 끼시고 편지를 들여다보셨다.

" '케네디 대통령은 이 편지를 묵살한 지 십이 시간 후에 암살당하……' "

아버님은 분연히 돋보기를 벗으시더니, 그것을 냅다 동댕이치셨다. 나는 혼비백산할 뻔했으나 어떻게 된 영문인지 동댕이쳐진 돋보기는 깨지지 않았다. 나는 돋보기를 제자리에 돌려놓았다.

"아니 이런 놈들이, 이건 악담이 아니구 뭐냐 응? 사람에게 멋대로 명령해놓구, 그 사람이 그걸 안 지킨다구 저주를 하다니, 꼭 정치가들 같은 놈이로구나. 온 참 세상에⋯⋯"

"고정하세요. 세상이 그런 걸 어떡헙니까? 몸만 상하실 뿐이죠."

"애 넌 웬 아이가 그리 맹탕이냐? 세상이 그러면 앉아서 죽으란 말이냐? 응?"

"별수 있겠습니까? 혼자 신경질 부린다고 될 일도 아니구요."

"신경질이라니?"

"아닙니다. 말하자면 말입니다."

"그럼 넌 어떻게 하자는 거냐?"

"어떻게 할 것 있습니까? 그저 그렇지요."

"그저 그렇다⋯⋯ 흠⋯⋯"

"너무 제 얘기를 심각하게 받지 마세요. 저는 별 뜻이 없이 말씀드린 겁니다."

"별 뜻이 없다⋯⋯ 흠⋯⋯"

아버님은 나의 간곡한 청도 마다하시고 급기야는 심각해지시는 것이었다.

"철아."

"네?"

"내 꼭 물어볼 말이 있다."

"저한테요?"

"너 말고 이 방 안에 또 누가 있니?"

아버님은 기가 막히다는 듯이 웃으셨다.

"무슨 말씀이오니까?"

"오니까? 쳇 아무튼 좋다. 그런데 철아."

"네."

"내 꼭 한 가지 물을 말이 있구나."

"네."

"너는 뜻이 없느냐?"

"네?"

"왜 그리 경풍 들린 아해처럼 놀라느냐? 경풍 들린 십삼 인의 아해들처럼."

"네?"

"또. 지엽 말단을 꼬집어 뜯지 말고 큰 줄기를 대답하란 말이다. 어떠냐 넌 뜻이 없니?"

"글쎄올습니다. 뜻이란 말씀의 뜻이 무슨 뜻이온지 뜻을 몰라서 어떤 뜻의 답변을 올려야 할지 뜻 둘 바를 모르겠습니다. 뜻이라 말씀하신 뜻을 자세히 뜻풀이를 해주시는 게 미상불 뜻을 물으신 뜻에 합당할 줄 압니다."

"어렵게 생각할 건 없다. 말하자면 뜻있는 인사다 할 때의 그런 뜻 말이다."

"네 알겠습니다. 그런 뜻이라면 저한텐 눈곱만큼도 없습니다."

"눈곱이란 표현은 좀 무엇하구나. 앓는 사람의 손톱눈만큼도라구 바꾸어줄 수 없겠니?"

"좋습니다."

"그럼 그렇게 알겠다. 그런데 여담이지만 네가 뜻이 없다는 데는 좀 놀랐다."

"뭘요 보통입죠."

"아니 너를 칭찬한 것이 아니다. 그 반대다."

"아무 쪽이든 전 불편한 것이 없습니다."

"그렇다니 안심이다. 나는 네가 뜻을 못 찾으면 퍽 괴로워할 줄 알았다."

"전혀 안 그렇습니다."

"거 참 묘하게 생겨먹었다…… 네 친구들두 모두 그러냐?"

"여러 종류입니다."

"흠 아직 종류는 여럿 있는 모양이구나."

"그래야 세상일이 되지 않겠어요? 서로가 서로를 위한 사꾸라 노릇을 하는 거죠."

"정치 용어는 삼가자."

"그럴 것 없습니다. 오히려 정치 용어 속에 시적인 스파크가 튀는 말이 많고 할 때에는 써도 좋으리라고 믿습니다만."

"듣고 보니 그렇다. 헌데 네가 얘기한 지금 그 사꾸라 이론이 네 생각에는 희한한 발견인 줄 아는 모양이다만 실상 그런 건 아니다."

"저도 압니다. 새 옷을 입는 낡은 진리라고 생각할 뿐입니다."

"결국 세상은 해먹게 마련이란 말이지?"

"네. 숙맥들이 그걸 홀랑 까놓고 싶어 하는 법이지 양식 있는 사람들은 점잖게 쉬쉬하는 법이죠."

"네 말대로라면 양식이란 즉 쉬쉬란 말이렷다."

"옳습니다."

"그래 넌 양식의 편이냐 숙이의 편이냐."

"아픈 데를 찌르십니다. 쉬쉬냐 숙이냐 그것이 문젭니다."

"문젠 줄은 잘 알아. 선택하란 말이다."

"괴롭습니다. 아버님."

나는 짐짓 고개를 떨어뜨리고 어깨를 오그리면서 상체를 부르르 떨었다. 아버님은 그러한 나를 측은히 지켜보시더니만 이윽고 말씀하시기를

"얘 언짢게 하자는 게 내 뜻이 아니었다. 괴롭다면 그만두자. 네가 괴로워서 내가 시원할 게 뭐 있겠니. 그건 그렇구 이 편지는 이렇게……"

아버님은 성냥을 켜서 그것을 편지에 대셨다. 편지는 재떨이 위에서 까만 낙엽이 되었다. 나는 아버님을 쳐다보았다. 그 눈. 나는 눈물이 핑 돌았다. 죄야, 세상 산다는 건 죄야 죄, 나는 이렇게 생각을 하는 것이었다.

오늘은 크리스마스다. 결국 이것을 솔직히 인정하는 것이 떳떳한 일이라고 하는 생각이 저녁때가 가까워지면서 나를 지배하게 되었다. 나는 그것을 인정하자, 하고 속으로 다짐하였다. 나는 저

녁 식사가 끝난 후 혼자 방 안에 틀어박혔다. 라디오를 틀어놓는다. 크리스마스 노래가 흘러나온다. 크리스마스 노래는 언제 들어도 참하다. 마치 크리스마스카드처럼. 노래의 반주 속에 댕댕하는 종소리가 들어 있는 것이 특히 좋다. 나는 일어섰다 앉았다 한다. 안절부절못한다 하는 그 동작이다. 끝내 나는 결심한다. 외투를 입고 목도리를 두른다. 그런 다음에, 살며시 방문을 열고 안채의 기척을 살핀다. 한참 그렇게 동정을 살핀 다음에 마루에 나선다. 어둡지만 구두 있는 자리는 보나 마나니까 나는 계속해서 안채를 살피면서 발로 더듬어서 구두를 신는다. 까치걸음으로 대문까지 간다. 그때 나는 당황한다. 내가 빗장을 열어놓고 나가면 문은 누가 닫나 하는 생각이 들기 때문이다. 나는 담을 뛰어넘기로 결심한다. 담인즉 의례적인 높이밖에는 갖지 않은 건조물이기 때문에 쉽사리 넘는다. 발돋움해서 들여다보니 안채는 여전히 별일 없다. 나는 마음이 가벼워진다. 골목을 걸어서 나온다. 큰길에 나서니 사람들이 굉장히 많다. 나는 걸어간다. 사람이 유독 많이 붐비는 데서는 서버린다. 그러면 에스컬레이터를 탄 것처럼 저절로 나가진다. 참 많은 사람들이다. 불 밝힌 창엔 상품이 가득 찼다. 웃음도. 어린아이를 사이에 낀 부부가 앞에 걸어간다. 아이는 아마 국민학교 일 학년 아니면 유치원 졸업반이다. 이런 붐비는 날에 아이를 데리고 다닌다는 건 좀 안됐다. 집에 가면 몹시 고단할 게다. 그러나 요즈음은 방학이니깐 내일이고 모레고 얼마든지 푹 쉴 수 있으니까 좀 염려가 놓인다. 군밤. 호콩. 깨엿. 이런 등속을 벌인 노점이 죽 늘어서 있다. 호콩을 오십 원어치 산다. 먹으면서 간다.

이윽고 교회가 나온다. 웬일인지 사람들이 들락날락한다. 아직 예배가 시작되지 않은 것일까. 사람들이 자꾸 밀려들어간다. 멀찌감치 서서 사람들을 구경한다. 가족인 듯싶은 한 떼가 들어가는가 하면 여학생들이 떠들면서 들어간다. 고등학생이 할머니를 모시고 들어간다. 꽤 큰 교회지만 이렇게 많은 사람이 들어가서 어디에들 앉는 것인지 의아스럽다. 줄지어 들어가는 모습은 정말 번성해 보인다. 사람들의 표정도 번화해 보인다. 어느새 눈이 내린다. 심심치 않게 간간이 내리는 그런 눈이다. 그 속을 사람들은 성경과 찬송가 책을 끼고 총총걸음으로 들어간다. 올라가는 계단 위에 촉수 높은 전깃불이 달려서 환하게 다 보인다. 지금쯤 아버님은 뭘 하고 계실까. 혹시 뜰아랫방에 대고 "철아" 하고 부르셨다가 내가 없는 줄 알면 좀 걱정하실 거다. 더구나 낮에 그런 편지까지 보셨으니. 케네디 대통령은 이 편지를 묵살한 지…… 제기랄. 왜 하필이면 장로야. 아마 어느 이단 교파의 정신병자가 시작한 수작일 거다. 그렇기로서니 내게 그런 편지를 보낼 사람이 누굴까. 나한테 크리스마스카드를 보낸 셈 치는 것일까. 누구일까. 생각할수록 신기한 일이다. 그것이 신사가 할 만한 장난이라고 생각할 만한 바보는 친구 중에는 없으니까. 그러면 누굴까. 다른 사람에게 돌리지 않으면 화가 온다는 문구 때문에 허겁지겁 돌린다는 심사가 가증스럽다. 자기 앞에 온 화를 얼른 남에게 넘기는 게임. 인간의 치부恥部를 자극하는 음란한 게임이다. 아버님이 설마 그 때문에 걱정하리라곤 생각하지 않는다. 그랬으면 편지를 태워버리셨을 리가 없으니까. 아무런 미신도 가지지 않고 산다는 건 얼마나 쓸쓸

한 일인가. 풍성한 미신 속에서 사는 사람들은 얼마나 행복한가. 한곳에 너무 오래 서 있었는가 보다. 순찰하는 순경이 벌써 세번째 나를 노려보고 지나간다. 쓸데없는 짓이다. 한데서 눈을 맞고 서 있는 사람이 무슨 해를 끼칠 수 있겠다는 말인가. 나는 순경에게로 걸어간다.

"수고하십니다."

순경은 빤히 쳐다본다. 무슨 끄트머리를 잡고 싶어 하는 눈치다. 그러나 그런 것이 내 몸에 묻어 있을 리가 없다. 물론 그가 어려운 처지라는 것을 잘 안다. 경관이 생활고 때문에 가족과 더불어 삶을 버렸다는 신문 기사를 본 기억이 있으니까 말이다. 그렇더라도 무고한 사람을 이렇게 노려보는 것은 좀 슬프다. 그는 승진할 기회가 아쉬우리라. 지금 현상이 붙은 범인이 저 담 모퉁이에서 소변이라도 보아준다면 얼마나 다행한 일일까. 그러나 나로서는 어찌할 도리가 없다. 그 대신 나는 호콩을 한 움큼 그에게 내민다. 그의 표정이 험악해진다.

"이건 뭐요?"

"호콩입니다."

"당신은……"

경관은 흥분 때문에 잠시 말을 멈춘다.

"당신은 공직에 있는 사람에게 재물을 제공하는 거요?"

"재물이라뇨?"

"재물이 아니면 이게 쓰레기란 말요?"

그의 말투는 점점 거칠어진다.

"전 뭐 그런 뜻으로 한 게……"

"그럼 뭐요……"

"그저 존경의 뜻을 나타내기……"

"여보 당신 알 만한 사람이 왜 그래요. 순순히 자백하지 못하겠어?"

"아니 뭘 자백하란 말씀입니까?"

"시치미를 떼도 쓸데없단 말이오. 좋은 말로 할 때 들어요."

"아니 나쁜 말로 하는 건 어떻게 하는 겁니까."

"누가 고문한다고 했어? 엉? 누가 고문한다고 했어?"

"언성을 높이지 마세요. 남이 들으면 경찰이 정말 고문하는 줄 알겠어요. 요샌 관광객도 한국말을 하는 사람이 많아요."

"들으면 대수요!"

"대수야 아니지만. 우리 이런 화제는 그만둡시다."

경관은 웃었다.

"나쁘게 생각지 마시우. 인원은 적은 데다…… 연말 경계다 비상 근무다 하고 보면 히스테리컬해져요."

"그러실 겁니다. 그러나 사회의 약속이, 그렇다고 해서 공직에 있는 사람이 시민을 상대로 인간적인 감정을 배설하지는 않기로 돼 있는 것 아닙니까?"

"봉급에 비해서는 지나친 요구지요."

"옳습니다. 하지만 나라 근대화 길에 있는 우리로서 꾹 참아야죠."

"그야 그렇습죠만. 선생님께서는 혹시 감찰반……"

"허허 아니요 아니요. 천만에. 자네……"

나는 손바닥으로 입을 틀어막았다. 어찌 된 일인가. 나의 말투가 엉뚱한 비탈을 멋대로 미끄러지려고 하는 것이었다.

"솔직히 말씀해주십시오. 소관은……"

"아닙니다."

"소관은 아까 호콩을 내놓으실 때부터, 실은, 한 가닥의 직관적인 의혹, 말하자면 수사관의 육감과 같은 그러한 감정에 의한 지배에 사로잡혀……"

"아니라니깐요."

"재물의 제공을 받았을 시도 이를 단호히 거부하였습니다. 소관은 몇 번이나 승진 시험에 응시한 바 있었습니다만 한 번도 전형권 내에 드는 행운을 만나지 못하였습니다. 소관의 가족 상황을 말씀드리자면, 올해 예순둘이 되시는 노모와 소관의 처와 남아가 넷 여아가 셋이며 모 회사에 근무하는 처제가 있습니다. 계 십일 명의 가족으로서 모두 대한민국의 충성스런 시민입니다. 육이오 당시에도 본인의 가족 가운데서는 한 명의 부역자도 없었으며……"

"아닙니다."

"정말입니다. 각하 그것을 의심하신다면 소관은 정말 유감스럽습니다. 불행하게 장소가 장소니만치 증거를 보여드리지 못함을 유감으로 생각합니다. 만일 오늘 저녁에라도 서장님에게 연락을 해주신다면……"

"아닙니다. 저는 아닙니다."

"잘 알고 있습니다."

"네?"

"고위층에 계시는 분들이 암행하실 때에는 항상 그렇게 말씀하는 법입니다."

"나는 정말입니다."

경관은 그 수에는 속지 않는다는 듯이 의미심장하게 웃었다. 그러면서도 그 웃음 속에 실례가 되는 그러한 부분이 섞일세라 꼼꼼한 주의를 하는 것이다. 그는 단추와 포켓을 매만지며 차렷 자세를 했다.

"저희들 말직에 있는 공무원들은 고위의 분들을 알아보는 직감에 있어서는 그 누구에게도 우월권을 뺏기고 싶지 않은 심정입니다."

나는 점점 사태가 위험해지는 것을 깨달았다. 가슴이 꽉 막히면서 답답해온다. 그러자 송곳으로 허깨비를 찌르고 있는 여자의 입에서 시커먼 고름이 또 울컥 쏟아지는 것이었다. 나는 속이 올라왔다.

"소관은 이 같은 자리를 갖게 된 것을 영광으로 생각합니다."

경관은 자신 있게 미소하고 있다.

"위대한 분들은 흔히 에피소드를 남기고 계십니다. 네 그렇구말고요. 나폴레옹은 그를 엄격히 견제한 보초병에게 특전을 베풀었습니다."

"아닙니다."

"물론 그렇게 말씀하실 겁니다."

경관은 더욱 자신 있게 말하였다.

"위대한 사람들의 조그마한 하찮은 풍류로서 평범한 사람의 행복과 불행이 갈라지는 것입니다."

그는 스스로의 견해에 만족하여 고개를 끄덕했다. 그러나 여전히 차렷 자세였다. 나는 점차 머리가 어지러워졌다.

"그렇다고 해서……"

경관은 갑자기 목소리를 낮추더니 사방을 휘 둘러보았다.

"그 어떠한 승진이나 직책상에 있어서의 특전을 소망하는 것은 아닙니다. 아까도 말씀드린 바와 같이 저의 가족은 십일 명으로 구성되어 있으며, 그 내력을 말씀드리면 새해 들어 예순셋이 되는 노모와 처, 남아가 넷, 여식이 셋이며 모 회사의 사원인 처제가 있습니다. 처제는 제 처와는 달리 뛰어난 미모의 소유자입니다만 가난한 탓으로 그 어느 때 불성실한 탕아의 유혹을 받을지 모르는 처지에 놓여 있습니다. 잘 아시는 바와 같이 미모의 여자들이란 돈에 대한 욕심이 유달리 많은 편으로서……"

나는 미칠 것 같았다. 나는 두 손바닥을 모아 머리를 조아렸다.

"아닙니다. 아니에요."

"이러시면 정말 섭섭합니다. 저는 이 같은 기회가 오기를 오랫동안 고대하였습니다. 사실 저와 같은 처지로서는 그것은 무리가 아닌 것입니다."

"네 그건 이해한다니깐요."

"고맙습니다."

그의 얼굴에는 희망에 넘친 미소가 담뿍 번졌다.

"고맙습니다. 정말이시겠죠?"

"정말입니다. 그러나,"

"고맙습니다. 더없는 영광입니다."

그는 단정한 거수의 예를 올렸다.

"이러지 마십시오. 물론 당신이 내가 처음 대하는 문학적인 경관인 것은……"

"문학적이라고 하셨죠? 고맙습니다. 소관은 중학교 시절까지도 작문에 있어서는 항상 급제점을 맞아왔습니다. 역시 높은 안목을 가지신 데 대하여 존경하여 마지않는 바입니다."

경관은 점점 희망에 넘치는 얼굴이 되어가는 것이었다. 나는 그의 슬픈 오해를 깨뜨리는 것이 무서워진다. 그렇다고 관명 사칭을 할 것인가. 그것도 안 될 일이었다. 진퇴유곡에 빠진 나는 신음하였다. 나는 부지중 끙 소리를 냈다.

"괴로우십니까?"

그는 부산하게 호주머니를 뒤지더니 알약이 든 작은 병을 꺼냈다. 그는 마개를 뽑고 그 알약을 손바닥에 털어내더니 그것을 내미는 것이다.

"청심환입니다. 언제 어느 때, 선량한 시민이나 혹은 그들의 자녀들이 가벼운 신체적 이상을 일으킬지 아무도 예기할 수 없는 일이므로, 소관은 항상 이것을 준비하고 있습니다."

이렇게 말하면서 경관은 알약을 얹은 손바닥을 바싹 턱밑에 갖다 대는 것이었다. 그는 이 같은 뜻지 않은 기회에 구체적인 형태로 요긴한 친절을 제공할 수 있게 된 것이 이만저만 기쁜 일이 아닌 눈치가 역력했다. 그러나 나는 그것을 받아먹을 생각은 없었다. 그렇게 하면, 먹은 소래야 똥을 눈다는 말을 그대로 믿을 수 있는 증거를 집요하게 요구할 것이기에 그렇게 할 수는 없었다. 그것을 먹어봤자 나는 배설할 수는 없는 일이었다. 그렇다고 이 속담의 값을 떨어뜨릴 생각은 조금도 없었다. 여기도 진퇴유곡이었다.

"소도 언덕이 있어야 비비잖수."

나는 이렇게 말했다. 그러자 경관은 의아스럽다는 듯이

"소? 무슨 소 말씀입니까"

하고 되묻는 것이었다.

"소 말이오. 왜 소, 소 있잖소?"

"네에."

경관은 그제서야 안 모양이었다.

"이것 말씀이시죠"

하면서 두 손의 엄지손가락으로 모자에 뿔을 세워 보인다. 그러더니 그의 낯빛이 싹 변했다.

"네? 뿔. 뿔이 나셨단 말씀입니까? 제가 말씀드린 일 가운데 기분 상하신 일이라도 있었던가요?"

"아니에요. 그게 아니에요."

"전혀 그런 뜻은 없었습니다. 그럴 마음은 없었습니다. 제가 말씀드린 것은 전혀 그런 뜻이 아니었습니다."

경관은 울상이 되었다. 그의 입술은 와들와들 떨리고 목이 꺽꺽 막히는지 괴롭게 눈을 섬벅거렸다.

"저는 오늘 밤과 같은 성스러운 밤에 근무하고 있는 가운데 높은 분을 만나서 저의 가정 이야기를 허심탄회하게 토로해보는 기회를 갖고 싶었던 것입니다. 그 밖의 아무 목적도 없었습니다. 저는 각하께서도 오늘 밤과 같은 날에 어느 골목을 암행하시다가 지극히 평범하지만 근무에 충실한 어느 부하와 더불어 세상 살아가는 일에 대하여 허물없는 이야기를 주고받았다는 그러한 추억을 가지시기를 원하시는 줄로 생각하였습니다. 그것이 마음을 상하게 해드렸다면 저는 몸 둘 바를 모르겠습니다."

"아아 그게 아니라니깐요!"

나는 부르짖었다. 경관은 대경실색해서 나를 쳐다보았다.

"네? 그게 아니라뇨?"

"난 아니란 말씀이에요."

"네, 뭐가 아닙니까?"

"난 아무것도 아니란 말씀예요!"

"그럼, 그럼."

경관의 얼굴은 무섭게 빠른 의혹의 빛이 스치고 지나갔다.

"그럼 당신은 누굽니까?"

내 목구멍에 굵은 통나무가 콱 막혔다. 나는 꺽꺽하면서 돌아서자

"도둑이야."

한마디 외치고는 때마침 펑펑 내리기 시작한 눈 속을 한사코 달려가는 것이었다.

크리스마스 캐럴 4

 웃음소리가, 희고 부드러운 꽃다발을 확 흩트려 뿌리는 모습을 언뜻 떠올리게 하던 그 웃음소리가, 또 들려온다. 파티는 한창 제 곬으로 접어드는 모양이다. 그러나 그 환성은 아까와는 달리, 성가시고 짜증스럽게 들렸다. 같은 꽃다발이라도 그것은, 까실한 종이를 접어서 만든 조화의 흩날림처럼, 갑자기 생기가 가셔버린 느낌이다.
 그는 앉아 있는 책상에서 일어서지 않은 채, 고개를 들었다. 창밖의 어둠이 그의 얼굴을 비쳐주었다. 그것은 너무나 잘 아는 얼굴이었으나, 해가 지나도 너무나 슬기로워지지 않는, 그리고 여전히 모든 것에 너무나 자신이 없어 보이는 얼굴이었다. 지금은 더욱 그렇게 보인다. 그는 펼친 대로 있는 편지 대신 봉투를 집어 든다. 봉투에 찍힌 도장이며 외국 우표의 참한 도안이며를 뜻 없이 눈으로 반추한다. 그러한 사소한 물건들이 그에게 지금의 이 무어라 이를 수 없는 허망한 마음의 상태를 만들어주기라도 한 것처럼. 그는 봉투를 눈에 더 가까이 대고 우표를 더 찬찬히 들여다보았다. 거기, 네모진 쬐끄만 화면 속에 거의가 구식 벽돌집인 유럽의 시골 도회가 위에서 엇비슷이 조망된 모습으로 묵직하게 들어앉아 있었다. 그것은 R—이었다. R—. 찬찬히 들여다본 우표 속의 R—은 신문에 나는 전송 사진들이 수많은 점들로 이루어져 있듯이 아주 가느다란 가로줄이 모여서 이루어놓고 있다. 많은 주름 주름…… 그러자 그는 보는 것이었다. 그 조그만 공간 위에 번져 오는 어떤 주름진 얼굴을. 한 늙은 외국인 여자의 어두운 얼굴을.

유럽으로 오기를 잘했다고 그는 늘 생각하였다. 그리고 유럽에서도 R—과 같은 구풍의 도시에 그의 대학이 있어준 것도 잘된 일이라고 그는 생각하고 있었다. R—은 지방 도시였으나 프로테스탄트 운동의 요람지의 하나였고 중세에 은성하던 상업 도시였다. 특히 이름난 것은 제혁製革업이었는데 여기서 이긴 가죽은 유럽의 시장에서 비싸게 거래되었고, 상류 사회의 아가씨들이 사교계에 데뷔하는 무도회날 밤에 그녀들의 발을 감싼 구두는 영락없이 R—에서 만든 가죽으로 지은 것이었다. 지금도 제혁업은 이 고장의 주요 산업이었다. 거리를 지나노라면 문득 비릿하고 시크무레한 냄새가 코를 찌른다. 근처에 가죽 이기는 공장이 있는 것이다. 그런 공장에 가본 일이 있다. 가까이서 그 냄새는 처음인 그에게 약한 구역을 일으킬 만큼 역했다. 그것은 규모가 작은—아마 그들의 선조들의 것보다 별로 크지 않은 작은 공장이었다. 이만한 공장이 온 시내에 푸슬히 있다. 그래서 R— 전체에서 이 비릿하고 시크무레한 짐승의 몸 냄새가 난다. 운하運河에서 서려오는 안개 때문에 아침저녁이면 더욱 짙게 풍긴다. 그곳에 머무르는 동안 줄곧 그가 거처한 아파트는, 시의 동쪽에 자리 잡은 우중충한 낡은 벽돌집이었다. 그것은 원래 신학교의 기숙사였던 것이, 신학교가 도시의 반대편 교외로 옮기면서 시민에게 팔린 것이었다. 가스와 전기를 넣은 것 말고는 더 보탠 시설이라곤 없었다. 그의 방은 삼층(건물은 모두 해서 삼층이었다) 서쪽 복도의 끝 방이었다. 창을 열면 도시의 거의 전모가 눈 아래 있었고, 막히지 않은 서쪽으로 운하가 멀리 뻗어 있었다. 여름이면 저녁녘으로 몹시 무더웠으나 그는 이 방에도 만족이었다. 전망이 좋았기 때문이다.

공로와 해로, 그리고 마지막으로 철도로 이 도시에 닿아서 대학의 수속을 마치고 이 집에 짐을 풀었을 때, 그를 사로잡은 것은 소원 성취한 푸근함이 아니고 어떤 허망이었다. 그리고 결국 그 느낌이 귀국할 때까지 그대로 끌었다.

미국이 해방시키고, 미국이 점령하고, 미국이 독립을 지켜주기 위해 전쟁을 해주고 있는 나라에서, 미국으로 유학해서, 미국 생활을 배우고, 미국 학위를 가지고 돌아와서, 미국 역사를 강의한다— 그것은 너무한 일이다, 라고까지 생각한 것은 아니었다. 학생 시절부터 그는 유학의 대상지로서 유럽을 막연하게 생각하고 있었다. 어떤 종류의 영국 소설 같은 데 짙게 깔려 있는 아나크로니즘— 거기서 등장인물들의 의식 속에서 미국은 온전히 변방의 뜨내기 식민지로 칠해지고 있는 그러한 편견이 어쩌면 모르는 동안에 그를 지배했는지도 모른다고 한다면 창피한 일이지만 그쪽이 사실에 가깝다고 그는 생각하고 있었다. 그러나 그의 전공인 서양사로 말하면 이 대학에는 이름 있는 사람들이 많았다. 그러니까 대학에도 그는 만족하고 있었다. 그런데도 그는 여전히 어딘가 겉도는, 무거운 기분을 안고 강의실을 나오곤 했다. 교수들에게서 그는 늙은 신기료장수를 보고 있었다. 머리가 희끗한, 거칠고 마디 굵은 손가락을 가진, 등은 굽고 허우대는 큼직한 늙은 신기료장수. 그들이 학문을 다루는 솜씨가 그런 인상을 때가 지날수록 더욱 짙게 새겨주는 것이었다. 중세 도시에서의 피혁皮革 업자들의 활동이 나온 어느 시간에, 당시의 가죽의 산지며, 말가죽 이기는 법이며를 설명하는 교수를 쳐다보면서 그는 자기 인상의 정확성에 아뜩하도록 취해버린 적이 있었다. 이 튼튼한 심줄과 굵은 손가락 마디를 가진 노인들에게, 학문은 무슨 막연한 것이 아니고, 그 손가락으로 주무르고 이기고 꿰매는, 아교풀이고 암말의 허벅지 안 가죽이고 쇠못이고 구두창이었다. 학문은 그들에게는 논리적 조작이 아니라 손에 익은 수공업이었다. 그러한 손가락 마디가 또한 그의 마음을 무겁게 했다. 그것은, 학문은 코즈모폴리턴한 것이며 관념적인 것이라고 생각해온 동방의 이방인 학생에게 어떤 모욕을 느끼게 했기 때문이다.

　프로테스탄티즘이라는 이름으로 그가 알아온 어떤 정신적 기풍도 또한 수정을 당해야 했다. 이곳에 와서 그는 프로테스탄티즘인 즉 고국에서 가톨릭에 대해서 그가 품어왔던 인상이 그에 해당한다는 것을 알았다. 칼뱅의 저 자코뱅적 엄혹성을, 리버럴리즘의 바로 반대물을 발견하게 되는 것이었다. 그것은 구가舊家의 가헌家憲처럼 질기고 고집스러운 결국 교수들의 손가락 마디나 구두창과 같은 물건이었다. 여기 가톨릭은 고국에서의 무당에나 맞먹었다. 모든 것이 이런 식이고, 그런 것들은 그가 가는 어디나 있었고 바로 그가 거처하는 아파트에도 그것은 있었다.

  이 지방 특유의, 가을날의 여린 햇볕을 연상시키는 엷은 구름을 거쳐 햇빛이 고루 비치는 어느 여름날 오후였다. 이역의 지붕 밑에서 두 달을 지낸, 창으로 도시의 지붕을 바라보는 버릇이 자연스레 치러질 만큼은 된 무렵이었다. 아래를 보면 거기는 아파트의 뒤뜰이다. 높은 데서 내려다본 네모진 풀밭은 물이 마른 낡은 우물 속 같았다. 거기 벤치에 노파가 한 사람 앉아 있다. 이런 날, 갠 날의 빤한 햇빛이 아닌, 구름이 엷게 두루 하늘을 덮은 자연의 간접 조명 장치를 거친 햇빛 속에서 모든 것은 부드럽고 가라앉아 보인다. 뜰에는 그녀 말고는 아무도 없었다. 왜 그랬든지 그는 첫눈에 그녀의 모습에서 감명을 받았다. 이렇다 할 까닭이 있어서가 아니었다. 어떤 때 어떤 곳에서 어떤 광경이나 사람에 대해서 문득 느끼게 되는 그런 종류의 느낌이었으니까. 그는 멍하니 그녀를 바라보았다. 그녀는 무릎에 책을 펴놓고 있었다. 그런데 두 손으로 책을 잡고 있는 품이 기묘했다. 책을 잡고 있다느니 차라리 무릎에 얹은 한 마리의 고양이를 감싸 안고 있다는 편이 나은 성싶게 그녀는 등을 약간 구부리고 두 손으로 책을 보듬고 있다. 움직이지 않는다. 그래서 더욱 고양이를 안은 늙은 여자의 모습이다. 기도서나 아니면 성경책이리라 하고 그는 생각하였다. 그렇게 생각하자 그의 감명은 좀더 이방의 유학생다운 페던틱한 곳으로 흘렀다. 늙은 여인, 아파트에 홀로 사는. 사람 없는 오후. 벤치에서. 햇볕 쬐기. 그 무릎 위에서 한 마리의 고양이 몫을 하는 성경책. 그렇구나. 저것이 종교구나. 저게 기독교다. 생활 속에 흠씬 파묻힌. 학문과 구두창. 종교와 노파. 성경책은 그녀의 고양이. 모든 것이 그렇다. 이 사람들의 생활의 모든 갈피마다 저런 고양이가 도사리고 있다. 무거운, 육중한 무게를 가지고 고독을 지그시 눌러주는 고양이, 생활의 무게를 에누리 없이 가늠해주는 학문이라는 고양이. 신기료장수의 송곳처럼, 끈적한 아교풀처럼 실용성만으로 움직이는 정치에서의, 효용效用이라는 고양이. 많은 고양이. 이방인에게는 수시로 표범이 되는 혹은 되었던 고양이……

　노크 소리에 그는 돌아섰다.

　들어선 것은 중키에 금발의 청년이었다. 그는 같은 대학의 공학부에 있으며 아파트에 같은 학교 학생이 있다는 말을 듣고 찾아왔노라고 자기소개를 했다. H(그의 이름이다)는 그와 나란히 창가로 걸어와서 아래를 내려다보더니 턱으로 그녀를 가리켰다. 그는 H의 그 동작이 무엇을 나타내려고 하는지 얼른 짐작이 가지 않아서 가만있었더니 H는 어깨를 으쓱하면서,

　"아파트의 수호 성녀라네"

하고 말하였다.

　"성녀?"

　"음, 벌써 여기 산 지가 이십 년이 넘는데 젊었을 때는 간호부였다는군. 그 밖의 일은 아무도 몰라."

"저 책은?"

"성경이야. 그래서 수호 성년데, 성녀치곤 좀 달라."

"다르다니?"

"보통 성녀는 선행이 본업 아닌가? 그런데 그녀는 사람 만나기를 싫어해. 늘 저렇게 성경만 부둥켜안고 있지."

"성경책에 선행을 쌓는 모양이군."

"글쎄, 책이면 읽어야 할 텐데 읽는 것보다 그저 부둥켜안고 있는 거지. 밤이나 낮이나. 그녀가 저 책을 손에 들지 않은 것을 본 사람이 없다니깐. 일종의 고행이겠지. 대단한 성녀지 뭔가."

그의 생각은 H의 것과 달랐지만 그 다른 점을 설명하자면 미상불 많은 시간을 들여야 하리라고 생각하고 그는 입을 다물었던 것이다. 성녀聖女는 여전히 꼼짝도 않고 햇볕 속에서 고행을 계속하고 있었다.

이렇게 해서 그는 H와 알게 되었다. H는 공과 계통의 학생답게, 너무 까다롭게 문화나 전통을 생각하는 이방인 친구를 가끔 놀려댔다. H는 인간은 모두 같으며 동양 사람의 결점은 자기들의 전통 속에서 보편성을 찾으려 하지 않는 '겸손한' 점이라고 말했다.

그러면 '겸손한 이방인'은 그것은 수학이나 물리학을 하는 사람에게는 그렇게 쉽사리 말할 수 있을지 모르나 자기로서는 여전히 이르는 곳마다 육중한 벽을 보며, 성경책을 고양이처럼 애완하는 그 노파가 바로 그 예라고 반박한다.

"말하자면 '수호 성녀'(그들은 노파를 그렇게 불렀다)의 저 성경책은 합리적으로 분석하거나 논증하기 위한 것이 아니고 애완하는 고양이처럼, 살아 있는 물건이 아닌가? 그녀가 결코 읽지는 않는다고 했지? 그럴 거야. 고양이를 읽는 사람은 없을 테니까. 그녀에게 다른 고양이는 무의미할 거야. 그보다 설사 더 좋은 고양이더라도 발톱에 긁히면서도 손때를 올린 그 고양이여야 할 거야. 종교란 그런 것이지. 그 철의 유행에 따라 옷을 입듯이 그렇게는 안 된다는 걸세. 자연과학은 예증을 취급하고 정신과학은 개성을 기록하는 거야. 하물며 그 개성을 사는 인간은 완고한 벽과 같은 거지. 개성이 다른 경우 말이 안 통하는……"

"이것 보게 그럼 자넨 인종 차별론자군그래."

"아니 문화 차별론자라 부르게."

"그 차별의 한계를 계산하고 이해의 단위를 만드는 게 과학 아닌가?"

"물론. 그러나 생활은 과학이 아니구 과학도 생활의 수단이야. 당신들이 기득권을 포기할 리는 없지 않아?"

"과도기는 불가피하잖은가?"

"물론. 다만 그 과도기를 살아야 하는 개인은 괴롭고 게다가 당신들의 입장에서가 아니고 우리들의 입장에서 살아야 하는 개인은 괴롭다는 거야."

"여기 생활도 괴로운가?"

"귀국하면 괴롭지 않다는 뜻에서 괴로운 건 아니지."

"왜?"

"고국에도 당신들이 있으니까."

"맙소사. 그건 내 책임 아니야."

"아니구말구."

"누구 책임인가?"

"아마 콜럼버스의 책임이지."

"맞었어. 그렇다면 이탈리아의 옴쟁이여 지옥으로 가라."

그를 지옥으로 보낸대서 해결이 될 일은 아니었다. 자기들에게 속하는 위대한 것들을 욕질하면서도 그들은 그것들 위에 평안히 앉아 있었고 그 이자를 나눠 먹고 있었고 그러길래 욕질할 수도 있는 것이 아닌가 하고 이방인의 심술궂은 마음은 맺히기만 하는 것이었다.

반년쯤 지난 이듬해 봄의 일이었다. 그는 도서관에서 일찌감치 나와서 아파트로 돌아왔다. 무슨 생각을 하면서 삼층으로 올라가는 첫 단을 밟으려는 순간 가벼운 외마디 소리와 함께 무엇인가 자기 앞으로 굴러떨어지는 기척에 퍼뜩 정신을 차렸다. 계단 중간쯤에 입을 딱 벌린 늙은 여자가 우뚝 멈춰 서서 이쪽을 내려다보고 있었다. 그녀의 눈길이 못 박혀 있는 곳, 그의 발밑에 한 권의 자그마한 책이 떨어져 있다. 그것이 굴러떨어진 소리였다. 흔히 있을 수 있는 일이었으나 그의 눈에 비친 늙은 여자의 표정, 계단 중간에 멈춰 선 채 이쪽을 보고 있는 여자의 표정은 흔히 있는 표정이 아니었다. 왜냐하면 그 순간 그는 에누리 없이 가슴이 덜컥 내려앉았기 때문이다. 그녀의 표정은 상대방에게 순간적으로 그런 반응을 일으키게 했다. 그는 멋쩍게 웃으면서 몸을 굽혀서 책을 집어 들었다. 그것은 아주 얇은 누런 가죽으로 포장한 자그마한 성경책이었다. 그는 집어든 책을 뜻 없이 한 바퀴 손안에서 돌리며 훑어본 다음, 그것을 여인에게 내밀었다. 그때 또 뜻밖의 일이 일어났다. 장승처럼 서 있던 여자가 그가 책을 내미는 순간 퍼뜩 정신이 든 듯이 젊은 여학생처럼 거칠게 계단을 뛰어내려오더니 그의 손에서 책을 홱 나꿔챘다. 그는 멍하니 노파와 마주 섰다. 성경을 가슴에 안은 노파의 팔은 후들후들 떨고 있었다. 그 얼굴. 크게 뜬 회색 눈과 씰룩거리는 입 언저리는 두려움과 미움을 한껏 나타내 보이고 있었다. 그러자 세번째로 그를 놀라게 하는 일이 일어났다. 노파의 얼굴에서 갑자기 힘이 빠졌다. 그리고 낮은, 힘없는 목소리가 이렇게 말하는 것을 그는 들었다.

"미안해요, 외국 학생. 미안해요……"

중얼거리듯이 그렇게 말하고 그녀는 천천히 계단을 내려갔다. 그는 멍하니 바라보았다. 그녀의 모습이 저 아래로 사라질 때까지 그 자리에 서 있었다. 높은 곳에 달린 창문으로 이른 봄의 흐릿한 햇살이 비집고 들어와서 계단의 손잡이 위에 조그맣게 멈추고 있었다. 언제나 그렇듯이 건물은 조용하였다. 아래와 위로 뻗은 인적 없는 계단. 끝없이, 아득히, 뻗쳐 보였다. 그는 계단에 걸터앉았다. 가볍게 조금만 토했으면 꼭 좋을 것만 같은 외로움이 가슴을 메스껍게 한다.

방으로 돌아와서 그는 창가의 의자를 거꾸로 타고 앉아서 운하를 바라보았다. 운하는 멀리 뻗어 있었다. 끝없이, 아득히, 다음으로 고국을 생각하였다. 거기 남은 친구들을 생각하였다. 출발할 무렵, 전사했다는 소문을 들은 동창의 얼굴이 떠올랐다. 그러자 그의 외로움 속에는 어떤 죄스러움이 스며들었다. 모두, 어렵게

들, 산다고 해서는 미안할 그런 삶을 치르고 있는 사람들에게서 멀리 달아나서 너무나 안전한 곳에서 사치스럽게 외롭다고 하는 스스로에 대한 죄스러움이었다. 그런 감정에 반발하듯이, 송별하는 자리에서 어느 친구가 한 소리가 들려왔다. 가란 말이야. 재주 있으면 무슨 수로든지 가란 말이야. 누군가 말했지. 한국의 젊은이가 싸움터에 나갈 땐 무슨 책을 배낭 속에 넣어야 할 것인가고. 개죽음이야. 완전한 개죽음이야. 죽음을 위한 최소한의 센티멘털리즘도 마련해줄 힘이 없는 사회. 여기서 전사한다는 건 그저 사고事故야. 교통사고야. 재수 없는 놈이 죽기야. 정 죽겠다면 그건 오기야. 오기로 죽어준다는 것 말고는 아무 까닭도 없어. 죽어줘? 그리고 친구는 미친 듯이 웃으면서 소주를 연거푸 들이켰다. 그러면 나는 그 '최소한의 센티멘털리즘'의 제조 기술을 배워가기 위해서 여기 온 것이 된다. 죽은 자들에게는 아무 쓸모 없는 행차 뒤의 나팔보다도 못한. 살아남은 사람들이 있지 않은가. 역사가 있지 않은가. 있겠지. 하나 들쥐와 구더기들이 붕괴시켜가는 썩은 고기와 뼈 부스러기에게 역사가 어쨌다는 것인가. 그렇다면 죄스러울 것 없지 않은가. 남을 위해서 살 수는 없지 않은가. 속이지 말자. 인간은 인간에 대해서 이리일 뿐이다. 멍청한 두뇌 속에 해 질 무렵까지 이런 생각을 오락가락 되씹었다.

우스운 일이지만 노파의 사건은 마지막으로 마음속에 떠올랐다. 그녀도 마찬가지다. 예수 그리스도의 유골도 아니겠고 낡은 손때 묻은 성경책을 누가 약탈하기나 하는 듯이 나꿔챈다. 인색한 신앙심. 그녀에게 신앙이란 돈과 마찬가지다. 남과 나눌 수 없는 물건이다. 예금 통장이다. 그것을 굵어쥐고 감추고 수시로 따져보고 빼앗길세라 의심하고. 그렇지. 낡은 돈궤를 열고 몰래 현금 계산을 맞추는 현장을 들킨 늙은 수전노의 표정이었다. 그 눈은. 그런 늙은 여자들에게 외국인은 온전한 인간으로 보이지 않는 법이지. 이방인. 이교도. 도적이나 혹은 강간자로 오인한 니그로에게 사과하는 백인 여자의 말투. "미안해요. 외국 학생 미안해요……" 미안해요 니그로, 미안해요, 난 또, 그러자는 줄 알구…… 제기랄. 외로움은 남을 사랑하든지 미워하든지 해서야 끝을 본다. 모욕도 마찬가지였다.

그는 담배를 피워 물고 유리창에 대고 연기를 후 뿜어냈다. 그리고 중얼거렸다. 인간은 인간에 대해서 이리다, 이리. 그걸 배워 가면 돼.

깊은 밤에 잠이 깨는 일이 많았다. 한두 번이 아닌 겪음으로 다시는 잠을 이룰 수 없다는 것을 알고 있었으므로, 그럴 때는 옷을 입고 아파트를 빠져나와서 운하를 구경하러 간다. 운하까지 가는 사이, 인적이 없는 거리를 가는 것이 또한 좋다. 돌을 깐 길이 달빛에 희뿌옇게 빛나고 있다. 달이 없는 때도 가로등이 있었으므로 어둡지 않다. 어둠이 두렵다는 게 아니다. 늘 불빛이 있어서, 거리를 볼 수 있어서 좋았다는 것이다. 그것은 정말 좋은 경치였다. 깊은 밤의 도시는 기름진 폐허와 같다. 어쩌다 사람이 지나가곤 하지만 그야말로 어쩌다였고 거리는 그저 집과 길뿐이다. 그런 시간에 건물들은 화장을 지운 제 얼굴을 내보인다. 침실에서 보는 여자처럼 그것은 안심할 수 있는 다정한 얼굴이다. 건물이 굵직하고 벽돌이 아니면 돌이기 때문에 흡사 조각을 보는 느낌이다.

 운하도 조용하다. 닻을 내린 배들이 부엉이 눈알 같은 등불을 한둘씩 켜고는 눈을 편히 뜬 채 깊이 잠들어 있다. 운하의 가장자리에 걸터앉는다. 드리운 발밑으로 사람 키 하나쯤 더 아래가 물이다. 밤이어서 검게 보이는 것과 곁에서 이따금 번들거리는 기름 때문에 운하는 한결 무겁게 보인다. 앉은 언저리를 손으로 더듬어서 돌을 찾지만 잡히지 않는다. 호주머니를 뒤진다. 동전이 있다. 그것을 발밑으로 던진다. 픽. 그뿐이다. 아주 싱겁다. 이번에는 침을 떨어뜨린다. 떼. 그런 소리가 난다. 아주 싱겁다. 일어서서 부두를 걸어본다. 그러다가 문득 생각한다. 고국에서라면 이럴 수 있을까 하고. 다 말고 통행 제한 때문에 불가능하다. 그럼 통행 제한이 없다면. 그래도 한밤에 나와서 부두를 어슬렁거리게는 안 될 것이다. 그런 생각을 하면 흥이 잡친다. 자기 나이가 생각키는 것이다. 소년도 아니겠구. 비꼬는 소리가 있다. 어떻단 말인가. 걷고 싶으니까 걷는 것이다. 소년이 이로하고 학난성하니. 제기랄 그래서 무얼 했단 말인가. 그래서 어떤 꼴이 됐단 말인가. 그래서 결국 자손들을 이방의 부두에서 한밤중에 신경질을 부리게 했단 말인가. 일촌광음인들 불가경이라. 제기랄. 그는 욕지거리와 상소리를 마구 뇌까리고 싶은 북받침을 느낀다. 그러나 그런 낱말들을 괄괄하게 탕탕 뱉는 살이를 못 해본 탓인지 이런 때에도 그것들은 입 밖으로 나오지는 않고 관자놀이 언저리에서 몇 번 욱신거리다가 그치고 만다. 올 적과는 다른 길인데, 공원에는 아카시아가 허

옇다. 한창 제철이어서 그 어찔하도록 진한 냄새가 공기 속에 확 퍼져 있다. 그는 코를 벌름거리며 냄새를 즐겼다. 걸어가는 사이 그 가볍고 다디단 냄새에 또 한 가지 다른 냄새가 섞여든다. 비릿하고 시크무레한 진득한 무거운 냄새. 근처에 가죽 이기는 공장이 있는 모양이다. 두 가지가 어울려서 어찔하도록 달싸하면서 메슥한 냄새가 된다. 이렇게. 그는 숨을 깊이 들이쉬었다. 이렇게 진하게. 살자.

아파트로 돌아온다. 돌아오는 사이에 기분은 다시 바뀐다. 자신 있게 살리라. 진하게 살리라. 그런 생각을 한다. 가죽 창처럼 질기게. 그런 생각을 한다. 아파트의 계단을 올라간다. 천천히. 소리를 내지 않기 위해서 더욱 천천히. 그때였다. 그는 심장이 얼어붙을 듯이 놀라며 우뚝 서버렸다. 바로 몇 단 위에서 젊은 여자가 소리 없이 내려오고 있었다. 그렇게 가까이까지 다가오면서 그토록 기척을 내지 않은 데서 놀랐던 것이다. 젊은 여자가 아니었다. 그 노파였다. 자기의 착각을 확인하면서 그의 가슴은 또 한 번 얼어붙었다. 그녀의 가슴에 여전히 성경책을 보듬고 있었다. 숨을 죽이고 서 있는 그의 옆으로 그녀는 유령처럼 소리 없이 지나갔다. 다시 움직이기 시작했을 때 자기 등에 식은땀이 밴 것을 그는 알았다. 그녀는 여전히 성경책을 보듬고 있었다! 이런 시간에도. 그 사실이 순간 그를 쭈뼛하게 만들었던 것이다. 방으로 돌아왔을 때 그는 기진맥진해 있었다. 운하까지 걸어갔다 온 고단함 탓은 물론 아니었다.

새벽녘에 그는 몰래 일어나서 슬며시 문을 열고 복도에 나섰다.

그는 소리를 죽여 계단을 내려갔다. 이층의 왼쪽 끝 방으로 갔다. 문을 불쑥 열었다. 침대 위에는 아까 계단에서 착각한 순간의 젊은 얼굴을 한 노파가 남자를 끼고 어울려 있었다. 노파의 암말처럼 큼직한 허연 엉덩이가 벌름거린다. 남자는 H였다. 그는 도망하려고 했으나 발이 떨어지지 않는다…… 거기서 꿈이 깼다. 요가, 흠씬하도록 땀에 젖어 있다. 이날 밤 그는 지쳐 떨어지도록 오나니를 했다. 그런 다음에야 겨우 잠이 들었다. 또 꿈을 꾸었다. 그는 운하에 가 앉아 있었다. 호주머니에서 동전을 꺼내서 던지고 있었다. 픽. 픽. 그리고 침을 뱉었다. 떼. 떼. 침과 동전은 자꾸 운하 속으로 빠져들어갔다. 깊이 잠들었다.

  삼 년 동안 같은 아파트에 살면서 다시는 그녀와 그날들처럼 가깝게 마주칠 기회는 없었다. 다만 그녀가 나이팅게일 훈장 소지자며 성서보급회의 명예 회원이라는 것을 더 알게 되었을 뿐으로 더는 없었다. 그녀의 미신에 가까운 성서 집착도 그런 단체로서는 좋은 상징물이 될 수도 있는 일이었다. 아파트에 사는 사람들도 그녀를 존경을 가지고 은근하게 대했다. 사람과 어울리기를 꺼린다는 것뿐이지 따로 괴팍한 점은 없었기 때문이다. 나이팅게일 훈장 소지자며 성서보급회의 위원이라는 것은 가장 확실한 존경의 담보가 될 만한 일이었다. 왜냐하면 그것은, 인간과 신神의 십자가를 모두 가지고 있다는 것이 되기 때문이다. 그날의 사건이 그의 마음에서 그 당장에서처럼 나쁜 인상을 오래 남기지는 않았다. 한 해, 두 해, 세 해를 언제나 같은 모습, 뜰 안의 벤치에서 성경을 안고 졸거나, 계단을 역시 성경을 안고 소리 없이 오르내리는 모습을 줄곧 보아오는 사이에 그녀는 그의 마음속에서 신비한 빛무리를 단 인물이 되어버렸다.

 이방인인 그는 너무 지나쳤는지 모른다. 그 사회에는 그런 종류의 사람이 얼마든지 있다. 죽을 때까지 보장된 생활비를 쥐가 기둥을 썰듯 매일 그만하게 축내면서 본인에게만 소중한 어떤 취미에 파묻혀서 살고 있는 사람들. 그것은 종류는 가지가지겠으나 성경책을 고양이처럼 품고 다니는 노파의 동류들이다. 아파트의 그의 방에서 세 방 건너에 살고 있는 늙은 선장도 그런 사람이었다. 그러나 그는 이 노인을 좋아하지 않았다. 일차 대전과 이차전 때에 대서양에서 독일 잠수함과 싸운 이야기를 지루하도록 늘어놓는 이 노인은 해도海圖 수집가였는데, 한국은 중국의 어느 지방인가 고 물은 다음부터는 되도록 그를 피하고 만나지 않았다. 선량하기 때문에 더욱 혼자서 짜증스러워야 하는 그런 인물과의 사귐이 싫었던 것이다. 노파의 경우는 달랐다. 그녀는 아예 사람을 버리고 있었다. 그것이 그에게는 부러운 스토이시즘이었다. 스무 해. 이십 년 동안 같은 일을 하고 있다는 것은 현기증이 나게 하는 사실이었다. 그것이 무슨 일이든. 같은 일, 같은 모습, 같은 일과, 같은 표정, 같은 집념. 그 거대한 손때 묻은 시간의 쌓임이 그에게는 부러운 것이었다. 반역하기 위해서도 먼저 그것들이 있어야 했다. 그는 늙은 선장의 수집품 중에서 중세 해적이 쓰던 것이라는 해골이 그려진 해도를 보았을 때도 그런 것을 느꼈다. 해골의 표. 그것을 유럽인은 피부로 이해한다. 이 사회에는 모두가 피부로 이해되는 것뿐이다. 그런 상징 속에서 산다. 그런 상징들은 그들의 신경이며 세포며 눈알이며 손톱 새에 낀 때다. 반대로 우리에게는 그것들은 학문이며 논리이며 교양이며 요컨대 관념이다. 이 틈새. 그것을 메우는 것. 귀국할 무렵 그는 자기가 앞으로 일할 방향을 그런대로 어슴푸레 짐작하고 있었다. 노파는 그러한 유럽의 상징이었다. 그것이 얼마나 심술궂고 고집스런 것인가를 그날 그녀의 눈빛에서 보았던 것이다. 성경조차도 움켜쥐는 것이다. 하느님조차도 '움켜' 쥐고 있는 것이다. 예금 통장처럼. 그것은 그의 앞날의 작업이 몹시도 어려운 것임을, 해도 없는 뱃길처럼 위험에 가득 찬 것임을 말해주었고 귀국한 다음 대학에서 문화사를 강의하면서도 줄곧 다시 확인한 믿음이었다. 그는 자기 강의가 겉돌고, 그 늙은 신기료장수들의 것처럼 질기고 발에 착 감기지 않는 것을, 그 노파처럼 적의에 찬 고집이 없는 것을 절망에 가까운 마음으로 안타까워해오고 있었다. 인간은 하나가 아니다. 그것은 식민지 인텔리의 천박성만이 꿈꾸는 관념이다. 역사의 산물인 인간은 역사의 때에 절어 있으며…… 그 역사를 같이하지 않은 인간들과는 다른 영혼의 성감대를 가진다, 라고 조금 아까까지 그는 믿고 있었다. 그런데……

그는 아까 한 번 읽은 다음에는 마치 두려운 물건이기나 한 것처럼 밀어놓은 채로였던 편지를 조심스레 집어 들었다.
그때, 두드림도 없이 문이 열리며 누이동생이 들어섰다.
그녀는 성큼성큼 걸어오더니 종알거렸다.
"좀 오세요. 애들이 오빠 구경하재요. 그 도도한 독신잘 곧 불러들이렷다 이거예요. 어머……"

그녀는 그의 손에 든 편지를 기웃해 보았다.

"연애편지? 금발에 푸른 눈의 여인에게서 온…… 아니에요?"

그는 할 수 없이 웃었다.

"어머 침통한 그 웃음. 운명의 어쩔 수 없는 벽으로 하여 갈라졌으나, 지금도 대양을 사이하여 오가는 로맨스? 이거 발견이다."

"알았어. 좀 있다 갈게."

"빨리 오세요. 남자도 한 철이라는 걸 깊이 명심하시도록."

"넌 무슨 소릴 하구 있니? 오늘은 크리스마스야. 넌 크리스천도 아니잖니? 네가 지금 하는 소리는 카니발에나 할 소리야."

"오빤 서양 갔다 온 사람이 더 구식이셔. 새 세대에겐 새 감각이 있는 거예요. 우릴 이해하시기 위해서도 좀 사귀어보세요."

"아무튼 가 있어."

그녀는 편지를 눈으로 찔끔 가리키며 말했다.

"나중에 보여줘요."

그러고는 수선스럽게 뛰쳐나갔다. 그는 한참 그녀가 사라진 문을 멍하고 바라보다가 그제서야 두번째로 편지에 눈길을 돌렸다. 그것은 H, R—의 저 아파트에서 같이 있던 H에게서 온 것이었다.

……요즈음 이곳에서는 '옛 크리스마스로 돌아가자'는 운동이 벌어지고 있어. 크리스마스의 경건한 정신을 되찾자는 운동이지. 그런데 이채로운 것은 이 운동이 청년 단체의 큰 지지를 받고 있다는 사실인데 노인들은 그들의 젊은 세대에 대한 안목을 배신하는 이런

호응에 약간 실망하고 있다고, 어느 청년 단체의 회원인 나의 학생이 익살맞게 웃으며 나한테 말하더군. 여기 있을 때 크리스마스에 단연코 초대를 거절하던 자네 생각을 하면서 나는 약간 걱정이 되었네. 이곳 젊은이들이 늙은이보다 더 늙고 싶어 하는 운동을 하게 되면 자네의 지론인 인종 차별, 아니 문화 차별의 벽이 더 높아질까 해서라네. 참 늙은이 이야기로 생각이 나는데 자네한테 알려줄 뉴스가 있군. 자네, '수호 성녀'를 잊지는 않았겠지. 그녀가 얼마 전에 죽었어. 그런데 임종의 자리에서 놀라운 사실을 털어놨단 말일세. 그녀는 몇 개 단체의 회원이기도 하고 워낙 여러 해를 그 아파트에서 산 탓으로 임종의 자리에 모인 동숙자들도 많아서 목사 말고도 꽤 여러 사람 모인 자리에서 그 사람들을 향해 사죄를 겸한 고백을 했어. 그녀는 말하기를, 나는 여러분을 삼십 년 동안 속여왔다. 나는 성서보급협회의 위원 될 자격이 가장 없는 사람이다. 나는 성경에 아무 관심도 없었다. 이 성경(그 순간에도 그녀는 성경을 가슴에 품고 있었다고 하네)— 이 성경을 포장한 이 가죽을 지키기 위하여 나는 성경을 이용했을 뿐이다. 이 가죽은 사십 년 전에 사고로 죽은 내 애인의 가죽이다. 애인은 내가 근무하는 병원에서 운명했다. 그가 파묻히는 전날 밤 나는 시체실에서 애인의 몸의 일부를 벗겨냈다. 나는 그때까지 십 년간 그 병원의 외과에서 근무한 노련한 간호원이었다. 그 후에 나는 퇴직하고 이 아파트로 왔다. 우연히 생각한 것이 성경책을 이용하는 방법이었다. 물론 나는 신을 모독하는 것이 두려웠다. 그러나 이보다 더 훌륭한 보관 방법은 없었다. 가장 떳떳한 것으로 가장 비밀한 것을 덮었기 때문이다. 이 방법으로 나는 어디서든지 언제든지 사랑하는 사람과 함께 지낼 수 있었다. 삶을 마치는 이 자리에서 나는 이 큰 죄를 고백하지 않고는 견딜 수 없다. 주여, 이 죄인을 용서하소서 — 이렇게 말했다는 거야.

어떤가 놀랍지 않은가? 그보다도 자네는 늘 그 노파를 유럽인의, 그러니까 기독교의 상징처럼 말하곤 했는데 그녀의 일생에 걸친 그 집요한 행위는 기독교와는 아무 관계도 없는 것이었단 말일세. 그것은 사랑이라는 가장 인간적인 동기에서 나오고 그것으로 지탱된 것이었어. 인간적인. 그리고 '인간'이라는 것. 그것은 이 지구 상의 모든 사람에게 주어지는 이름이 아닌가. 아무튼 나는 이 사건이 자네의 연구에 좋은 데이터가 되기를 희망하네. 그러면 좋은 크리스마스와 행복한 새해를 비네.

또다시, 떠들썩한 웃음소리가 들려왔다.

그는 편지를 봉투에 넣고 서랍에 들이밀고, 쇠를 잠갔다. 외투를 입고 문을 열었다. 복도에 나가자 파티 자리인 누이의 방에서 들리는 웃음소리와 음악 소리는 좀더 크게 들렸다. 그는 자기 방 앞에 선 채 잠깐은 움직이지 않았다. 그리고 혼자서 중얼거렸다. 인간적인 동기. 순전히 인간적인 동기라고. 그러니까 그녀는 유럽인도 기독교인도 아닌 인간이었을 뿐이라고…… 아니. 아니지. 그녀는 고백을 했다. 독신瀆神이었다고. 법률을 믿지 않는 사람은 자수를 하지 않는다. 그녀는 했다. 그리고…… 그리고 사랑조차도 한 장의 가죽의 형태로 움켜쥐어야만 하는 인정이…… 애인의 가죽을 사십 년 동안 토정비결 표지에 써서 보관해온 노파를 상상할 수……

그는 토하고 싶었다. 그 토기吐氣를 언젠가 꼭 그런 기분으로 맛본 적이 있었다, 하는 환각이 언뜻 일었다. 그는 조심스레 발을 옮겨 파티가 벌어지고 있는 방 앞을 지났다. 축음기에서는 달착지근한 목소리로 남자가 크리스마스 캐럴을 부르고 있다. 그런데 원수는 외나무다리였다. 누이동생이 그의 앞에서 걸어오는 것이었다.

"어디 가세요?"

그녀는 눈을 휘둥그렇게 뜨고 그의 위아래를 훑어보았다.

"음, 좀, 바쁜 일이……"

그녀의 눈이 샐쭉해졌다.

"너무하다, 정말……"

그녀의 목소리는 눈과는 달리 울먹한 것이었다. 여느 때 같았으면 그를 움찔하게 했을 그 울림이, 지금은 되려 그를 차갑게 만들었다. 그는 말없이 그녀를 비켜서 현관 쪽으로 걸어갔다.

"어딜 가세요, 정말 약속도 없으시면서."

아직도 아쉬움을 버리지 못한 목소리가 그의 뒤를 쫓아왔.

약속? 오늘 밤에는 모두들 약속이 있어서 저렇게 파티가 있겠구나. 크리스마스 파티. 크리스마스를 파티에. 하느님을 구실로 암숫이 재미 보기. 바이블을 구실로 수컷의 가죽을 지킨 여자. 그렇다면, 가만있자. 저 애들은 벽을 뛰어넘은 것이다? 아니. 안 그렇다. 그 늙은 여자는 죽음의 자리에서 계약을 새롭힐 상대가 있었다. 바이블은 하느님에게 돌린 것이다. 바이블—고양이—수컷의 가죽—다시 바이블. 이라는 재주넘기. 그런데 저 애들은? 그들에게는 계약을 새롭힐 상대가 없다. 상대가. 그는 불쑥 말했다.

"너희들의 고양이는 팻 분이냐?"

인제 그녀는 차갑게 그를 바라보고 있었다. 그것은 전날에, 바이블을 떨어뜨린 그날 그 계단에서의 그 늙은 여자의 눈빛이었다. 그는 돌아서서 손잡이를 천천히 돌려 문을 열고 밖으로 나섰다. 어디로? 저 늙은 외국인 여자가 가지고 있던 두 가지가 나에게는 다 없다. 바이블도, 한 장의 가죽도. 그리고 저 애들의 팻 분도. 나에게는 약속도 없다. 당장에는. 이것은 확실하다. 그러니까 나는 누구도 아니다. 비릿하고 시크무레한 이 속의 메스꺼움—이 나다. 이것도 확실하다. 그는 비로소 자기가 지금 가야 할 데를 알았다. 그렇지.

R—로. 사람도 죽어서 가죽쯤은 남기는, 그 짐승다운 냄새에 절어 있는 도시의 저 우중충한 신학교 기숙사로 가서 거기 삼층으로 올라가는 계단에 걸터앉아 높은 벽에 달린 동그란 창으로 비집고 들어온 여린 햇빛이 조금 묻어 있는 손잡이에 머리를 기대고 이 메스꺼움을 입 안에 토해내자. 그리고 그 토사물—나의 핵核을 천천히 씹어보자. 크리스마스가 페스트처럼 난만하게 번지고 있는 이 서울의 밤이 샐 때까지.

크리스마스 캐럴 5

1950년대도 다 가는 1959년 여름, 어느 날 밤의 일이다.
12시가 되면 자리에 드는 나는 그날도 내 방에서 혼곤히 잠이 들어 있었다. 꿈인 듯 아닌 듯 몸의 어느 한 군데에 뜨끔한 아픔을 느끼고 퍼뜩 잠에서 깨어났다. 처음에는 어디가 아픈지 알지 못했다. 그러나 곧 그곳을 알아냈다. 찾아낸 것이 아니라 그쪽에서 알려준 것이다. 바로 오른쪽 겨드랑이였다. 거기가 쿡, 쿡, 쏘는 것이었다. 나는 팔을 들고 들여다보았다. 잘 알려진 바와 같이 거기는 털이 있는 곳이어서 그 부분의 피부를 관찰하는 것은 매우 불편한 일이었다. 나는 손을 가져가서 조심조심 더듬어보았다. 그렇게 생각해서인지 조금 부은 것 같았다. 임파선이 부었구나 하고 나는 생각하였다. 며칠 사이에 과로한 것도 아닌데 하고 나는 수상하게 여겼다. 그렇게 하면 내리기라도 할 것처럼 나는 손바닥으로 살살 문질러봤다. 그게 아니었다. 아픔은 간헐적으로 그러나 쉬지 않고 툭, 툭 치밀어올리기를 그치지 않는다. 가래톳이라고 불리는 이런 증상은 아마 누구나 몇 번씩은 겪은 일일 것이다. 잘못 다스리면 째야 되는 수도 있다는 것을 나는 알고 있었다. 나는 노골적으로 걱정이 되었다. 나는 이상한 성미여서 몸에 고장이 생기는 것을 가장 싫어한다. 나는 그쪽을 위로 하고 다시 드러누웠다. 좀 안정을 하자는 것이다. 아픔은 한결같다. 보통 같으면 가래톳이 생기는 처음에는 이렇게까지 아프지는 않다. 지그시 은근하게 아프다가 도지면 도지는 것인데 이상한 일이었다. 끝내 아픔은 그대로 참기가 어렵게 심해진다. 나는 시계를 보았다. 1시 조금 지났다. 병원에 갈 수도 없다. 참는 데까지는 참아보는 길밖에 없었다. 나는 잊어버리고 딴 일을 해볼 양으로, 저녁에 읽다 만 소설을 집어들고 읽어나갔다. 그러나 헛일이었다. 가래톳은 나의 그러한 불성실에 화가 났다는 듯이 갑절이나 심하게 겨드랑을 걷어차는 것이었다. 나는 벌떡 일어섰다. 엎친 데 덮치느라고 그때 뒤가 마려워진다. 나는 한 손으로 그쪽 겨드랑을 누르고 밖으로 나갔다. 변소는 뜰에 있다. 밖은 보름 가까운 달이 시뿌옇게 빛을 뿌리는 좋은 밤이었다. 뒤를 보고 나오면서 나는 그렇게 심하던 아픔이 씻은 듯이 가라앉은 것을 깨달았다. 잘된 일이었다. 나는 방으로 돌아왔다. 그러자 쿡 하고 겨드랑이 울렸다. 나는 어 하고 신음 소리를 내면서 주저앉았다. 그토록 아팠다. 용변을 보았다고 아픔이 가실 리는 사실 없었던 것이다. 그러나저러나 큰일이었다. 이러다가는 새벽까지 가도 잠을 자기는 다 그른 일이었다. 달구경이나 하자 하고 나는 생각하였다. 시원한 공기가 몸에도 좋을 것이고. 나는 다시 뜰에 내려섰다. 그러자, 이상한 일이었다. 겨드랑이의 아픔은 씻은 듯이 사라지는 것이 아닌가? 꼭 거짓말 같았다. 그때까지도 나는 사건의 핵심을 눈치 채지 못하고 있었다. 아픔이 가신 것만이 다행스러워서 나는 뜰에 놓은 판때기 의자에 걸터앉았다. 나온 김에 달구경을 하는 것은 나쁠 것이 없었다. 달은 거기 있었다. 어찌 보면 완전한 원에서 조금 모자란 듯싶었지만 거의 보름달이었다. 나는 저 차가운 머나먼 덩어리에 조만간 사람이 가게 될 것을 생각해보았다. 물론 내 자신이 거기 가게 되는 일은 없으리라. 그러나 이 지구 위에 있는 나와 똑같은 사람 누군가가 저기 가서 서성거리게 된다는 것은 얼마나 멋진 일인가. 나는 별난 성미여서 남이 재미 보는 것을 배 아파하는 일이 없다. 누군가 우리 세대에 아무튼 갈 것만은 틀림없다. 그리된다면. 히야. 세상이 변할 거야. 민족이라는 단위 대신에 지구족이라는 말이 비로소 빈말 신세를 벗게 된다. '지리상 발견의 시대'와 꼭 같은 기분에 들뜬 새 시대가 온다. 마르코 폴로 이래 서양 사람들이 꼭 그런 기분으로 살았을 거야. 우리가 화성인 금성인을 생각하는 것처럼 동양 사람을 그려봤겠지. 신비한 풍문만 들어오던 그 종족들을 슈퍼맨처럼 대포와 총으로 쳐 누르고 그곳에 있는 보물을 날라오고, 식민을 하고, 관광을 하고. 얼마나 신기했을까. 얼마나 의젓했을까. 얼마나 사는 보람 있었을까. 원님 덕에 나팔 분다고 원님만 좋으랴 나팔꾼도 푼수대로 신이 났을 거야. "식민지에나 가서 빌어먹어볼까." 영국 거지는 벌이가 신통치 않은 어느 날 중얼거렸을 것이다. 서양 사람들은 정말 멋진 사람들이다. 그리구 지금 또 달나라에 식민을 하려고 하니. 달에 사람이 왔다 갔다 하면 지금은 꼭 맺힌 듯이 보이는 일도 차츰 풀릴 거야. 아무렴 사람들 기풍이 달라질 테니간. 쩨쩨한 데가 좀 가시고 숨 돌리는 여유가 생긴다. 암마. "에이, 달나라에나 가버릴까." 이렇게 말하게 된다면 일은 크지 않고 어떻겠는가…… 이런 생각을 하면서 아마 한 시간은 보냈을 것이다. 나는 좋은 기분으로 돌아왔다. 그때였다. 흑! 나는 까무러칠 뻔하였다. 툭, 툭, 툭…… 겨드랑이가 쏘는 것이다. 나는 또 팔을 들고 들여다보았다. 그랬더니 겨드랑은 어느새 달걀만큼 부풀어 있는 것이 아닌가. 그것은 검은 술이 달린 둥근 파를 떠올렸다. 그리고 무작정 쑤시고 저려오는 것이다. 생각하기 전에 나는 뜰에 나와 있었다. 직감이란 것은 있다. 그 순간 나는 사건의 핵심을 몸으로 알았던 것이 분명하다. 아니나 다르랴. 겨드랑의 아픔은 멀쩡하게 가시고 손으로 만져보니 달걀은 간데온데없다. 내 가슴은 방망이질 치기 시작했다. 머리가 내둘린다. 그러는 중에도 나는 생각했다. 혹시 이건 꿈일는지도 모른다. 그래서 나는 내 팔을 힘껏 꼬집어보았다. 물론 어리석은 일이었다. 꿈이 아니라는 것을 증명하는 길은 이 세상에 없는 것이다. 그렇다면 어떻게 된 일인가. 나는 어찌할 바를 모르다가 다시 한 번 시험해보기로 했다. 어리석은 자의 학교는 겪음이라고 하였으니 여러 번 거듭해서 결과가 같으면 정답이라고 믿을 수밖에 없다. 나는 도둑놈처럼 조심조심 발을 옮겨 디디면서 방 앞에 이르렀다. 그리고 사르르 문을 열었다. 그런 다음에도 문밖에서 한참을 기다렸다. 나는 딴전을 부리면서 자연스레 무심코 하는 척하면서 한 발을 방 안에 들여놓았다. 찰나. 툭툭툭툭. 기겁을 하면서 나는 발을 거두었다. 이제는 의심할 나위가 없다. 내 겨드랑에 난 가래톳은 내가 방에 있으면 성을 내고 방을 나서면 말짱해지는 것이다. 어리석은 자는 믿음이 또한 약하다. 그래도 한 가닥 미련을 버리지 못해서 나는 서성거렸다. 미련이란 다름이 아니라 한 번만 더 실험을 해봤으면 하는 심사 말이다. 나는 힘을 내서 해보기로 했다. 이판사판인데 밑져야 본전이었다. 슬며시 발을 디민다. 툭툭툭툭. 기겁을 해서 발을 빼고. 인제 사태는 온전히 그 모습을 드러냈다. 내 겨드랑에 무슨 살이 끼어서 귀신이 곡할 일이 생기고 만 것이다. 나는 망연자실을 실연하였다. 도대체 어찌 됐단 말인가. 어찌 되나 마나 이치에 닿는 일이어야지 이런 엄청난 일을 무엇을 어떻게 생각해볼 수도 없는 일이었다. 나는 판자 의자로 나와 주저앉았다. 실히 2,30분은 그렇게 하고 있었다. 별궁리도 나지 않고 그저 막막하였다. 나는 조심스럽게 겨드랑을 만져보았다. 파마늘은 살 속 깊숙이 묻혀 버렸고 술만 한 줌 잡힌다. 그때 아버님 방 문이 열리면서 소리가 부르는 것이었다.

"철이냐?"

나는 숨을 죽였다. 이상한 것이 아버님의 목소리를 듣는 순간에 나는 쭈뼛해진 것이다. 도적놈들이 들켰을 때 아마 이럴 것이었다.

"철이냐?"

그래도 가만있었다. 아버님도 아버님이셨다. 내가 담 밑이나 장독 옆에 숨어 있는 것도 아니겠고 대명천지 밝은 달빛 아래 뜰 한 가운데 판때기 의자에 동그마니 앉아 있는데 보시면 아는 일을 기

어코 실토를 시키실 작정인데 아버님의 그런 심사가 속이 상했던 것이다.

"철이냐?"

막무가내로 뻗치기다. 끝내 부시럭부시럭하시더니 아버님은 방을 나선다. 신을 끌어 신으시고 내 앞에 와 서신다. 내 얼굴을 유심히 들여다보신다.

"철이냐?"

나는 빙그레 웃는다. 아버님도 빙그레 웃으신다. 아버님은 여전히 정정하시구나 하고 나는 생각한다. 일이십 년은 너끈히 더 사실 테지. 나는 하마터면 눈시울이 뜨끈할 뻔했다. 사람 사는 것은 죄야 죄 하는 생각이 들었다.

"달구경을 하고 있구나"

하고 말씀하신다.

"제가 말씀인가요?"

"아니 내가 말이다."

"방금 저한테 말씀하시지 않으셨습니까?"

"내가?"

"아니 제가 말입니다."

"그걸 그토록 밝혀서는 어쩌자는 거냐?"

"아버님. 제가 그토록 용렬해 보입니까?"

"난 네가 용렬하다고 생각해본 적도 없겠거니와 앞으로도 그럴 마음은 조금도 없다. 네 의향은 어떠냐?"

"제 의향이래야 별것 있습니까? 그저 여러 사람이 다치지 않구 좋은 게 좋은 거죠 뭐."

"물론 그건 일리가 있는 말이다만 아무래도 마음이 놓이지 않는구나. 네 에미 생각도 그렇고 옥이 의향인즉 물어본 적이 없으니 딱히 이렇다고 떼어 말하기는 어렵다마는……"
하고 아버님은 어느새 수심쩍어하신다. 나는 더럭 겁이 났다.

"한 치 사람 속은 모른다지만 그래도 옥이를 그렇게까지 의심하셔서야, 어떨까요?"

"의심하면 못쓴다는 얘기냐?"

"글쎄올습니다. 저도 실은 그 점이 분명치 않아서 평시에도 몹시 주의는 하느라 합니다만, 말뿐이고 맘뿐이지 어디 그렇게 됩니까?"

"동기간도 별수 없이 그러기냐?"

"제가 여쭙고 싶은 게 바로 그 점입니다. 뭐니 뭐니 해도 제 살붙이라고 않습니까? 만은 무슨 일에나 한번 의심은 품어볼 만하지 않겠습니까? 성패야 사람이 정하는 일이 아니니."

"누구에게 맡긴단 말이냐?"

"어차피 제가 맡는 길밖에 있겠습니까?"

"그리되면 괴로울 거야."

"괴롭구말구요. 하기는 맡는다는 것도 말이 안 되는 얘기죠."

"그건 또 어째 그러냐?"

"맡는 게 아니라 떠맡겨지는 것이라고 하는 편이 옳을 테니까 말입니다."

아버님은 깊은 한숨을 쉬시더니 판때기 의자에 걸터앉으셨다.

그때 한 가지 생각이 떠올랐다.

"아버님 밤공기가 해로우실 텐데요."

아버님은 뜻밖이라는 듯이 나를 쳐다보았다.

"섭섭한 얘기구나."

"네?"

나는 어리둥절했다.

"제가 혹 무슨 실수라도 했는지 모르겠습니다?"

"너는 내가 그토록 부실해 보이느냐?"

그것은 약간 노기마저 풍기는 목소리였다. 나는 일이 엉뚱하게 벌어지는 데 놀라는 길밖에 없었다.

"저는 다른 뜻은 없고……"

하면서 나는 속으로 죄스러웠다. 분명히 다른 뜻이 있었기 때문에. 그러나 이제 와서 아니라고 할 수는 없는 쏘아놓은 화살이었다. 아하 사람들은 얼마나 쏘아놓은 화살을 거두기 위해서만 일생을 보내는 것일까. 미련은커니와 후회스럽기만 한 그 쏘아버린 화살을.

"아버님 건강을 염려한 것뿐입니다."

"듣기 싫구나."

아버님은 토라지는 것이었다. 나는 아버님도 이런 애교가 있으셨던가 하고 문득 가슴이 메는 것을 느꼈다.

"아무렇기로서니 그럴 수야 없을 거다. 내 딴에는 너를 그렇게 보지는 않았건만……"

푸념의 고개를 넘으시는 아버님이었다. 나는 뜨끔했다. 아버님은 혹시 내 음모를 알아차리신 것이나 아닐까. 이내 나는 그런 생각을 지워버렸다. 왜냐하면 분명히 불가능한 일이었으니까. 그래서 나는 말했다.

"아버님. 제가 잘못한 점은 백번 사죄합니다. 저야 아버님이 알아주시면 어떻구 몰라주시면 어떻겠습니까? 그런 건 아무래도 전 좋아요. 그것보다 아까도 말씀드린 대로 밤공기가 몸에 좋지 않을 것 같아서 실은 말씀드린 겁니다."

"방에 들어가라는 말이겠지?"

"아닙니다. 아니에요."

정말 아니었다.

"알겠다, 네 심정도. 허지만 철아, 너도 잘 알지 않느냐? 내가 너하고 같이 있는 시간을 얼마나 귀하게 여기는지를 말이다."

"옳습니다. 아버님더러 밤공기가 차다고 말씀드렸다고 해서 그것이 왜 방으로 돌아가시라는 말이라고만 할 수 있겠습니까?"

"뭐라구? 그것 한번 묘한 말이로구나. 옳아 알았다. 껴입구 나오너라 이런 말 아니냐?"

나는 점점 당황해졌다.

"그것이 아닙니다."

"하 참 답답하구나."

아버님은 끝내 짜증을 내셨다.

"그것이 아닙니다."

"글쎄 그게 아니면 뭐란 말이냐. 그걸 말해보라구 않니? 온 참 너무 그러지 말아라."

"방에 들어가시자는 겁니다."

아버님은 기가 막히다는 듯이 나를 쳐다보셨다.

"히야. 너 참……"

아버님은 연해 고개를 저으시면서 어이없어하셨다. 그러나 자청한 바보는 능히 견디는 법이다. 나는 끄떡도 없었다. 되려 태연하게 말했다.

"아버님은 왜 곧이곧대로세요?"

하고 나는 짐짓 화를 내는 척했다.

내가 강하게 나오자 아버님은 좀 수그러지시는 것 같았다.

"다른 길이 있으면 마다할 내가 아니다. 그러니까 네 심중을 물어보지 않니"

하셨다.

타박을 드린 것 같아서 나는 울적해지는 것을 느꼈다.

"아버님"

하고 나는 되도록 상냥스럽게 불렀다. 그러나 어딘가 양을 구슬리는 이리의 냄새가 풍기는 것을 느끼는 것이었다. 나는 화가 났다. 퉁명스레,

"아버님"

하고 불렀다. 그러자 내 목소리는 점점 더 험해져서 흉기처럼 을씨년스럽게 들렸다.

"아버님요"

하고 나는 불렀다.

"오냐."

그것은 고즈넉한 목소리였다. 내 맘이 탁 풀렸다.

"아버님, 그런 게 아니었어요."

"오냐, 오냐."

"아버님을 제 방으로 모시자는 것이었죠."

아버님은 귀가 번쩍 트이시는 듯했다.

"내가?"

못 할 말씀을 드렸는지 모르겠다.

"그렇지만…… 얘는……"

아버님은 수줍은 듯이 몸을 꼬셨다.

"안 될까요?"

"그렇지만…… 과년한 자식의 방에 한밤중에……"

시커먼 기旗가 내 속에서 펄럭 나부꼈다. 그리고 등골을 따라 식은땀이 으스스하게 흘러내렸다. 그러자 밝은 아침 햇살 같은 싱싱한 꾀가 퍼뜩 떠올랐다.

"염려 없습니다, 아버님."

나를 바로 보시지 못하면서 아버님은,

"뭐냐?"

모깃소리로 말씀하셨다.

"저는 그러니까 결국, 남자가 아녜요?"

그제야 아버님은 번쩍 고개를 드셨다.

"그걸 왜 여태껏 생각지 못했을까? 응? 나두 나구, 너두 너다."

아버님은 의기양양해하시면서 내 손을 잡으끄셨다. 원래 아버님은 상대방 몸에 손을 대시는 일이 없으시다. 그런 아버님이 이처럼 하시는 건 여간한 일이 아니다.

"아버님도 역시……"

나는 머뭇거렸다.

"그만. 입 밖에 내면 그만인 일이 얼마나 많니? 너도 생각을 많이 한 줄 안다마는 그런 게 아니다. 제일 확실한 일은 말하지 않는 법이야."

"전 그게 뭔지 안답니다."

"또 그 객기를 죽이지 못하겠니?"

"그래도 객기를 없애려면 객기를 풀어야죠. 쌓아두면 씁니까? 병나지요, 병나구말구요."

아버님은 달을 쳐다보셨다. 그리고 말씀하셨다.

"그넌 한번 훤하게 생겼다."

나는 빙그레 웃었다. 입을 막았다가 뿜어내는 소리를 내면서 멀리서 기차가 지나갔다. 아버님은 내 방 쪽으로 발길을 돌리신다. 나는 기왕에 내친걸음이라 지금 와서 아버님을 말릴 생각은 통 없었다. 나는 아버님이 한 발을 방 안으로 들여놓으실 때 어떤 일이 일어나는가를 보고 싶었던 것이다. 아버님은 마루에 올라서신다. 그리고 문을 드윽 여시더니 방 안에 들어서셨다. 아무 일도 일어나지 않았다.

"얘 들어오너라."

아버님은 자리에 앉으시면서 바깥에 선 나를 향해서 말씀하시는 것이었다. 그러나 내가 들어갈 리가 없었다. 알아야 할 일은 안 것이니까. 다시 말하면 가래톳은 다만 나한테만 일어난 사건이었던 것이다. 그러나 그런 내 심중을 알 턱이 없는 아버님은 연해 재촉만 하신다. 나는 문득, 다시 한 번 하고 생각하게 된다. 나는 용기를 내서 성큼 한 발을 들이밀었다. 순간 쿡쿡쿡쿡쿡쿡, 기겁을 해서 발을 빼고.

"애야?"

아버님은 의아스럽게 나를 쳐다보셨다. 할 수 없었다.

"아버님. 역시 달구경 하는 편이 좋겠어요. 거기 제 스웨터를 걸치시고 나오세요"

하고 나는 말하였다.

"그러냐."

아버님은 선선히 대답하시고는 내 스웨터를 벗겨 걸치시고 방에서 나오신다. 나는 송구스러워서 그저 어물어물할 뿐이다.

"불편하시지 않아요?"

나는 독한 마음을 먹고 아버님에게 여쭈어보았다.

"아니다."

아버님은 또 아버님대로 질문을 풀이하시고는 그렇게 대꾸해주셨다.

"정말이세요?"

"그렇대두."

나는 더 묻고 싶지도 않았다. 아버님에게 아무 이상이 없으신 것은 분명하였기 때문이다. 우리는 다시 판때기 의자에 나란히 앉았다.

"너 어디가 불편하냐?"

"아닙니다."

나는 얼른 대답했다. 지금 내 겨드랑은 불편하지 않다. 그러나 내 마음은 심히 불안하였다. 언제까지 이러구 앉아 있어야 하는가. 밤새껏. 그리고. 나는 또 한 가지 사실을 생각하고는 환한 달빛이 시커멓게 보였다. 내일은? 하고 생각해본 것이다. 모레는? 그 다음 날은? 나는 점점 막막해진다. 아버님한테 말씀드려볼까 하고 나는 생각하였다. 그러나 그만두는 것이 좋았다. 사실을 알았을 때의 아버님의 심려를 생각하면 그것은 거의 패륜에 가까운 일이었다. 아버님은,

"아무래도 네가 심상치 않구나, 어디 불편한 게지? 들어가서 쉬거라. 그게 좋겠다"

하셨다. 나는 놀라서,

"아닙니다. 전 더 이러구 있으렵니다. 들어가시려면 아버님이나 들어가세요. 고단하시죠?"

아버님은 측은한 눈으로 나를 쳐다보셨다.

"나도 괜찮다. 나는 네가 들어가는 걸 보고 들어가련다"

하고 버티셨다.

"아닙니다. 아버님이 들어가셔야죠. 저는 나중에 들어갑니다."

"네가 다 빈말이구나."

아버님은 섭섭하신 듯이 씁쓰름하게 말씀하셨다. 나는 뜻밖의 일인지라,

"무슨 말씀이세요?"

하고 되물었다.

"역시 나는 헛수고를 한 것 같다. 내가 헛수고를 한 것 같다" 하고 자꾸 그 말만 되뇌신다.

"아버님. 이제 와서 제가 말씀드릴 일은 별로 없습니다. 하지만 모두가 자기 짐은 자기가 지는 수밖에는 없지 않겠습니까?"

"늙기도 설워라커늘 짐을 조차 지라는 것이구나."

"아닙니다. 제 짐을 제가 진다는 말입니다."

"그럼 나는? 내 짐은 어떻게 되니?"

"아버님이 곧 제 짐입니다. 저는 잔말 없이 제 짐을 받겠어요."

"그게 무어라고 생각하니?"

"효가 아니겠어요. 자식이 늙은이를 업고 있는 형국입니다."

"그러니까 그리스도가 십자가를 업고 있는 형국이구나."

"그렇군요."

"그럼 우리들의 십자가는 효도의 길이었다구 할 수 있겠구나. 안 그렇니? 잘 생각해보려무나."

"정말이군요. 그럼 우리들의 근대 선언은, 효도는 없다, 그러므로 우리는 자유다, 이렇게 되는군요."

"근대란, 그렇다면 패륜의 별명이다. 이렇게 말할 수 있겠구나."

"무서운 일이군요."

"무섭다. 넌 어느 쪽이냐?"

"꼭 말씀 올려야 하겠습니까 꼭?"

"아니다. 괴로우면 그만두어라."

침통하게 고개를 떨어뜨리셨다.

이날 밤을 나는 뜰에서 새웠다. 그리고 새벽이 되어 내가 조심스럽게 방 안으로 들어섰을 때 겨드랑은 잠자코 있었다.

그 다음 날은 아무 일도 없었다. 또 그 다음 날도. 그렇게 해서 일주일이 탈 없이 지났다. 그런데 꼭 여드레째가 되는 날에 파마늘은 또 밀고 나왔다. 눈앞이 캄캄해졌지만 처음처럼 당황하지는 않았다. 설마 했으나 역시 올 것이 왔구나 하고 생각하면서 얼른 마루에 나섰다. 파마늘은 곧장 가라앉아버린다. 나는 한숨을 쉬었다. 그 몹쓸 파마늘과 내 방과의 사이에 있는 함수 관계는 이로써 움직일 수 없는 것이 되었다. 다음에 내가 할 일이란 이 파마늘이 다른 방들과 가지는 관계였다. 그러나 그것을 밝히는 것은 매우 어려운 일이었다. 왜냐하면 시각이 너무 늦은 것이었다. 나는 시계를 보았다. 12시 10분이었다. 식구들은 모두 잠이 들었고 방마다 불이 꺼져 있었다. 그때 아버님의 기침 소리가 들리더니,
"게 누가 있느냐?"
하고 부르신다. 자리에 누우신 채로 고개를 들지 않고 귀를 기울이고 계실 모습을 그려보면서 나는 숨을 죽였다. 나는 망설였다. 기회였다. 아버님의 방과 파마늘 사이의 관계를 알아볼 수 있다. 잠을 방해해드리고 싶지도 않았다. 그러나 파마늘의 공포가 나를 이겼다. 나는 기척을 내면서 아버님 방의 문 앞에 섰다.
"어디 불편하세요?"
이렇게 말하면서 나는 대꾸하실 틈을 드리지 않고 문을 열었다. 그리고 방 안으로 들어섰다. 툭툭툭툭. 파마늘은 격노한 모양이

었다. 나는 어금니를 물면서 아버님에게 근심스러운 듯이 말씀드렸다.

"어디 편찮으세요?"

아버님은 자리에 누우신 채로 나를 올려다보시는데 의심스러운 눈치셨다.

"내가 어쩌드냐?"

그 물음이 나를 가르쳐주었다.

"네, 잠꼬대, 저 뭡니까? 가위에 눌리시는 모양으로 신음 소리를 하시는 것 같아서⋯⋯"

"내가?"

"네, 아니셨던가요?"

아버님은 한참 말이 없으셨다. 그런 다음에 이렇게 침묵을 깨뜨려버리고 말았다.

"너두 참 멋있는 놈이다."

"네?"

나는 아픔을 참으면서 좀 무안한 대답을 한다.

"너 지금 뭐라고 했느냐?"

"네?"

"가위에 눌렸느냐고 물었지?"

"네?"

"그걸 내가 어떻게 아니?"

"네?"

아버님은 나지막하게 웃으셨다.

"가위에 눌리지 않았다."

나는 온전히 알아들었다는 표정을 지으면서,

"그러세요. 그럼 제가 잘못 들었나 봅니다."

그때 또 좋은 생각이 떠올랐다.

이 길로 옥이 방에 가서 옥이의 용태를 물어보자는 생각이었다. 그녀는 감기로 종일 누워 있었다. 그런데 아버님이 벌떡 자리에 일어나 앉으셨다.

"얘, 기왕 들어왔으니 게 앉아라."

파마늘은 정말 화가 나서 사정없이 쑤셔댄다.

"아닙니다. 편히 주무셔야죠."

"놈두……"

아버님은 웃으시면서 담배에 불을 붙이셨다.

"아무튼 앉거라. 졸리느냐?"

"아니에요"

하고 대답이 나와버린다.

"그럼 됐다."

나는 아픔을 지그시 누르며 앉았다. 사정을 보아준다는 듯이 파마늘은 약간 누그러졌다.

"그런데 참 이상한 일이구나"

하고 아버님은 아무래도 짐작이 안 가시는 모양으로 고개를 흔드신다.

"이상한 일이 어디 한두 가지여야 말이죠. 너무 낙심 마세요. 저두 그렇게 하기로 벌써부터 작정했으니깐요."

"그렇긴 하다마는 이대로 가다가는 큰일이다. 무엇보다 아쉬운 일인데 전혀 통하지 않는 걸루만 몰아치는데 그것도 한두 번이지 온 참……"

"한두 번이 다 뭡니까? 하긴 헤아려본다는 것두 쑥스러운 일입니다만 그렇다구 팔짱 끼고 앉아서 이렇게도 되구 저렇게도 되는 걸 허구한 날 기다린다는 것도 참을 수 있어야죠."

"누가 그러던데 아마 십중팔구는 이쪽으로 되지 않을까 하던데, 아무렴 그렇게 되기를 바래서야 쓰겠느냐마는 내 얘기가 만나면 늘 그 얘기다."

나는 조금 웃었다.

"아무렴요. 그걸 고깝게 여길 사람은 아무도 없어요. 자격지심이시죠. 무얼 어떻게 해라 소리는 없을망정 부뚜막의 소금도 넣어야 짜다고 통히 옴짝을 못하는 판국이 아닙니까. 그렇다고 모두 이러쿵저러쿵 속셈만 차리는 판에 닭 쫓던 개 울타리 모양으로 싱겁게 돌아가면 그 일도 그 일이겠구……"

"그렇길래 얘기가 아니냐. 너는 말이 날 때마다 심중에는 그렇지만두 않은 모양이다마는 나만 하더래도 이리 돌렸다 저리 돌렸다, 만리성 쌓고 허물기를 눈 뜨고 편히 앉아서 순시에도 헤아릴 수가 없단 말이다. 나무라는 게 아니다. 객기도 아니야. 푸념도 아니야. 그렇게만 되었다고 해보면 설마 토라질 일도 아니겠고 하달 뿐이지."

"건방지고 외람스런 말씀입니다만 듣고 보면 야속한 생각도 납니다. 염치가 있다 없다 주눅이 들었다 등등하다 하구 구슬러보았자 지금 와서 나 예 있소 날 잡소 할 계제도 못 되잖아요?"

"그렇다."

"그러니까 어차피 돌아온다는 겁니다. 이리 뛰어도 절벽이고 저리 뛰어도 절벽입니다. 이판사판에 운수 놀음이다, 너 죽고 나 죽자구 하지만 호락호락 수월하게 넘어옵니까? 애당초 오른쪽이면 오른쪽 왼쪽이면 왼쪽이라 딱 잡아떼었더라도 그럴 리도 만무려니 했을 거라고들 합니다만 그건 좋은 노릇입니까? 없지요, 없어요. 어느 누구든 제자리에 그대로 꼭 세워놓고 아무튼 성미가 풀릴 만하자면 말입니다."

파마늘은 재촉하듯이 툭 지른다.

"글쎄다."

"글쎄라고는 하시지만 제가 그걸 모르겠습니까? 용렬하게 여기신다는 말씀이 아닙니다. 야속하다는 것도 아닙니다. 어느 쪽으로 가라 말아라도 아닙니다. 너는 너, 나는 나, 네 게 네 것이구, 내 몫이 내 몫이래서야 어느 누가 곧이듣겠습니까?"

"앉아서 당하자는 얘기냐?"

"누가요? 천만에라고 누누이 그러는데도 꼬이는 데다가 설상가상이면 또 어떻답니까? 아무래도 오기는 틀렸다면 오도록 해야 할 것 아녜요. 급한 대목에 무얼 가리겠어요? 엎어치나 둘러치나 매일반이라는 게 아니죠. 그렇더라도 버둥대고 갈 데까지는 가고 할 데까지는 한 다음에……"

"천명을 기다린다?"

"기다린다고 해서야 되겠습니까? 기다리는 게 아니죠. 기다린다는 여유부터가 배부른 소리죠."

파마늘이 또 누그러진다.

"배부른 소리고말구요. 오늘내일하는 판국에 되기나 할 뻔한 소립니까? 어차피 길은 막힌 길이 아니겠어요? 옴짝달싹 못하는 막힌 길인 바에야 하는 도리가 없지요. 올라도 가고 내려도 가면서 스치겠죠 스치기야. 그러니 백년하청이지 어느 날에야 후련합니까? 누구 손은 휴가 갔나요? 누구 팔은 휴가 갑니까?"

"그렇다면 네 생각과 내 것 사이에는 실상 큰 차가 없다는 걸 네가 실토하는 격이 된다. 가만. 끝까지 들어보래두. 급할 것 있니? 밤이야 길겠다 몸은 건강하겠다……"

파마늘이 툭 쑤셨다. 물론 옳았다. 그러나 아무것도 모르시는 아버님은 여전히 계속하셨다.

"……밤이래도 새자꾸나."

파마늘은 미친 듯이 몸부림치기 시작했다. 나는 정신없이 벌떡 일어났다.

"환장하겠어요!"

나도 깜짝 놀랐다. 아버님은 태연하셨다. 그리고 달래시는 것이었다.

"안대두. 왜 모르겠니…… 앉거라."

파마늘은 노호한다.

"주무세요 네? 미치겠어요."

"미치는 건 해결이 아니야. 안 미치자니 미치는 게 아니겠니? 가만있자. 그럼 우리 밖으로 나가볼까? 속이나 후련하게. 괜찮다.

내 염려는 말아라."

아버님은 일어나시면서 옷을 입으신다.

우리는 뜰에 나와서 판때기 의자에 앉았다. 아픔은 씻은 듯이 가셨다. 나는 후 숨을 쉬었다. 또 밤을 샐 모양이구나 하고 생각하였다.

"그런 상태로 너를 재우고 싶지 않다. 나야 잠이 없으니 염려 없고 맘 푹 놓고 흉금을 털어놓고 얘기해보자꾸나. 안 그렇니?"

"그래도 제가 괜히 폐만 끼치는 것 같습니다."

"폐랄 것 있니. 좋아서 하는 일에는 폐도 없고 미안도 없는 법이니라."

"그렇긴 합니다만서두……"

"아직 그 점을 결단을 못 내리겠니?"

"사실은 그렇습니다."

"실토하는구나. 그럴 거야. 그렇지 않구서는 또 거짓말이구. 얕 봐서는 큰코다치지."

"얕잡아볼 염려는 없습니다. 반대로 너무 사리는 것 같아서 무엇합니다."

"그걸 알면 됐다."

"그게 무슨 보탬이 됩니까?"

"겸손한 말이긴 하다마는 과공은 비례라듯이 과공은 비진이야."

"비진이라뇨? 비전요?"

"아니야. 비진."

"비진?"

"진리가 아니란 말야."
"알겠군요."
"정말이냐?"
"정말입니다."
"의심스럽다아."
아버님은 쉽게 허락하시지 않았다.
"아버님 그러셔도 어쩌는 도리가 없습니다. 전 알구 말았으니깐요."
"정말일까아?"
"백번 물으셔도 제 입에서 나올 답은 하납니다. 천지신명 앞에 부끄럼이 없고 떳떳합니다."
"그러나 역시 몰랐다는 걸로 해두겠다. 아무려나 마찬가지 아니겠니?"
"섭섭하게 해드린 적도 없고 꼭 이렇다는 것도 아니구 그런 모양으로 되어지이다 하는 심정입니다."
"그럴 거야. 흔들리지 않겠지?"
"그럴 작정입니다마는……"
"그야 한 치 앞을 내다보는 것도 어렵지마는 나는 바로 지금 심정을 물은 것뿐이야. 너도 그렇게 알구 하는 얘기겠구."
"아버님."
"놀라겠다. 갑자기 웬일이냐?"
"저희들만큼 통하는 부자지간도 드물겠습죠?"
"글쎄다. 어려운 문제다. 어떻게 해결해얄지. 내 독단으로 이래

라저래라 하기도 우습구……"

"감 놓아라 배 놓아라 하는 것하구야 다르지 않아요? 얼마든지 선택할 수 있는 여지가 있는 법이죠. 남을 잡으면서 살아봤자 괴로운 건 피할 수 없는 일이 아닙니까? 심은 씨는 어김없이 거두어야 하고 인사처럼 어김없는 일이 또 있을라구요."

"분명한 일이다. 깊디깊은 데 있는 자갈 한 알도 상처는 아픈 법이니. 피할 수 없는 일이야."

그 말씀에 나는 숙연해져서 잠시 대꾸를 할 수 없었다. 파마늘은 기척이 없다. 그러니까 아버님 방과도 똑같은 관계를 가지고 있는 것이었다. 남은 것은 옥이의 방이었다. 내가 생각에 잠겨 있는데……

"비감해할 것 없다."

나는 퍼뜩 정신이 들었다.

"아버님이 계신데……"

하고 나는 나직하게 중얼거렸다.

"그렇게는 바라지 않는다. 내가 그토록 무지막지해야 옳으냐? 그편이 내게는 되려 짐이다."

"짐은 제 몫입니다."

"네 몫이라?"

"저번 날 밤에두 말씀드리지 않았습니까?"

"생각나는구나."

"나시죠? 제 몫입니다."

"무턱대고 그렇단 말이냐?"

"무턱대고라면 우습지만, 불평 없이 그렇다는 거죠 뭐."
"그건 잘 생각해볼 일이라고 믿는다."
"치사스러우시다는 건가요?"
"막말로 하면 그렇게도 되겠다마는……"
"아무 까닭도 없습니다. 맡으면 그저 맡는 것이죠."
"그렇지 않은 것 같다. 그렇게 업혀 있어서 좋을까? 자기 짐을 남에게……"
"남이라뇨?"
"미안하다. 기분을 상한 줄은 안다마는 엄한 말을 써야 문제가 가부간에 결판이 나지 않겠니?"
"결판을 내서는 뒷감당을 어떻게 하시려구 그러십니까?"
"하긴 그렇다. 네 말이 백번두 옳긴 옳다. 그럼 이 얘기는 이만 하는 게 좋겠다."

우리는 합의를 보았다.
"그럼 무슨 얘기를 했으면 좋겠니?"
하고 부드럽게 아버님은 말씀하셨다.
"달 이야기를 하세요, 아버님"
하고 나는 말하였다. 아버님은 달을 쳐다보셨다. 나도 달을 쳐다봤다. 달은 아직도 드러난 부분이 많은, 이운 달이었다.
"달에 사람이 가겠죠."
"시간문제라고 하지 않니?"
"신나는 일이죠?"
"넌 퍽 순진한 편이다."

"전 자다가도 그 생각을 하면 잠이 깨는걸요."

"글쎄 사람이 달에 간다고 제 버릇 달 주겠니?"

"다들 그렇게 얘기하지만 전 그렇게 생각질 않는걸요."

"흠, 어디 말해보렴."

"웬만한 일이라면 그렇게 말할 수도 있겠지만 이건 — 달에 간다는 건 차원이 다른 문젭니다. 지리상 발견 때문에 동서양 사람이 얼마나 달라졌어요? 사람이 별겁니까? 자리가 바뀌면 생각도 바뀌는 거죠. 아메리카가 저 썩은 유럽에서 건너간 사람들이 만들었는데 그렇게 활기찬 활로를 연 나라가 된 게 뭡니까? 바로 그것 아닙니까? 새 고장, 넓고 시원한 새 고장에 갔더니 속이 탁 열리고 꾀죄죄한 체면이며 거짓 탈 활활 벗어버려도 피차에 피장파장이니 흉 될 것 없어서 새 생각도 나오고 새 기풍도 선 것 아닙니까? 그래서, 썩은 유럽이 또 한 번 연명한 것 아닙니까? 달에 사람이 간다고 해보세요. 맨 처음 달에 간 사람의 기분은 아메리고 베스푸치에 댈 게 아닐 겁니다. 어떻게 달라질까를 그려볼 수는 있지만 지금 앉아서는 실감한달 수는 없죠. 그 사람이 지구로 돌아옵니다. 좀 달라질 겁니다. 하다못해 며칠만이라두 말예요. 며칠이 어딥니까? 성경 읽은 감격이 단 한 시간을 보장합니까? 못하잖아요. 그런 판국에 그게 어딥니까? 더구나 달에는 사람과 대등한 생물이 없다잖아요. 비극이 생길 염려는 없잖아요."

"맞다. 하기는 그 사람들이 우리한테 먼저 오지 말고 달에 가서 거기서 망원경으로 우리를 발견해주었더라면 얼마나 좋았겠니?"

"엎어진 물이구, 깨어진 사발입니다. 생각만 해두 흐뭇할 뻔했죠."

우리는 그 환상이 너무나 고맙고 아름다워서 한참 동안 회화를 끊고 그 환상에 대해 경의를 나타내기로 하였다.

"그만, 환상 바로. 됐지? 좀더 필요하겠니?"

아버님은 여유를 주시면서 말씀하셨다. 그러나 나는 환상의 일 억 원은 현실의 일 전보다도 못하다는 생각을 함으로써 마음의 비탈을 바로잡기로 하였다.

"아닙니다. 되려 좀 음(淫)했나 싶습니다."

"애야"

하고 아버님은 목멘 소리를 내셨다. 나는 철렁했다.

"네, 아버님."

"애야."

또 아버님의 버릇이 나왔구나 하고 나는 생각하였다. 나는,

"네, 아버님"

하고 오손도손 대답했다. 아니나 다르랴. 아버님은,

"애야."

세번째 부르시는 것이었다. 그때 나는 귀신을 부를 땐 세 번 부른다던가 하는 이야기가 퍼뜩 생각났다. 내 속에서 시퍼런 기(旗)가 펄럭 나부꼈다. 그래서 나는 쪽 소름이 끼쳤다.

"왜 그러세요 네, 아버님."

아버님은 전혀 나와 다른 심경에 계셨다. 끝내 말씀하신다는즉,

"너는 군자야"

하셨다. 그 말씀이 내게는 꼭 "너는 귀신이야" 하시는 것처럼 들

렸다. 나는 또 쪽 소름이 끼치려고 하다가 번번이 소름이 끼치면 피부가 상할 염려가 있기 때문에 그만두기로 하였다. 그러자 나는 내 겨드랑에 생긴 변을 생각했다. 그리고 어떤 암시가 퍼뜩 떠올랐으나 그것은 대단히 엄청나고 부끄러운 생각이었기 때문에 뭉개어버렸다.

"겸사의 말씀이십니다."

"또."

아버님은 할 수 없다는 듯이 웃으셨다. 그 웃음이 나를 안심시켰다. 아버님과 같이 있는 한에는 아마 최악의 사태까지도 막아낼 수 있으리라고 나는 생각했다. 나 같은 아버지를 갖지 못한 수많은 사람들이 문제일 뿐이었다. 이 패륜의 계절에 나 혼자만이 가진 우연의 행복이 얼마나 튼튼한 것일까 하고 나는 생각하였다. 미상불 의심스런 일이었다. 아무려나 지금 당장에 나는 행복하였다. 금방 포식하고서 다음 끼니 걱정을 이를 쑤시면서 하는 건 천하다. 그래서 나는 그 문제는 접어두기로 하고 이나 쑤시기로 하였다.

"개천에 용 나겠어요?"

하고 말하였다. 아버님은 내 볼을 가볍게 윽박지르셨다. 전번에도 얘기했지만 아버님이 상대방의 몸에 손을 대실 땐 반드시 기분이 좋으실 때고 그 역은 진이 아니다.

"아니 땐 굴뚝에 연기 나랴?"

하고 익살맞은 투로 아버님이 말씀하셨다.

"콩 심은 데 콩 나고 팥 심은 데 팥 난다"

하고 내가 받았다.

"개꼬리 삼 년에 황모 되랴"

하고 아버님.

"가는 말이 고와야 오는 말이 곱다"

하고 나.

"참새는 참새끼리, 매는 매끼리."

"과부 사정은 홀아비가 안다."

"바늘 가는 데 실이 간다."

"그러나, 아닌 밤중에 홍두깨는?"

아버님은 알아차리셨다.

"나중 난 뿔이 우뚝하다."

"엎친 데 덮친다."

"치맛자락 잡아보고 잤다고 한다."

"냉수 마시고 이 쑤신다."

우리는 자꾸 짝을 맞춰갔다.

"속담이란 게 묘하구나."

"그렇군요."

"이 말 했다 저 말 했다 하지 않니?"

"패러독스의 체계라면?"

"속담이란 패러독스의 체계의 별명이다 하면 되겠군."

"그러고 보면 슬픈 일이군요."

"슬프구말구."

우리는 속담의 기만적 성격이며 팔방미인적 위선에 대하여 얘기했다.

"속담을 정직하게 실천하면 어떻게 되겠니?"

하고 아버님이 물으셨다. 나는 곧 대답하였다.

"가만히 꼼짝 말고 있어야죠."

"이래 보나 저래 보나 별수 없다는 이론인 것 같아."

"구관이 명관이다. 갈아봤자 별수 없다는 거지요?"

"속담은 민중의 지혜는커녕, 민중의 아편이다? 어디서 들은 말 같지?"

"아무럼 대숩니까? 가로 가나 모로 가나 서울만 가면 그만이다."

"그게. 그게 더럽단 말야."

"더러운 걸 피하다 더러운 것에 먹혀버려요."

"그건 좀 얘기가 달라지는 것 같구나?"

"그런 것 같기도 합니다만서두……"

"나는 이렇다. 초가삼간 다 타두 빈대 죽는 맛이다."

"파괴적입니다, 그건."

"모르는 소리. 그래야 사람답지 않겠니?"

"압니다만, 참 조절하기가 힘들어요."

"속담은 결국…… 이상주의와,"

"현실주의의……"

"불가사의한……"

"야누스다."

우리들의 이야기는 자꾸 뻗어나갔다. 이렇게 해서 이 밤도 꼬박 밝히고 말았다.

그런 일이 있은 지 한 달쯤 지나니 내 겨드랑에 생긴 이변의 전모가 대강 드러났다. 파마늘은 어김없이 밤 12시부터 새벽 4시 사이에 솟구친다는 것. 방에 있으면 쑤시고 밖에 나가면 씻은 듯하다는 것. 까닭은 전혀 알 길이 없다는 것 등이었다. 의사는 나에게 전혀 이상이 없다고 잘라 말했다. 그도 그럴 것이 그 시간에는 내 겨드랑은 멀쩡했기 때문이다. 그때부터 나의 괴로움은 비롯되었다. 파마늘은 전혀 불규칙한 사이를 두고 튀어나왔다. 연이틀을 쑤시는가 하면 한 일주일 소식을 끊고 하는 것이었다. 하루 이틀이지 이렇게 줄곧 밖에서 새운다는 것은 못 할 일이었다. 나는 제 집이면서 꼭 도적놈처럼 뜰의 어느 구석에 숨어서 밤을 지내야 했기 때문이다. 그런 생활이 두 달째에 접어들었을 때 나는 견디다 못해서 담을 넘어서 밖으로 나가보았다. 그랬더니 참으로 이상한 일도 다 있었다. 뜰에 나와 있어도 가끔 뜨끔거리고 손을 대보면 미열이 있던 것이 거리를 거닐게 되면서는 아주 깨끗이 편한 상태가 되었다. 이렇게 되면서 독자들은 곧 짐작이 갔겠지만, 문제가 생겼다. 내가 의료적인 이유로 산책을 강요당하게 되는 시간이 행정상의 통행 제한의 시간과 우연하게도 겹치는 점이었다. 고민했다. 나는 부르주아의 썩은 미덕을 가지고 있었다. 관청에서 정하는 규칙은 따라야 한다는 것이 그것이다. 12시부터 4시까지는 모든 시민은 밖에 나다니지 말기로 되어 있다. 모든 사람이 받아들이는 규칙이니까 페어플레이를 지키는 사람이면 이것은 소형小型의 도덕률일 수밖에 없다. 그러나 이 도덕률을 지키는 한 내 겨드랑은 요절이 나고 나는 죽을지도 모른다. 바이블을 읽기 위해서 촛불을 훔쳐도 좋은가. 이것이 숱한 사람들이 걸려서 코를 다치고 정강이를 벗긴 돌부리라는 걸 알고 있다. 시름에 잠긴 나는 괴로웠다. 그때 나는 통행금지가 아니라 통행 제한이라는 사실에 나의 주의를 이끌었다. 특별한 경우에는 그 시간에 거리를 다니는 것이 허가된 사람들이 있다는 것을 생각한 것이다. 범죄 수사에 종사하는 어떤 사람들. 언론의 업에 종사하는 어떤 사람들. 그리고! 위급한 환자! 나는 눈앞이 확 트였다. 나는 환자가 아닌가! 떳떳한 환자가 아닌가. 그러나 다음 순간 나는 곧 실망하였다. 나는 환자임에는 틀림없었으나 만일 거리에서 경관에게 검문을 당하는 경우에 어떤 설명을 해야 하는가. 만일 사실대로 말하면 대번에 신문에 나고 나는 진귀한 병을 가진 학술 연구의 블랙리스트에 오를 것이었다. 그것은 생각만 해도 끔찍한 일이었다. 그렇다고 거짓말을 한다고 해도 한두 번이지 그렇게 자주 아프다고 할 수는 없는 일이었다. 그러면 나는 죽어야 하는가. 확실한 구제의 길이 있는데 죽는다는 것은 어리석은 일이다. 나는 법률의 논리를 빌리기로 하였다. 긴급 피난을 하자. 비록 공익이나 타인의 권리를 침해하는 결과가 되더라도 그렇게 함으로써 지켜지는 나의 이익이 비할 수 없이 클 때는 위법성이 사라지는 것이다. 그리고 그러한 일의 원인에는 내 과실이 있었다고 보기는 힘들다. 물론 크게 잡으면 나의 건강 관리가 나빴던 데서 온 것이겠지만, 그렇다고 건강 관리가 나쁜 모든 사람의 겨드랑이에 파마늘이 생기지는 않는다는 이것은 온전히 내가 알아서 처리해야 할 일이었다. 이렇게 해서 나는 금지된 산책을 해야 하는 운명의 생활을 비롯하게 되었다.

다음에 적는 것은 지난 수년 동안의 일기에서 몇 날 치를 뽑아서 옮긴 것이다.

이상한 생활이다. 그러나 어이 된 일인가. 요즈음 나는 황홀한 기분 속에 살고 있다. 12시가 되면 가슴이 두근거리기 시작한다. 여자와의 밤 밀회를 기다리는 심정이다. 겨드랑의 기척에 온 신경을 기울인다. 툭. 툭툭. 됐다. 나는 지그시 웃음을 참으면서 자리에서 일어난다. 머리맡에 비상소집을 기다리는 병사처럼 순서로 접어놓은 옷을 재빠르게 주워 입고 사르르 문을 열었다. 밖은 은가루를 뿌린 듯한 여름의 한밤이다. 밖에 나서는 순간에 아픔은 가신다. 잠시 움직이지 않고 집 안의 동정을 살핀다. 불이 꺼진 아버님 방도, 옥이의 방에서도 아무 기척이 없다. 조심스럽게 뜰에 내려선다. 달그락 소리를 내고 만다. 가슴이 꽉 조여든다. 다행스럽게 아무도 깨지 않았다. 나는 담을 가볍게 넘는다. 담의 높이래야 의례적인 것이기 때문이다. 오늘은 좀 모험을 했다. 시내 중심지로 들어갔다. 한국은행 앞 로터리까지 이르렀다. 한국은행과 남대문시장 사이의 골목에서 맞은편 파출소를 건너다보니 보초를 선 순경이 담배에 불을 붙이고 있다. 보초 근무에 담배를 피우는 것은 반칙일 텐데 하고 생각하다가 나는 부끄러워진다. 내가 누구를 나무랄 자격이 있단 말인가. 나는 자리가 불리한 것 같아서 건물을 끼고 한 바퀴 돌아서 한국은행과 동화백화점 사이로 와서 은행 건물에 볼을 착 대고 로터리를 내다보았다. 정확히 말하면 그때 내게는 새 삶이 시작된 것이었다. 내가 은행 건물의 옆댕이에 뺨을 댔을 때 나는 깜짝 놀라서 뺨을 뗐다. 가열된 철판이거나 한 것처럼 그것은 뜨끈했기 때문이다. 나는 손으로 만져보았다. 나의 착각이었다. 그것은 차디찬 돌이었다. 그러나 끌리듯이 나는 뺨을 다시 가져갔다. 역시 차가운 돌이었으나 벌써 때가 늦은 것이었다. 돌은 나에게 발각당한 것이었다. 그의 체온을. 인제 아무리 냉랭한 체해보아도 소용없었다. 돌의 그러한 스토이시즘을 나는 미소 어린 심정으로 이해하였다. 아무렴 그렇게나 하지 않고서야. 나는 내 뺨으로 돌을 비볐다. 차가우면 차가울수록 돌은 그의 자세와는 거꾸로 자기를 드러내는 것이었다. 나는 손으로 쓸어보았다. 거기서도 나는 똑같은 비밀을 만지는 것이었다. 나는 뺨을 대고 손으로 포옹한 채로 로터리를 내다보았다. 그것은 아름다웠다. 수없이 지나다닌 거리건만 한 번도 그렇게 보이지 않았던 그러한 모양으로 아름다웠다. 그것이 정말 아름다운 것인지 연인을 안고 세상을 내다보는 듯한 지금의 내 기분 때문인지 그것을 나는 분간할 수 없었다. 로터리를 둘러선 건물들은 달빛을 무겁게 되비치면서 서 있었다. 그들은 원을 이루고 서 있는 서너너덧 명의 거인들같이 느껴졌다. 중앙우체국은 이마에 붙인 우표를 떼어놓고 아래층에 어슴푸레하게 불을 켜고 깊이 잠들어 있었다. 상업은행과 한국은행 본관은 한자 동맹 이래의 오랜 돈 셈으로 주화(鑄貨)의 냄새가 니코틴처럼 배어 있는 손가락을 가슴에 여미고 꿈속에서도 절렁절렁 부스럭부스럭 돈을 세고 있었다. 나는 그 속에서 그 집의 총재인 연놀부 씨가 프록코트에 줄무늬 바지, 실크해트에 비우산을 끼고 그의 고향 친구인 찰스 램의 출판 기념회에 가려고 나서는 현장을 보고 싶었으나 굳게 닫힌 철문은 열리지 않았다. 그 옆에 붙은 파출소는 연놀부 씨의 은행의 수위실처럼 보였다. 로터리 바닥에 깐 돌도 좋았다. 나는 밤에 본 그 로터리는 시가전을 하기에 알맞다고 생각하였다. 나는 동화백화점을 끼고 돌아서 중앙우체국 옆 골목으로 들어섰다. 거기 보니 소공동 길이 곧바로 내다보였다. 나는 놀랐다. 그것은 빈틈없는 거리였다. 영화에서 본 서양 도시를 꼭 닮고 있었다. 나는 중국대사관으로 가는 골목으로 들어섰다. 그랬더니 오른편에 화교 학교가 기적처럼 나타났다. 이 골목도 수없이 다녔지만 나는 그 속에 있는 운동장에 모조리 중국 아이들만이 뛰놀고 있는 학교가 있다는 사실을 몰랐던 것이다. 외국에서 불편한 게 많을 거야 하고 나는 생각하였다. 나는 그 앞을 지나서 중국대사관 담을 낀 좁은 골목으로 걸어갔다. 그러자 대사관 담은 창경원이나 비원의 그것과 같은 담이라는 것을 자기소개를 해왔다. 나는 알았다고 대답하였다. 담이 끝나는 곳에 기와를 얹은 벽돌집이 있다. 어둠 속에 숨어 서서 나는 그 집을 올려다보았다. 창문에는 불이 켜져 있었다. 나는 그 불빛을 보자 가슴이 뭉클해졌다. 나는 기다렸다. 커튼에 사람의 그림자가, 파자마나 중국 옷 입은 여자의 풀어헤친 머리가 비친다면 나는 일생 동안 연애를 안 하겠다 하고 나는 걸(賭)었다. 커튼은 불그레 낯을 붉힌 채 응하지 않았다. 좋아. 그럼 양보하지. 올백 머리를 한, 조금 탕수육 냄새가 나는 남자의 그림자라도 좋다. 그러면 나는 일생 남의 애인을 뺏지 않기로 한다 하고 걸(賭)었다. 커튼은 벌거우리한 낯을 씨익 돌리고 만다. 나는 무거운 발걸음을 뗀다. 왜 사람들은 자기들에게 조금도 손해가 없는 노름에도 손을 대려고 않는 것일까. 아마 방정맞은 짓을 하다가 살이 낄까 봐 그러는 것이리라고 나는 생각하였다. 그렇게 생각하면 유감도 없었다. 나는 명동으로 들어서는 어귀에서 착 붙어 서서 오른쪽으로 목을 뽑아보았다. 명동파출소에서는 따뜻한 불이 환하고 문 앞에 보초는 없었다. 안에 들어가 있는 모양이었다. 나는 뒷걸음질을 쳐서 골목을 되밟아 들어갔다. 지나는 길에 무심코 하는 척하면서 창문을 슬쩍 쳐다봤다. 창은 발그레한 허벅다리를 알락락 말락 꼬면서 숨을 죽이고 돌아누워 있었다. 나는 조금 상심하면서 빠른 걸음으로 그 앞을 지나서 명동의 충무로 쪽 입구로 들어섰다. 불을 켠 집은 하나도 없다. 서라벌다방이 있는 골목으로 접어들었을 때 사람의 기척이 났다. 나는 날쌔게 건물의 갈피에 몸을 숨겼다. 건물에는 갈피가 있다는 것도 신기한 발견이었다. 내가 들어선 갈피는 문간이었다. 나는 정신을 통일하여 벽에 잦아든다는 기분으로 몸을 종잇장처럼 얇실하게 만들었다. 이내 아무 기척도 없다. 그러나 조심해서 손해 볼 일은 없으니까 나는 더 기다려보기로 했다. 내가 숨은 문간에 쓰레기통이 있는데 뚜껑 사이로 무엇인가 비죽이 내밀고 있다. 희끄무레한 게 옷가지는 틀림없는데 쓰레기통에 있을 물건 같지 않았다. 더 기다려도 다시는 기척이 없다. 나는 숨은 데서 나와서 궁금증을 풀기로 하였다. 뚜껑을 들고 그것을 들어본다. 하르르한 슈미즈였다. 잡아당기니까 자꾸 끌려나왔다. 슈미즈는 자기만 나오기가 쑥스러웠던지 스타킹 한 짝을 묻혀가지고야 빠져나왔다. 재수가 없을 것 같아서 나는 그것들을 얼른 팽개치고 침을 세 번 뱉었다. 까마귀를 보았거나 아침에 여자가 길을 가로질렀을 때 하는 액막이이지만 급한 김에 응용을 해버렸다. 건물에서 떨어지면서 달빛에 간판을 보니 '바 뉴기니아'였다. 나는 서라벌다방 앞을 지나서 시공관에 이르는 길을 가로질러 몽파르나스라는 선술집이 있는 골목으로 들어가는 길로 나섰다. 몽파르나스는 캄캄하였다. 이름은 그럴듯하지만 대폿집인데 시인 지망생인 어느 친구에게 붙들려서 꼭 한번 가서 막걸리에다 시인 아무개는 발싸개고 누구는 표절이고 아무개는 치한癡漢이고 누구는 개자식이라는 말을 안주로 안기는 바람에 진짜 안주인 북어는 아가미만 만지작거리다가 고스란히 놓고 나온 적이 있었다. 물론 그리로 갈 필요는 없었다. 나는 성당 쪽으로 올라갔다. 성당 정문 옆에 있는 성구聖具 가게 앞에서 나는 발을 멈추었다. 촉수 낮은 불이 켜진 진열창에는, 희부연 조각들이 고단한 얼굴을 하고 밤샘을 하고 있었다. 나는 이 밤을 자지 않고 있는 사람들을 만난 것이 기뻤다. 성모 마리아는 요셉과 떨어져서 성 데레사와 성 아그네스(아마 그런 이름이리라) 두 처녀 사이에 미안한 듯이 애기를 감싸고 서 있었다. 두 처녀는 처녀의 몸으로 애기를 낳고서도 돌팔매질을 당하지 않은 이 동성을 착잡한 표정으로 지켜보고 있었다. 마리아는 고개를 숙이고 있었다. 내 눈에는 그녀가 점점 더 깊이 고개를 숙이는 것이 보였다. 며칠 후에 와 보면 그녀의 목은 부러져 있을 것이다, 하고 나는 생각하였다. 그때 아그네스가 창밖에 있는 나를 보았다. 그녀는 데레사에게 눈짓을 했다. 어머 기분 나빠. 하고 데레사가 말하였다. 별 거지 같은 새끼 다 보겠네. 하고 아그네스가 말하였다. 뭐 저런 게 다 있니 오늘 밤엔 재수 옴 붙었다 얘. 하고 데레사가 또 말하였다. 기분 나쁜 니그로다. 얘. 가브리엘을 부르자 얘. 하고 아그네스가 말했다. 나는 질려서 얼른 자리를 떴다. 혼이 났기 때문에 성당 앞을 지날 때도 곁눈질을 하지 않고 빠른 걸음으로 지났다. 세무서 앞의 로터리에서 나는 잠깐 망설였다. 세 갈래 길 가운데 왼쪽으로 두 길은 임검하러 다니는 경관이 올 만한 길이었다. 그래서 나는 오른쪽 좁은 오르막길을 택했다. 내리막을 따라 왼쪽으로 가면 중부서가 된다. 그쪽도 살이 낀 것 같아서 나는 충무로 쪽으로 나갔다. 그래서 결국 아까 들어오던 장소로— 우편국 옆 골목으로 왔다. 들어올 적에는 몰랐는데 꽃집이 불을 켜고 있었다. 커다란 유리창 바로 안쪽에 요즈음 다방에서 쓰기 시작한 큼지막한 어항이 놓여 있다. 물속에 들어간 피라미 줄말(馬)처럼 보이는 열대어들은, 이 시간에도 바쁘게 오가고 있었다. 나는 여기도 밤의 족속이 있구나 하고 생각하였다. 나는 그들을 저 속에서 번식시킬 수 있구나 하고 생각해보았다. 나는 고기들의 산란과 수정 방법을 아름다운 것이라고 생각하고 있었다. 수고기들이 수연水煙 자욱이 시뿌옇게 사정을 하고 지나가면 그 뒤로 암고기들이 같은 동작으로 알을 쏟으며 지난다고 듣고 있다. 메커니컬한 아름다움이 있는 방법이었다. 그런 데 비하면 고래는 치한痴漢이라는 느낌이 짙었다. 지식, 물속에서까지. 하고 나는 생각하였다. 동물전 망신은 고래가 시킨다. 하고 나는 응용 속담을 만들어냈다. 어항의 뒤편에 있는 꽃들을 본다. 가짓수는 많지 않고 화분만 많았다. 나는 메뉴는 초라하고 뚝배기만 많은 해장 술집을 생각하였다. 나는 다시 길을 건너서 동화백화점과 한국은행 사이의 그 자리로 돌아왔다. 아까처럼 뺨을 대본다. 돌은 여전히 성실하였다. 바로 그 자리에 꼼짝도 않고 그대로의 마음을 지니고 있어주고 있는 것이었다. 언제 와봐도 그럴 것임에 틀림없었다. 나는 정숙한 소실에게 살림을 차려준 바 마담의 남편 같은 기분이 들었다. 늦게 장가를 안 들고 있으니 감정이 늙수그레해지는감? 하고 좀 섭섭한 것도 같고 이상했다. 집에 돌아가자 하고 나는 걸음을 옮겼다.
 집에 와서 보니 3시 50분이었다. 겨드랑은 아무 일도 없었다. 고단하다. 곧 잠이 들었다.

 우습기 때문에 웃는 것이 아니라 웃으니까 우스운 것이라고 누군가 한 말대로라면 나는 아무래도 혁명가가 될 위험성이 짙다. 혁명가라고 고상하게(고상한지도 보장이 없지만 아무튼) 말한대서 배 아파하는 독자에게는 간첩, 도적놈이라고 말해도 무방하다. 나한테는 별로 중요하지 않은 일이니깐.
 밤의 산책 도중에 사람을 만날 때도 가끔 있다. 그럴 때 으레 담모퉁이나 건물의 '갈피'에 바싹 숨어들게 되는데, 그럴 때면 그자와 나 사이에는 부지런한 주부의 빨랫줄처럼 팽팽한 줄이 금세 쳐진다. 누가 쳐놓는 것이 아니라 절로 그렇게 된다고 하기 쉽지만 그럴 리는 없다. 저편에서는 모르는 일이니까 역시 내가 치는 것이다. 그렇겠다. 나는 고래잡이배의 포수처럼 상대방에게 갈구리 달린 줄을 던진다. 그것은 저쪽의 갈비뼈 사이에 깊숙이 박혀서 팽팽하게 줄을 당긴다. 아니 이것도 너무 멋을 부린 표현이다. 박쥐라고 하는 것이 편하겠다. 전파를 보내서 상대방의 몸에 부딪혀서 돌아온 전파로 전송電送 이미지를 만드는 박쥐 말이다.

오늘은 경관을 만났다. 나는 얼른 몸을 숨겼다. 그는 부산하게 내 앞을 지나갔다. 그 순간 나는 내가 레닌인 것을, 안중근인 것을, 김구인 것을, 아무튼 그런 인물임을 실감한 것이다. 그가 지나간 다음에도 나는 은신처에서 나오지 않았다. 공화국의 시민이 어찌하여 그런 엄청난 변모를 할 수 있었는지 모를 일이다. 나는 정치적으로 백치나 다름없는 감각을 가진 사람이다. 위에서 레닌과 김구를 같은 유에 놓은 것만 가지고도 알 만할 것이다. 그런데 경관이 지나가는 순간에 내가 혁명가였다는 것도 분명한 사실이다. 혁명가라고 자꾸 하는 것이 안 좋으면 간첩이래도 좋다. 나는 그 순간 분명히 간첩이었던 것이다. 그런데 내가 간첩이 아닌 것은 역시 분명하였다. 도적놈이래도 그렇다. 나는 분명히 도적놈이었으나 분명히 도적놈은 아니었다. 나는 아주 희미하게나마 혁명가, 간첩, 도적놈 그런 사람들의 마음이 알 만해지는 듯싶었다. 이 맛을 못 잊는 것이구나 하고 나는 생각하였다. 나도 물론 처음에는 치료라는 순전히 공리적인 이유로 이 산책에 나섰다. 그러나 지금으로서는 반드시 그런 것만은 아니다. 설사 내 겨드랑의 달걀이 영원히 가버린다 하더라도 이 금지된 산책을 그만둘 수 있을지는 심히 의심스럽다. 나의 산책의 성격은 변질되기 시작하였다. 누룩 반죽처럼.

기적奇蹟. 기적. 경악. 공포. 웃음. 오늘 세상에도 희한한 일이 내 몸에 일어났다. 한강 근처를 산책하고 있는데 겨드랑이 간질간질해왔다. 나는 속옷 사이로 더듬어보았다. 털이 만져졌다. 그런데 닿임새가 심상치 않았다. 털이 괜히 빳빳하고 잘 묶여 있는 느낌이다. 빗자루처럼. 잘 만져본다. 아무래도 보통이 아니다. 나는 바위틈에 몸을 숨기고 윗옷을 벗었다. 속옷은 벗지 않고 들치고는 겨드랑을 들여다보았다. 나는 실소하고 말았다. 내 겨드랑에는 새끼 까마귀의 그것만 한 아주 치사하게 쬐끄만 날개가 돋아나 있었다. 다른 쪽 겨드랑을 또 들여다보았다. 나는 쿡 웃어버렸다. 그쪽에도 장난감 몽당빗자루만 한 것이 달려 있는 것이었다. 날개가 보통 새들의 것과 다른 점이 그 깃털이 곱슬곱슬한 고수머리라는 것뿐이었다. 흠. 이놈이 나오려는 아픔이었구나 하고 나는 생각했다. 나는 그 날개를 움직이려고 해보았다. 귓바퀴가 말을 안 듣는 것처럼 그놈도 움직이지 않았다. 나는 참말 부끄러워졌다. 아무리 제 몸에 생긴 것이기로서니 당장에 좌지우지해보자는 심사가 아주 못마땅했기 때문이다. 나는 옷을 입고 다시 산책을 계속하였다. 어쩐지 울적했다. 안된 생각인 줄은 알면서도 기왕이면 백조나 백로의 그것처럼 하얀 털이었더면 우화등선羽化登仙이라구 멋으로나 여기지 하는 미련이 불 댕긴 톱밥처럼 꺼질 줄을 모르고 자꾸 번지는 것이었다. 까마귀 싸우는 골에 백로야 가지 마라. 흠. 정말 슬펐다. 아버님이 이 일을 아신다면. 나는 그게 더 슬펐다. 서방 죽은 일보다 봄밤에 자리 녹일 일이 슬퍼서 운다는 그런 화냥년들과는 꼭 반대로 나는 생각하였다. 이런 걸루나마 효도를 못 하는 내가 무슨 사람 새끼랴 싶어서 자꾸 비감해진다. 집으로 돌아온다. 담을 넘는다. 방 안에 들어서면서 얼른 윗옷을 걷어올리며 겨드랑을 들여다본다. 날개는 막 자취를 감추는 참이었다. 없어졌다. 그러나 나는 똑똑히 볼 수 있었다. 젖 안 떨어진 갓난 새끼 까마귀의 그것 같은 고수머리 털을 단, 장난감 몽당빗자루 같은 쬐끄만 날개를.

거去하는 자는 나날이 잊혀진다고 공자는 말했다. 볼품없는 날개를 탓하던 마음도 두 달이 지난 지금에 와서는 공자의 말이 진리라는 예증이 되어가고 있다. 되어가고 있다는 것은 온전히 그 마음이 사라진 것은 아니라는 말이다. 지난해의 낙엽 위에 올해의 낙엽이 쌓이듯이, 슬픔도 다음 슬픔을 위해서는 자리를 내야 하는 것이다. 오늘의 슬픔. 오늘 밤 나는 거짓말을 하였다. 나는 외인 주택가를 산책하고 있었다. 초가을 깊은 밤의 공기는 이 부근에서 한결 청결했다. 모든 집들이 깨끗한 잔디를 입은 뜰을 가지고 있었다. 그중 한 집의 잔디는 유난히 뛰어나 보였다. 내 다리는 부지중 울타리를 넘어서고 있었다. 나는 그것을 보았지만 말릴 생각은 나지 않았다. 흰 페인트를 칠한 반 미터쯤 되는 팻말식 울타리였다. 나는 옥외등의 빛을 받아 부드럽게 윤이 나는 잔대를 밟고 뜰을 거닐었다. 전등빛에 보는 잔디는 좋았다. 나는 전등에 비친 풀이라는 것을 그다지 많이 보지 못했다. 재래식 뜰에는 잔디를 입히지 않는 법이니까. 버스나 기차를 타고 시골을 여행하면서 헤드라이트 속에 들어오는 길가의 풀숲이나 차창에서 나가는 빛으로 언뜻언뜻 조명되는 연선의 풀숲 같은 것이 아주 깊숙한 마음의 늪 속에 가라앉아 있을 뿐이다. 이렇게, 식탁에 다듬어 올려놓은 비프스테이크 같은 풀의 토막은 기실 나에게는 신기스러웠다. 대낮이면 남의 집 뜰을 서서 보게는 안 된다. 나는 천천히 걸으면서 그 푸른 비프스테이크를 즐겼다. 푸름이 나를 차츰 빨아들였다. 음악처럼. 나는 정신없이 뜰의 이쪽에서 저쪽으로, 저쪽에서 이쪽으로, 걸었다. 얼마나 그렇게 하고 있었을까. 나는 인기척과 함께 무어라고 외치는 소리에 퍼뜩 정신이 들면서 그쪽으로 돌아섰다. 한 외국인 남자가 나에게 총을 겨누고 있다. 나는 조금 놀랐다. 그는 손을 들어 나에게 가까이 오라고 손짓했다. 나는 미군 주둔지의 거리에서 교통정리를 하고 있는 미군 헌병의 몸짓을 언뜻 떠올렸다. 그는 연해 손짓한다. 나는 가까이 갔다. 그는 서부 영화에서 하는 모양으로 제 발밑은 보지 않으면서 방향을 바꾸더니 나더러 집 안으로 들어가라는 시늉을 한다. 나는 그대로 따랐다. 그가 나를 몰고 간 곳은 서재였다. 그가 방금 거기서 자다가 일어난 흔적이 있는 소파가 한쪽에 있다. 여전히 내게서 눈은 떼지 않으면서 책상 위에 있는 송수화기를 들어서 내려놓고 번호를 돌린다. 나온 모양이다. 이번에는 송수화기에 대고 말하였다.

"나, 도덕놈, 차바숩니다. 팔리, 오세요."

그러고는 집을 대준다. 그는 송수화기를 놓았다. 그때 처음으로 그것을 발견하기라도 한 것처럼 그 남자가 권총으로 나를 겨누고 있다는 사실을 나는 알았다. 권총을 서랍에다 두고 생활을 하며, 들어오는 사람에게 겨누고 하는 그런 버르장머리는 용서할 수 없다는 생통 같은 생각이 치밀었다. 나는 성큼성큼 걸어가서 그자의 손에서 권총을 나꿔챘다. 소파 위에 그것을 내던졌다. 그자는 눈이 휘둥그레서 나를 쳐다볼 뿐이다. 나는 말했다.

"당신 독신이오?"

이만한 소동이 벌어졌는데도 집 안에는 기척이 없었다.

"그러슴니다, 나 독신입니다"

하고 그는 대답했다.

"그럼 당신이 두려운 게 뭐요? 난 동성연애자는 아니오"

하고 내가 말한다.

"그래요?"

하고 그가 놀란다.

"그럼 왜 남의 집에 들어왔소?"

"내가 도적놈이오? 당신네 나라에서는 도적놈이 옥외등이 켜진 환한 뜰에서 산보를 합니까?"

"나도 그건 좀 이상스럽다고 생각했어요. 그럼 당신은 뭘 하고 있었소?"

"잔디가 좋았어요. 너무너무 좋았어요."

"잔디가?"

"이 집 뜰의 잔디가 말이오. 그래서 구경하고 있었던 거요."

"잔디를 구경하고 있었다고요?"

"그렇소. 당신이 그 잔디를 그렇게 잘 가꾸었다는 게 바로 당신의 잘못이었어요."

"그러나…… 그러면 낮에도 얼마든지 볼 수가 있지 않아요? 하필이면 이 밤중에……"

"당신은 왜 잠을 자고 있소?"

"네?"

"왜 잠을 자고 있었느냔 거예요."

"밤이니깐……"

"밤이니깐 나는(하고 나는 나에다 힘을 주었다) 잔디를 구경한 겁니다. 당신이 밤이면 졸리듯이, 밤이면 나는 잔디가 보고 싶은 사람이에요."

"그럼 당신은 혹시?"

"시인이에요."

그는 크게 놀랐다.

"앉으세요, 이리로 앉으세요."

그는 나를 소파로 잡아끌었다.

"나는 서 있겠어요. 당신이 앉으세요"
하고 나는 말하였다. 그는 그대로 하였다.

"당신도 알다시피 여기는 통행 제한이란 게 있어요. 그러나 나는 밤 시간의 산책을 못 하면 시상詩想이 메말라버려요. 나는 미쳐요. 그래서 나는 밤의 산책을 하는 겁니다. 그러니까 당신은 시인을 체포한 겁니다."

그의 낯빛이 초콜릿색이 됐다.

"큰 실수를 했군요. 사실 우리들 외국인의 심정이란 건 정말 복잡합니다. 나는 지난날에 홍콩에도 있어보았고 레바논, 베이루트, 카이로 등지에서도 살아봤어요. 그게 취미여서 말이죠. 또 그쪽 여자들이 좋잖아요. 소피스티케이티드한 데가 없으니까 그만이죠. 그것 때문만은 아니죠. 하지만 본국에서 보내는 그 따분한 부르주아 생활이 지긋지긋했던 거죠. 뭐니 뭐니 해도 외국 조계가 인정되고 무제한의 치외 법권이 있었던 때가 제일 살 만했죠. 그걸 남용하겠다는 게 아녜요. 남용하지 않았죠. 보장된 권리를 남용하지 않는다, 그게 포에지가 아닙니까? 외국에서 살면 나는 보람이 있어요. 이그조티시즘이라 할 수 있겠죠 네?『마르코 폴로』『아라비안나이트』『금병매』그런 걸 어렸을 때 읽은 게 탈이었죠. 알아요 알아요. 하지만 외국인에게는 그런 나라들이 아무리 근대화해봤자 그저 그렇구 그래요. 도시에서도 유흥장이나, 최상류의 가족이나 서구와 비슷한 생활이지 국민의 대부분이 생활이나 감정이 옛날대로거든요. 외국인에겐 그게 구원이에요. 서구의 정신사적 분열이 자기 집안일인 것처럼 심각해하는 원주민 인텔리를 보면 구역질이 나요. 구역질. 요 노랑 원숭이 새끼 같으니라고. 그냥, 칵…… 아주 짜증이 난다 말씀예요. 공적인 지위를 가진 경우에는 문화 교류니 동서의 대화니 해서 그런 감정을 감쪽같이 가려야거든요. 환장할 노릇이죠. 그런 사람들이 현지에서 한두 해 일하고 나면 아주 폭삭 늙어버려요. 내 친구 한 사람은 신경 쇠약에다 불감증에 걸려서 아내와 갈라졌죠. 아무튼 덜 더함은 있을망정 모두 비슷한 괴로움을 갖고 있는 겁니다. 그저 스마일, 웃어야 하니깐요. 요 먼저 어느 신문의 수필란에 보니깐 한국 사람은 스마일을 모른다, 서양 사람들의 스마일, 그것이 우리에게도 몸에 밸 때는 언제일까라고 쓴 사람이 있더군요. 난 그걸 보고 ×이나 ×아라 하고 외쳤답니다. 서양 물 먹은 사람들이 순진한 동포들을 스포일하고 있어요. 원주민 인텔리란 건 우리 눈에는 양식 호텔의 보이와 다를 것

없어요. 우리들의 매너를 알고 있으니까 편리하다는 것뿐이죠. 가방 맡기고 코트 맡기고 사창가나 안내시키는 거죠. 에익, 퉤."
 그는 마룻바닥에다 가래침을 탁 뱉었다. 그리고 오른손 엄지손가락으로 코를 핑 풀었다.
 "그래도 호텔 문밖에 나서면 거기는 인간이 있죠. 자기의 매너의 보편성, 특수 속의 보편성이라는 대지에 굳게 발을 디딘 인간의 가족들이 말예요. 서양 제국주의자들이 인류에게 끼친 무한한 해독, 그건 금덩어리를 실어갔다든가, 상품을 팔아먹었다든가, 그런 게 아니라고 난 생각합니다. 원주민들의 영혼을 골탕 먹인 것, 경험적인 것을 선험적인 것처럼 위장한 것. 이겁니다. 영혼의 아편 상인들. 이겁니다. 현지의 매판 인텔리들은 바보가 구 할이지만 똑똑한 일 할이란 약은 만큼이나 약하기도 합니다. 눈총을 맞아서 비자 한 번이라도 시끄러워지면 나만 곯는다는 거죠. 외국에 갔다 온 사람들은 모두 굉장하더군요. 그쪽은 이런데, 우리가 글렀다. 그쪽은 저런데, 우리는 말씀 아니다. 저쪽은…… 꼭 환장한 것 같아요. 온, 정신 있는 사람들입니까? 정신은 있어요. 양심과 용기가 없어요. 당신네 말대로 하면 멋이 없어요. 그러니까 그저 대리점 노릇으로 마칩니다. 요 먼저 외국 기관 종업원들이 파업을 했더군요. 장해요 장해. 한국 인텔리들은 언제쯤 할 모양인가요. 안 될걸요. 사꾸라들 농간에 안 될 거예요. 아까 어디까지 얘기했던가요. 참. 호텔 밖에만 나가면 거기는 인간이 있다. 거기였죠? 암마. 있고말고요. 뿌듯한 인간입니다. 만져봐서 속이 있는 인간입니다. 통하지 않는 인간입니다. 안 통해요. 인간인데 통할 리 있어요? 고집스럽고 그런가 하면 덤덤하고 요량할 수 없고. 인간인데 안 그래요? 카이로, 베이루트, 다마스쿠스, 그런 도시에서 호텔 밖으로 한 발 나가면 그런 살아 있는 인간들이 득시글하지요. 원주민 나오리들 말마따나 구더기처럼 득시글하죠? 그러나 인간은 구더기가 아닙니까? 나오리들은 구더기가 아닙니다. 그들은 구더기의 뱃속에 있는 십이지장충들이죠. 살아 있는 인간들 틈에 산다는 건 뿌듯하고 보람은 있지만 한편 위험하죠? 진정한 삶에는 언제나 위험이 따르잖아요? 그래서 권총을 가지고 있습니다. 우린 어차피 속물이어서 풍류도 흉기로 지킨다는 종자들이죠. 저 놈……"

그는 옆에 있는 권총을 집어 들더니 해골을 손에 든 햄릿처럼 심각한 낯빛을 지었다.

"이 흉기. 오 나의 자유이면서 나의 치욕. 평화이면서 전쟁. 권리이면서 침략. 너는 이방의 숱한 자랑스러운 전사들을 쓰러뜨렸고녀. 검은 십자군의 피 묻은 도끼여. 강철의 활이여. 천년의 지혜가 너의 깜장 콩알 앞에 숨통을 끊겼어라. 오 아라비아의 더없이 용감한 연인을 그의 암컷 앞에서 조용히 쓰러뜨린 당할 자 없는 탄도彈道의 자궁子宮이여. 언제까지나 그대는 영광을 누리려는가. 달나라의 어여쁜 토끼 한 쌍의 방광을 깨뜨려버린 마술의 화살을 길러낸 어머니여. 절제 없는 사정射精이여. 우주의 가장 은밀한 자궁 속까지 그대는 도달하기 소원이구나. 그대의 흉한 발기로 하여 떨어진 꽃과 깨어진 꿈을 향하여 그대는 끈덕지게 발사하는구나. 아아 어이할거나. 그대는 흉악도 하여라. 절망한 자의 오른쪽 관자

놀이는 그대가 가장 즐기는 입술. 정숙하고 염치를 존중한 그 입술 속에 그대는 치명적인 타액을 뱉어넣는다. 아름다운 것을 가장 미워하는 너. 백 년이 걸려서 이룬 것을 한순간에 부수기를 무엇보다 즐기는 흉물이여. 그러나 어이할거나. 우리들의 안락과 우리들의 빵과 우리들의 계집의 허벅다리가 그대의 등 뒤에서만 무사하거늘. 칭기즈 칸의 그 쓰라린 악몽이여. 우리들의 숙녀의 자궁 속에 고비 사막의 모래알처럼 자욱이 쏟아놓은 몽고의 스페르마가 우리를 미치게 하지. 사하라 사막의 모래알처럼 뜨겁고 낙타의 혹처럼 단단하던, 오 우리 부족의 고귀한 여자들의 검은 입술 사이로 박혀오던 반월도처럼 힘차게 휜 아라비아의 전사들의 페니스가 우리를 떨게 한다. 하나, 그대는 흉악한 상속자를 가졌어라. 한 도시를 멸망시키는 깜장 콩알. 희망과 뉘우침과 과거와 미래를 지극히 짧은 순간에 잿더미를 만드는 콩알을 그대는 분만하였구나. 그것은 그대의 아들, 그대의 더러운 정욕에서 잉태되고 그대의 탐욕스러운 영양으로 길러진 그대의 적자嫡子. 우리들 모두의 희망에 겨누어진 거대한 공갈. 그것을 발사하느냐, 발사하지 않느냐, 그것이 문제로다!"

 그는 하늘을 우러러 장탄식하면서 다음 대사와 동작을 생각하는 모양이다. 그때 부저가 울렸다. 그는 눈을 번쩍 떴다. 다시 부저가 울린다. 그는 권총을 내려놓고 나에게 눈을 찡긋해 보이고 현관으로 나간다. 문 열리는 소리가 나더니 이윽고 그가 이렇게 말하는 것이 들린다.

 "경관 나으리 미연헙니다아, 나, 잠코대, 했섬니타아."

나는 소파에 벌렁 쓰러졌다. 그리고 겨드랑이에 손을 넣어 나의 조그만 날개를 만지작거리면서 중얼거렸다.
"못 당하겠다. 사람 죽이누나."

4·19로부터 꼭 두 달이 된다. 이상한 일은 그동안에는 날개가 끽소리 없이 있다. 아무려나 시절이 좋을세면 날개 없다 관계하랴. 며칠 전에 방정맞은 소리를 했더니 날개가 화를 낸 모양이다. 날개는 엄연히 건재하다는 소식을 전해왔다. 어젯밤 그는 운명처럼 나의 겨드랑을 노크했다. 별도리 없다. 운명에는 따라야 하니깐. 유월달 밤공기는 풋사과의 맛이다. 시청 앞 광장으로 가본다. 요사이는 이력이 나서 웬만해서는 사람과 부딪치지 않을 만큼 나의 산보술은 익숙해졌다. 내가 애써서 그렇다는 게 아니다. 아마 날개의 힘 때문이다. 날개는 요즈음 괴팍해져서 사람을 싫어한다. 전에는 산보만 하면 날개는 아무 탈이 없었는데 한동안 뜸했다가 재발한 다음부터는 산보하다가도 근처에 사람이 있는 기척이면 쿡쿡 쑤신다. 나는 쑤시는 기미를 요량하면서 쑤시지 않는 방향으로 가면 된다. 왼쪽에 기미가 있으면 그쪽 날개가 쑤시고 오른쪽에 기미가 있으면 오른쪽 날개가 쑤시니까 조종은 간단하다. 나는 레이더를 장만한 비행기 같은 신세다. 시청 앞 광장은 두 달 전에 굉장히 많은 학생과 시민들이 싸운 곳이다. 하기야 그 무렵 서울 어딘들 안 그랬으랴마는. 나는 덕수궁 담에 붙어 서서 광장을 내다보았다. 광장은 조용하였다. 광장은 고독한 곳이다. 그렇게 신세를 진 장소이면서 어느 한 사람, 그 자리에 보초를 서주는 사람도

없다. 그들은 꿈속에서도 와보지는 않으리라. 할 수 없다. 공자도 주周공을 통 꿈에 보지 않을 적이 있었다니까. 성인이 그렇다면 보통 사람은 할 수 없지 않겠는가. 꿈이란 이상한 것이어서 오래된 일일수록 생생할 때가 있다. 오랜 세월이 지나면 이 광장도 꿈길에 애용되는 코스가 되리라.

날개는 갈수록 성미가 거칠어진다. 고수머리 순한 사람 없다더니 여간 심술궂지가 않다. 산보를 하다가 저쪽에 입초 경관의 모습이 언뜻 비치기만 해도 쿡쿡 쑤신다. 흡사 내 겨드랑이에서 쑥 빠져나가고 싶은 듯이. 그러기나 했으면 오죽 좋으랴. 죽으라는 시어머니는 안 죽고 친정어머니가 돌아가신다는 격으로 이건 그것도 아니고 짜증만 늘어간다. 요즈음 같아서는 전처럼 산보를 즐기는 기분도 잡치는 일이 흔하다. 나의 심미적 잠행은 모름지기 고행을 닮아간다. 이러나저러나 그동안의 수확은 갈데없다. 나는 서울을 다시 보게 되었다. 서울은 꿈으로 가득 찬 도시다. 서울은 슬픔이 가득 찬 곳이다. 골목을 지나가다가 실버텍스가 떨어져 있는 것을 자주 본다. 그럴 때 나는 이 도시의 성기性器를 본다. 그것들은 아름답다. 그것은 종로 삼가나 양동에 특히 많다. 듣기에는 이곳에는 천사들이 산다고 한다. 참으로 순결한 동정녀들이 말이다. 나는 그녀들을 찾아가고 싶은 마음이 꿀떡 같다. 그러나 안 될 말이다. 내 겨드랑에 난 날개가 눈처럼 흰 것이었다면 나는 주저하지 않겠다. 그러나 고수머리의 검은 날개를 단 천사라는 건 들은 적이 없다. 가끔 그런 골목에서 천사들과 천사의 남자 친구들이 산보하는 것을 만나는 일이 있다. 그럴 때 나는 외면하고 지나치거나 얼른 숨어버린다. 날개도 그럴 땐 가만있는다. 그도 생각은 있는 놈인 모양이다.

어제 저녁에 나는 밤새껏 무서운 고문을 당했다. 어제는 크리스마스이브였다. 며칠 감감했는데 12시가 되자 날개는 또 성화를 대기 시작했다. 나는 얼른 밖으로 나섰다. 그런데 웬일일까? 날개는 조금도 누그러지지 않고 더욱 세차게 물어뜯는 것이었다. 나는 좀 있으면 나으려니 하고 아픔을 견디면서 한길로 나섰다. 그때야 나는 소스라치도록 놀랐다. 거리에 넘치는 사람의 물결. 이 때문이었다. 멀리서 흘끗 보이는 사람 그림자에도 견디지 못하는 그가 이런 군중을 참아낼 리 없다. 날개는 미치도록 몸부림치기 시작했다. 겨드랑이가 쑥 빠지는 것 같다. 나는 이를 악물고 견뎌보려 했으나 헛일이었다. 나는 집에 돌아왔다. 그리고 방에 들어와서 이불을 뒤집어썼다. 날개는 여전히 화내고 있었다. 누굴 잡아먹은 원수가 있어서 이렇게 괴롭히누 하고 나는 속으로 악을 썼다. 그러자 날개는 내 뱃속을 환히 들여다보고 앉은 것 모양으로 에끼 이놈아 이 썩은 놈아 하고 주릿대를 안기는 것이었다. 나는 이번에는 얼른, 저도 무슨 한이 있어 그러겠지 내가 당해야지 하고 고쳐 생각했다. 그랬더니 날개는 조금 잠잠해졌다. 맛을 들인 나는 또, 저나 나나 팔자를 기박하게 타고나서 이 고생이지 하고 이번에는 듣기 편하게 겨드랑이에 대고 전화기에 속삭이듯이 말했다. 그랬더니 웬걸, 시끄러 네 알 배 아냐 하고는 쿡쿡쿡쿡 냅다 팔굽질을 하는 것이었다. 아무려나 방 안에서 당하는 수밖에는 없었다. 밖에 나가서 이 미친 짓을 하고 중얼거리며 다닐 수는 없는 노릇이었다. 온 밤을 샛서방 잃은 시어미 심술 같은 날개의 변덕에 시달렸다. 이 얄궂은 내 팔자여. 청상도 설워라커늘 시어미조차 이러한가. 악몽 같은 이 밤.

새해가 되었다. 새해 첫번의 산책. 평범한 걸음이었다. 외인 주택의 친구를 찾을까 했으나 그만두기로 한다.

요즈음 아버님의 태도가 마음에 걸린다. 나를 바로 쳐다보지 못하시고, 피하시는 것이 완연하다. 나는 까닭을 너무 잘 안다. 내가 밤의 산책을 시작한 이후로는 아버님과 전처럼 이야기를 나누는 법이 없어졌기 때문이다. 번연히 알면서도 별도리 없이 그래진다. 무서운 일이다. 인적이 없는 밤거리를 간다는 단순한 그 일이 나를 이렇게 바꾸어놓을 줄이야.

지난밤에 본 일을 적으면서 지금도 가슴이 떨린다. 시청 앞 광장에 갔다. 나는 언제나처럼 대한문 옆에 숨어서 광장을 내다보고 있노라니 맞은편 반도호텔 쪽에서 한 떼의 사람들이 이쪽으로 걸어온다. 나는 어둠 속에 숨은 채 바라보았다. 그러자 조선호텔 쪽에서도 왁자지껄하면서 한 떼의 사람들이 광장을 향해서 걸어오는 것이었다. 또 서울역 쪽에서도, 국회의사당 앞쪽에서, 광교 쪽에서 사람들은 광장으로 나오고 있다. 그때 나는 하마터면 소리를 지를 뻔했다. 내가 숨어 있는 곳 다시 말하면 대한문 옆 골목으로부터도 왁자지껄하는 소리가 들리며 한 떼의 사람들이 나와서 내 옆을 스쳐 지났기 때문이다. 그들은 중고등학생과 대학생이었는데, 모두 피투성이였다. 끊어진 다리를 야구 방망이처럼 메고 가는 고등학생이 있다. 빠진 눈알을 높이 공중에 집어 던지는 자도 있는데 눈알은 공중에서 달빛과 부딪쳐서 번쩍하고는 임자의 손안에 떨어진다. 터진 두개골에서 허연 골이 내밀어서 뒤통수에 엉겼는데, 그 위에다 학생 모자를 눌러쓰고 간다. 거의가 가방을 들었거나 책 꾸러미를 끼었다. 성한 사람은 거의 없다. "회수권 한 장만 빌려줘." "김형 철학사 노트 가져왔소?" 이런 소리들을 하며 간다. 다른 골목에서 걸어나오는 패도 꼭 같은 몰골이었다. 그들은 광장에서 합치더니 서로 인사를 나누고 혹은 앉고 혹은 서서 잡담들을 하는 모양이었다. 달빛 아래 보는 그 피투성이의 무리들은 깔깔거리고 툭탁거리고 서로 쥐어박고 한시도 가만있지 않았다. 내가 숨은 데서 제일 가까운 쪽에는 두 남녀 대학생이 이쪽을 보고 앉아서 이야기를 하고 있는데 여자는 얼굴이 온통 핏빛이고 남자는 찢어진 윗옷의 가슴에서 피가 흐르고 있었다. 여자 학생은 자기 치마로 그것을 닦아주고 있다. 그때 누군가 큰 소리로 외쳤다. "여러분 데모를 계속합시다." 그러자 욕설과 빈정거림—"시시한 소리 말어." "피래미 새끼야." 이런 소리가 나오는가 싶더니 누군가 "웃기지 말아다오" 했다. 그러자 광장은 터질 듯한 웃음이 되었다. 웃음이 가라앉자 그들은 한동안 시무룩하게 잠잠하였다. 한참 만에 그들은 한데 모여서 무슨 의논을 하는 듯하더니 광장의 가운데를 비우고 빙 둘러 원을 만들었다. 몇 사람이 가운데로 나서더니 광장의 가운데쯤 되는 땅을 손으로 파기 시작했다. 파낸 흙이 수북이 쌓이고 속에 들어선 사람은 머리밖에 안 보인다. 그들은 무얼 파내고 있는 것일까? 나는 호기심으로 대담해지면서 이어 바라보는데 끝내 구덩이에서 여러 사람이 무슨 물건을 들어내는 것이다. 파낸 학생들은 네댓 명이 그것을 번쩍 머리 위로 치켜들었다. 그것은 시체였다. 시체의 머리에는 무엇인가 빛나는 것이 붙어 있었다. 처음에는 잘 분간할 수 없었으나 눈여겨서 보고 있으니 그것은 알 만한 것이었다. 얼굴에—눈구멍에 쇠붙이가 박혀 있는데 한끝은 뒤통수로 빠져 있다. 그것이 달빛에 번쩍이는 것이다. 그들은 시체를 내려놓고 둘러서서(나머지 학생들은 여전히 원을 치고 둘러서 있고) 시체를 주물럭거리고 있다. "녹이 슬었는데." "닦아." "야 바클 닦는 가루 있지?" "이 새끼야 네 모자로 해." 이런 소리가 들리더니 이윽고 그들은 또 아까처럼 시체를 번쩍 치켜들었다. 아! 달빛에 날카롭게 번득이는 머리의 쇠붙이 부분. 그들은 시체의 눈에 박힌 쇠붙이를 광을 낸 것이었다. 얼굴과 뒤통수가 환하게 빛나는 모습은 인물이 머리에 꼭 원광圓光을 쓴 어떤 종류의 그림 속의 광경 같다. 바깥쪽에 둘러섰던 패들이 죄어들면서 또 소란스럽게 떠들어댔다. 그들은 서로 부딪치면서 무슨 대열隊列을 만들기 비롯한다. 그들의 속셈은 곧 드러났다. 그들은 매스 게임을 하려는 모양이었다. 맨 밑에 한 줄이 엎드리고, 그 위에 올라가서 엎드리고 하더니 그들은 피라미드를 만들었다. 맨 마지막에 남은 중학생 하나가 시체를 어깨에 둘러메고 원숭이처럼 가볍게 피라미드의 꼭대기에 올라가서 시체를 어깨에 멘 채 우뚝 섰다. 시체의 눈에 박힌 쇠붙이가 하늘 속에서 별처럼 빛났다.

"빨리 해." "찌그러진다." "성한 사람인 줄 아니." "아이구구." "움직이지 마." "기분 내지 말구 빨리 내려와." "고교 동지 좀 참아요." 왁자한 피라미드는 금방 허물어질 기세로 흔들흔들한다. 맨 꼭대기에서 시체를 메고 있던 학생은 발밑이 흔들거리는 바람에 겁이 났던 모양이다. 메고 있던 시체를 땅바닥을 향하여 내던졌다. 시체는 공중에서 한 바퀴 돌았다. 탁 하고 땅에 부딪히는 소리가 났다. 때를 같이하여 피라미드는 와르르 무너졌다. 광장은 외마디 소리, 신음 소리, 욕설이었다. 겨우 소란이 가라앉자 그들은 다시 아까처럼 한 패는 밖으로 물러서고 가운데는 여남은만 남았다. 그들은 시체를 번쩍 들어올렸다. 그때, 기다리고 있었던 것처럼, 모든 참석자들은 외쳤다. "피에타는 이루어졌다!"

 시체가 내려지고 구덩이 속에 다시 묻혔다. 그들은 서로 악수를 나누고 각기 나왔던 길로 광장에서 물러나기 시작했다. 나는 숨을 죽이고 내 옆을 지나는 그들을 바라보았다. "자네 사진 찍었나?" "음, 출품해야겠어. '피에타'라고 하면 어떨까?" "예수쟁이 같애서 안 좋아. '내란의 예감'이라구 하게." "예감? 웃기겠니?" "그럼. 그걸 노리는 거지." "'한국의 학살'은 어때?" "시간 없어." "네 깔치 괜찮더라." "임마 말씀 낮춰." 이렇게들 지껄이면서 그들은 대법원 쪽으로 사라져버렸다—

 이것이 오늘 내 눈으로 본 바 그대로다. 이상한 것은 이러한 사건이 벌어지는 동안 날개는 찍소리 없었다는 점이다. 그렇다면 그 괴상한 의식儀式의 참례자들은 적성敵性이 아니었던 것은 분명하다.

 한 달 만에 또 시청 앞의 밤의 의식을 보았다. 먼젓번과 같은 절

차다. 오늘 그들은 울고 있었다. 얼굴들이 눈물과 피로 뒤범벅이 돼서 차마 볼 수 없도록 무서웠다. 그들은 엉엉 울고 있었다.

1961년 5월 16일. 새벽.

오늘 새벽에 나는 한강 모래사장을 걷고 있었다. 갑자기 총소리가 울렸다. 한강 다리 위에는 총알이 이끌고 가는 불빛이 보였다. 나는 크게 놀랐다. 어떻게 된 일인가? 나는 그저 지켜보는 수밖에 없었다. 총소리가 멈추고 한 떼의 병력이 시내로 들어가는 것이 보인다. 나는 재빨리 둑을 넘어 그들의 뒤를 밟았다. 나는 몹시 궁금하였다. 이 간덩이 굵은 통행 제한 위반자들은 대체 누구일까? 무엇보다 그들의 방법이 나의 것에 비해 떳떳하고 남성적인 것은 확실했다. 나는 어떤 부끄러움을 느꼈다. 그것은 수줍어서 어물거리는 새에 여자를 빼앗겨버린 남자의(소설에 보면) 마음과 닮았다. 공연한 수줍음이다. 그 아날로지는 맞지 않는다. 설령 나와 동고동호同苦同好의 인사들을 규합한다 할지라도 과연 저렇게 용감할 수 있었을까? 그리고 무기는 어디서 얻는단 말인가? 자기의 취미, 혹은 고통을 위해서 여럿이 힘을 모아 무기를 갖추고 통행 제한의 규칙을 어길 만한 용기가 나한테는 없다. 아무튼 나는 제일 궁금한 것이 그들도 나처럼 겨드랑에 날개를 가졌는가 안 가졌는가 하는 그 점이었다. 그래서 나는 그들을 따라가다가 맨 뒤에 있는 병사의 어깨를 툭툭 쳤다. 그는 후닥닥 돌아서더니 내 가슴에 총을 겨누었다. 나는 깜짝 놀랐다. 정말 뜻밖이었다.

"누구야!"

"네, 네……"

"넌 누구냔 말야!"

"전, 저어, 심야의 산책을 즐기는 시민이올시다. 저어, 동호의 인사들을 만나니 하도 반가워서…… 또 좀, 문의할 것도 있고 해서……"

그는 의아스럽게 한참 내 위아래를 훑어보더니 씨익 웃었다. 병사는,

"도둑놈이군그래"

하고는, 몸을 돌려 앞서간 산책자들을 급히 쫓아갔다. 나는 미소하였다. 세상에 자기와 같은 취미를 가진 사람이 있다는 것은 잘 믿어지지 않는 법이다. 그 병사도 그러했으리라.

심야의 집단 산책자들이 정권을 잡았다. 좋은 것도 같고 좀 심한 것도 같고 묘한 기분이다. 그들은 으레 통행 제한을 없앨 테니 그것은 좋지만 역시 방법이 심하지 않았을까? 해서다. 계엄령이 펴져서 나다니지 못했다. 다행히 날개는 잠잠하다. 물론 일시적인 것이리라.

그날 밤에 서울의 새벽 거리를 산책한 것은 나와 집단 산책자들과 또 한 사람이 있음이 밝혀졌다. 국무총리 장 씨다. 그는 놀라서 수녀원 안까지 산책했다고 하는데 물론 그의 경우는 타의에 의한 것이다. 우리들의 취미를 타인에게 강제할 권리가 있는가 하는 것이 문제다. 장 씨는 산책 도중에 안경을 잃어버렸다고 하는데 신문에서 안경을 끼지 않은 그의 얼굴을 보았을 때 나는 처음으로

'총리'를 느꼈다.

　통행 제한을 없앨 눈치가 보이지 않는다. 나는 다시 독단으로 산책을 하기 시작했다. 오늘이 세번째다. 그런데 그중 두 번이 날개의 요구에 의한 것이고 한 번은 순전한 취미에 의한 것이다. 나는 취미란 말보다 멋이란 말을 쓰고 싶다. 혹은 풍류래도 좋다. 날개의 성화가 없는데도 내가 밤거리를 사랑하게 되었다는 사실은 좀 놀랍다. 그러나 사실이다. 나는 밤의 서울에 홀려버렸다. 온 성이 잠든(마녀의 요술로) 가운데를 공주를 찾아 헤매는 왕자가 바로 나라고 하면 과히 틀리는 말이 아니겠다. 그렇다고 내가 꼭 공주를 찾으려고 다니는 것은 아니다. 허름한 가로등, 광장, 판잣집, 골목에 버려진 연탄재, 트럭들이 오징어처럼 다리미질해놓은 쥐의 시체—이런 모든 것들이 나의 공주다. 나는 하렘을 순시하는 술탄이다. 나는 그녀들을 골고루 사랑한다. 나도 전에는 용모를 가려서 여자를 사랑했지만 지금은 여자면 누구나 사랑한다. 서울역 광장의 공중변소를 나는 사랑한다. 그렇다고 해서 내가 '더러움'에 치우치는 것은 아니다. 창경원의 차단한 고풍의 담을 못지않게 나는 사랑한다. 나는 그녀들 모두를 오르가슴에 올려놓기를 바란다. 그리고 내게는 그런 힘이 있다. 그녀들은 내가 만지기만 하면 벌써 색색 숨을 몰아쉬기 시작하는 것이다. 훨씬 앞에 적은 것처럼 한국은행의 돌벽은 그녀의 냉감증의 허세를 오래 지키지 못했다. 요새 그녀는 숯불처럼 뜨겁게 헐떡인다. 낮에 그녀의 앞을 지나가다가 보면 뭇사람들 속에 차갑게 사리고 턱을 치켜들고 있다. 그 차가운 정결貞潔이 나를 흐뭇하게 한다. 나의 하렘—나는 서울을 점령하였다. 나는 그녀들의 하나하나에 대한 자상한 성력性歷을 따로 방대한 기록으로 만들어두고 있다. 나는 또한 이 하렘이 내 사유물이라고는 생각지 않는다. 나와 꼭 같은 취미를 가진 사람들은 나와 꼭 같은 방법으로 그녀들을 소유할 수 있다. 그러나 어느 사람도 나와 완전히 같은 방법일 수는 없다. 비록 대상은 하나일망정 우리는 각기 다른 시간에 그녀들의 침대에 들어가며 조금씩 다른 방법으로 사랑한다. 이 조금씩이 중요하다. 그것은 양量의 문제가 아니라 질質의 문제다. 이 조금씩의 뜻을 아는 사람은 인생을 아는 사람이다. 다만 한 가지 나에게 유감스러운 것은 나의 이 같은 풍류가 아직도 완전한 자유의 유희 — 즉 멋이 아니고 타율적이며, 고통에 묶여 있다는 사실이다. 다시 말하면 내 날개의 구속을 받고 있다는 사실 말이다. 물론, 날개의 강요로 시작되는 산책도 종당에는 자유스런 놀이로 끝나게 마련이며 그 즐거움에 아무런 흠이 없지만, 출발에서 강제당한다는 것은 역시 아쉽다.

1961년 크리스마스.

고통의 하룻밤. 12시가 되자 겨드랑에 운명의 노크 소리가 들렸다. 나는 산책을 못 했다. 날개가 사람들이 싫어서 쑤셨으므로. 방에 있어도 물론 쑤신다. 인제 분명하다. 날개는 시샘하고 있는 것이다. 자기의 하렘에 모든 사람이 공동변소처럼 버글거리는 것을 날개는 참지 못하는 것이다. 조금씩 다르게 사랑함으로써 우리는 하렘을 공동으로 사유私有할 수 있다는 진리를 날개는 모르는 것일까? 왜 오늘 밤 하필이면 날개는 발작을 일으키는가? 혹은, 왜 하필 오늘 밤 통행 제한을 철폐하는가?

1962년 크리스마스.
12시.
운명의 노크 소리.
동통.
고문.
하늘에는 영광.
땅에는 고통.

1963년 크리스마스.
12시.
운명의 노크 소리.
동통.
고문.
하늘에는 영광.
땅에는 고통.

1964년 크리스마스.
12시.
운명의 노크 소리.
동통.
고문.

하늘에는 영광.
땅에는 고통.

이런 생활이 언제까지 계속될 것인가. 나는 내 날개를 원망해야 할지 혹은 받들어야 할지 도무지 모르겠다. 물론 그가 아니었더면 나는 하렘의 기쁨을 몰랐을 것이다. 그러나 내가 이미 그의 안내 없이도 하렘을 즐길 수 있는 지금 그는 쓸데없는 존재인 것이다. 그는 왕에게 질투하고 있는 환관일까? 그런 괘씸한 일을 가만 놔 둘 수 있을까? 그는 어디서 그런 권리를 가져왔을까? 손오공의 머리 테처럼, 그 누군가가 나에게 가하는 구속일까? 그 구속이란 무엇일까? 분명 자기의 어떤 뜻을 알리기 위한 이 원격 조정은 무엇을 명령하고 있는 것일까? 날개의 생리는 모순 그것이다. 그의 고통이 없자면 통행 제한 제도는 없어져야 할 것이다. 그러나 그는 밤거리에 타인이 있는 것도 용서치 않는다. 그렇다면 그는 스스로 해결을 거부하고 있는 것이나 다를 것 없다. 나는 이 같은 모순을 그도 조만간 알게 되고 스스로 어느 한쪽을 철회하는 그런 태도를 은근히 기다렸으나 이 몇 해 동안 그 두 가지 가운데 어느 한쪽이 약화되기는커녕 서로 뒤질세라 그들의 욕망은 더 탐욕스러워지고 사정없는 것이 되어오고 있다. 이것은 무엇을 뜻하는 것일까? 날개는 무자비하다. 날개는 강압적이다. 날개는 비타협적이다. 날개는 모두를 요구한다. 아버님한테 이 문제를 들고 갈 마음은 없다. 그렇게까지 불효할 마음은 없기 때문이다. 나는 아버님과 더불어 풍류 한담으로 즐기던 시절이 한없이 그립다. 그런가 하면 이 무서운 고통을 거느린 것일망정 내가 얻은 하렘의 쾌락—이것 또한 지금의 나에게는 없이 살 수는 없는 것이 되었다. 그러고 보면 나는 날개를 닮아가는 것이다. 날개는 내 마음이다. 그런데 나는 그를 알 수도 없고 항차 그를 다룰 수도 없다니. 이리도 막히고 저리도 막혔다. 나는 짐승처럼 신음한다. 나의 쾌락이 내 등에 지운 짐의 무게가 나를 바수어버리려 한다. 어떻게 할 것인가. 나는 모른다. 아무튼 어떻게 해야만 한다는 것이 확실하다. 또 나는 생각한다. 내가 그렇게 사랑하는 하렘의 여자들은 이 괴로움을 내게서 덜어줄 아무 힘도 없다는 것을. 그들은 노예들인 것이다. 그들은 사랑을 받고 또 그만큼 한 사랑을 돌려주지만 그저 그뿐이다. 나의 이 고통을 가셔줄 힘까지는 없는 것이다. 그것은 끝까지 내 문제다. 나만의 문제다. 나는 한 가지 생각나는 일이 있다. 날개가, 산책 도중에 만난 사람의 모두를 마다하지는 않았다는 일이다. 날개는 사람을 가렸던 것이다. 이것은 무슨 뜻일까?

가면고

1

 분명히 처음 보는데 언젠가 한 번 본 것만 같은 그런 얼굴이었다. 삶의 언저리에서 가끔 일어나 짜증이 나게 마음을 헝클어놓기 일쑤인 기억의 환각…… 민은 그녀가 두어 정거장 앞에서 오른 때부터, 그런 생각에 사로잡혀 있었다. 그는 시계를 들여다보았다. 아마 이 전차가 마지막일 테지. 텅 빈 차 안에는 대여섯 사람이 앉았을 뿐. 그러고 보면 요즈음에 전차를 탄 적이 얼마 없었다. 따져보면 떠나고 닿는 사이가 전차와 버스 사이에 그리 큰 차가 지는 것도 아닐 테지만, 스탠드에서 표를 사는 일이 유니폼을 입은 차장에게 표를 건넨다는 수속이 또는 전차의 보다 큰 부피, 그런 것이 아마 쫓기고 늘 무거운 그의 마음에 짐스러운 탓인지 모른다. 밤늦은 시각에 버스를 타고 가다가 얼핏 엇갈려 가는 전차 속 그

넓은 빈자리에 띄엄띄엄 몇 사람의 고단한 얼굴이 올롱하게 흩어진 풍경을 그는 앞뒤가 잘린 토막 난 필름을 보듯 야릇한 느낌으로 바라보곤 했다.

민은 내려뜨렸던 눈길을 들어, 다소곳이 앉은 그녀를 한 번 더 바라보고는 몸을 꼬아 창밖으로 눈길을 옮겼다. 부옇게 안개 끼듯이 내리는 비 속에, 집들의 창에서 번지는 불빛으로 레일이 둔하게 빛을 내며 깔려나가고, 이따금 머리 위에서 전선이 팍, 팍 튀는 소리가 떨어져온다.

마음의 올은 맹랑한 것이어서, 지금 그는 그녀의 얼굴에 대해 골똘히 마음을 쓰고 있는 것은 아니었다. 한눈에 뜨끔하니 모질고 강한 인상을 받은 얼굴이었으나, 민은 그 얼굴을 망막에서 새김질하는 대신에 그 영상 때문에 움푹 파인 마음의 어느 구멍에 느리고 짜증스런 손짓으로 자꾸 흙을 퍼넣고 있었다. 어느 한 모퉁이에 또 빈자리가 늘어가는 것은 두려운 일이 아닌가. 그 빈자리를 메우려고 또한 얼마나 귀찮은 바람이 스며올는지 모르는 일이다. 달팽이처럼 속으로 속으로 오므라들면서, 자기의 남모르는 일을 끝낼 때까지는 햇바퀴의 아름다움을 보지 않아도 그만이란 속셈에 서였겠지만, 덜커덩 차가 흔들리는 통에, 여태껏 저편 자리에 앉은 여인의 얼굴을 또 그려오고 있던 것을 깨닫고 민은 속으로 혀를 찼다.

그는 눈을 감았다. 감은 눈 속에서, 몇 해 전 그가 군에서 나오고 바로 겪었던 일이, 먼 바닷가 밀물처럼 회상의 언저리를 적셔온다. 그 물결에 거슬러보는 뜻 없는 노력을 버리고 어느덧 발목에서 정강이로 느릿느릿 적셔오는 밀물에 발을 담그고 우두커니 서 있었다……

푸른 다뉴브의 물결이 홀에 넘쳐흐르고 있었다.

초여름 밤의 훈훈한 기운이, 그를 흐뭇한 기쁨 속으로 몰아주는 까닭의 모두는 아니었다. 그는 즐거웠다. 조금도 서두를 까닭이 없었다. 새색시 의롱에서 잠든 저 많은 옷가지들처럼, 이제부터 하나하나 끄집어내서 그의 인생의 보람 있는 장면을 채워줄 티 없는 시간을 넉넉히 가지게 된 그였다. 퇴역. 그는 여자의 손에 약간 힘을 주어봤다. 꼭 같은 만큼의 운동이 거기서 되돌아왔다. 눈덩이처럼 흰 이브닝드레스에 싸인 그녀는 이런 화려한 데서도 십분 눈길을 끌 만하였다. 밴드에 맞추어 물결 타듯 가볍게 지나가면서 파트너의 어깨 너머 흘깃 던져오는 사나이들의 눈매가 그것을 다짐하고 있었다. 자리를 바꾸는 참에, 동성이기 때문에 거침없이 쏘아붙이며 대번에 이쪽 값어치를 셈해내는 여자들의 눈이 그것을 말하고도 남는 것이었다. 그런 모든 일이 그를 즐겁게 했다. 그는 자랑스럽기까지 했다. 잡고 있는 여자의 손바닥이 촉촉이 젖어 있었다. 그의 손이 젖어 있는 것인지도 모른다. 그는 여자의 이름을 불러보았다. 그녀는 [……] 말없이 올려다본다. 두 개의 구슬 속에 차단한 불꽃이 어른거린다. 그 눈이 아름답다고 그는 생각했다.

곡이 끝났다. 그들은 자리로 돌아왔다. 그는 소다수를 시켰다. 그는 여자의 컵에 따라줄 때 잘못하여 가로 흘렸다. 여자는 나무라듯 살며시 흘겨보았다. 흠, 이 아가씨가? 평소에 몸가짐이 점잖은 여자가 지나친 몸짓을 해 보이는 것은 사랑한다는 표시다. 당신에게만은 응석을 부리겠어요, 하는 몸짓이 아니고 무언가. 여자의 마음속 가장 깊은 곳에 숨은 가실 줄 모르는 바람은 다시 한 번 그녀들의 황금시대로 돌아가고 싶다는 것. 아버지라는 시종무관의 무릎에서 세계의 이야기를 듣던, 그 시절로 시간의 바퀴를 되굴려 가보자는 소원이다. 물론 이때 아버지는 멋진 코밑수염을 어느 손가락으로 토닥거려야 하는지를 알 만큼 눈부신 지성의 소유자여야 하며 그러자면 그는 외국 유학을 한 사람이어야 하고, 그의 집안은 부유한 봉건 지주나 날치기 광산쟁이여야 하며, 외국에 가 있는 동안 어느덧 브나로드적 유행성 열병이 깨끗이 가라앉고, 돌아올 땐, 삯바느질한 어머니가 부쳐준 학비로 미술 학교를 다니던 어떤 여류 화가를 달고 와야 하며, 그렇게 살다 보니 서로 시들해져서 한국은 나를 알아주지 않는다고 술타령과 기생 오입의 도락 삼매가 시작되어야 하며, 이윽고 가산이 바닥나지 않는다는 것은 가을이 와도 나뭇잎은 머무르라 식의 영 말도 아닌 소릴 것이며, 천대와 괄시 속에서도 남자를 사랑하지 않고서는 못 배기는 — 저 '노라' 양에게 뺨을 열두 번이나 얻어맞아도 장히 마땅할 그의 아내가, 자기 어머니의 고된 팔자를 이어 그 남편에게 커피 값을 낸다는 대목에 이를 것이며, 드디어 과로와 그보다도 식어버린 남편의 사랑에 상심하여 그녀가 죽은 뒤에야 남편은 지금은 다시 뉘우칠 길도 없는 애인이 남기고 간 유산을 무릎에 앉히고 아버지는 정말은 어머니를 사랑했다는 거짓말을 되풀이 되풀이 이야기하는 가운데 그녀가 어머니를 대신하여 아버지의 고해성사를 맡아보면서부터 몸에 붙인 고백을 받는 기쁨에까지 거슬러 올라갈 수 있다.

무엇을? 어 무슨 이야기가 이리도 길게 되었던가. 이게 나쁘다. 바로 이게 지옥이다. 군이여. 군은 이 자질구레한 장난, 계집애의 바느질 쌈지 속 같은 바글자글한 마음의 장난을 하는 버릇을 아직도 떼지 못하였는가. 아니다. 너무 그리 까다롭게 따질 건 없잖아. 나는 다만 그 이름은 무어던가, 프랑스의 어떤 위대한 서정 시인의 시 가운데 있는 구절—한 송이 국화꽃을 피우기 위하여 천둥은 그렇게 울었나 보다 하는, 한 가지 일이 있기까지는 숱한 사실의 고리가 뒤에 있다는 메타포를 한국 근대 정신사에다 옮겨본 거지. 내 정신이 아직도 부드러운 상상력을 잃지 않았는가 알아봤을 뿐이야…… 아무튼 그는 조금도 악의는 없었다. 다만 흥겨울 뿐이었다.

누군가가 그들의 앞에 머물러 섰다.

그들은 머리를 들어 그 사람을 바라보았다. 홀쭉한 키에, 머리칼을 길게 밀어붙이고, 나비넥타이를 매었다. 자식 가만있자, 독일어에 있어서 물주 형용사와 인칭 대명사의 제이격과의 차이를 말해봐, 아마 모르지? 흥 나는 박격포탄을 우박처럼 맞아도 하나도 잊어버리지 않았어. 전쟁이 개인의 운명을 바꾸었느니, 전쟁이 기성 질서와 생활 감정을 어쨌느니, 전쟁이 무엇을 무엇했느니, 그래 전쟁이 없었다면 네가 운동의 네번째 법칙을 발견할 것을 못 했단 말인가. 전쟁 통에 그만 배울 걸 제대로 배웠겠습니까 머리를 긁는 친구, 전쟁에 그만 깡그리 가산을 날리고 이러면서 소주잔을 비우는 빵장수, 전쟁이 저를 이렇게 만들었어요. 당치도 않은 피해망상을 실습해보는 갈보의 센티멘털리즘, 거짓의 무리들이

여 열세 번이나 지옥으로 가라. 만일 그대들의 말이 옳다면 나의 옆에 다소곳이 앉은 이 여자의 눈이 보여주는, 저 순결성을 어떻게 풀이할 것인가. 그녀도 분명 전쟁을 나라 안에서 겪은 바에는. 전쟁은 게으른 자와 음탕한 자들에게만 핑계를 주었다. 그뿐.

 나비넥타이는 허리를 굽히며 그녀를 파트너로 소망하는 것이었다.

 여자는 가볍게 거절했다. 얼음처럼 쌀쌀해 보였다. 그녀의 귀고리가 반짝 빛났다. 가볍게 고개를 움직인 거절의 동작이 그녀의 귀에 달린 금붙이의 빛깔보다 차가웠다. 나비넥타이는 미안하다는 인사를 남기며 떨어진 곳에 홀로 앉은 댄서 쪽으로 옮아갔다. 그가 고개를 돌렸을 때, 여자의 장난꾸러기 같은 웃음을 머금은 눈이 그를 맞았다. 방금 보여준 그 쌀쌀한 얼음은 벌써 끄트머리도 없었다. 그는 또 한 번 느긋하지 않을 수 없었다. 그는 소다수를 마시는 그녀의 동그스름한 목이 보여주는 움직임을 보고 있었다. 그 목은, 희고 탄력 있는 부피가 차분히 오른 썩 잘된 조각 같았다. 어쩌면 그는 이 목 때문에 그녀에게 끌리기 시작했는지도 모른다. 그 목 아래, V자로 파인 이브닝드레스의 가슴은, 오늘 저녁 처음 보는 부분이었다. 그 목에 의당 어울리는 좋은 가슴이었다. 그러나 그는 거기를 오래 보지는 않았다. 겸연쩍었기 때문에. 그는 무슨 말을 해야 하겠다고 생각했다.

 "즐거우십니까?"

 "선생님은?"

 누가 가르쳐주었기에 이런 묘한 응답의 재주를 부리는 것일까?

그는 생각한다. 사랑? 아마. 사랑은 모든 것을 가르쳐주는 법이니까.

"이만하면 저도 꽤 용감하지요?"

"왜요?"

"왈츠 한 가지만 갖추고 싸움터에 나섰으니 말입니다."

그녀는 활짝 웃었다. 웃는 모습을 보고 그녀의 순결을 믿는다. 수줍은 여자일수록 한번 마음을 주면 쉽사리 참마음을 드러내는 것이라 생각한다. 단단히 오므라든 소라의 몸처럼, 섣불리 내밀지는 않지만, 깊은 바다풀의 그늘에서는 마음 놓고 노는 것이라고. 사랑이란, 경계의 해제가 아닐 텐가. 모든 것이 그녀의 사랑과 순결을 나타내고 있었다. 그는 이 모든 것을 믿으리라 했다. 그는 이전에 얼마나 많은 어리석음을 저질렀던가. 다람쥐 쳇바퀴 타듯, 끝이 날 수도 없고, 끝이 난대야 어떨 것도 없는 망설임의 바퀴를 뱅뱅 돌리며, 세상을 거꾸로 보면서 살았던 그때. 한방에 있는 친구가 댄스를 배우러 나간 사이, '대영백과사전'을 발바닥에 얹고 거꾸로 서기 연습을 하면서, 친구의 경박성에 항의해보았던 때, 그는 분명히 속이 좁았다. 다른 일은 다 제쳐놓고라도, 사람에 대해서 너무나 몰랐다. 더 테두리를 좁히면, 여자에 대하여 너무도 무지했다. 그는 여자를 깨우치려 들었다. 가르치려고 했다. 따지려 했다. 알아내려 했다. 심지어 존경하려고까지 했다. 사랑해야 하는 줄을 몰랐던 것이다. 사랑합니다, 하는 애인에게 정말? 정말? 얼마나? 어떻게? 왜? 를 캐고 또 캐어 끝내 진절머리가 나게 한 끝에, 그 파랑새를 홀랑 잃어버렸거니. 사랑이란 무엇인가를 알기 위하여, 시험관 속에 넣고 쪼개보면서, 어두운 방 안에서 허구한 시간을 없애다가, 아무런 마음의 다짐도 없이 그는 전쟁에 나갔었다. 아무렴 지금은 전쟁을 생각하기 위하여 여기 온 것이 아니다. 다시 전쟁이 일어나고, 다시 국가가 나를 부를 때 나는 또 한 번 전쟁에 나갈 게다. 그러나 지금은 아니다. 나는 지금 한 가지밖에 없는 밑천, 왈츠가 울려나오기를 기다리고 앉은 선량한 시민이다.

푸른 다뉴브가 다시금 물결쳐 흐르기 시작했다. 그들은 일어섰다. 마주 보고 웃었다. 두 사람만이 아는 웃음이 더욱 그들을 흐뭇하게 했다. 사랑이란, 비밀을 나누어 가졌다는 공범 의식이라 그는 생각해본다. 이번 춤은 아까보다 훨씬 즐거웠다. 그는 소년처럼 가볍게 움직였다. 걸음마다 더 가벼워지는 듯했다. 왈츠만은 자신이 있었다. 한 달 동안 왈츠만 익혔으니까. 그건 이 여자를 사랑한다는 말이 아니고 또 무엇일까. 그렇다. 군에서 사바 세상에 나온 순간에, 내게 다가온 이 아름다운 운명을 소중히 여겨야 한다. 그 누군가가 나에게 보내주는 이 선물에 트집을 잡아서 그를 노엽게 해서는 안 된다. 아 참 왈츠란 좋은 곡. 이놈이 나를 이렇듯 즐겁게 만드는 것이구나. 다뉴브는 흐르고, 그 위에 내 모든 어두운 젊은 날도 실어 보내자. 다뉴브는 독일의 강 이름이 아니라 삶을 너그럽게 찬미하는 모든 사람의 가슴에서 흘러가는 기쁨의 강 이름. 삼박자로 고동치는 젊은 피의 흐르는 소리일 게다. 그는 더욱 즐거워졌다. 여자의 손은 더욱 젖어온다. 여자는 웃고 있었다. 오늘 저녁 그녀를 입 맞춰주리라 결심한다. 귀여운 턱. 목. 환한 가슴. 그때 그는 한 가지 발견을 했다. 그 발견은 처음에 노곤한 기쁨을 주었다. 그러자 아주 갑자기, 어떤 오래 잊었던 일이 빠르게 머리를 스치고 지나갔다. 그의 스텝에 헛갈림이 왔다. 여자는 상냥스레 주의를 주는 눈짓을 보낸다. 그래도 효험이 없었다. 어느덧 그녀가 이끌고 있었다. 그는 인형처럼 끌려서 돌았다.

눈보라가 휘몰아치는 산허리를 행군이 지나가고 있다.

밤.

춥다.

왜 이다지도 추운가. 떡떡 이 맞히는 턱을 악문다. 길게 꼬리를 끌며 바람 소리가 멀어졌는가 하면, 금세 싸 하는 울음과 더불어 눈가루가 낯을 때린다. 그럴 때마다 숨이 턱턱 막힌다. 방어선이 뚫린 곳을 버리고 적의 포위를 피하여 산길을 타며 물러나는 부대의 길게 뻗친 대열 속에 그는 있었다. 퍼붓듯 걸차게 내리는 눈을 모진 바람이 가로채서는, 산허리를 안고 돈 좁은 벼랑길을 말없이 지나는 사람들의 낯이며, 어깨며, 발목에다 후려갈기는 것이다. 하얀 바람의 미친 듯한 춤. 춥다. 다 귀찮고 미친 듯 춥다. 그는 옆에 걸어오는 M소위를 옆눈으로 비쳐 보았다. M소위가 번쩍 고개를 돌렸다. 그 얼굴을 보며 (……?) 했다. M은 웃고 있었다. 웃는다? 녀석. 그뿐 그 웃음의 까닭을 캐기도 귀찮았다. 그는 아까부터 줄곧 생각하는 일이 있었다. 그건 불이었다. 다음 진지에 닿는 대로 장작을 산처럼 쌓아올리고, 휘발유를 끼얹어 시뻘건 불을 질러야지. 아니 빈 농가를 집째 태우는 게 좋지. 얼마나 잘 탈까. 짚을 인 지붕이 공중으로 뿜어져오르겠지. 우지끈하며 불기둥이 된 서까래가 불티를 날리며 무너져내린다. 야 그 불길이 굉장할 거야. 휘발유를 자꾸 붓는다. 자꾸자꾸. 싸, 바람이 더한층 거세다. 눈앞이 보얗게 흐려온다. 그는 환상 속의 불길을 부채질하며, 이를 악물고, 현실의 추위를 막아보는 노력을 하면서 걷고 있는 것이었다. 다른 생각을 하면 불이 꺼진다. M이 웃거나 말거나 그런 것에 마음을 둘 겨를이 없다. 불. 불. 그 불 곁에서 죽었으면. 그 뜨거운 불 옆에 조용히 팔다리를 펴고 드러누워 죽어가는 건 얼마나 좋을까. 참 좋을 거야. 거기서 죽었으면. 죽음을 장난처럼 희롱하며 불을 쬐는 기쁨과 바꾸어보는 것이다. 그때 M이 소리를 쳐왔다.

"여보게 내가 무슨 생각을 하고 있는지 알겠나?"

"선생님 무슨 생각을 하고 계셔요?"

"아 네 네……"

"이러심 싫어요. 그만두시겠어요?"

"아닙니다. 아니에요. 너무 행복해서……"

"어머나……"

그는 얼핏 그녀의 V자형 가슴의 골짜기를 바라보았다. 오 잘못 본 것이 아니었구나. 그렇다면…… 그러나 세상에 유독…… 다뉴브 강물 위에 눈이 날린다. 자욱한 눈이……

"여보게 내가 지금 무슨 생각을 하고 있는지 알겠나?"

M은 두번째 소리친다. 내가 알 게 뭐람. 네가 속으로 무슨 생각을 하는지. 아 불이 그만 꺼졌다. 에이 망할 자식. 그는 다시 불을 일으키려고 애쓴다. 이런 때 공상도 마음대로 움직여주지 않는다.

불이 좀처럼 살아나지 않는다는 말이다. 일 듯 일 듯하다가도 사르르 꺼지곤 한다. 이런 일도 있을까.

"여보게 나는 지금 내 애인의 가슴을 생각하고 있네. 하얀 가슴이네. 참 얼마나 하얀 가슴이었던지……"

망할 자식. 망할 자식. 네놈 때문에 불이 꺼졌어.

"그 가슴 젖과 젖 사이에 말이야 여보게 까만 기미가 있단 말일세. 팥알만 한 새까만 점 말야."

꽁꽁 얼어붙었던 그의 가슴속에, 그 순간 M소위의 연인 가슴에 있다는 그 까만 점이 불씨처럼 뜨겁게 튀어들었다. 그러자 불은 다시 훨훨 타오르기 시작한다. 됐어 됐어. 이젠 들어주지. 오라 네놈도 추위를 막느라고 여자의 가슴을 그려보며 걸어온 것이었구나.

"난 아까부터 줄곧 그 까만 기미를 그리면서 걸어오는 중이야. 이상스러워. 그러면 조금도 춥지 않아. 얼굴이 영 생각나질 않는 거야. 다만 기미만 하얀 바탕에 돋아나 보이는 거야."

그래? 애인의 몸의 비밀을 알려주면서까지 추위를 막아보자는 거지. 그 감격으로. 그 폭로의 쾌락으로 응? 좋다. 좋아. 하느님이라도 팔아서 불과 바꾸고 싶은 처지에. 아 추위. 어쩌면 이리도 추울까.

"이제 돌아가면, 나는 그 애를 정말 사랑할 수 있을 것 같아. 이렇게 눈 속에 떨면서, 그 애 가슴에 있는 까만 점을 머리에 그리며 추위 속을 걷고 있다는 사실이, 내게 권리를 줄 것 같아. 그 애를 떳떳이 사랑할 수 있다는 권리를. 눈. 이 하늘의 티끌이 내 가슴에 쌓이는군. 그러면 내 몸 밀도가 자꾸 진해지고…… 내 값어치가 자꾸 오른단 말일세. 그 애를 결코 남에게 빼앗기지 않을 수 있는 자격이 생기는 것 같아."

M의 이야기를 듣고 있는 그의 가슴은 오히려 점점 차들어온다. 왜 이럴까? 질투. 아니다. 쩨쩨한……

"사랑할 테야. 미치도록 사랑할 테야. 그 가슴은 뜨겁기도 하더니. 여보게 헤시가처럼 매끄럽고 따사했네. 내 발음이 이상하지? 입이 얼어서 발음이 제대로 안 돼. 페치카 페치카, 저 러시아 벽난로 말야."

쏴, 한층 더 모진 바람이 덮쳐든다. M은 움찔하면서 말을 끊었다. 굽이를 돌아간다. 산꼭대기를 훑어내려온 바람이 그들의 어깨를 넘어 저 아래 끝이 보이지도 않는 낭떠러지의 바닥을 향하여, 피리 소리마냥 날카로운 소리를 남기고 떨어져간다. 춥다.

"그 가슴의 기미는 내 십자가야. 내 깃발이야. 정말 더운 가슴이었어. 게다가 시인이었어. 펜네임이 설아라구 눈 설 자에 아이 라는 아 자. 자네도 가슴이 더운 여자를 사랑하게. 실례했네. 물론 자네 애인도 가슴이 더울 테지. 그리구 까만 기미도?"

M은 그를 향하여 웃는 듯했다. 그의 가슴속에서 붙던 불이 M의 그 말이 끝나자 탁 꺼졌다. 그렇다. 그 불씨는 M의 것이지 내 해가 아니었구나. M이 가진 그 하얗고 매끄러운 페치카의 불티였구나. 그 페치카는 M의 것이지 내 해가 아니었구나. 내게는 까만 기미를 가진 더운 가슴이 없지. 그래서 추웠군. 너는 춥지 않을 만한 까닭이 있다, 암.

바람이 더욱 세차게 불어오자, 둘레는 갑자기 캄캄해졌다.
달이 넘어간 모양이다.
"안 되겠어요. 자리로 돌아가요."
푸른 다뉴브는 여전히 흐르고 있었다. 그는 여자가 이끄는 대로 자리에 돌아왔다. 이마에 땀이 배고 숨결이 거칠었다. 여자는 손수건을 내밀었다. 그는 말없이 받아서 이마를 닦았다. 열은 없이 차가웠다. 그는 오싹 몸을 떨었다.
"어디 편찮으신가 본데……"
그녀는 손수건을 받으며 수심스런 낯을 지었다. 그는 손으로 테이블에 놓인 컵을 가리켰다. 그녀가 옮겨주는 컵을 받아 입 언저리로 가져온 채 이윽이 들여다보았다. 컵 속으로 눈이 떨어져온다. 바람이 분다. 물결이 인다.
……바람이 짐승처럼 짖어댄다. 여전히 어둡다. 발이 미끄럽다. 그가 벼랑으로 바짝 붙어서며 M을 잡아끌 셈으로 손을 내밀었던 때였다. 어? 하는 낮은 소리와 함께 벼랑 밑으로 휘 떨어져가는 흰 그림자를 보았다. 방금 옆에 있던 M은 간 곳이 없었다. 순간에 일어난 일이었다. 그는 엉거주춤 골짜기를 굽어보았다. 춤추듯 설레는 눈바람이 눈앞을 가릴 뿐 더는 아무것도 보이지 않았다. 뒤에 오던 병사가 그에게 부딪쳤다. 그는 황급히 벼랑 반대편으로 몸을 붙였다……
"돌아가시죠. 공연히 저 때문에……"
그녀의 말은 걱정스러운 듯 다정하면서, 어딘가 서운한 마음을 감추지 못했다. 그는 컵의 물을 단숨에 들이켜고 벌떡 일어서면서 자기 손으로 다시 컵을 채웠다. 일어선 자세에서 그는 다시 한 번 그녀의 가슴을 보았다. V자의 아래쪽 브로치 바로 뒤에 흰 살결 때문에 더욱 뚜렷한 까만 윤나는 기미. 그는 여자의 곁에 앉으며 손을 잡았다. 그녀는 말없이 그를 쳐다보았다. 고백을 기다리는 빛을 거기서 보고 그는 목이 잠긴다. 그러나…… 세상에 유독 M의 애인 가슴에만 기미가 있으란 법이…… 어쩌면 터무니없는 우연의 일치일 수도 있다. 말이 안 되지. 이쯤까지 마음이 가까워진다는 건 사람이 살아가면서 그리 흔하게 있는 게 아니야. 교양도 있고, 마음도 착한 사람들이 은근히 다가섰다가 너무 하찮은 실수로 엇갈려버린 일이 얼마든지 있었다. 그러나 어떻게 확인하느냐…… 옳지 그렇다. 그는 태연해 보이게 애쓰면서 입을 열었다.

"혹시, 설아雪兒란 펜네임으로……"

"어머나, 그걸 어떻게……"

또다시 푸른 다뉴브가 연주되기 시작했다. 그러나 그들은 추지 않았다. 그는 여자를 데리고 문 쪽으로 나오고 있었다. 그는 그녀가 전혀 눈치 채지 못하게 여자를 상냥스레 이끌었다. 그는 입을 꽉 다물고 있었다. 그는 바빴다. 그녀를 얼른 바래다주고 빨리 혼자가 되어야 했다. 혼자서 화를 낼 수 있는 시간을 빨리 가져야 했다. 몇 번이라도 뜨거워질 수 있다는, 페치카의 참으로 나쁜 생김새를 위하여……

이후 그녀의 소식은 모른다.

그녀의 얼굴이 바로 저편에 앉은 여자의 얼굴과 닮은 데가 있었다. 그 사건은 무서운 결과를 가져왔다.

　전차를 버리고 고궁의 담을 낀 어두운 길을 따라 걸음을 옮기면서 그는 생각한다. 전쟁. 남만큼은 어렵게 몸소 치른 그 전쟁이 얼마만큼이나 그 자신을 바꾸었을까 하고. 전쟁 중 '진짜 그 자신'은 소리 없이 숨어 있었다. 환경에 어울리기 위한 짐승의 슬기였다고 할까. 군이라는 테두리 밖으로 나오자마자 겪은 그 사건은 까불고 있는 그의 뒤통수를 쳤다.

　군에서 나왔을 때 민은 너그러운 심경을 느끼고 있었다. 경풍에 걸린 젖먹이처럼 잔뜩 뒤로 자빠진 선부른 '반항' 따위와는 아예 인연이 없는 마음이었다. 그는 오히려 조용히 웃고 싶었다. 빈정대는 웃음이 아니고, 열심히 살아보자는 담담한 생각이었다.

　'화약과 사람의 살점이 범벅이 돼서 몸부림치던 저 도살장 속에서 보낸 내 청춘을 헛되게 해서는 안 된다. 그 생활을 내 생애의 공백 기간으로 셈할 것이 아니라, 천금을 주고도 사지 못할 비싼 겪음으로 살려야 한다. 아 나는 이 시대에 살 수 있는 세금을 치른 거야. 주둥아리 끝으로 치른 게 아냐. 몸으로, 몸으로 치른 거지. 그뿐이 아니야. 난 값을 치렀습네 하고 체험을 강매하지 않겠다 이런 말씀이거든. 그저 부듯해진 내 몸의 밀도만으로 족해. 이 수확만으로 세상을 사랑하면서 살 테야.'

　그의 결심은 이러했다. 백과사전을 발바닥에 얹어야만 했던, 고슴도치마냥 가시 돋친 가죽이 전쟁이란 호된 병을 겪고 순한 바탕으로 뱀처럼 허물을 벗었다고 믿었다.

　'기미 있는 여자'의 사건이 일어난 것은 바로 이런 때였다.

그 사건은 어지간히 상징적인 공포를 그에게 안겨주었다. 어떤 일이 술술 풀려나갈 것처럼 보이다가도 중요한 매듭에 와서는 틀림없이 파장이 되고 만다는, 그런 악의에 찬 선고를 거기서 읽었었다.

다람쥐 쳇바퀴 타듯 한정 없이 도는 의식의 바퀴를 타고 멀미가 나게 허덕이던 옛 '백과사전 시대'가 또다시 눈부신 망설임과 분열의 무지개에 싸여 그의 앞에 되살아오는 것을 보아야 했다.

아무것도 달라지지 않았던 것이다.

전쟁은 그에게 보태지도 빼지도 않았다는 증거가 거기 있었다.

왜?

그는 겉보기에 속았던 것이다.

숱하게 터져나가던 포탄들의 숫자를 그 자신의 인간 수업의 수입란에다 염치없이 적어넣었었다. 숯덩이처럼 나동그라져 구르던 주검이며, 동강 난 팔이며 다리들을 그 자신의 수난으로 셈한 데 잘못이 있었다. 피를 부르며 부서지던 그 포탄들은 장군의 전황 지도에 필경 가장 관계 깊은 사실이었고, 동강 난 팔과 다리는 '남'의 팔 '남'의 다리였지, '그'의 팔 '그'의 다리가 아니었다는 지극히 당연한 진실을 느지막이나마 깨닫고야 말았다. 그의 팔다리는 여전히 붙은 자리에 붙은 채 전쟁은 끝났던 게 아닌가. 그는 아무것도 잃지 않은 채 전쟁을 치른 것이다. 이 시대에 살 수 있는 세금을 치르지 못했을뿐더러, 부듯해졌다고 생각했던 몸의 밀도는 바늘 끝으로 살짝 건드리면 소리만 요란스럽게 터지고 말 저 풍선의 밀도마냥 얄팍한 거짓이었다. 퇴역 후 의젓한 긍정肯定의 기분에 싸일 수 있었다는 것도, 남들은 눈알을 뽑히고 다리를 날려 보낸 그 끔찍한 도살장에서, 말끔한 몸으로 살아났다는 사실에서만 가능한 일이 아니었던가. 긍정이라느니 차라리 까불싹한 맛조차 있었던 퇴역 직후의 그의 마음. 계집애들 분홍 손수건마냥 반지레하던 그 느긋함 속에는, 남의 주검을 발돋움 삼아서 죽음의 골짜기를 빠져나온 자기 겸연쩍음을 얼버무리려고 자기를 속이는 빛은 없었던가.

따뜻한 페치카가 풍기는 따사로움을 솔직히 받아들일 수 있는 기회는, 그처럼, 상징적인 악의에 찬 우연의 장난 때문에 헛되이 지나가버렸다.

어떤 여자의 과거를 찬찬히 캐어본다는 일도 없이, 미인도 아닌 얼굴의 어떤 윤곽이 마음에 든다는 이유 하나로 그녀가 순결하리라고 믿었다는 건, 암만해도 이 세상에는 죽을 고비를 열 번 넘어도 제 버릇 개 못 주는 족속이 있다는 증거인지도 몰랐다. 전쟁 같은 외적인 조건은 '사람'을 바꾸지 않는 성싶었다. 아무리 방대하더라도 그 방대한 겉보기에 속아서 계산을 발라맞춘다면, 그는 반드시 그 빼먹은 몫을 언젠가는 치러야 한다. 비록 처마 끝에서 떨어지는 물방울 하나라도, 어떤 사람의 마음이 그때 그 일을 맞이할 준비만 돼 있다면 잴 수 없이 깊은 이상을 줄 수도 있는 것이다. 그렇게 생각하는 것이 옳을 성싶었다.

'얼굴'에 대한 그의 미신은 뿌리가 있었다. 어떤 얼굴이냐고 묻는다면 정작 망설일 것이다. 둥글다든지, 갸름하다든지, 하는 그런 형태적 기호를 말하는 것이 아니고, 얼굴이 통째로 풍기는 느낌이랄까. 민의 옛 '백과사전 시대'나 지금 겪고 있는 정신의 상태에서 바라볼 때, 체면 없이 매달려보고 싶어지는 얼굴의 본을 그는 가지고 있었다. 기미의 여자나 종전차의 여자는 그런 본에 가까운 얼굴이었다. 민에게 그때나 지금이나 가장 뜻있기는 사람뿐이었다.

학교 시절에 아마추어 천문가라 불리게 천문에 열중한 적이 있었다. 천문학의 입문서란 입문서는 모조리 사들이고, 구하기 힘든 망원경에까지 돈을 들인 정도였으나, 시들해진 지 벌써 오래다. 만일 화가가 된다면 풍경화가가 아니고 인물화가가 되려니 생각했다. 밖으로 쏠렸던 모든 관심이 안으로 초점을 옮겨 자기 자신의 완벽한 초상화를 갖고 싶다는 생각이었다. 자기를 보고 싶다는 욕망과는 거꾸로, '자기'는 자꾸 뒤로 물러가버렸다. 자기의 얼굴을 다스리지 못하는 것은 마음이 덜됨을 말하는 것이 아닌가. 어떤 미소를 짓고 난 후 다음 순간 그 부자연함과 섣부른 배우 같은 생경함에 얼굴을 붉히곤 한다. 가장 엄숙한 낯빛의 바로 등 뒤에서 혀를 날름하며 비웃는 '불성실한 방관자'를 붙잡아 목을 조르려는 애씀은, 더해지는 고달픔과 울화를 만들어낼 뿐, 얻음이 없었다. 표정과 감정 사이에 한 치의 겉돎도 없는 그런 비치는 얼굴의 소유자였으면 하는 욕망은, 자아 완성이라는 르네상스적 '개념'이 빈말이 아니라 어떤 시대 사람들의 '감각'이었다는 것을 알게 해줬다.

민은 걸음을 멈추고 앞뒤를 둘러보았다. 희부연 비안개가 온몸의 털구멍을 타고 흘러들어오는 듯한 막막한 환상에 사로잡힌다.

'왜 이런 처참한 기분을 치러야 하나. 아무렇지도 않아, 나는

아무 일도 없어……'

 호주머니에 손을 지르고 머리를 흔들며, 같은 말을 몇 번이나 거듭 중얼거렸다.

 자리에 들어서도 부스럭거리다가 종내 잠드는 것을 단념하고 일어나 앉은 그는, 윗목에 걸린 경대 앞에 다가섰다. 거울 속에는 쫓기는 사람의 초조함을 숨기느라고 짐짓 평정을 꾸민 가짜 성자의 탈이 있었다. 신의 창조에 들러리 선 사람만이 가질 만한 자신을 꾸민 눈. 바로 그것을 어기고 있는 입의 선. 탈의 데생은 위태로워 어느 선 하나 차분함이 없다. 양식의 모방에 과장된 필체로 그려진 서투른 초상화였다. 저 탈을 피가 흐르도록 잡아 벗겼으면. 그 뒤에는 깨끗하고 탄력 있는 살갗으로 싸인 얼굴이 분명 감춰진 것을 알고 있다. 그 탈을 떼내는 일에서 어딘가 민은 미지근하게 해왔음이 사실이었다. 용서 사정 없이 그 거짓의 얼굴 가죽을 벗겨내는 작업에 정실이 섞였다면 그것은 또 어찌 생각하면 그 탈이 벗겨진 다음의 맨얼굴을 은근히 두려워한 까닭이 아니었을까? 바싹 얼굴을 거울에 갖다 대었다. 살눈썹이 날카로운 풀잎처럼 뻗어 보인다. 콧날이 육중히 돋아선 황소의 등뼈 언저리마냥 무딘 피부로 다가온다. 바른 각도로 들여다보아선 시선이 상쇄해서 저편 동공의 표정을 알 수 없다. 비스듬히 저편을 엿본다. 자연 저쪽의 동공도 움직인다.

 '녀석 딴전을 부리누나.'

 탈은 눈 맞추기를 두려워한다. 그것이 바로 그가 좋지 못한 일을 하고 있는 뚜렷한 증거다.

끝내 탈은 시선을 마주치기를 거부한다. 약간 사이를 두면 초점을 맞출 수 있으나, 그땐 탈은 이미 새침한 표정을 되찾고 있다. 저쪽을 모욕하기 위하여 일부러 눈을 찡그리고 입을 헤벌리며 머리를 갸우뚱하여, 만화를 만들어본다.

'보아라, 이놈……'

민은 흠칫 놀라며 움직임을 멈추었다. 입을 쩍 벌리며 그를 비웃고 서 있는 한 사람의 얼굴을 거울 속에 본 것이다. 그는 휙 뒤를 돌아다보았다. 아무도 없다. 다시 거울을 들여다보았다. 선반 위에 진열된 수많은 인형 속에서 피에로가 그를 보고 웃고 있었다.

그는 쓴 침을 삼키며 자리로 돌아와서, 이불을 푹 뒤집어썼다.

민이 재작년 가을 '현대발레단'으로부터 입단 교섭을 받은 것은, 그 사건이 있은 다음이었다. 어느 문예 잡지에 실은 '무용론'이라는 글이 발레단의 연출자의 눈에 띄었던 것이다. 평소에 무용이라는 예술이, 사람의 몸이라는 원시의 수단을 가지고, 공간의 조형에다 시간까지를 포함시킨 점에 예술 활동의 이상을 느껴오던 중, 그러한 무용의 상징성을 본으로 삼아 예술론을 펴보았다. 처음 입단 교섭이 있었을 때 그는 망설였다. 무용 이론을 해볼 생각은 있었으나, 안무사가 될 생각은 없었다. 결국 언제든지 자유행동을 해도 좋다는 조건은 붙였을망정 들어오고 만 것은, 참전 용사의 훈장을 버리고 또다시 '발바닥에 얹은 백과사전'의 시대로 되돌아간 것을 뜻했다.

오늘 저녁, 연출자이며 주역 무용수인 강 선생이 연습을 끝내고 그를 불러서 이런 말을 했다.

"자네가 가져온 각본 말일세. 아이디어는 좋은데 이번 공연에는 안 되겠어."

민은 전번에 그다지 신통치 않은 표정으로 돌려주면서 나중에 얘기하겠다던 일을 생각했다. 그래서 아무 말도 없이 잠자코 있으려니까, 이렇게 덧붙였다.

"정임이가 유월 말쯤에는 돌아올 거야."

그는 강 선생의 누이동생인 발레리나가 일본 어느 발레단을 그만두고 귀국한다는 이야기는 단원들에게 들은 적이 있었으나, 지금 그들의 화제와의 연락을 얼핏 이을 수 없어서 어리둥절했다. 강 선생은 껄껄 웃으며 그의 팔을 잡아끌어서 자기와 나란히 앉히고 담배를 권했다.

"설명이 필요하군. 아까도 말했지만 그 각본의 아이디어는 찬성이란 말일세. 헌데 프리마 발레리나를 누구를 시키느냐 말이야. 이건 작가인 자네 자신이 사실은 더 잘 아는지도 몰라. 명앤 합당찮아. 헌데 작품의 이미지와 꼭 맞는 여자가 한 사람 있어. 그게 정임이란 말야. 알겠어?"

"글쎄요……"

"글쎄요가 아니라, 하긴 정임일 아직 보지 못했으니까…… 그럼 명앤 자네 이미지와 맞아드나?"

민은 담배 연기를 후 뿜으며 고개를 흔들었다.

"그것 봐. 그러니까 지금 당장은 실현 불가능이란 말이거든. 오히려 잘된 일인지 몰라. 막상 이제 레퍼토리로 채택한다손 치더라도, 각본 하나가 있을 뿐이지 그 밖의 것이야 무어 하나 의논이 된 게 있어야지. 미술 관계만 해도 그렇지 않아?"

미술 관계란 말에 순간 미라를 생각했다. 아침의 장면을 생각하고 갑자기 기운이 엉망이 되어오는 것을 느꼈으나, 그런 빛을 강 선생이 잘못 볼까 싶어서 얼른 입을 열었다.

"그래요. 그런대로 한다면, 지금 있는 사람들 중에 한 사람쯤 고를 수 없는 것은 아니지만, 그렇다고 꼭 이 사람이면 하는 것도 물론 아니고…… 또 제 각본인데 저 자신으로서도 반드시 만족할 만한 것은 아닙니다. 시간이 허락된다면 좀더 손을 대든지, 아주 고칠 생각입니다. 그런 뜻에서도 오히려 다행한 일인지도 모르지요."

그 말에 강 선생이 인사로나마 부정하는 이야기를 하지 않는 것은, 처음부터 각본 자체에 그대로 찬성하지는 않은 증거라고 볼 수 있었다. 강 선생이 나가버린 후, 그는 서너 사람이 난로를 둘러싸고 모여 앉은 자리로 와 앉았다. 민의 각본이란, 그가 재학 시절에 쓴 벌써 오랜 것이었다. 소박한 성격이 현실에 부딪쳐 뚫고 나가려 하지만 결국 난파한다는 아이디어를 옛날 얘기에 담은 것으로, 단순한 순박성은 구원이 못 된다는 데 강조가 놓여 있었다. 지금의 그로선 오히려 반대의 심경에 이르고 있었기 때문에, 강 선생에게 한 말은 퉁명스런 심술만은 아니었다. (단순……) 또다시 오늘 새벽의 일이 떠오르며, 뒷머리가 바늘로 후비듯 저려왔다. 그는 그 사건과 두개골의 동통을 한꺼번에 털어버리기나 할 것처럼 머리를 조용히 흔들었다. 그래도 아픔은 여전하였다. 안간힘해도 끈질기게 붙어오는 생각을 애써 털어버리려는 헛수고를 그만두고, 마음대로 머릿속에서 지근지근하게 버려둔 채 좌중의 이야기에 끼어들었다. 젊은 단원이 모이면 흔히 그렇듯이 무슨 논 자 붙은 이야긴 모양이었다.

"뭐야 인생론인가?"

민은 일부러 들뜬 목소리였다.

그렇게라도 하지 않고선 배기지 못하게 울적하다.

"어, 인생론이란 것보다도…… 그렇군, 그렇게도 말할 수 있겠지만, 더 감각적인 이야기다."

그는 말을 끊고 민을 향하여 입맛을 다셨다.

"이렇게 도중에 뛰어들면 성가시단 말야. 갈피를 모르니까, 문제가 어려울수록 빨리 알릴 수 없단 말일세. 자네 설명하게."

지명받은 미술반원은, 텁수룩한 턱밑 수염을 쓱 문지르며 한참 꾸물거린 끝에, 입을 열었다.

"무어 간단한 이야기야. 이렇네. 열중하면서 사는 것은 어떡하면 가능한가?"

민은 엄지손가락을 세워 앞으로 쑥 밀어 보였다.

"바로 그거야. 그것이 문제야. 내가 가르쳐준 기억은 분명히 없는데 누군가, 제안한 사람이?"

웃음이 일어났다.

"제길 의사 방핼 하지 말아요."

"만담이 아닙니다."

"이야기가 자연히 흘러서 그렇게 된 거지 제의는 무슨 제입니까.

자, 조용히 조용히. 그러면 신참자도 논지를 이해했으니까 이야기를 계속해."

곧 말을 하는 사람은 아무도 없다.

"하던 무엇도 멍석을 깔면 안 한다더니, 왜 갑자기 벙어리가 됐나?"

민은 사실 미안해서였다. 텁석부리는 민을 째려보면서 자리에서 일어났다.

"자네 탓이야."

민은 정말 미안한 생각이 들었다.

"안 되겠는걸. 자 그럼 우리 그 얘긴 다음에 하기로 하고 내가 오늘 한잔 내겠어, 어때?"

딴말이 있을 리 없어서, 한데 몰려서 시내로 나왔다. 그들의 연구소는 M동 산 밑에 있는, 이전에 일본 절이던 자리를 개조한 곳이어서, 시내까지는 운행 코스의 관계로 그렇지만 여하튼 버스를 두 번 갈아타야 할 거리였다. 몇 군데 술집을 돌아가다가 어느 좁은 골목에 들어섰을 때다. 거기는 골목이라기보다 빌딩 사이에 약간 사이를 띄어놓은 공간이었다. 뒷골목을 빠지다 보니 어떻게 그런 곳으로 접어들었던 것이다. 고개를 젖히면 하늘이 한 줄기 강물처럼 길게 흘렀다. 뒤에 떨어져서 걸어가던 민은 문득 발을 멈추었다. 보통 이런 틈바구니 양편은 시멘트를 입히지 않은 벽돌이 그대로 드러난, 밋밋한 절벽으로 되어 있는 법인데, 그런 절벽에 문이 하나 있고, 희미한 문등이 달려 있었다. 거기까지는 좋으나 민이 발을 멈춘 것은 그 때문이 아니었다. 문등 아래 가로 걸린 글씨에, 취중에도 적이 흥미가 당겼다.

'The Psychic Society'

심령학회? 이런 단체도 있었던가?

그가 어렴풋한 불빛으로 문 안을 들여다보려고 할 때, 앞에 가던 친구들이 찾는 소리가 들려왔다. 민은 한 번 더 미련쩍은 눈길을 뒤로 남기며, 소리 나는 쪽으로 달려갔다. 돌아올 땐, 영락없이 막 받아 마셨던 탓으로 흠뻑 취했었다. 그들과 갈라지고, 민은 잠깐 망설였다.

미라한테로 간다?

전차 정류장에서 망설이면서 깊은 밤 여자의 몸을 생각하는 것은 무언가 참담한 심정이었다. 쌍두의 뱀처럼 상대방을 물어뜯으면서 자기 몸에 닥치는 자릿한 마조히즘을 즐기는, 저 밤의 일을 위하여. 인간이 한 몸이 된다는 것은 얼마나 괴로운 짐인가.

민은 발끝을 내려다보았다. 미라의 얼굴이 보도 위로 그 차단한 웃음을 머금은 채 피어오른다. 그녀는 무엇이 불만일까. 한 사람에게서만으로는 사랑을 채우지 못하는 그런 여자는 아니다. 미라도 역시, 그녀 자신의 '자기'를 버리지 못하는, 강한 것 같지만 제일 약한 여자들의 한 사람일까.

어젯밤 늦게 찾아간 민을 그녀는 아틀리에를 겸한 침실에서, 등을 돌린 채 테이블 위에 얹은 토르소를 그리면서, 말없이 맞이하였다. 두툼한 털실 스웨터를 걸쳤어도 그녀의 어깨는 까칠하게 모가 졌고, 아무렇게나 묶어서 내려뜨린 머리가 애처로워 보였다. 민은 그런 뒷모습이 그대로 그녀의 모두였으면 그들 사이는 잘돼

갈 것이라 생각했다. 올해 국전에는 꼭 입선하고 말겠다는 그녀의 핏발 선 눈을 떠올리고 그는 또다시 씁쓸해지면서 눈을 감았다. 자기 예술의 눈에 보이는 성과를 향하여 허덕이는 그녀의 모습은, 민 자신의 일을 늘 돌이켜보게 하는 두려운 거울이었다. 두 사람의 예술가가 한 지붕 밑에 사는 것은 얼마나 꿈 같은 삶일까 싶었던 생각은, 그녀와의 서너 달 동안의 생활에서 산산이 부서지고 말았다. 의논 끝에 갈라진 후에도 가끔 민이 이렇게 찾아올 뿐, 그녀가 제 쪽에서 만날 기연을 만드는 기맥은 보이지 않았다. 처음에는 섣부른 자존심에서, 민은 그녀가 먼저 찾아오기를 버티었지만 마침내 지고 말았다. 그 졌다는 일이 사랑에 진 것인지, 몸의 외로움에 진 것인지 그 자신 가늠할 수 없었다. 사랑이 따로 있고 몸이 따로 있다는 말은 어디까지 정말인가. 그녀와의 일에서 민은 온몸의 맥이 스르르 풀리는 그런 낯빛을 보곤 했다. 아무 염치도 없이 숨을 몰아쉬는 그런 때, 그녀는 오히려 먼 곳을 보는 눈치로 골똘히 생각에 잠긴 것을 문득 보는 때가 많았던 것이다.

"미라, 싫어?"

"아니에요."

"그럼 뭐야?"

"아무것도 아니에요······"

민은 그런 때 그녀가 미웠다. 강제가 아닌 바에야, 몸을 섞는 어느 한편이 다른 한쪽을 어색하게 해서는 안 된다. 한 움큼 모래를 씹는 텁텁한 노여움은 그를 몰아 거칠게 만들었다. 그녀가 차가우면 차가운 만큼 민은 설쳤다. 자기의 불로 저쪽의 불길을 불러일으키려는 것이겠지만 그 효험은 미상불 의심스러운 것이었다. 세상 남녀들이 모두 이쯤한 데서 얼버무리고 있는 것일까. 차분히 가라앉은 중년의 사랑이니 하는 것도, 알고 보면, 감정의 불이 꺼져버린 사랑의 껍데기를, 버릇이라는 페인트로 칠한 거짓인가. 그렇건 안 그렇건 지금 이 나이에야 그것은 안 될 일이다. 얼버무린다는 건 악덕이었다. 모든 타락의 어머니다. 다른 젊은 연인들의 애욕의 생리가 어떤 것인지 그런 가장 숨은 인간의 행위란 알 수도 없는 것이었고, 그런 이야기가 날 때마다 귀를 기울이는, 그 방면의 통이라는 선배들의 이야기는, 속담처럼 진리이기도 하고 진리 아니기도 한 일반론이었다. 그는 자기 자신이 남달리 강한 욕망을 가진 것인가도 생각해보았다. 강하다는 것이 부끄러워야 한다는 느낌 속에, 그는 자기 속에 깊이 스민 거짓을 보았다.

"미라는 나 혼자만을 짐승을 만들어주려구 이 일을 하나?"

"왜 그런."

그녀는 벌떡 몸을 일으켜, 민의 가슴에 기대면서 오래 그의 입술을 빨았다. 침대 스프링이 가라앉았다가 되살아오는 것을 알린다. 그녀의 눈 속에는 헝클어진 빛이 있었다.

"제가 그렇게 못난 여자라면, 우선 제가 저 자신을 용서치 않을 거예요."

"교양이 있으면서도 꼬치꼬치 캐지 않는 순수한 여자가 있다면……"

"교양이 있으면서도 무사처럼 굵직한 선을 가진 남자가 있다면…… 하면 노여우실까?"

그녀의 말은 아마 정말이었다. 평소에 괴로워하던 일을 분명히 여자의 입에서 들을 때, 마음은 즐거울 수 없었다.

오늘 새벽까지의 지나간 일을 돌이켜보다가, 그의 작품에까지 생각이 미쳤을 때, 민은 뒤집어썼던 이불을 젖히고 일어나서, 테이블 서랍에서 한 뭉치의 원고를 끄집어내었다.

그는 황황 소리를 내면서 벌겋게 타는 난로 앞에, 두 손에 그 원고 뭉치를 들고 우두커니 서 있었다. 마치 그 원고의 값을 선 자리에서 정해버리려는 듯이. 한참 후에 그는 쇠꼬챙이로 난로 뚜껑을 열었다. 방 안이 환해지면서 후끈한 열기가 위로 뻗쳤다. 그는 하잘것없는 쓰레기를 버리듯, 몹시 게으른 손으로 그 뭉치를 불 속에 툭 집어넣고 뚜껑을 닫았다. 그런 후에 열렸던 난로 밑을 막고 자리에 돌아왔다. 그는 천장을 쳐다본 채 한참 누웠다가, 모로 돌아누우면서 다시 이불을 푹 뒤집어썼다.

이튿날 민은 일찌감치 연구소를 나와 시내 찻집에서 친구를 만났다. 친구라고는 하나 십 년 가까운 손위로, 어느 여학교에서 음악을 가르치는 여선생이었다. 그는 옛날부터 손위 친구들이 많았다. 그들과 같이 있으면 마음이 놓이고 그 자신도 적이 원만한 사교가가 되는 것을 느끼기 때문에 없지 못할 사귐이다. H선생도 그런 사람들 가운데 한 사람이다. 짙은 청흑색 투피스에, 엷은 하늘빛 스웨터를 걸친 차림은 썩 어울려 보였다. 민은 호들갑스럽게 팔을 벌리며 놀라는 시늉을 했다.

"기맥힙니다. 솜털이 보송보송한 병아리들 댈 것이 못 되는군요."

 그러나 H선생은 꿈쩍 않는다.
 "실례지만 댁의 날갯죽지는 아직 마르지도 않은 것 같은데요?"
 "네? 이건 너무하십니다……"
 민은 큰 소리로 웃다가 H선생이 옆자리를 보면서 눈치를 보내는 바람에 간신히 웃음을 거뒀다. 젊은 여자랄 것도 없이, 미라에게만 하더라도, 이렇게 지분지분하고 소탈하게 굴 수만 있더라도 일은 훨씬 쉬울 것이 아닌가. 그러나 이런 소탈함은 몸에 힘주지 않아도 될 사이이기 때문에 되는 것이 아닌가. 이참에도 민은 그런 생각을 하고 있었다.
 그녀와 갈라져서 전찻길로 나오다가 지금 걷고 있는 데가 어제 저녁 술 마신 언저리인 것을 깨닫고, 얼핏 The Psychic Society가 머리에 떠올랐다. 그러자 대뜸 거기를 찾아가보기로 작정해버리고 있었다. 술 취했을 때 일이라, 별로 넓지도 않은 일대에서 그 골목을 찾아내기까지 좀 시간이 걸렸지만, 마침내 틀림없는 The Psychic Society의 문을 열고 들어섰다. 들어선 바로 거기는, 약 2평방미터가량 되는 칸이고, 바로 눈앞에 또 하나 문이 있고, 그 위에 역시 The Psychic Society란 패가 붙었다.
 문을 두드리니, 들어오시오 하는 낮은 응답이 있었다. 민은 어떤 신비한 실내 분위기를 그렸으나, 그 방은 형광등 조명이 조금 어두웠다는 것뿐 이상스런 티를 자아낼 만한 것은 아무것도 없는, 보통 응접실이었다. 안경을 쓰고 코밑수염을 기른 사나이가, 일어서지도 않은 채 손으로 의자를 권하였다. 막상 들어와놓고 보니 말을 끄집어낼 아무 마련도 없었다.

"어떻게 오셨습니까?"

"네 우연히 지나치다……"

코밑수염은 안경을 한 번 만지작거렸다.

"무슨 소개라도……?"

"아닙니다. 그런 것이 필요한가요?"

코밑수염은 머리를 저으며,

"혹시 그런가 해서 여쭈어보았을 뿐입니다."

"사실은 어제 여기를 지나다가 간판을 보았습니다. 저도 평소 이런 쪽에 몹시 흥미를 가졌던 터라, 달리는 알아볼 길도 없고 해서, 이처럼 대뜸 들어온 것입니다."

"좋습니다. 좋습니다."

코밑수염은 몇 번이나 고개를 끄덕이고 나서 단체의 윤곽을 알려주는 것이었다.

우리나라에서는 전혀 처녀지의 형편에 있지만, 심령학의 연구는 외국에서는 활발한 활동을 하고, 세계심령학회라는 조직이 뉴욕에 본부를 두고 있는데, 여기는 한국 지부라는 것이며, 입회원을 낸 지 일 년 안에는 회원이 될 수 없다는 것, 단 도서 열람이나 정신의료상의 상담에는 언제든지 응한다는 이야기였다. 그는 본부에서 내는 기관지를 내보였다. Psyche라고 흰 글씨로 박히고 바탕은 검다. 몇 장 뒤적이다가 어떤 논문에 눈길이 못 박혀졌다. 한, 반 페이지나 정신없이 읽다가 그는 언뜻 큰 실례를 하고 있는 것을 깨닫고, 책을 덮는 시늉과 함께 코밑수염을 향하였더니, 그는 빙그레 웃고 나서 일어서서 옆방으로 들어가버렸다.

족히 반시간이나 걸려 논문을 읽고 나서 그는 멍한 채 앉아 있었다.

어떤 결정적인 말을 읽었을 때의 부듯함이었다. 불경의 어떤 구절처럼. Psycho-Humanism이란 제목이 붙은 그 논문에는, 아름다운 필체로 '시몬 밀러'라 서명돼 있었다. 논지는

> 현대 사회에 있어서의 인간의 정신적 분열은, 세계관의 상실에 유래하는 윤리 감정의 결핍에서 오는 것인데, 이것을 구하기 위하여는 새로운 세계관을 준다는 방법으로써는 불가능하다. 왜냐하면 역사가 밝혔듯이 세계관이란 바뀌는 것이며, 인간은 변하는 것 위에서 마음 놓을 수 없기 때문에. 종교도 또한 그 길이 못 된다. 종교의 핵심은 교리와 전설의 상징적 매개를 통하여 인간이 자기의 영혼 가운데서 획기적인 영혼의 혁명을 일으키는 데 있음에도 불구하고, 그런 행복한 성공이란, 저 '은총' '소명' 등의 말이 가리키듯이 어느 뛰어난 정신의 소유자에게, 그것도 아주 우연한 형태로 이루어지는 것이므로, 보통 사람에게는 바라볼 수 없는 귀족적 방법이라 할 수밖에 없다. 문제의 해결은 이 같은 영혼의 승리를, 밀교와 같은 신비주의로부터 대량적인 적용이 가능한 법칙성의 차원에까지 끌어내는 데 있다. 조잡한 표현이라 할는지 모르지만, 성자를 기계적으로 만들 수 있는, 영혼에 대한 기계적 조작 법칙을 찾아내는 것이다. 인간의 얼굴을 기계적으로 미인을 만드는 방법과 같이, 영혼의 정형술을 만들어내는 것이다. 역사적인 휴머니즘의 제 형태가

혹은 윤리를 혹은 가치를 그 중추로 한 순전히 공상적인 것이었다면, 우리가 주장하는 휴머니즘은 오늘날 과학의 세계에서 홀로 신비의 너울을 벗기지 않으려는 정신의 세계에까지 인간 자신의 창조적 노력을 들이대어, 어떤 우상—신이든, 가치든, 핏줄이든, 자연이든 간에—에도 기대지 않는 인류 자신의 손에 의한 인류의 건집, 십자가에 달린 선의의 한 인물의 가슴 아픈 희극을 번연히 알면서 그 선의 속에 자학적인 신뢰를 건다는 저 서양이 이천 년 동안 받들어 온 주술적 믿음 대신에, 이 영역에 있어서도 우리는 완전히 방법론상으로 자각적이어야 한다는 것이다. 우리의 모험은 그러나 인류 역사상 난데없는 것은 아니다. 이 길에도 빛나는 앞선 이들이 있다. 동양 고대의 성자들의 구도 의식求道意識에 대한 알아보기 끝에 본인은 놀라움을 금치 못하였다. 거기에는 분명히 무엇인가가 있다. 먹지 못할 포도를 가리켜 시큼할 거야 해버리는 식의 무시를 허용하지 않는 무엇인가가 있다. 그러나 이 빛나는 무엇인가에도 불구하고 그들의 방법은 현대의 것이 될 수 없다.

그것은 너무나 시적인 비유와, 고아한 역설에 넘친 영혼의 줄타기에 속하는 것이므로, 생각 없는 눈에는 단순한 놀이로 비치거나, 혹은 구원할 수 없는 자가류의 풀이에 빠질 우려가 있기 때문이다. 한마디로 말하면 빵집 아주머니 '엘자'나, 담배 가게 '조지'나 이발소집 '짐'에게는 감히 가까이 가볼 수 없는 귀족적 방법인 것이다. 그렇다. 제군이 즐기는 말을 빌린다면 동양의 방법은 민주주의적이 아닌 것이다. 동양은 영원히 민주주의를 모르는 것이다. 우리의 방법은 그와는 다르다. '엘자'도 '조지'도 '짐'도 익힐 수 있는 구원의 길을 심리학적 법칙성으로 터주자는 것이다. 만인이 쓸 수 있는 영혼의 공식을 알아내는 것이 우리의 목표다. 이 때문에 나는 우리의 주장을 가리켜 그 방법론적 자각성을 표시하는 Psycho를 머리에 붙여서 Psycho Humanism이라 부르는 것이며, 사람이 달에 갈 수 있는 날이 다가선 오늘날에 있어서도 아직도 여전히 돈키호테적 꿈이라는 구박을 받기가 십상인 이러한 획기적 연구의 분야는, 불행하게도 또는 어떤 뜻에서는 다행스럽게도 오직 심령학만의 고투에 맡겨져 있음을 말하지 않을 수 없다. 영혼의 해탈의 비밀을 숨기고, 그 중세기적이며 수공업적인 명장 의식明匠意識을 버리지 못하고 해탈을 위한 기계적 방법의 가능성에 대한 논의를 공격하는 수많은 종교가들의 경건한 체하는 흥분 가운데는, 얼마나 너절한 직업적 두려움이 깃들어 있는 것인가. 마치 산업 혁명 당시의 영국 숙련공들이 새로 나온 '기계'를 저주했듯이. 그러나 끝내 그 기계가 이겼듯이 마지막 신비의 너울이 벗겨지는 날은 반드시 올 것이다. 그 싹은 심령학 속에 있으며, 그 방향은 Psycho Humanism 위에 있다.

이런 문제에 대하여 이런 주장을 하는 그 논문의 중첩된 관계대명사와 꼬리를 문 형용절과 추근추근한 조건절에 휘감긴 그 구문 속에서, 민은 동양인의 두 배는 보통 되는 저 부히니 털이 있는 두툼한 손, 기름진 반들거리는 서양인의 육감적인 손이 자기의 목구멍에 밀려드는 환상을 보며 울컥 메스꺼워지는 것이었다. 로맨티시즘의 최후의 거점, 달로 인간의 비행기를 띄워 보낸 저 서양인의 '기름진 손'을. 그렇다. 동양에 없는 것은 이 '기름진 손'이다.

"꽤 흥미가 있으신 모양이군요?"

그는 퍼뜩 명상에서 깨어났다.

"네…… 이 '밀러'란 사람은 어떤 사람입니까?"

"네……?"

코밑수염은 옆으로 다가와서 그 논문을 들여다보더니

"아, 이 사람 말입니까? 시카고 대학 안에 있는 심령학 연구회 지도교수입니다."

민은 자기가 느끼는 반발은 밀러 씨의 야유처럼 서민 의식에서 오는 것일까 그렇지 않으면 논점을 선취당한 패배감일까 재어보았다. 아무려나 뼈근한 이야기였다. 성자의 대량 생산. 빌어먹을. 서양 놈들이란 어디까지 기름진 욕망의 인종들인가.

"댁에서도 퍽 콤플렉스가 센 편인 것 같으신데, 어때요, 요사이 저희들이 해보고 있는 좋은 치료법이 있는데 받아보시지 않으렵니까?"

민은 빙긋이 웃어 보였다.

"성자가 되는 치료법입니까?"

이번에는 코밑수염이 웃었다.

"최면술의 힘을 빌려서 자유 연상에다 일정한 암시를 주는 방법입니다."

민은 끌렸다.

"어쨌든 치료가 끝날 때까지는 방법에 대한 이야기를 털어놓으면 피치료자가 거기에 걸려서 효과가 재미없을 때가 많으니까요. 치료 후에 조금이라도 기분이 개운해지면 그건 효과가 있는 증겁니다. 해보시렵니까?"

그는 고개를 끄덕이고 일어나서 코밑수염이 가리키는 대로 옆방에 차려진 침대에 몸을 뉘었다. 코밑수염은 흰빛의 알약을 권하면서 말하였다.

"자, 나를 보십시오."

민은 코밑수염과 눈길을 맞추었다.

"당신은 이 자리에서만은 자기의 신분을 속일 필요가 없습니다. 만일 그것을 말한다면 세상 사람들이 앙천대소하며 놀리려 들 것이 뻔한, 당신의 정말 신분과 이야기를 나에게 들려주십시오. 세상의 속물들에게서 한때나마 떨어져서, 사람의 관심이란 정말은 무엇인가를, 말이 통하는 벗을 놓고 오순도순 말해본다는 것은 얼마나 아름다운 유혹입니까. 사랑하는 사람의 유혹에는 넘어가주는 것이 너그러운 마음 가진 자의 덕입니다. 믿는 벗의 농 섞인 조름에 짐짓 넘어가서, 사실은 혼자만 새기면서 죽어야 할 첫사랑의 이야기를 조용히 털어놓는 것은 사람을 파멸에서 건지는 길입니다…… 그렇지요?"

"글쎄? 딴은, 그래서……?"

"자 우리는 저 오솔길을 압니다. 일상성의 틀을 살며시 밀어내면, 그 뒤에 숨겨진 영원에로의 입구를 우리는 압니다. 우리의 잃어버린 옛날로 길을 떠납시다. 우리는 왜 서투른 이방에서 쑥스럽고 불편한 외국말로 이야기해야만 합니까? 우리말로 이야기합시다. 저 고귀한 영감으로 가득 찬 우리말로. 고향의 정다운 사투리 속에서만 우리는 점잖음을 되찾을 것입니다. 외국말을 쓴다는 것은 발에다 쇠뭉치를 달고 뜀뛰기를 하는 것이나 다름없지요."

그건 그렇다. 옳은 말이다…… 무어 나는 숨기려는 게 아니야…… 통하기만 한다면 왜 대화를 마다하겠는가. 나는 침묵을 저주한다 암…… 오해받기가 싫어서 뒤집어쓴 탈일 뿐이지……

"정이 식은 애인이, 과대망상증이라는 딱지를 붙여서 소문을 퍼뜨리는 것이 두려워, 차마 애인에게도 말 못 할 영혼의 고백을 들려주십시오. 세상이 메마르고 울화가 터질 꼬락서니가 거리에 넘쳐도, 영원의 나라의 버릇을 그래도 잊지 않고 있는 녀석 한둘은 씨가 마르지 않는 법입니다. 그까짓 여자의 세계. 사나이의 우정이란 시큼한 진실이 있는 법입니다."

그렇다. 그렇다.

"당신은 잊어버린 것이 아닙니다. 곁에 있는 사람이 넘겨다볼까 두려워서 깊이 감싼 것뿐입니다. 풀어놓으십시오."

오…… 그렇다…… 아마……

"자 인제 생각나시지요? 당신이 누구인지."

……!……

"네 알겠습니다. 생각나는군요! 오 벵골 평원이 보입니다. 나는 가바나迦婆那국의 왕자입니다. 이름은…… 이름은……"

코밑수염은 낮으나 힘있게 북돋는다.

"괜찮습니다. 왕자, 이름을 밝히십시오."

"내 이름은…… 가바나국의 왕자, 다문고多聞苦. 삼천여 년 전 인도 북부에서 융성한 왕국 가바나의 왕자요. 나는 지금 침실에 있군요…… 그리고……"

코밑수염은 벽 한편에 친 커튼을 들쳤다. 그 자리에 숨겨진 문이 나타났다. 그가 문을 조심스레 열고 저편 방에 들어섰을 때, 거기에 세 사람의 인물이 앉아서 담배를 피우고 있었다. 그중 대머리가 벗어진 한 신사의 손에는 잡지 『프시케*Psyche*』가 들려 있었다. 탁자 위에는 한 대의 소형 확성기가 놓여 있다. 코밑수염이 다가서서 스위치를 넣었다. 그러자 중얼거리듯, 망설이듯 한, 무겁고 느릿한, 남자의 말소리가 흘러나오기 시작했다. 세 사람은 일제히 담뱃불을 비벼 끄고 귀를 기울인다.

……침상 머리맡에 놓인 키 높이 황금 촛대에서 흐르는 불빛이, 흑단黑檀 침대에 부딪혀서는, 창을 가린 벵골 모시의 우아한 무늬 속으로 안개마냥 스며든다.

나는 내 팔을 베고 누운 궁녀 아라녀를 물끄러미 내려다보았다. 몸 둘 바를 몰라서 금세 잦아들 듯싶은 몸매로 나의 방에 들어왔던 여자가, 지금은 이렇게 활개를 펴고 깊은 잠에 빠져 있다. 조금 벌린 입술 틈으로 이가 드러나 보인다. 고르고 흰 이다. 왕후마마의 분부로 왕자를 모시러 왔습니다. 저녁에 이렇게 말하며 이 방에 들어선 여자를, 나는 덤덤하게 받아들였다. 제왕의 당연한 풍류로 가볍게 여긴 탓일까. 아니다. 이 여자가 말하는 뜻을 알아차리자 나는 어머니의 당치 않은 오해에 노여움이 솟았다. 나의 일상의 우울을 그녀는 자기대로 풀이한 것에 대한 노여움이었다. 그러나 한편 모르는 것에 대한 충동이 나의 몸을 뜨겁게 한 것이다. 바라문의 성자들이 그렇게 경계하고 갖은 고행으로 억누른다고 하는 몸의 열반을, 스스로 가져보고 싶은 충동에서였다. 만일 그 기쁨이 그리도 강하고 끌리기 쉬운 힘을 가졌다면, 과연 지금의 나의 괴로움과 바꿀 만한 것인가 어떤가, 하는 점을 알아볼 생각에서.

결과는 부否였다.

황홀한 순간을 지난 지금, 나는 이제껏 겪지 않은 또 하나의 탈이 내 얼굴에 덧씌워지는 것을 느꼈다. 나는 아직 잠든 여자의 목덜미에 입술을 대었다. 따뜻한 부드러움이 내 입술을 맞이하는 것이었다. 나는 손을 들어 턱과 목을 만지다가, 희고 화려하게 솟은 가슴을 더듬었다. '아름다운 그릇이여.' 나는 손으로 뇌었다. 이런 아름다운 그릇은, 그러나, 손을 뻗치면 어디나 언제나 있을 수 있는 것이었다. 그러나 이것은 아니었다. 분명코 이것이 아니었다. 내가 바라던 것은 이것이 아니었고, 또 내가 바라는 것이 이것으로 이루어질 수 있는 것도 아니었다. 나의 여자의 얼굴을 위에서 똑똑히 들여다보았다. 모든 것이 다 갖추어진 얼굴이었지만 한 가지가 모자랐다. 그 한 가지가 무엇인지 나도 모른다. 사람의 얼굴을 브라마Brahma와 하나를 만들어주는 그 '한 가지'가 무엇인지 모르기 때문에, 가바나 성 제일의 미녀를 품에 안아도 나의 마음은 막막할 뿐이었다. 오히려 이런 아름다움에 만족하며 전쟁과 정치 속에 묻혀서 왕자답게 살 수 있기를 원했으나, 이제 와서는 벌써 내 힘으로써도 돌이킬 수 없이 마음에 파고든 구도求道라는 마魔는, 찰나의 안심도 나에게 주지 않는 것이다.

나의 소원은 브라마의 얼굴을 가지고 싶다는 것이다.

내가 그 그림을 본 것은 한 해 전 나의 스승이 떠나면서 잠깐 보여준 것이 처음이며 마지막이었다.

"이것이 브라마가 사람으로 나타난 모습입니다. 보시오 이 두루 갖추고 굽어보는 얼굴을. 왕자가 일생을 두고 다듬어야 할 얼굴의 본이 바로 이것이오."

스승은 나의 앞에 한 폭의 그림을 펼쳐 보였었다. 그것을 들여다본 나는, 숨이 막혔다. 거룩한 아름다움, 그리고 무엇보다도 그 망설임을 넘어선 표정이었다. 모든 일을 따뜻이 끌어안으면서 그 만사에서 훌훌히 떨어진 영원의 얼굴. 나는 그림의 자취를 눈으로 빨아들이기나 할 것처럼 보고 또 봤다. 잠시 눈을 감았다가도, 다시 들여다보았다. 그때부터 나의 머리에 그 영원의 얼굴이 뜨거운 인두로 지지듯 새겨졌다. 스승의 말이 아직도 쟁쟁히 울리며 내 귓전에 남아 있다.

"모든 사람의 얼굴은, 이 참다운 얼굴을 가리고 있는 탈이오. 모든 사람의 얼굴은, 이 브라마와 꼭 같이 거룩한 얼굴을 하고 있으나, 업業과 무명無名에 가려 그 탈을 벗지 못하는 거요. 왕자, 이 일은 왕국보다도 중하오. 자기의 얼굴을 브라마의 얼굴로 만들 때까지 쉬지 마시오."

쉬지 말라 하였을 뿐, 스승은 그 얼굴을 가질 수 있는 아무런 길도 가르쳐주지 않고 떠나버렸다. 그러나 나는 모든 사람 속에 브라마가 숨겨져 있다는 가르침을 믿었다. 이 누리의 모든 비밀을 알고 난 다음에 비로소 그런 얼굴이 자기에게 주어지는 것이리라 생각했다. 가끔 지칠 때 피리를 부는 것뿐, 오늘까지 나는 서재에 파묻혀 살았다. 나의 서재에는 아무의 눈에도 띄지 않는 곳에 거울이 숨겨져 있다.

　내가 그 거울을 들여다볼 때마다, 거기에는, 무엇인가에 쫓기는 자의 초조와 짐짓 평정을 꾸며보는 가짜 성자의 둔감이 하나로 엉거 붙은 탈이 비친다. 자신을 가장한 눈의 표정. 저 탈을 피가 흐르도록 벗겨냈으면. 그 뒤에 분명 숨겨진 깨끗하고 탄력 있는 살갗의 얼굴을 가리고 있는 이 탈을 벗겨낼 수만 있다면. 나는 요사이 공포에 가까운 마음으로 눈치 채고 있는 일이 있다. 날이 가면 갈수록, 나의 학문이 깊어지면 깊어질수록 내 얼굴이 오히려 그리는 얼굴에서 멀어져가고 있다는 일이다. 이 생각은 나를 미친 듯한 초조에 몰아넣는다. 깊은 학문을 하면 할수록, 내 표정은 점점 맑아가고 수정처럼 영롱해가야 할 터인데, 그 반대로 되어가는 까닭은 무엇일까? 무지한 탓으로 소박한 표정을 가지는 것은 아무런 값이 없다. 들꽃이 자기 미모에 아무런 자랑도 가질 수 없음과 같다. 간디스 강변의 모래알처럼 많은 슬픔과 기쁨을 안고, 히말라야의 눈 덮인 언덕처럼 높고 맑은 슬기를 가졌으면서도, 마치 어느 바닷가 소금 굽는 어린 소녀와 같은 천진한 웃음을 지닐 수 있는 것, 이것이 아니면 안 된다. 무지한 데서 오는 단순하고 소박한 마음은, 악귀의 꾀임에 견딜 수 없고, 별처럼 숱한 이 세상 괴로움에 견딜 힘도 없다. 그러한 얼굴은 그저 '하나'일 뿐이다. 겹겹의 업이 사무쳐 이루어진 '하나'가 아니다. 언뜻 보기에 물 긷는 소녀의 투명한 표정은 브라마의 저 투명한 표정과 닮았지만, 하나는 광물처럼 무기無機한 영혼의 타면墮眠이며 하나는 불꽃을 겪고 나온 영원의 원면原面이다. 학문을 깊이 해서 나쁠 까닭이 없다. 학문은 불꽃이며 인간의 괴로움을 풀이하고 가름하는 힘을 준다. 소금 굽는 소녀의 투명함이 그대로는 아무런 값이 없는 캄캄한 밤이라면, 남은 길은 브라마의 이법을 캐고 모든 학문을 내 것으로 만든 다음에 오는 저 아침으로 가는 길밖에 또 무엇이 있을까.

그러나 거울을 볼 때마다 탈은 더욱더 굳어가고, 그늘이 짙고, 홈이 파여가면서, 투명한 얼굴의 바닥이 자꾸 뒤로 숨어들어가는 것은 어떻게 된 일일까. 산호의 수풀과, 진주의 벌판을 간직한 채, 한 빛깔 담담한 푸른빛으로 웃음 짓는, 저 인도양의 물 같은 얼굴은, 어찌하면 가지게 되는가. 이빨을 가는 표범과, 굶주림에 울부짖는 늑대를 가슴에 품은 채, 한 빛깔 눈부신 흰빛으로 푸른 하늘을 우러러보는 저 히말라야의 낯빛을 어찌하면 닮을 수 있을까. 이 서로 어긋나는 두 극이 부드럽게 입 맞추게 할 수 있는 그 비법은 무엇일까.

나의 괴로움은 여기 있다.

나는 가끔 자기의 방법에 무슨 잘못이 있는 게 아닌가 그렇게 생각해본다. 나의 얼굴에 씌워진 이 탈을 벗자면, 그 위에 새겨진 그늘과 홈을 영혼의 힘을 가지고 하나하나 지워나가는 것, 또는 하나하나 다듬어나가는 길밖에 다른 도리란 생각할 수 없는 일이다. 사람의 영혼이란, 브라마가 그 그늘을 던지는 못과 같으며 얼굴은 그 겉면인 것이다. 물속에 아름답고 빛나는 것을 간직하면 할수록, 겉에 어리는 그림자는 그윽할 것이다. 이 얼의 깊은 늪에 산호를 가꾸고, 진주를 배게 하고, 빛깔 고운 조개를 벌여놓아 물결을 헤살 짓지 않고 바람이 일으키는 물결을 어루만져 물을 제자리에 가라앉히는 버릇을 가진 고기 떼들을 기르는 일이, 바로 구도가 아니고 무엇인가.

그러나 내 얼굴에 씌워진 탈을 벗겼다고 생각하는 순간 벌써 탈은 뒤로 물러나 여전히 도사리는 것이었으며, 그 탈을 한 번 더 벗기면 또 뒤로 물러난다. 마치 그림자를 밟을 때와 같은 술래잡기── 끝없는 술래잡기다. 이쪽이 가만있으면 저쪽도 안 움직인다. 이것이 무한 지옥이라는 것일까. 사람으로 태어나, 가장 보람 있고 가장 복된 자아 완성의 길에 든 내가, 이런 끔찍한 삶을 맛보아야 한다는 것은 말이 되지 않는다. 원만하고 부드러운 심경으로 느긋이 거니는 봄날의 시골 길같이 평화스러운 것이 자아 완성의 길이어야만 할 것 같은데. 풍족한 느낌 대신에 굶주린 도깨비마냥 헉헉한 가슴을 쥐어뜯으며, 핏발 선 눈으로 새벽을 맞는 것이 브라마의 길이어야 한다는 것은 모순이었다. 흙탕 속에서 꽃이 피어나는 그런 역설일까. 그렇다 하더라도 이 길은 어디까지 가야 할지 알 수 없는 일이었다. 어디서 그치는 길이며, 이 싫은 탈이 떨어지고, 저 깔끔한 얼굴이 내 것이 되는 날이 그 언제일까를 생각할 때, 나는 자기가 돌이킬 수 없는 손해를 저지르고 있는 것이나 아닌지 어두운 마음을 걷잡을 수 없다. 지금에 와서 이 괴로운 길을 버릴 수는 없다. 그것은 무슨 전공이 아깝다느니 하는 장사치의 속셈에서 나온 결심이 아니다. 이 길에 든 나의 마음은 벌써 비탈을 구르기 시작한 돌덩이처럼 내 힘으로도 어찌할 수 없다. 나의 마음속에 끈질긴 사로잡힘의 뱀이 든든히 내 얼을 휘감아 끼고, 끝없는 이 길로 나를 다그치는 것이다.

여색의 길만은 내가 아직 알지 못한 세계였다. 이 세계를 이루고 있는 모든 것을 알고 말겠다는 것이 나의 욕망이며, 그렇게 함으로써만 이 탈을 벗을 수 있다면 여인도 또한 피할 수 없는 것이다. 더욱, 중들이 그처럼 멀리한 것이라면, 그만큼 알아볼 값이 있는 것이었다. 궁녀 아라녀를 아무 말 없이 받아들인 나의 마음에는 이런 속셈이 있었던 것이다. 이것도 뚜렷한 한 가지 기쁨이다. 목이 메도록 슬프고 기쁜 일임에는 틀림없었다. 오히려 모든 학문에 비겨서, 그 직접적이고 단적인 점으로 사람이 이때만은 티 없는 자기 자신이 될 수 있다는 커다란 발견을 한 것이었다. 그러나 너무도 짧았다. 이 긴장이 거짓이라는 표는 바로 그곳에 있었다. 그 견줄 데 없이 티 없고 맑은 데 비하여, 행위 이전보다도 더 큰 허무의 주름이 나의 탈에 깊이 새겨지는 것은 이 길이 순수하면 할수록, 거짓에 가깝다는 증거 이외의 아무것도 아니었다. 그 녹을 듯한 기쁨, 그리곤 허전함, 인간의 가죽을 벗고 싶은 시들은 뒷맛은 무슨 까닭인가. 사람과 사람이 더욱더 상처를 주고받고, 더욱더 탈을 깊이 도사려 쓰게 하는 누군가에게 속고 난 다음 같다.

나에게는 한 여인을, 목적이 아니라 수단으로 다룬 하룻밤에 대하여 인간적인 죄악감 같은 것은 조금도 없다. 다만 나의 실험이 헛되었다는 실책감만이 덩그러니 남아서 뜬눈을 감지 못하고 엎치락뒤치락하는 것이었다…… 그 기척에, 잠들었던 여자가 부스스 눈을 뜨면서, 팔을 들어 내 목에 감아왔다. 그 몸짓이 지극히 태연스럽고 버젓한 체하는 것으로 보이면서, 나는 순간 어떤 불결한 상상이 떠올랐다. 나는 감아오는 여자의 팔을 세게 비틀어올렸다.

아…… 하는 절반은 아직도 졸음에 묻힌 비명을 끌다가, 이번에는 분명히 잠에서 깬 눈으로 나를 쳐다보는 것이다. 그 눈을 보고 놀랐다. 여태껏 나를 이렇게 바로 볼 수 있는 사람은 두 사람밖에 없었다. 아버지와 어머니와. 거리낌 없이 눈길을 얽어오는 궁녀의 눈에서 나는 처음으로, 이 여인과 나 사이에 벌어졌던 일의 뜻을 똑똑히 알았던 것이다. 나는 다른 탈 하나가 떨어질 수 없이 튼튼히 내 살갗에 엉겨 붙는 것을 느꼈다. 나는 그 탈을 힘껏 잡아떼려고 손에 힘을 주었다. 결과는, 여자의 입에서 더 깊은 고통의 신음이 그러나 소리를 죽이며 흘러나왔다.

……얼마나 지났을까. 민은 차츰 걷히는 마음의 안개 속에서 저를 되찾아갔다. 노동을 마치고 난 고달픔이 있었으나, 무거운 것은 아니고, 어딘지 후련한 배설감을 데리고 있었다. 깨고 싶지 않은 꿈을 보았을 때처럼, 단맛이 가물가물 남아 있었으나, 그 꿈의 안속은 단 한 자리도 떠올릴 수 없는 게 아쉽다. 그는 눈을 번쩍 떴다. 코밑수염이 들여다보고 서 있다.
"그동안 잠이 들었던가요?"
"그렇습니다."
"그럼, 잠재우는 게 치료군요?"
"잠도 잠이지만, 좋은 꿈을 꾸면서 즐기는 잠이지요."
"전혀 기억하지 못하겠는데요?"
"그것이, 좋은 꿈입니다. 보통, 꿈이 없는 잠이 단잠이라고 하지만, 그 꿈을 기억하지 못하는 것뿐입니다. 사람은 늘 꿈을 꾸니다. 분열이 없이 순수하게 활동할 때는, 영혼은 고달픔을 느끼지 않는 법입니다. 왜 무슨 일을 열중해서 할 때는 고단한 줄 모르지 않아요? 그런 다음에 오는 피로를 그 활동의 결과라고 함은 근거 없는 말입니다. 오히려 그런 순수한 활동의 중단에서 오는 좌절감이, 곧 피로라는 현상이지요. 말을 바꾸면, 열중할 생활 내용이 없을 때, 사람은 늘 피로한 겁니다. 과로란 말은 자발성이 없는 데서 오는 것입니다."

"보통 이론과는 반대군요."

"그렇게 됩니다."

"아니 좀 이상한데……"

"뭐가요?"

"아무도 모르는, 본인도 모르는 꿈을 과연 꾸었는지, 안 꾸었는지 어떻게 꾸었다고 단정하느냔 말입니다."

코밑수염은 소리를 내어 웃었다.

"간단하지요. 의식이 활동할 때의 대뇌 피질의 주파수와, 잠잘 때의 주파수를 비교해보면 됩니다. 본인은 기억하지 못한다는 경우에도, 기계 장치의 바늘은 나타내고 있는 것으로써 알 수 있지 않습니까?"

"그러면 본인도 기억 못 하니 그 꿈은 누가 꾸는 것일까요?"

코밑수염은 두번째 웃었다.

"자격이 있으십니다. 그러나 유감스럽게도 연구가 아직 거기까지는 미치지 못했습니다. 다만 가설을 말씀드리는 것이 용서된다면 아마 어느 근원적인 '나' 혹은 '우리'가 꾸는 것이겠지요. 개개의 '나'나, 추상적인 '우리' 이전의 말씀이에요."

 민은 시를 듣고 있는 기분이었다. 그러자 또 한 가지 생각이 나서 그는 물었다.

 "최면술이라 하셨지만, 약품으로 잠을 자게 한 것이 아닙니까?"

 "그렇지 않습니다. 약품은 기분 조정에 쓴 내과적인 처방이었을 뿐입니다. 시술施術한 부분을 기억 못 하시는 것은 그것이 바로 최면술인 까닭입니다."

 거기에는 민도 할 말이 없었다.

 돌아서 나올 때 코밑수염은 생각나는 대로 찾아와서 다시 한번 치료를 받으라고 이르면서, 그에게 기관지 『프시케』를 빌려주었다.

 이른 봄의 궂은비가 지척지척 내리고 있었다. 외투 깃을 세워서 목으로 떨어져오는 비를 막으며, 민은 지금 자기가 품고 나오는 상쾌감의 까닭을 꿈결처럼 생각해보는 것이었다.

2

 오월이 되자, 민은 철이 바뀔 때마다 겪게 마련인 뒤숭숭한 느낌에 겹쳐서, 현실적으로도 초조해야 할 여러 가지 문제가 한꺼번에 몰려드는 것을 보아야 했다.

 먼저 작품의 문제가 있었다. 무어니 무어니 해도, 예술가로서의 자기 재능에 자신이 있는 동안에는 결정적인 파국은 피할 수 있는 것이었기 때문에, 그런 좋은 작품을 쓴다는 것은 유력한 자기 구원의 길이었다. 먼젓번 원고를 태워버리고 나서 몇 번이나 붓을 들어보았지만, 막연한 감동에 끌려 원고지를 대하곤 할 때마다, 번번이, 형상화하기까지에는 너무나 약한 모티프였던 것을 느끼게 되기가 일쑤였다. 게다가, 강 선생이 다음 레퍼토리로 그 작품을 쓰자고 부쩍 열을 내기 시작한 후부터는, 기분에 따라 언제든지 쓰려니 하는 셈으로 나갈 수는 없는 것이었다. 민이 벌써부터 쓴웃음으로 느껴온 바지만, 어찌 보면 민에게는 신념을 가진 사람이나 훨씬 나이 먹은 사람의 원만한 평정이라고 잘못 알 만한 풍모가 있었다. 서른이나 그만한 나이에 달관이란 것이 도대체 원리적(?)으로 될 일이 아닐 텐데, 다른 사람들은 민에게서 젊은 나이에 된 사람이라는 인상을 받는 것이었다. 그런 치명적인 오해는, 그럴수록 민의 행동에 올가미를 씌웠고, 자아 기만과 그에 대한 반발이라는 바싹 마음을 썩이는 악순환을 가져왔다.

이런 모든 의식의 고통을, 작품을 쓴다는 일로 다스려보자는 그의 생각은, 틀린 것이 아닌지도 모르지만, 작품은 그런 바람대로 움직여주질 않았다. 영감이 우선 오는 것인지 모르지만, 그저 그뿐이었다. 시작이 반이란 말은, 예술의 세계에서는 거짓말이었다. 이렇게 일이 안 되고 보면, 안 된다는 사실을 지나서 재능을 의심한다는 참기 어려운 괴로움을 불러낸다. 물론 자기 힘을 의심해본다는 일은 나쁘지 않은 일이지만, 그보다 어두운 절망과 짜증이 앞서는 것은 역시 참을 줄 모르는 젊음의 탓이었을까. 그는 당장 자기 재능에 대한 보장을 눈앞에 볼 수 있다면, 단두대라도 사양

치 않을 것 같았다. 인생을 두고 한개 한개 벽돌을 쌓아올리는 식이 아니고, 해가 떨어지면 횃불을 켜들고라도 하룻밤 사이에 성을 쌓아버린 다음, 나머지 기나긴 세월을, 완성의 다음에 오는 저 느긋함과 덤비지 않는 의젓한 얼굴을 가지고 살고 싶었다. 마음의 완성 없이 인생을 산다는 것은, 화장하지 않고 무대에 서는 것이나 다름없다 싶었다. '마지막 것'을 잡지 못하고는 단잠을 자지 못하겠다는 상태는, 결론광이라고나 할까, 겉으로 보이지 않는, 그것은 고요한 광기였는지 모른다.

미라와의 사이만 해도 그랬다. 어떤 격렬한 마지막 것을 바랐다. 마지막 것을 일시에 가지고 싶다는 것은, 죽음을 앞에 둔 사람이 느끼는 초조감이 아닐까. 싹이 트고, 그 위에 비 이슬이 스미고, 해가 쬐며, 줄기가 자라 잎이 열린 후, 열매가 드디어 맺는, '과정'은, 다만 발을 구르고 싶도록 안타까운 헛일처럼 여겨졌다. 그런 낭비를 모조리 제쳐버리고, 단숨에 빛나는 핵심을 쥐고 싶었다. 선고를 받은 사람이, 촉박한 가운데 처리할 수 있는껏 많은 양을, 되도록이면 빠른 시간 안에 해치우자는 심정. 다시 못 올 먼 길을 떠나는 사람이, 아무것도 모르는 가족들의 늘어진 움직임에서 받게 되는 짜증스런 야속함 같은 것, 문밖에 희미하게 들리는 어느 사람의 발자국이 출발을 다그치는데, 집안사람들은 아무도 그 낌새를 눈치 채지 못할 때 당자가 느끼는 미칠 듯한 마음. 그러면 사랑이란, 죽음의 선뜩한 냉기를 눈치 챈 자의 채난採暖 작업이랄까. 서로 몸을 오그려 붙이며 하얀 얼음판 위에서, 처음, 몸과 몸으로 비벼댄 빙하 시대의 불씨의 이름을 사랑이라 하는가. 그렇게 알아낸 불씨를, 사람들은 몸에서 몸으로 전해오는 것이지. 불씨를 하늘의 동정자가 갖다주었다는 말은 그릇 전해진 것이다. 이 사랑이란 불씨는, 사람들이 어쩌지 못할 죽음의 냉기를 막기 위하여 만들어낸, 인간 자신의 재산이다. 온대에 사는 신의 나라에 사랑이 있었을 리 없다. 삶을 을러대 추위 속에서 태어난 인간의 발명품이다. 사랑이 아무리 불타도, 눈이 닿는 곳까지 허허한 얼음 벌판의 추위를 막을 수는 없었을 게다. 그러나 사람들은 태우고 또 태웠다. 지구의 양 꼭지에만 남기고 대부분의 땅을 녹여버린 것은, 그 얼마나 많은 세월을 사람들이 태워온 사랑의 열매일까. 그러나 지구는 또다시 얼어붙기 시작했다. 이 눈에 보이지 않는 얼음은 더욱 차갑다. 눈에 보이지 않는 탓으로 우리는 옛사람들보다 불씨를 허술히 다룬다. 휘몰아치는 바람 속에, 깊은 얼음 구멍 속에, 우리의 불씨를 빠뜨렸을 때, 우리는 얼어 죽는다. 춥다. 현대는 정말 춥다. 혼자서는 불을 못 피운다. 바람을 막으며 손바닥만 한 얼음 위에 불을 피우려면 두 사람이어야 한다. 작업에는 짝패가 필요한 것이다. 어느 일에나 그렇지만, 짝을 잘못 만나면 일을 망친다. 한눈을 팔지 말아야 한다. 남의 모닥불을 탐내어 한눈을 팔 때, 다시없는 불씨는 꺼지고 만다. 남의 불도 다 그렇고 그런 것. 남에게서 꾸어올 수는 없는 불씨고 보면, 함부로 불 댕길 수는 없다. 이거다 싶은 짝을 만났을 때 그들은 시간을 낭비해서는 안 된다. 실수 없이 강렬한 목숨의 보람을 불태우는 작업을 서두르는 데 그의 광기가 있는 것일까.

 안심이란 게 없는 그러한 마음 한편 구석에는, 순교자의 자학적 기쁨과 의젓한 자랑스러움이 없는 것도 아니었다. 가끔 생각한다. 왜 지근지근 쑤시는 이마에 싸늘한 손끝을 씹으며 살아야 하나. 마치 세계의 열쇠를 자기가 쥔 듯이 느끼는 절박감은 못난 망상이 아닌가. 내가 완성을 이루든 그르치든, 저기 흘러가는 저 생활의 강물은 여전히 흐르는 것이다. 내 혼자의 초라한 초조를 무슨 사명감으로 자부하려 들면 안 돼. 내가 정말 바라는 것은 무엇일까? 그러나 한번 눈을 뜬 모나드는 마치 체념의 재무덤에서 날개를 떨며 날아오르는 불새처럼, 새로운 회의의 하늘로 솟아오르는 것이었다. 그의 마음속에서 퍼덕이는 이 마魔의 새는, 아류적인 체념의 잿더미에 파묻히지 않는 고집을 가진 새였다. 털끝만 한 거짓에도 날카로운 힐난의 울음을 질러대면서 몸부림치는 것이었다. 이 새의 목을 비틀어 파묻어버리려면, 얼버무리거나 속임이 아닌 그 어떤 틀림없는 것이 있어야 했다.

그것이 무엇일까.

작품이 굼벵이 걸음을 치는 세월을 그는 The Psychic Society에서 빌려온 잡지를 읽는 일로 거의 보냈다. 미라의 생각이 퍼뜩 들 때면, 웬만큼 늦은 시각이 아니면 그길로 달려가곤 했다. 상큼하니 도사린 것 같으면서, 겉보기만큼 무정하지는 않은 그녀를 애인으로 가지고 있는 것은, 짐은 되면서도 버릴 수 없는 짐이었다. 그녀의 말대로 문화를 모르는 여자를 데리고 살지 않는 한 길은 한 가지, 서로 잘해보는 길밖에는 없다.

오월의 훈풍을 안고 기폭처럼 날리는 커튼이, 높이 뛰어올라, 선반에 얹힌 인형들의 발목이나 허리며 어깨 언저리에서 헤살 짓고 있다. 민은 일어서서 인형들 앞에 섰다. 꽤 많은 수가 얼굴만 있고 몸뚱어리는 막대기로 대신한 것들이다. 얼굴만 보여주고 나머지는 둥근 막대 하나로 때워버린 이 스타일의 창시자는 분명 천재였음에 틀림없다. 이 스타일은 원류는 옛날 중국 무덤에 있는 조각이 다른 문물의 전래에 섞여서 일본으로 건너가서 암시된 게 아닌가 하는 게 학자들 말이다. 서양 인형들, 말하자면 피에로 같은 것은 흥거운 기분이 순간적으로 잡힌 느낌이었지만 중국, 일본, 한국의 그것은 유형有形의 것이 그 형을 서서히 잃어가는 마지막 순간인 양 싸늘하게 도사리고 있다. 인형의 표정과 어린애들, 또는 짐승의 그것 사이에는 닮은 데가 있다. 얼굴이 하나밖에 없다. 그런 표정은 민처럼 두 개 세 개의 얼굴의 스페어를 가진 사람에게 무어랄까, 빌붙어볼 수 없는 쌀쌀한 슬픔과, 닮고 싶은 사랑을 함께 불러일으켰다. 그는 밀러 씨의 성자 생산론을 생각했다. 성자들의 얼굴은 아마 이런 것이리라. 나는 성자가 되고 싶은 것이다. 성자가 되고 싶다는 이 우스꽝스런 욕망의 또 한 꺼풀 뒤의 마음은? 남을 위해서가 아니라 나를 위해서. 처음에 인형 모으기를 시작했을 때는, 재미로 한 것이었지만, 그들을 보고 지내면서 그런 여러 가지를 생각하게 됐다. 며칠 전 다니는 가게에 들러서 새로 들어온 것이나 없을까 보고 있는데,

"여기는 어떻게 오셨습니까?"

돌아다보니 H선생이었다.

"지나다 보니 아무래도 그런데, 설마 인형 사러 들어올 것 같지는 않고……"

"왜요. 사러 들어왔는데요……"
"저런, 귀여운 취미를 가지셨군요."
"귀엽다구요……?"
민은 웃었다.
"아니 인형 모으는 취미에도 무슨 어려운 내력이 있는가요?"
"하긴, 그렇습니다."
그런 일이 있었다.
민은 그 인형의 얼굴에 미라의 얼굴을 겹쳐보았다. 그녀의 성미의 다양성과 이 인형들의 순수함이 하나가 된, 그 영혼의 몽타주는, 황홀한 아름다움을 지닌 얼굴이었다. 그녀가 이런 여자가 되어주었으면. 둔한 여자는 필요치 않았다. 사람의 마음을 건축에 비긴다면, 먼저 튼튼한 돌이나 벽돌집이어야 한다. 발코니를 인 돌기둥이 받치는 현관. 현관의 문은 두껍고 굵직한 참나무로 짜이고 그 위에 엷은 부조가 있다. 문을 열고 들어서는 정면과 좌우로 또다시 세 개의 문이 있다. 정면의 문을 열면 이층으로 오르는 계단이 나타나고 좌우편 문을 열면 거실과, 식당으로 가는 복도가 나타난다. 꾸밈새는 문과 낭하를 될수록 많이 써서 폐쇄적인 안정성을 가지게 한다. 다시 밖으로 나와서 북쪽과 서쪽에 백엽과 벚나무를 드문드문 심은 넓은 뜰이 있다. 전체로 이 집은 풍부한 다양성과 그것을 부드럽게 묶고 있는 양식의 통일성이 육중한 양감에 싸여 있는 것이다.

민에게 있어서 자아의 완성이란 몸과 마음이 다 같이 살 수 있는 단 하나의 구원이었다. 이런 자기의 문제를 일반성에까지 높인 작품을 만들어보려는 것이 오랜 꿈이었으나 문제가 미묘한 것과 무용의 레퍼토리로 씌어진다는 조건이 곱빼기 어려움을 만들고 있었다.

민은 시계를 들여다보았다. 9시 10분. 미라는 지금 무얼 하고 있을까. 그렇게 생각하자 요 며칠 만나지 못한 그녀가 불현듯 보고 싶어졌다.

'아무리 붙잡고 앉아도 한 줄도 쓸 수 없는 바에야……'

그는 방에 쇠를 잠그고 거리로 나섰다.

캔버스에는, 두 사람의 인물이 얽혀서 허우적이는 발 아래 질펀한 진흙탕이 펼쳐진 모양이, 반쯤 색칠이 돼 있다.

그녀는 칠을 깎고 다시 바르고 하면서, 민에게는 말을 건네지 않았다. 걷어올린 팔뚝에 정맥이 푸르다.

'여자가 예술을 한다는 건 과연 행복한 일일까. 이런 생각은 물론 봉건이야 봉건……'

민은, 오랜 시간 그녀가 그리하는 모습을 보고 있으면서도 별로 지루한 줄을 몰랐다. 그녀를 만나러 와서 하릴없이 기다리면서 지루하게 느끼지 않는 것은, 다만 그녀는 소재로서 필요할 뿐 여기서도 민은 '나'를 생각하고 있는 때문이었다. 어떤 사람과 이야기할 때 정녕 흥미가 없어질 때가 있어서 눈만은 어울리면서도 전혀 딴 궁리를 하는 경우가 많았지만, 저쪽은 오히려 고즈넉이 듣거니 알고 있음을 퍼뜩 깨달으며, 적이 미안해지는 일 같은 것도 나쁜 버릇이었다. 민은 방을 둘러봤다. 지금 미라가 앉은 쪽은, 방을 반으로 잘라서 창에 가까운 쪽이고, 나머지 반 오른편 벽에 붙여서 침대가 놓였다. 그는 침대에 가 누우면서 눈을 감았다. 사각사각 그림을 다듬고 지우는 소리. 이따금 전차가 지나는 쇳소리가 거리 때문에 둔하게 닳아져 흘러온다. 그 틈틈이 자동차의 혼 소리. 저 소리는 화음이라…… 그는 뒤숭숭한 생각을 시작한다. 화성학…… 대위법…… 소리의 평면적 공감, 소리의 입체적 배열…… 그렇다, 그런데…… 무어야 이건?…… 무슨 생각을…… 하자는 건가……?…… 하자는……

민이 눈을 떴을 때 그녀는 여전히 캔버스 앞에 앉아 있었다. 그 동안 깜빡 잠이 들었던 모양이다. 어느새 비가 오기 시작했는지 뚝뚝 낙숫물 지는 소리가 들린다.

조용하다.

민은 메스꺼운 덩어리가 가슴 언저리에서 푸들푸들 움직이면서 그것을 그대로 쏟으면 어린애처럼 으앙 소리 나는 울음으로 터질 것 같았다.

그는 벌떡 일어나, 그녀의 등 뒤로 다가서면서, 목에다 팔을 감고 그녀의 머리카락 속에 얼굴을 묻었다. 어찔한 냄새가 코에 스민다. 이게 미라의 냄새?…… 이게…… 미라? 그는 더욱 팔에 힘을 주었다. 미라는 조용히 몸을 비틀어 그를 향하여 돌아앉았다. 그 눈 속에 민은 자기 것과 똑같은 초조의 빛을 보았다. 왜?…… 그림이 뜻대로 안 돼서?…… 암 그렇지. 누가 뭐랬어? 내가 찾아 온 동기가 불순한 바에야 나무랄 자격이 나한테 있어? 그의 팔의 힘이 더해진다. 아…… 신음이 흘러나오는 입술이 푸르르 떨린다.

죽이진 않아, 너를 죽이면 돼?…… 사랑해…… 나는 바보야, 어떻게 사랑하면 되는지 몰라서……

민은 그녀의 목에서 팔을 풀고 그 자리에 꿇어앉았다.

"미라, 어떻게 하면 사랑할 수 있어? 우린 이대로 가면 안 돼."

"왜 그래요?"

"아무 말이라도 좋아. 아무렇게라도 대답을 해줘."

"아무렇게나?"

"아무렇게나. 누군 별말을 했어? 아무 말이나 한 놈이 통한 거야. 아무렇게나 한 놈이 기억된 거야. 제일 좋은 일을 하려다, 우리는 아무것도 못 하고 마는 게 아니야? 제일 아름다운 말을 하려다, 아무 말도 못 하고 마는 게 아니야?"

"그래도, 자기를 속이는 건 아무런 해결도 안 돼요."

"아니야. 속았느냐 안 속았느냐는 종이 한 장 사이야."

"그 한 장이 모두예요."

민은 벌떡 몸을 일으키며 옆에 놓인 칼을 집어 들었다. 미라는 외마디 소리를 지르며 뒤로 물러섰다. 그러나 민이 움직인 건 반대편이었다. 그는 미완성의 그림 위에 나이프를 비껴들고 미라를 바라보았다. 금세 그녀의 얼굴이 질리며 눈을 부릅떴다. 공포와 놀라움에 질린 얼굴.

"그 얼굴. 바로 그런 얼굴. 미라와 내가 짐승이 될 때 왜 그렇지 못해? 왜 나만 동물을 만들어?"

이번에는 그녀가 꿇어앉았다.

"제발 그 칼을 버려주어요. 그림을 다치지 말아요 제발……"

민은 캔버스에 나이프를 푹 꽂아서, 크게 ㄱ자로 꺾어 내리훑었다.
진흙탕에서 서로 얽혔던 그림 속의 남녀 중에서 여자가 힘없이 필릭, 저쪽으로 넘어졌다.

퍼뜩 잠이 깼다.
우선 찡한 시장기가 온다. 옆에 앉았던 노인은 벌써 내린 모양이다. 민은 유리창에 얼굴을 대고 역 이름을 본다.
P역.
우동이라도 먹어야지.
그는 띄엄띄엄 자리 잡은 손님들이 곤히 잠든 틈을 빠져서 플랫폼에 내려섰다. 내린 사람들은 벌써 저편 개찰구로 몰려서 빠져나가고 있었고, 그가 선 곳으로부터 네댓 개 떨어진 차량 앞에 있는 구내 가게 앞에 그와 같이 시장기를 풀려는 사람들이 옹기종기 모여서 그릇들을 입에 대고 있는 모양이 바라보인다. 워낙 작은 가게를 일여덟이 둘러서면 나머지는 뒤에서 기다려야 했고, 그래도 판매원은 바쁘게 돌아간다. 민은 저만큼 한 사람이 비워놓은 자리로 끼어들어, 판자에 팔꿈치를 올려놓다가 흘깃 옆에 선 사람을 보고는,
"아 이거……"
저편도 못지않게 반색을 하는 H선생을 보았다. 식사를 마치고, H선생의 짐을 거들어 민이 앉은 칸으로 옮기고 그들은 나란히 앉았다.

"같은 차였군요."

그들은 서로 이 차를 탄 내력을 짧게 주고받았다. 선생은 고향에 볼일이 좀 있어서 다녀오는 길이라 한다.

민은 먼젓번 미라와의 일이 있은 후 곧 지방에 있는 어느 친구가 오라는 대로 보름 동안 그의 시골집에서 쉬다가 돌아오는 길이었다. 민은 내려와보고 잘 왔다 했다. 고원 지방의 서늘한 공기는, 벌써 뜨거운 햇빛이 귀찮아지기 시작한 서울에서 내려온 그에겐, 다른 세계처럼 시원했다. 게다가 아주 농촌도 아니고 그렇다고 도회는 더구나 아닌 이 고을에서, 시를 공부하고 있다든가 연극을 공부한다는 그룹들과 만나서 이야기도 하면서, 민 자신은 도회인다운 은근한 우월감을 보류한 채 긴박할 필요가 없는 관찰을 즐겨 보는 것은, 바른 예의는 아니나마 뒤쫓기듯 한 경쟁 속에서 빠져 나온 신경에는 약이 되는 것이 사실이다.

산중턱 풀이 우거진 벼랑에 기어올라, 풀 냄새를 맡으며, 구름이 오락가락하는 양을 바라보고 누웠으면, 스르르 눈이 감기는 부드러운 졸림 속에서 문득 자기가 지금 이런 때 이런 자리에 누워 있다는 우연이, 마치 겨울날 신선한 과일의 선뜩한 닿음새처럼 새삼 느껴진다든지, 처음 한 주일쯤은 옳게 값있는 나날을 보냈으나, 두 주일째부터는 벌써 지루하기 시작했다. 막상 시달릴 대로 시달린 끝에 빠져나온 서울이었건만, 이렇게 내려와놓고 보니, 자기가 없는 서울에서 자기를 빼놓은 채 무슨 큰일이 그동안 되어가고 있는지도 모른다는, 참으로 어이없는 생각이 성화같이 치미는 것이었다.

무슨 새 일이 일어났을 리 만무였다. 우선 미라만 하더라도, 자기가 찢어버린 그림을 그만큼까지는 아직 그리지 못했을 테고, 민이 내려오기 직전에 여름 공연이 끝난 단에서도 별일이 있었을 리 없고, 그렇다고 서울에 혁명이 일어나지 않은 것은, 신문을 보면 확실한 일이었다. 아무리 따져보아도 민이 그때 그 자리에 있지 못한 것을 평생 한으로 삼을 만한 일이 그동안 서울에서 일어날 확률은 영에 가까운 것인데 민이 돌아가고 싶다는 생각은 누그러지지 않았다. 이것을 가리켜 귀심여시歸心如矢라 했던가. 이 한자 숙어의 평범한 겉모양 밑에 압축된 강력한 감각을 처음 알아보는 듯한 심정이었다. 그렇다면, 출장을 내려온 것도 아니요, 보따리를 싸고 일어섰으면 그만이었겠으나, 이것도 야릇한 말이지만, 민은 버티었던 것이다. 하야한 현자가, 수삼 차에 걸친 조정의 귀경 독촉에 좀처럼 차일피일하면서 응하지 않았던 고전적 드라마를 혼자서 세 사람 노릇 하는 역의 심리극으로 되풀이해보는 어이없는 꼬락서니였다.

그는 일부러 속 편한 듯한 투의 편지를 강 선생에게 보냈으나, 꿩 구워 먹은 소식이었다. 제법 정다운 말로 전번의 추태를 사과하고 제작의 진전 상태를 묻는 편지를 낸 미라에게서도, 가타부타 말이 없었다. 그들에게 써보낸 편지 내용이 문제였던 것이 아니다. 강 선생에게 띄운 편지에다 그는, 자기 작품의 새로운 구상을 익히고 있다는 것, 돌아오는 가을 공연에 늦지 않게, 될수록 빨리 끝내야 하겠다는 것, 정임이는 예정대로 귀국하는 것이 틀림없느냐는 둥 써 보냈지만, 모두 속에 없는 말이었다. 인제 그만하고 빨리 오녀라, 이곳에 자네가 없는 탓으로 밀린 일이 많으니까, 하는 말을 듣고 싶은 속셈에서였을 뿐이다. 이런 혼잣속 싱갱이 끝에, 더 참을 수 없어서 올라오는 길이었다. 잠도 오지 않고 모처럼 긴 여행에서 만난 자리를 잠으로 때우고 싶지 않은 그들은, 이 이야기 저 이야기 심심하지 않았다.

"H선생 같은 분에게 이런 말을 하는 건 건방진 이야기 같지만, 사람과 사람의 사이라는 것, 특히 이성 간의 문제란 참 어렵습니다."

"글쎄요, 쉽게 생각하면 되지 않을까요?"

"그렇게 말해버리면 그만이지만, 그게 그렇게 쉽지 않은 것 같아서……"

"그야 물론 그렇지요, 성격에도 관계되구……"

"아니 제 얘기는 성격상으로 어떻다는 말이 아니라, 원래 문제 자체가 쉽지 않다는 것입니다."

"그럴까요? 저는 오히려 보다 많이 성격의 문제라고 생각하는데…… 성격이란 참 편리한 말이에요. 성격이 다른 곳에 공통의 원리란 있을 수 없잖아요? 성격이 곧 원리란 것이지요. 이를테면, 별로 따지지 않고 살아가는 경우에도 그것이 반드시 무자각하다느니 적당주의니 하고 딧힐 것만은 아니라고 생각해요. 제가 보아오는 많은 예로, 군말이 많은 편보다는 말없이 애정을 쌓아나가는 편이 실속은 더 있는 게 아닌가 합니다."

"비극을 성격비극으로 번역하는 근대적 사고이신데, 성격이란 개념을 믿지 못하겠어요. 성격이란 마치 요즘 사람의 전매특허구

옛날 사람에겐 성격이 없었던 것처럼 일쑤 말하는데, 사회적인 신분 관계로 곁에서 분방하게 주장될 수 있었느냐 없었느냐가 문제지, 예나 지금이나 사람의 문제는 극한에까지 밀고 가면 결국 마찬가지가 아닙니까? 예수보다 철저한 이상주의자가 누구며 공자보다 엄격한 리얼리스트가 누굽니까. 문제를 바로 보면 늘 물음은 같은 것이 아닐까요? 스커트가 무르팍을 덮느냐 안 덮느냐, 허리를 파느냐 밋밋하니 뽑느냐 하는 것은, 문제가 아니잖아요? 홍수처럼 설득하려 드는 저널리즘의 베스트셀러식 사상에 장단을 맞추느라구 시대사상의 스타일 북을 쫓아다니는 사이에, 허심탄회하게 본론을 생각하며 보냈어야 할 시간을 허비하고 싶지 않아요. 다만 껍질이 다를 뿐 원형은 같다, 이 말이에요. 그렇지 않고서야 전통이니 유산이니 하는 말의 뜻이 없는 것이 아닙니까?"

"굉장히 어려워서 잘 모르겠지만, 어디 그런 추상론보다 자신의 케이스를 말해보세요. 그쪽이 이 얘기를 진행하기가 쉬우니까."

"자신의 문제란 건……"

"연애는 비밀로 아름답다는 순정파이신가?"

민은 웃고 나서,

"글쎄요, 어쩌면 고전파인지 모르죠. 때에 뒤지지는 말아야겠지만 해묵은 것도 간직하자는 것이 소원이니까, 작품도 역시."

"결국 최고를 노리는 것이군요. 교양도 있구, 얼굴도 이쁘구, 성격 또한 좋아야 한다?"

"이해하시는 품이 퍽 구체적이시군요. 글쎄 그렇게 풀어놓고 보면 해묵은 이야기가 되고 마는군요."

"해묵구 아니구는 문제가 아니라고 방금 말씀하시구서…… 해묵었단 말이나 영원이란 말이나, 마찬가지 아니에요?"

"이거 어떻게 이야기가 자꾸 격이 떨어집니다."

"미안해요. 같은 문제도 다루는 사람 따라 오르기도 하고 내리기도 하게 마련이니까. 우리같이 다된 사람보고, 젊은 양반이 의논할 게 무어 있어요? 혼자서 찾아보는 겁니다. 이렇구 저렇구 이렇습니다, 하고 손금 가리키듯 못 하는 게 인생일진대, 만져보고 아픈 줄을 아는 길밖엔 없겠지요. 아무튼 근래에 보기 드문 청년이야."

"역시 통하는군요. 솜털이 보송보송한 병아리들 댈 것이 아니란 말입니다."

"또, 패전지장을 놀리는 게 아닙니다."

그 말 끝에 어딘가 쓸쓸한 것이 있어서 민은 거기서 말을 끊었다. 그는 앞을 물끄러미 바라보고 앉은 H선생의 얼굴에서 몹시 고달픈 빛을 볼 수 있다고 생각했다. 평소 여자치고 소탈한 그녀의 거조도, 겪고 지친 지난날이 가져오는 허세였던가 싶어지며, 비감한 기분이 들었다. 시골에 무슨 일로 다녀오는지. 남에게 동정을 일으킨다면 약자인 징조다. 사랑은 동정이 아니다. 사랑은 싸움이어야 한다. 아무런 핸디캡도 없는 잔인한 싸움에서만 흔들리지 않는 사랑의 질서가 설 텐데. 두루뭉실이나 눈가림은 파멸을 늦추고 급기야 파멸이 올 때 그것이 더욱 보기 싫게 하는 것뿐이다. 미라, 그녀는 분명한 호적수였다. 핸디캡을 수락하기를 마다하는 긍지 높고 칼칼한 검객이라 할까, 지지 않겠다고 바득바득 기를 쓰며 달려드는 그녀에게서 느끼는 그의 불만은, 남자는 피고 여자는 죽어달라는 오랜 타성의 게으른 투정이 아니고 무엇인가. 그녀에게 백치를 요구할 것이 아니라, 싸워서 이겨야 한다. 그녀에게도 칼을 주고 당당히 겨루어오게.

H선생은 어느덧 잠들어 있었다. 이마에 걸린 머리카락과 눈시울에서 흘러나간 감출 수 없는 주름을 바라보다가 민은 자신을 힐난하면서 눈길을 돌렸다.

서울역에서 H선생과 갈라져, 민은 차를 몰아 어둑어둑한 이른 새벽의 거리를 미라의 하숙으로 달렸다. 민이 놀란 일로는 그녀는 벌써 일어나서 화가에 마주 앉아 있다가, 오랜간만인 그의 때 아닌 방문에도 돌아보려 하지도 않았다.

그녀의 어깨 언저리는 스웨터를 걸쳤던 지난봄보다 더욱 야위어 보였다.

전번 일에 미안했던 것이며, 여행의 뒤끝에 어리는 아무나 그리운 마음을 안고, 이른 새벽 고단하면서도 부푼 가슴으로 달려온 민에게는, 미라의 그런 쌀쌀한 모습은, 응석을 섞어 내민 입술을 손바닥으로 되밀린 부끄러움을 주는 것이었다. 민은 말없이 침대에 가 누웠다. '아직도 우리는 사랑하는 것일까……' 불에 얹힌 송진마냥 지글지글 번지는 생각을 발로 짓이기며, 엎치락뒤치락 보람도 없는 풋잠을 얼마나 잔 때였는지, 흠칫 민은 이상한 느낌에 몸을 오그라뜨렸다. 등 뒤에서 보고 있는 남의 눈길을 느끼고 획 돌아보면 틀림없을 때의 감각이었다. 민은 정신을 가다듬으며, 기척 없이 약간 고개를 들어 발치를 내려다보았다. 미라가 이쪽으로 등을 보이고 민의 발쪽을 향하여 쭈그리고 앉았다. 그녀의 손 언저리를 눈으로 더듬어가다가 민은 숨이 막혔다. 미라의 스케치 북에 그려져가고 있는 민 자신의 마른 나뭇가지처럼 초라한 맨발.

다음 순간, 그는 욱하니 자리에서 일어나며 그녀의 손에서 그림을 빼앗아 갈기갈기 찢고 있었다.

그길로 단에 나온 민에게 강 선생은 손바닥을 내밀었다. 달라는 거다.

"조금만 더…… 약간씩만 손을 대면 인제 되겠습니다."

"아니야. 그 각본이 완전해야 할 필요는 없어, 해나가느라면 자연 고치기도 하고 할 테니까."

"일주일만. 어김없이……"

강 선생은 고개를 갸우뚱하다가,

"좋아…… 허지만 무어 그렇게까지 할 필요는 없을 것 같은데."

사정을 모르는 강 선생은 민이 까다롭게 군다고 생각하는 모양이었다. 집으로 오면서 민은 한 주일이라고 한 약속을 뉘우쳤다. 강 선생은 민의 등에 대고, 프리마 발레리나가 드디어 이십오일에 온다는 연락이 왔으니까 알아서 해 한 것이다. 그는 또다시 어지러운 도시의 소음 속에서 일에 쓰일 기한부 아이디어의 주문에 쫓기는 자기를 깨닫는다.

민은 버스를 기다리다가 마침 닿은 전차에 올랐다. 웬일인지 닿아야 할 버스가 꽤 기다렸는데도 오지 않은 탓이었다. 사람들이 다 앉고도 드문드문 자리가 비어 있다. 전차가 떠날 때 창으로 내다보니 버스가 막 닿는 것이 보인다. 쳇.

민은 언젠가 늦은 전차를 탔다가 만났던 여자 생각이 났다. 그 얼굴 위로 미라의 얼굴이 겹친다. 가만있자. 그때도 미라와 다투고 난 날 밤이었다. 미라와 싸우는 날마다 공교롭게 전차를 타게 되는 우연이 까닭 없이 불길하게 여겨졌다. 쓸데없는 생각, 그는 속으로 침을 세 번 뱉었다. 불길한 징조가 있을 때마다 사람이란 다 저마다 과학을 가지고 있는 법이다. 아침에 길을 나설 때 고양이가 가로질러간다든지, 까마귀가 머리 위에서 울든지 하면 불길한 걸로 되어 있다. 그런 것들은 보이지 않는 요술 옷을 입고 악의를 비수처럼 품고 사람의 뒤를 밟아 다니는 악마의 그림자. 아마 그 요술의 옷에 단추가 하나 끌러지든지 소매에 실밥이 터지든지 하면, 그런 새로 비죽이 비치는 마물魔物의 살갗의 한 군데가 그렇게 나타나는 것이다. 마술 이야기는 참 좋다. 그리스 신화에 나오는 마물들은 조금도 무섭지 않다. 마물이 풍기는 어둠이 없다. 유럽의 전설에 등장하는 마물은 그렇지 않다. 그들은 어둡다. 러시아의 밤하늘을 나는, 스웨덴의 수풀의 밤 속을 걸어다니는 마물들은 그 하늘보다 음울하고 그 밤보다 진하다. 동양에서도 마찬가지다. 인도의 마귀는 사람을 놀라게는 해도 으스스하게 만들지는 않는다. 중국 괴담이 풍기는 저 썩은 시체의 냄새 같은 물컥한 오한. 그 속에는 분명히 세계의 뿌리에 엉킨 악의의 냄새가 난다. 어쩌면 이 세계의 뿌리에는 원통하게 죽은 여자의 뼈가 묻혀 있는지도 모른다. 그 독즙이 줄기와 가지를 좀먹어올 때 나무는 넘어지고 잎사귀는 시드는 것이다. 시인은 황금의 계절을 노래하고 물론 태양을 고려해야 한다. 나무는 태양을 향하여 애원의 손을 뻗친다.

나뭇가지들은 모두 남향하지 않는가. 이런 발상법은 시인에게는 용서될 수 있는 일이다. 이 세계는 저주를 받은 공주와 같다. 씩씩한 기사인 태양에게 악마를 물리치고 자기를 살려주기를 비는 나무의 몸짓, 그렇다, 이편이 훨씬 합리적이다. 인간을 죄인이라 하고 처참한 심판의 학살 다음에 신을 위하여 지하 운동 한 혁명가들만 거둔다는 헤브라이의 비뚤어진 세계관보다, 유럽 동화가 거듭 거듭 채택하는 모티프—아름답고 선량한 공주가 나쁜 악마의 저주로 불행해진 다음, 씩씩한 기사의 힘으로 구원된다는 사상이 더 깊다. 더 합리적이다. 이것이 어쩌면 모든 예술의 원형이다. 모든 예술은 이 원형에다 때와 곳과 소재라는, 다를 수밖에 없는 옷을 입힌 변주곡이 아닌가. 인간이 악이면서 선이란 건 아무리 해도 우습다. 인간이 악하기 때문에 신은 더욱 사랑한다는 건 아무래도 수상하다. 인간은 원래 가련한 공주처럼 아름답고 착하다. 흉악한 마귀 할미가 그녀를 저주하여 불행하게 만든다. 착한 기사가 씩씩하게 구원한다. 이거야 이거. 이편이 훨씬 씨가 먹혔다. 가만있자, 그러면 공주는 결국 악과 선 사이에서 자기는 아무 참여 없이 운명에 주물리는 무엇이 되고 말지 않는가. 자유 의지며 주체성이 없지 않은가. 역시 헤브라이의 인격주의가 더 깊다. 불쌍한 공주와 기사 얘기는 중세의 페미니즘과 북방 민족의 유치한 괴기 취미와의 결합 이외의 아무것도 아니다. 정말? 정말 그런가? 그렇지 않을걸. 바이블의 알맹이가 인간을 신의 종이라고 보는 데 있다면 인간의 주체성이란 무슨 말인가. 이놈아 주체성이란 회개의 주체성 말이다. 오라 자수의 자유 말이지. 노예의 권리 말이지? 신은 입법하고 인간은, 범죄, 준수, 혹은 자수한다는 자유 의지 말이지? 그렇다면 악신과 선신 사이에서 몸부림치는 공주가 가진 슬픔의 자유와 오십보백보 아닌가? 일그러진 입술과 풀린 눈으로 표상되는 범죄인의 얼굴보다, 등에 굽이치는 금발과 슬픔에 잠긴 고귀한 눈과 구원을 비는 대리석 같은 손목이 더 좋지 않아. 제라서 구질구질한 마조히즘의 초상화를 택할 게 뭐람. 같은 값에 다홍치마. 인생이란 엄숙한 거야. 메르헨의 센티멘털리즘이 아니다. 라고? 에끼 수작 마라. 악마가 금방 기름 가마를 펄펄 끓이며, 얘 공주야 너 손 좀 내봐, 어디 얼마나 살이 올랐나 하는 판에 고기 뼈다귀를 내보이는 공주의 상황은 엄숙하지 않단 말이야? 저 국민학교 일학년생 똘똘이에게 물어보아라. 막달라 마리아가 더 불쌍하냐 백설공주가 더 불쌍하냐구. 손오공 얘기를 봐. 그 책을 읽을 때마다 왜 그렇게 흐뭇한가. 현장법사가 공주이기 때문이다. 동양 사람은 페미니스트가 아니었기 때문에 공주 대신에 덕 높은 중으로 대신한 것뿐이다. 미남 기사 대신에 원숭이 난봉꾼일 뿐. 어쩌면 털털한 맛이 이편이 낫다. 손오공처럼 유머러스한 녀석을 어느 문학이 지어냈나. 톰 소여? 톰 소여는 어림도 없다. 톰 소여는 손오공 밑에서 분대장 노릇도 못 한다. 고상(!)하게 말하면 신들메도 못 푼다. 『서유기』는 기막힌 책이다. 아무리 낮게 매겨도 바이블의 네 배하고 반은 나간다. 복숭아를 따먹고 천제와의 옥신각신 끝에 벌받는 것은, 에덴동산의 훔쳐 먹기 이야기가 아니고 무엇이며, 서역으로 가는 도중의 모험은, 다시 예호바에게 돌아가기 위한 구약의 의인들의 이야기가 아니고 무엇일까. 부처님 손가락에 글씨가

써 있던 이야기는, 저 벽 앞에 나타난 손이 쓴 글씨가 아니고 무엇이며, 드디어 뜻을 이루고 극락왕생함은, 구주에 의한 보속이 아니고 무엇인가. 괴테의 '파우스트'가 와서 발바닥을 좀 핥게 해달라고 한대도 『서유기』는 마다할 게다. 세계관에는 분명 두 가지 본이 있다. 헤브라이즘과 헬레니즘이 아니다. 헤브라이즘과 페어리 테일리즘 fairy taleism이다. 헬레니즘엔 어둠이 없다. 너무 밝다. 악마들도 너무 뻔하다. 페어리 테일의 악마들은 무섭다. 어둡다. 요기가 있다. 느닷없는 사건 전개와, 전혀 우연의 연쇄인 등장인물들의 행동은 무설명無說明이 주는 심미감으로 가득 차 있다. 악이라 하고 요기라 할 때, 같은 내용을 하나는 윤리의 안경으로 보고 하나는 미학의 손으로 만진 것이다. 윤리는 예술일 수 없다. 그대로는. 그렇다면 내 작품도 한번 이런 쪽으로 잡아보면 어떨까. 무용 레퍼토리로 고전이 될 수 있는 그런. 남들은 전깃줄과 기계를 무대 장치로 쓰는 세상에 옛날 얘기를 하다니 하는 걱정은 말 것. 다들 모더니즘을 할 때 옛날 옛적에— 하는 편이 뼈 있는 노릇이 아닌가. 모더니스트들이 이 사람 무슨 소리야 내가 언제 모더니스트였단 말인가, 하고 비슬비슬 책임 회피를 하게 되는 날부터 모더니즘을 시작하는 게 정말 멋이다. 그렇지. 어쩌면 농담이 아니라 그 작품을 이런 방향으로 뽑아본다?……

"종점입니다."

민은 그 소리에 생각에서 퍼뜩 깨어났다. 그는 얼결에 고개를 기웃하여 창밖으로 눈길을 주며 닿은 데를 가늠해보는 몸짓을 하면서, 사람들 틈에 끼여 전차를 내렸다. 그는 길에 내려서면서 팔뚝시계를 들여다보았다. 9시. 그런 다음 발길을 떼어놓으려고 고개를 들자, 그는 우뚝 서버렸다.

?……?……?

여기가 어딘가? 방향을 모르겠다. 사방을 휘둘러보았다. 눈 익은 집이 하나도 없다. 무심히 내렸지만 그가 내려야 할 곳을 지나쳐온 것이 분명했다. 그러고 보면 아까 버스를 기다리다 전차를 잡아탈 때 그는 방향만 보고 올랐을 뿐이었다. 말할 수 없는 공포가 그를 사로잡았다. 어떡허나…… 어떡헌담…… 그는 태연하게 걸음을 옮기기 시작했다. 지금 걸어가고 있는 쪽이 북인지 남인지도 모르겠다. 거리를 지나는 사람들이 자기를 유심히 쳐다보는 듯싶어 얼굴이 화끈거린다. 불이 환히 켜지고 문이 열린 점포들의 깊숙한 속이, 껄껄 웃어대는 어느 커다란 목구멍 같다. 길이며 사람들이며 늘어선 건물들이 금세 자기를 손가락질하며 왈칵 웃음을 터뜨릴 것 같은 무서운 부끄럼이 덮친다. 여기가 어디쯤 될까. 가만있자…… 무얼 무어가 어쨌단 말이야. 여기가 어디쯤…… 전찻길이 바뀐 건가. 새로 놓은 건가. 민은 태연하게 걸으려고 애쓰면 애쓸수록 발길이 뒤뚱거려지고 거북한 몰골이 자주 드러나는 것 같았다.

머리는 더 헛갈려온다. 누구한테 물어본다……? 절박한 마음의 또 한편에는, 전혀 어긋나는 게으름이 머리를 쳐든다. 사형수가 막상 단두대에 오를 때 느낌은 이런 것이 아닐까. 노곤하다. 그렇다. 자꾸 걸어가노라면 눈 익은 곳이 나지겠지. 그는 마치 바쁜 볼일을 가진 사람처럼 발을 잽싸게 놀리며 좌우편에는 한눈도 팔지 않고 걸었다. 갈수록 곳은 낯설어만 온다. 민은 그 자리에 쭈그려 앉거나 길옆 가로수에 머리를 기대고 소리를 터뜨려 울고 싶었다. 눈앞에 아물아물 모습이 나타난다.

앙상한 맨발.

그 발이 무엇인가를 자꾸 걷어차고 있다. 미라의 어깨다. 그녀의 까칠한 어깨는 차이면서도 비웃듯 이죽대고 있다. 발길은 자꾸 헛나간다. 어깨는 오히려 들이대듯 비죽거린다. 하얀 발바닥이 퍼뜩퍼뜩 뒤집히며 허공을 찬다. 어디선지 소리가 들린다. 어린애들 노랫가락 같은 자꾸 되풀이하는 후렴 같은 약오르으지이 약오르으지이 약오르으지이. 가만히 귀를 기울이면 그렇게 들린다. 한 사람의 목소리 같기도 하고 그런가 하면, 여러 사람의 목소리 같기도 하다. 미라의 목소린가 하면 민의 목소리 비슷하고, 또는 아무의 목소리 같지도 않다. 약오르으지이 약오르으지이 장단에 맞추어 이죽대는 어깨, 헛차는 발길, 민은 누군가와 쾅 부딪쳤다. 그는 바쁜 사람이 하듯 두서너 번 꾸벅거려 보이고 더 빨리 걸어간다. 원 아가씨도 제가 불한당인 줄 아십니까. 뭐 그렇게 돌아서서 노려보실 것까지야. 자 그만 갈 길을 가시오. 바이바이. 왜 자꾸 우스워진다. 그렇지 불행을 이런 식으로 웃어줘야지. 여기서 지면 안 된다. 가만있어. 까불 게 아니라 너도 이렇게 까불 줄 알아?

이제 마음이 좀 가라앉은 모양이구나.

저기 또 아가씨가 온다. 옳지 저분에게 길을 물어야지.

"실례합니다. 여기가 어딥니까?"

아니 저런. 거들떠보지도 않고 휙 지나가시다니. 원 난 이래 봬도 애인이 있다구. 누가 뭐랬나. 사람 웃기지 마라. 가만있어. 가만있어. 이놈아 점점 네놈이 실없어지는구나. 재즈 악단의 트럼펫 부는 녀석처럼 신명이 나서 까부는구나. 좋다 좋아 모르면 대수냐. 여기는 서울이겠지 기껏해야. 그는 하늘을 쳐다보았다. 노리끼한 달이 빌딩 어깨에 걸렸다. 그럼. 그리고 지구에 있는 것은 틀림없고. 그렇다. 얼마나 좋은 밤인가. 산책을 위하여 이보다 더 좋은 밤은 없다. 치우친 산속이나 벌판에서 풀줄기를 훑으며 걷는다는 건 옛날 멋이다. 전차와 네온과 상점과 시끄러울 대로 시끄러운 도시의 한복판에서, 길을 잃은 사막의 나그네처럼 걸어간다는 게 새로운 멋이 되어야지. 이게 사막이지 따로 있어? 한국이 좁아서 큰 기운을 기르지 못하겠다는 게 무슨 소리야. 보라 이렇게 허허벌판이 끝없이 나가고 있지 않아? 저 신기루의 집들을 보라. 대도시의 생활에서 전차의 패를 똑똑히 보지 못했다는 이 간단한 실수로 순간에 연관聯關의 테두리 밖으로 밀려나올 때 이 도시가 사막과 어디가 다를 게 있느냐 말이외다. 사막. 참 좋은 말이구나. 자 나는 사막에 와 있다. 사막의 길을 걸어가자. 이 집들이 모두 신기루란 말이지. 이 사람들이 모두 걸어다니는 식물들이군. 자 사막의 순례. 오라 저기 저 큼직한 선인장 곁으로 가보자. 선인장 속에 불이 켜졌구나. 담배. 껌. 초콜릿이 놓였구나. 그리고 사람 모양을 한 식물이 그 뒤에 앉아 있고. 그걸 하나 줘. 그 담배 비슷한 것 말이야. 아마 여기는 이 사막에 마련해놓은 선물 가게인 모양이군. 고 인형 참 잘 만들었다. 꼭 사람 같아. 게다가 말까지 하고. 거스름을 바꾸고 살짝 웃기까지 하네. 이런 인형을 만들기에는 얼마나 희한한 기술과 감이 들었을까. 웃음 웃는 것도 백 환짜리 손님과 이백 환짜리 손님과는 매듭을 짓도록 만들었을 테니 말이오. 사막이란 이렇게 풍부한 곳이던가. 사막의 풍경은 이렇게도 사람 사는 도시와 닮았구나. 지리학 교과서는 모두 거짓말이었군. 그 어여쁘고 상냥하던 국민학교 때 담임선생이 거짓말을 했다니, 아니 그녀도 사막에는 와보지 못하고 책에서 읽었을 뿐이겠지. 보지도 못한 걸 너무 알고 있다는 게 나쁜 거야. 자기 것도 아닌 그 보배들이, 알고 보면 보배가 아니고 한 번만 실수하면 와르르 무너지는 모래 위에 지은 집. 사막에는 집을 짓느니 낙타의 두 개의 혹 사이 움푹 팬 홈이 더 믿음직하다. 내가 몸담을 낙타의 혹은 어디 있는가.

인제 그만.

민은 저 혼자 정색을 하며 머리를 뚝 떨어뜨렸다. 그는 걸음을 훨씬 늦추고 천천히 걸어갔다.

이윽고 눈 익은 로터리가 나타났다.

붉은 신호등. 잠시 후 푸른빛. 둥글고 불룩한 모양이 꼭 낙타의 혹. 그 혹이 '가라' 한다. 그는 크게 발을 떼어놓았다……

어느새 The Psychic Society의 앞문을 열었다. 코밑수염. 민은 두 손바닥을 겹쳐 머리에 대는 시늉을 했다. 지쳤다. 쓰러져 자고 싶다. 주검 옆에서라도.

"네 네 그럼 저리로……"

코밑수염도 군말 없이 알아차리고, 그 알약을 준 다음 시술로 들어갔다. 5분도 지나지 않아 민은 벌써 꿈속에 있었다. 코밑수염은 일어서서 민의 머리 쪽 벽에 달린 단추를 눌렀다.

그러자,

"침상 머리맡에 놓인 키 높이 황금 촉대에서 흐르는 불빛이, 흑단 침대에 부딪혀서는 창을 가린 벵골 모시의 우아한 무늬 속으로 안개마냥 스며든다. 나는 내 팔을 베고 누운 궁녀 아라녀를 물끄러미 내려다보았다."

전번에 민이 말한 이야기가 녹음기를 통하여 흘러나왔다. 민은 조용히 듣고 있다. 몸은 조금도 움직이지 않는다.

녹음이 다했다.

코밑수염이 입을 연다.

"왕자 다문고."

"네."

"전번엔 여기까지 말씀해주셨지요? 자 그 다음을 말씀해주십시오."

"네 알았습니다."

코밑수염은 조심스럽게 일어나서 옆방으로 들어왔다. 전번과 똑같이, 세 사람이 확성기를 둘러앉아 담배를 피우고 있었다. 코밑수염은 대머리의 귀에 대고 무엇인가 속삭였다. 대머리는 고개를 끄덕끄덕하였다. 민의 독백이 이윽고 시작되었다.

어느 날 밤, 자리를 같이한 아라녀로부터 나는 어떤 마술사의 이야기를 들었다. 그녀는 자기가 병들었을 때 그 마술사의 기도로 나은 적이 있다는 것이며, 떠도는 소문으로는 죽은 사람을 살리기까지 했다는 것이다. 그러면서 나더러도 한번 치료를 받으면 그 무엇인지 자기는 알 수 없으나, 왕자의 병도 나을 것이라고 덧붙였다. 그때는 무심히 지나쳤으나 문득 어떤 생각이 들어서 부다가라는 이름의 그 마술사를 불러들여, 내 방에서 단둘이 만났다. 나는 내 소원을 그에게 말해주고 어떤 비법이 있느냐고 물어보았다. 내가 그를 만나보았을 무렵에는 나는 벌써 예전의 내가 아니었던 모양이다. 사람이란 몹시 진지해야 할 순간에 느닷없이 우스운 일이 생각나서 픽 웃음을 흘린다든가, 하는 일이 있지만, 그런 때는 흔히 그 사람이 몹시 허해빠진 경우가 많다. 마술이 큰 힘을 가진 것을 모르는 바는 아니었으나, 이전의 나였다면, 마음의 밀실에서 아무도 모르는 은밀한 조작과 실험을 통해서만 가능한 그런 주체적인 문제를, 이런 방향으로 풀어볼 생각은 감히 안 했을 것이다. 나는 내 일을 성급하게 말해주고는,

"들으니, 그대는 누리의 움직임에 통하였다 하는데, 무슨 좋은 비법이 있느냐. 만일 없다면 너는 거짓을 퍼뜨리고 다니는 놈. 응분의 벌을 짐작하라."

나의 눈에는 핏발이 서 있었으리라. 마술사는 흘깃 눈을 들었다가, 다시 눈을 아래로 깔았다.

"아뢰옵기 두렵사오나, 왕자께서 바라시는 것은, 가장 높은 것과 가장 낮은 것이 합하여 하나가 된, 바라문의 얼굴을 가지고자, 지금 쓰고 계신 탈을 벗으실 길은 없는가 하는 물음이시옵니까?"

"그렇다. 바로 그것이다."

마술사는 다시 말을 끊고 한참 침묵하였다.

"왜 대답이 없는가?"

재촉하는 나의 목소리에 비웃음에 가까운 울림이 있었다.

"네 있사옵니다."

나는 그의 입을 지켜볼 뿐이다. 눈으로는 여전히 비웃으면서.

"있사옵니다. 그러나 왕자께서 여태껏 하신 방법과는 전혀 다른 방법이옵니다."

이 말에는 나도 움직였다.

"내 방법과 다르다?"

"그렇습니다. 왕자께서는 전혀 상극이 되는 두 가지를 안에서 맺으심으로써 탈을 벗으시고자 하였으나, 저의 방법은 그 두 가지를 밖에서 묶는 것이옵니다."

"무슨 뜻인가……?"

"지금 왕자께서는 가장 높으신 것은 가졌으되 가장 낮은 것을 갖지 못하였습니다."

"오 그렇다. 그 가장 낮은 것이 문제다."

"그것은, 배움을 가진 사람에게는 마침내 가질 수 없는 물건입니다. 그것은 다만 일생을 배움을 모르고 지낸 자, 혹은 전혀 배움과는 떨어진 자리에 있는 여인에게만 있는 것입니다."

"옳다…… 말하라."

"그러므로, 다문고 왕자께옵서 갖지 못한 그 한 가지를 왕자의 얼굴에 보태시면, 소원이 이루어질 것이 아닙니까. 얼굴을 벗는 것과 전혀 거꾸로 가는 길입니다."

"그 길을 묻고 있는 것이어늘!"

"네 그것은……"

"무엇인가 빨리 말하라!"

"네 그것은, 그러한 가장 낮은 것을 지닌 사람의 얼굴 가죽을 벗겨서, 왕자의 얼굴에 붙이는 것입니다."

나는 뚫어질 듯이 마술사를 노려보다가, 어느덧 눈길은 곳 아닌 한 곳을 헤매고 있었다.

"그럴 수 있는가?"

"있사옵니다. 이는 오랜 비법이오며, 그 옛날 마하나니 왕이 그 죽은 왕비의 얼굴을 자기 시녀의 얼굴에 씌워서 오래 기쁨을 누린 것은, 알려진 이야기옵니다. 다만 한 가지, 왕자께서 가지신 높은 것과 벗긴 얼굴의 주인이 가진 낮은 것이 서로 빈틈없이 그 높음과 낮음의 도가 똑같은 경우에만 비법이 힘을 쓰게 돼, 벗겨진 얼굴이 왕자의 얼굴에 붙게 되는 것입니다."

이때 나는 자기가 찾던 것이 분명히 손아귀에 잡혀지는 것을 느꼈다.

높은 코, 둥그런 눈썹, 꽃 잎사귀처럼 도톰하고 바른 입술, 부드러운 턱의 선을 가진 그 낯가죽은, 손에 받친 조의 힘으로 싱싱하게 살아 있는 듯하였다. 쟁반에 담긴 이 벗겨진 사람의 탈을 나는 숨을 죽이고 들여다보았다. 마술사 부다가는 덤덤하였다. 그의 마음속은 알 수 없다. 이 처음 실험에 바쳐진 낯가죽을 벗겨낸 솜씨는 놀라웠다. 얼굴 살갗의 어느 한 부분도 다친 데가 없었다. 향료

와 방부제로 처리한 이 낯가죽은, 그 살갗의 본래 빛깔을 간직한 채 오랫동안 저장할 수 있는 것이라고 그는 말하였다. 눈은 감았으나 그 뒤로 둥그스름하게 받친 초의 부피로 갈데없이 잠든 얼굴의 봉곳한 눈 모습이었다.

"자 시작합시다."

그 소리에 나는 소스라치며, 부다가를 쳐다보았다. 내 눈은 두려운 무엇 앞에 떠는 노예의 빛이 있었으리라.

"어떻게……?"

"이 가죽을 얼굴에 쓰시고 침상에 누워 계시면, 다음은 제가 하라는 대로만 하십시오."

"오호, 이것을 얼굴에 써야만 하는가?"

부다가는 말없이 머리를 조아렸다. 그는 방 한쪽에 놓인 침상으로 다가가서 자리를 고치고, 몸을 돌이켜 나를 재촉하는 눈짓을 보냈다. 나는 그대로 한참이나 박힌 듯이 앉았다가, 벌떡 일어나서 침상으로 달려가자, 넘어지듯 몸을 뉘었다. 부다가는 여전히 표정이 없는 얼굴인 채, 쟁반의 얼굴을 틀에서 벗기면서 나에게 작은 알약을 주었다. 나는 말없이 그것을 받아먹었다. 그런 다음에 부다가는 벗겨든 가죽을 나의 얼굴에 덮어씌웠다. 이를 악문 나의 얼굴이 푹 가려지고, 살아 있는 듯한 데스마스크의 인물이 되었다. 한참 후에 나는 흐릿한 의식 속에, 중얼거리듯 뇌는 부다가의 말을 듣고 있었다.

'왕자 모든 것을 버리시오. 그대가 태어나기 이전의, 저 어슴푸레한 해 질 녘의 그들을 생각하십시오. 생각이 없었으므로 그대가

신과 하나였던 그때를 떠올리십시오. 독 묻은 화살처럼 마음에 꽂혀오는 생각을 버리고, 히말라야를 타고 감도는 흰 구름 가에, 깊이 잠드십시오. 그곳이 그대의 고향입니다. 처음에 그대는 그 나라의 이름 없는 물방울이었습니다. 무엇을 탐내어 그대는 가도 가도 끝이 없는 생각의 수풀 속을 헤매어 들어왔습니까. 아 아름다운 나라. 생각이 없는 투명한 큰 냇물. 번뇌의 조약돌들이 연기처럼 풀려서 없어지는 강 밑바닥에, 죽은 듯이 몸을 뉘십시오.'

나는 점점 가물거려오는 의식 속에서, 기쁨에 찬 가슴으로 이 넋두리를 듣고 있었다. 부다가의 소리는 이어진다.

'죽으십시오. 당신은 머나먼 찾음의 길에서 문득 아스라이 죽어가고 싶던 북받침을 기억하지 못합니까. 그것입니다. 비 오듯 하는 하늘의 보석들도 억겁의 세월을 앉아서 죽는 날을 기다리는 넋들입니다. 왜 히말라야의 눈빛과 인도양의 물빛이 그토록 그리웠겠습니까. 그들은 죽어가는 넋의 눈빛이기 때문입니다. 죽으십시오. 고요히 아름다이 죽으십시오……'

나는 죽음의 벼랑에서 기쁨과 아쉬움에 떨면서 서성거리는 나를 깨닫는다.

'무엇을 망설이십니까. 당신께 아쉬운 무엇이 이 세상에 있단 말입니까. 당신은 모든 배움을 구했습니다. 그래도 당신은 기쁘지 못했습니다. 당신은 여인을 품었습니다. 그래도 당신은 기쁘지 못하였습니다. 깊이 얼굴에 새겨진 업의 탈을 벗고 이 맑은 얼굴 속에 마음을 파묻으십시오. 이 얼굴의 임자는 생각을 모르고 살아온, 히말라야의 나무꾼입니다. 당신이 아트만을 찾으려 먼 길을 두루

혜맬 때, 이 사람은 아트만에게 가장 가까운 자리에서 머문 채 한 발도 움직이지 않으며 죽음의 날을 기다린, 이 인간의 슬기를 안아들이십시오. 이 가장 낮은 것과 순순히 결혼하십시오. 당신의 몸을 돌려, 등 뒤에 기다리는 당신의 반쪽을 맞이하십시오.'

 나는 히말라야의 깊은 오막살이 속에서, 때를 모르는 나무꾼의 삶을 좇고 있었다. 아득히 불어가는 눈바람 소리. 유리처럼 푸른 하늘. 천천히 타오르는 노변의 붉은빛.

 이러한 첫번째 실험에 이어 두번째 세번째…… 오늘까지 벌써 몇 차례가 되는지 모른다. 왜냐하면 첫번을 비롯하여 모든 실험이 실패로 돌아갔기 때문이다. 내가 의식을 되찾고 얼굴에 씌어진 탈을 손으로 당겼을 때 그것들은 힘없이 떨어져나왔기 때문이다. 죽음으로써 호령하는 나에게 마술사 부다가는, 차갑게 대답하는 것이었다. 제가 무어라고 처음에 여쭈었습니까. 왕자의 가장 높은 것과 그 낯가죽 임자들의 가장 낮은 것이 한 치 어긋남도 없이 들어맞는 때에만 엉겨 붙는다고 말씀드리지 않았습니까.

 나는, 그의 말을 믿는 나를 가끔 돌이켜보았다. 그러나 그를 죽이지는 않았다. 무서운 굿을 몇 번이나 거듭하는 가운데, 못된 기쁨이 그 속에 있는 것을 알았으며, 그것이 나를 사로잡고 놓지 않을뿐더러, 마법사 부다가의 조형적 논리 속에는 지금의 나로선 끝까지 매달리고 싶은 쉬운 힘과 설득성이 있었다. 나의 방법은 무형적인 것이었다. 부다가의 방법은 뚜렷한 목표가 있었다. 사막의 신기루처럼 자꾸 달아나면서도, 여전히 뚜렷한 목표임에는 틀림없었다.

어느 날, 시종 한 사람만 데리고 사람이 끓는 장터거리를 걷고 있었다. 즐비한 천막 가게에는 여러 가지 물건이 쌓여 있었다. 댓집 이은 포목전을 지나쳐 다음으로 옮아갈 때였다. 나를 향하여 애원하는 소리에 발을 멈추었다. 항아리들만 길이 넘게 쌓아올린 도가니집 처마 밑에, 눈먼 거지 계집애가 앉아서 구걸하고 있다. 그녀의 얼굴을 들여다본 나는 적이 놀랐다. 자기가 찾아내고 있는 그 얼굴들에 족히 견줄 만큼 아름다운 얼굴이었기 때문이다. 옷이랄 수 없는 그 남루한 누더기에는 파리들이 쉴 새 없이 날아와 앉았다가는, 가끔 적선을 베푸는 사람이 가까이 오면 왕 소리를 내며 한꺼번에 날아갔다가, 또다시 달라붙는다. 내가 문득 정신을 차리고 둘러보았을 때 가까운 가게에서 호기심에 찬 눈들이 나에게 모아지고 있는 것을 알았다. 나는 자기가 너무 오래 서 있었던 것을 깨달으며, 조금 당황해지면서 얼른 지나치려다가 다시 발을 멈추었다.

"지나가시는 나으리 마나님들, 적선합쇼. 자비하신 나으리 마나님들 적선하고 극락에 갑쇼."

나는 그녀의 얼굴을 뚫어지게 뜯어보았다. 탐나는 얼굴이었다. 부다가에게 한마디만 일러주면 내일은 저것을 써볼 수 있으리라. 그때 무엇에 놀랐는지 파리 떼가 또다시 왕 소리와 더불어 한꺼번에 날아왔다. 그녀의 일으켜 세운 무르팍에는, 넓적하니 곪긴 종기에서 누르끄레한 고름이 굵은 줄을 지어 한 치쯤 쭉 흘러내려 번들거리고 있었다. 참혹하고 혐오스런 생각에 싸이면서 나는 얼결에 자신의 팔에서 황금 팔찌를 끌러 그녀 앞으로 던져주었다. 둘레에서 웅성임이 일어났다. 저런, 하는 소리가 들린다. 걸인 소녀의 무릎 앞에 떨어진 팔찌는 금테두리 겉쪽에, 군데군데 금강석을 박은 것이었으므로, 그런 값비싼 보물이 걸인에게 던져졌으니 사람들이 놀랄 만도 한 일이었다. 나는 사람들이 웅성대는 틈을 타서 도망치듯 그 자리를 피하였다. 이 일이 얼마 가지 않아서 서울은 말할 것 없고 온 나라 안에 쫙 퍼졌다.

이 사건은 나의 둘레에 오해의 벽을 쌓고, 나의 얼굴에는 거짓의 탈을 덧씌웠다. 옆 사람들이 성자 대하듯 하기 시작했고, 나 자신은 적어도 그런 눈들에 어울리도록 몸을 가져야 했기 때문이다.

장마철이 시작되면서 나는 몸이 불편하여 자리에 눕는 일이 많았다. 아플 때에는, 약도 약이려니와 무엇보다 마음을 평안히 가지는 것과 잠을 잘 자야 하는 것이지만, 그중 어느 하나도 내게는 주어지지 않았다. 어렴풋이 잠들었는가 하면 무서운 꿈을 꾸고 후딱 잠을 깨곤 하였다.

꿈의 내용은 거의 몸뚱이 없는 얼굴에 대한 것이었다. 그런 얼굴들이 보통 악몽에서처럼 달려든다든지 하는 것이 아니고, 벽이며 마루며 천장이며 온통 사람의 얼굴로 꽉 차서 말없이 나를 쳐다보는 것이다. 한번 부다가의 말을 받아들여 인간의 낯가죽을 얼굴에 쓴다는 방법을 택한 후, 나는 사실상 그 이전처럼 책을 읽고 궁리하는 제대로 된 학자의 나날을 거의 버리고 있었다. 나의 속에서는 언제부터인가, 책과 연구를 통한 자아의 완성이라는 것은 불가능한 일이라는 마음이 싹트고 있었다. 하루의 모두를 갈피 없는 망상 속에 보냈다. 과제적인 연구의 엄격성을 떠난 마음은, 엄한 지아비의 슬하를 벗어난 방탕한 천성의 여인 모양, 게으르고 멋대로 놀아나는 것이었다. 나에게 지금 남은 것은 감각뿐이었다.

얼굴에 무엇인가 덧쒸워져 있는 듯한 이물감이라는 형태로 나의 구도 의식은 감각화되고 있었다.

이 근질근질한 닿음새. 끈적거리고 꺼림한 얼굴의 이물감 때문에, 나는 지랄처럼 손을 들어 이마에 열 개의 손톱을 박아 얼굴을 벗겨내는 시늉을 한 탓으로, 이마에 가끔 찍힌 자국이 생겼지만, 이 일은 아라녀도 알지 못하였다. 어머니인 왕후가 찾아오는 일이 있었으나, 그런 때 나는 오히려 달래 보내는 게 일쑤였다. 둘레 사람들에게 될 수 있는 데까지 평정을 꾸미는 노력을 저도 모르게 해내고 있는 것이었다. 겉으로 보기에 우울한 기질의 사람일 뿐, 나는 아주 조용하고 다정하기까지 한 사람이었다. 어느 날, 시녀의 한 사람이 내가 늘 사랑하던 수정 항아리를 잘못하여 깨뜨린 일이 있었다. 나는 물끄러미 깨어진 그릇을 내려다보고 서 있었다. 그녀는, 너무나 커다란 실수에 넋을 잃고 그 자리에 엎드린 채 죽은 듯이 벌을 기다리고 있었다. 아무리 기다려도 그녀에게 곧장 떨어져야 할 꾸지람도, 매도, 내리지 않았다. 그녀가 간신히 머리를 들었을 때, 나는 이미 그곳에 없었던 것이다. 이 말도 곧 퍼졌다. 찾아온 모후가 이 말을 끄집어내자 나는 눈썹을 찌푸렸다. 그때 나는 터지려는 노여움을 간신히 참았던 것이다. 그 자리에 그대로 서 있으면 무슨 일을 저지를지 모르겠기에, 자리를 떴던 것이 사실의 모두였다. 모든 사람이 나를 완성의 군자로 잘못 아는 것이 나를 더욱 괴롭혔다. 어머니조차 그것을 모를 때, 그런 그녀에게서 위안이나 응석 바라지를 찾을 마음이 나지 않았다. 앎이 월등하게 낮은 한 여인에게, 다만 생물적인 근원에 의지하여 쉴 데를 찾는다는 것은, 나 같은 따위 사람에게는 처음부터 못 하는 일이었다. 이 많은 궁중의 사람이 있으나 나는 늘 혼자였다.

 지금 나에게 가장 가까운 사람이라면, 그는 마술사 부다가였다. 부다가는 마치 노예처럼 나의 뜻을 좇을 뿐 말이 없었다. 나의 어두운 집념의 과제를 잔인한 냉정함을 가지고, 묵묵히 도울 뿐, 나를 건드려 살생의 가책에 마음을 쓰게 될 섣부른 흉내를 내지 않았다. 지금 필요한 사람은 부다가 같은 사람이었다. 사람의 껍질을 자기 얼굴에 붙이겠다는 생각은, 지금 나에게는 단 하나의 삶의 과제였다. 언제 끝날지 모르나, 아무튼 이 일을 빼앗는다면, 그 순간 나의 존재는 텅 빈 물질의 껍데기가 되고 말 것을 알고 있었다. 처음의 출발과 동기 같은 것이 지금은 훨씬 멀리 사라져가고, 다만 브라마의 얼굴을 가지고 싶다는 그 한 가지 소원뿐이었다. 브라마의 얼굴은 다만 완성된 자아의 표정으로서만 뜻이 있을 것인데도 지금의 나는, 이 분열된 나의 얼굴에 어느 빛나는 남의 얼굴을 덧붙인다는 일 그 자체에 더욱 매달리고 있었다. 거꾸로 선 그런 마음 속에서 가끔, 퍼뜩 얼이 돌아올 때가 없는 것은 아니었으나, 나는 두려운 듯 그런 귀찮은 생각에서 도망쳐나왔다. 많은 세월과, 신경을 발기발기 찢어 세우는 생각의 골짜기를 거쳐서 내가 마지막으로 이른 쉽고 조형적인 방법 — 그것이 곧 사람의 낯가죽을 쓴다는 방법이었다. 그 방법을 다시금 방법론적 회의의 도마에 올리기를 나는 두려워했다. 어렴풋이 벼랑을 앞에 느끼면서도, 눈을 감고 그쪽으로 달음질을 멈추지 않는 저 망하고자 마음먹은 사람의 무서운 게으름과도 같았다.

나는 가끔 부다가의 집으로 나갔다. 부다가는 그의 방 안에 초틀에 담긴 얼굴들을, 네 벽에 돌아가면서 시렁을 만들고 그 위에 얹어놓았다.

얼굴의 방.

처음 이 방에 발을 들여놓았을 때, 나는 쭈뼛한 귀기가 덮침을 느꼈다. 소박하고 투명한 얼굴들이 눈을 감고 있는 이 방은, 마치 세계가 이곳에서 숨을 거둔 마지막 자리 같았다. 그럼에도 불구하고 나는 거기서 발길을 돌이키지는 않았다. 사람이 느끼는 뉘우침의 불길보다도, 내 속에 도사린 집념에 어린 뱀의 눈알이 더 차가웠던 때문이다. 오히려 대결하듯이 죽은 얼굴들을 바라보라고 가리키는 손가락이 있어, 나의 눈길은 뚫어지듯 얼굴들로 쏠리고 있었다.

이렇게 보면 그 많은 얼굴은, 어느 하나 같은 것이라곤 없었다. 작은 다름. 또는 비슷한 것 같으면서 전혀 다른 바탕. 살갗의 색깔. 이마의 넓이. 코의 높이. 입술의 부피. 턱의 퍼진 정도. 얼굴의 앞쪽과 옆대기의 비례. 코와 입술 사이의 홈의 깊이. 그런 다름으로 말미암아 그들 얼굴은, 쉽게 갈라놓을 수 있는, 다른 얼굴과 얼굴이었다.

단순함에도 이렇게 많은 층계가 있는가.

그 얼굴들은 단순함이 가지는 계급을 뚜렷이 보여주고 있었다.

부다가가 말한 것은 바로 이게 아닌가. 이 층계의 어느 하나에도 다양성이 들어맞지 않는단 말이지. 그렇다면…… 나는 몸을 떨었다. 지금 이 방과 같은 얼굴의 방이 자꾸 불어가고 그 방마다, 채곡히 얹힌 얼굴 얼굴 얼굴……의 환상이 나를 떨게 하였다.

그 떨림 속에는 '그래서는 안 된다' 하는 뉘우침 대신 '그렇더라도 그렇더라도' 하는 저 차가운 눈이 있었으므로, 그 생각이 더욱 나를 떨게 하였다. 나는 두 손을 모아잡고 바로 눈앞의 얼굴을 다시 보았다. 그것은 여자의 얼굴이었다. 몇 번째부턴지 부다가가 가져오는 얼굴 속에는 여자의 얼굴이 섞여 있었던 것이다. 내가 마주 보고 있는 얼굴은, 많은 얼굴 가운데서도 가장 끌린 얼굴이었다. 거의 완전에 가까운 좋은 얼굴이 그 얼굴이었다. 손을 들어 그 얼굴의 살갗을 만져보았다. 차가운 초의 닿음새와 조금도 다름이 없었다.

사람의 얼굴이란 참으로 신비한 것이다. 그들은 어찌하여 이런 얼굴을 가질 수 있었던가. 브라마와 가장 먼 자들이…… 나는 그 순간 이름 모를 미움의 솟구쳐옴을 느꼈다. 나의 마음을 늘 어둡게 하여오던 자기 행위에 대한 깊은 가책이 사라지고, 또다시 조용한 미친 불길이 가슴속에 타오르는 것을 보았다.

그렇다. 이것들은 그 아름다운 탈을 자랑할 아무 턱도 없다. 그들은 오직 무지한 탓으로 조용했을 뿐이다. 오직 무지한 탓으로. 가장 높은 것과 맺어져서 영원의 얼굴을 이루는 것은 그들에게 영광이어야 한다. 비록 성공하지 못하였을망정, 그 실험의 자리에 오를 수 있었던 것만으로도 그들에게는 영광이어야 한다.

이렇게 생각하면서 얼굴들을 돌아보았을 때, 지금까지 생생한 부피로 맞서오던 그 많은 얼굴들은, 흙과 아교로 빚어놓은 한갓 '물체'로밖에는 보이지 않았다.

나는 눈앞의 얼굴을 집어 들었다.

이제 아무 값도 목숨도 없어진 이 정밀한 자연의 가공물. 이것들이 몸통에 붙어 있던 때라 한들 정작 지금과 견주어 얼마나 더한 값이 있었단 말일까. 자기를 모르고, 아트만을 찾는 일도 없이 살아온 삶은 짐승과 무엇이 다를 바가 있는가. 나는 얼굴을 제자리에 놓고 방을 나오면서 부다가를 불렀다.

어느새 부다가가 곁에 와 서 있었다. 그는 언제나 그러하듯이 주인의 곁에 다가붙은 고즈넉한 개처럼, 될수록 자기의 속은 감추고, 내가 그의 있음에 조금도 마음을 쓰지 않아도 될 몸가짐을 알고 있었다. 부다가는 조심스럽게 이런 말을 했다.

"다문고 왕자. 신은 발원發願한 자에게는 반드시 응답이 있을 테지요?"

나는 그를 쳐다보았다. 왜 갑자기 이런 말을 할까 싶어서였다. 여태껏 나의 손발처럼 일해왔으나, 나는 이 늙은이에게는 공범자를 대하는 불쾌함밖에는 더 느끼지 못하는 터였다. 문득, 은근한 투로 지기의 마음의 아픈 곳을 선드려오는 것이 기이했던 것이다. 부다가의 굵은 주름이 잡힌 눈시울에 어쩐지 부드러운 기운이 어린 듯했다.

"나는 지금 그런 것을 생각할 겨를이 없다. 낸들 알 수 있느냐."

부다가는 그 말에 고개를 숙이고 잠깐 말이 없다. 나는 그를 거느라고 뜰로 내려섰다. 이 뜰은 시가의 끝에 있는 이 집 뒤뜰이었으나, 높은 담에 가려서 그 너머 있을 벌판은 보이지 않고, 군데군데 구름이 떠도는 하늘이 있을 뿐이었다.

나는 오래 그 자리에 서 있었다.

나의 눈은 구름을 좇고 있었다. 번쩍이는 빛에 싸여서 부드럽게 흘러가는 하늘의 흰 조각들은, 내 마음에 부드러운 그리움을 채웠다. 구름이 흐르듯 헤매고 싶은 마음이 솟아오르며, 그 구름의 아랑곳없는 움직임 속에 순례자의 마음의 비밀을 읽을 수 있을 성싶었다.

차분히 가라앉은 마음이 되어 무심히 부다가를 돌이켜 보았을 때, 나는, 지금까지의 기분을 대번에 깨뜨려버리는 광경을 보았다. 부다가는 아까부터 나를 지켜보고 있은 듯했다. 그 눈빛은 복종과 무관심으로 일관했던 늘 보던 그것이 아니고, 어떤 동정의 눈매였다. 나는 가라앉으려 하던 무엇이 딱 움직임을 멈추며 또다시 솟구쳐오르는 소리를 들었다. 한때나마 이 징그러운 늙은이에게 틈을 보인 것을 뉘우치면서 부다가를 노려보았다.

나의 갑작스런 변화에 따라 부다가의 얼굴에는 뚜렷한 실망의 빛이 보였다.

"얼굴을 벗겨 들여라. 또, 또, 몇백 장, 몇천 장이라도."

부다가는 대답 대신에 품속에서 그림 한 장을 꺼내어 말없이 펼쳐 보였다. 그 그림을 본 나는 외마디 소리를 질렀다. 나는 그림을 움켜쥐고 부르짖었다.

"이것이다. 이것이다. 이것을 벗기라. 이걸."

흥분이 가라앉았을 때 나는 물었다.

"이것은 누군가?"

부다가는 잠자코 나를 쳐다보더니 무겁게 입을 열었다.

"다비라국의 왕녀 '마가녀'이옵니다. 온 인도가 두려워하는 저 코끼리 떼를 거느리는 여인입니다. 그녀의 얼굴을 무슨 재주로 벗기겠습니까?"

내 손에서 그림이 떨어졌다.

나는 고개를 떨어뜨리고 눈을 감았다. 이윽고 다시 눈을 떴을 때, 흰 코끼리 위에서 빙긋 웃고 있는 다비라국의 왕녀 마가녀의 얼굴이 발끝에 있었다.

부다가는 나의 소매를 끌고 방 안으로 들어와 발을 내렸다.

3

팽팽하던 줄이 뚝 끊어지듯, 웅성임이 멎었다.

스타트였다.

흑, 백, 갈색의 싱싱한 물체들이 엷은 안개처럼 감도는 주로의 아지랑이 속으로 튕겨지듯 내달았다. 말과 기수는 빠름이 더해짐에 따라, 차츰 부피를 잃어간다. 가벼운, 잠자리가 가듯, 움직인다느니보다 둥실하게 떠 보인다.

민은 홀긋, 옆에 선 정임을 보다가 그녀의 손에 눈길이 갔다.

오른손 다섯 손가락은 쥐가 일었을 때처럼 한 가닥 한 가닥이 갈

고리 구부러지듯 하고, 오른발꿈치가 약간 들리고 왼손은 주먹을 만들어 가슴에 붙인 온몸의 균형에 앞으로 굽힐싸한 그녀의 얼굴은 빛나고, 놀란 사슴을 닮아 코언저리가 시큰하였다.
 민은 그녀가 눈치 채지 못하게 조금 뒤로 물러서면서 그녀의 온몸을 다시 한 번 훑어보았다.
 싱싱한 사슴이다.
 그는 옆을 둘러보았다. 뒤켠에 자리 잡은 그의 둘레는 빼곡히 사람이 들어찬 방 안처럼 답답하지는 않았으나 그보다 더 진하고 육중한 '열중'의 벽이 훈훈히 둘러싸고 있었다.
 모든 눈은 주로를 보고 있었다.
 모든 몸이 주로를 보고 있었다.
 그 가운데서 정임의 몸이, 직업이 직업인지라 가장 티 없는 '열중'의 본을 이루고 있는 것뿐이었다.
 모든 사람이 하나가 된 이 공감의 터에서 민은 자장磁場을 어기고 외톨로 뒹구는 쇳가루 같은 외몫으로 난 헛헛함에 발버둥치는 것이었다.
 이것이다······ 아마 이거야······ 왜 여기에 휩쓸리지 못하는가. 무엇 때문에 물러서는가. 피에로가 되는 순간의 겸연쩍음에 애당초 대처하기 위하여?······ 거부당했을 때의 절망이 두려워서 고백을 미루는······ 아서라······ 아서······ 정임이를 처음 보았을 때 나를 때리던 느낌도 이것이었다. 저 갈고리 진 손의 힘, 시큼하게시리 긴장한 코언저리를 가진 저 얼굴이 나타냈던, 그 숨김없는 얼굴이었다. 그 첫눈의 느낌, 그 강렬한 첫 보기의 느낌을 왜 믿지 못하는가. 왜 그것을 계시로 받아들이는 데 망설이는가.

남모를 밀실의 기도 속에서 계시가 주어지던 고전의 시대는 지났다. 우리는 자기대로의 수법으로 어디서나 굴러다니는 계시를 놓치지 말아야 한다.

비 오는 날 어느 모퉁이 길에서 문득 발끝에 차이는 빈 깡통의 더러운 레테르 위에서, 늦은 전차에 탄 여인의 지친 살눈썹 속에서, 방향치方向痴가 되어 사막을 걷던 밤, 도시의 하늘에 빛나던 낙타의 푸른 혹에서, 여름풀이 우거진 먼 교외의 비탈에 선 햇빛에 익은 고압선의 부피 속에서, 도시의 창자를 흘러가는 구정물의 철떡이는 소리에서, 은회색 스탠드의 매표구에서 십오 환짜리 보통권을 내미는 손의 까칠한 살갗에서 우리는 무엇인가를 잡아야 한다.

그렇다면 젊은 다리를 감싼 발레리나의 토슈즈의 발끝에서 무엇인가를 읽는 데 망설일 무슨 까닭이 있는가? 정임이와의 그 첫 장면에서······

그때 그는 강 선생에게서, 그녀가 분장실에 있다는 말을 듣고, 손에 담배를 붙여 든 채 노크도 없이 문을 열었었다.

자기가 오늘부터 턱으로 부려먹을 애숭이에게, 들어가도 좋습니까 하는 따위 짓을 하는 일이 징글맞은 허례라는 상투쟁이 생각에서가 아니라, 저 혼자라고 마음껏 방심하고 있는 현장을 잡아 기를 죽여놓자는 심술이었다.

그녀의 귀국에 관심이 없었던 듯이 보였던 자기가 사실은 꽤 신경을 써왔고 마음 깊은 데서 어떤 촉박한 기대를 품어온 터이라는 사실을 그 순간 그는 절실히 느꼈었다.

두터운 방음 재료로 만든 문 때문에 소리가 나지 않았던 탓인지, 방 안의 인물은 그가 들어온 것을 몰랐다.

한 발은 뒤에서 앞으로 딩기다 말고 뒤꿈치가 들린 채 그 자리에 머물렀고, 쳐든 턱 끝에 한 송이 꽃을 두 손으로 받쳐 들고 있다. 가운데가 휘어서 앞으로 나간 몸집 위에서 장난치다 어떻게 그런 몸짓이 된 어린애처럼 무심한 얼굴이, 꽃을 보고 있었다.

이런 발레리나를 민은 처음 보았다. 몸 크기의 잘된 인형을 보는 느낌이었다.

낮게 소리를 지르며 그녀는 이편을 보았다. 그녀는 꽃에서 한 손을 떼고 무릎을 꺾으며 발레리나의 인사를 하였다.

민은 그녀의 손을 잡아 일으켰다.

"철학자이시라구요?"

"네?"

그녀는 웃음을 참느라고 꽃을 깨물고, 민은 그 모양을 바보처럼 보고만 있었다.

쯧쯧, 이게 무슨 꼴이람…… 내가 시킬 탓으로 움직일 인형…… 그는 자기 방 시렁 위에 얹힌 인형들을 얼핏 떠올렸다.

그러나 얼마나 잘 만든 인형인가? 말도 하고 웃기도 하고…… 어쩌면…… 그의 머릿속에서는 사연 있는 필름의 맨 마지막 어떤 장면이 예언처럼 흘러갔다. 그때 그는 자신을 저주하면서 그런 환상을 물리쳤다. 그녀의 모습에서 창작 의욕이 건드려진 것뿐이라고 생각하려 들었다.

그날 밤 집에 돌아오는 대로 시작하여 그의 오랜 계획이던 작품을 끝만 빼고 거의 마쳤다.

신데렐라 공주 이야기를 뜯어고쳤다. 서양의 콩쥐 팥쥐 이야기인 이 옛날 애기에서 계모와 의붓자식인 신데렐라 사이의 갈등을 그 원래대로의 비중을 깎아버리고, 원 애기에서는 외적 행복의 상징으로만 나오는 왕자를 앞으로 가져온다. 그는 애기를 이렇게 바꾸었다.

어떤 성의 왕자가 마술사의 저주로 얼굴에 탈이 씌워져 벗겨지지 않는다. 마술사는 이 세상에서 제일 아름다운 여자가 왕자를 사랑하게 될 때까지는 그 탈이 벗어지지 않을 것을 예언한 것이다. 왕자는 고민 끝에 모든 나라의 공주들에게 초청장을 보내 색시를 고르기 위한 춤잔치를 연다. 제1막은 신데렐라의 집, 그녀의 이복형제가 계모의 도움을 받으며 춤잔치에 갈 채비에 바쁘다. 아름답고 건방진 여성의 본보기. 그녀는 신데렐라에게 짜증을 부리며 어머니를 들볶는다. 이 어머니가 다름 아닌 마술사다. 아름다운 자기 딸을 왕비로 삼기 위한 계획이었다. 화장을 마친 신데렐라의 이복형제가 왕자를 유혹하러 떠나는 직전의 설렘과 다가올 행복에 취한 마음을 나타내는 혼자춤. 신데렐라는 뒤쪽으로 물러가서 부러워하는 몸짓을 되풀이한다. 마술사는 딸의 둘레를 춤추어 돌면서 이기적인 어머니의 마음을 나타낸다. 이때까지는 마술사는 계모라는 유형적 악역을 통념 정도로 보여줄 뿐, 후에 가서 드러나는 마성魔性은 엿볼 수 없다. 딸에게 은근히 부모의 얼굴이 깎이지 않을 정도로 꾀를 불어넣어, 잘사는 집 아들을 우려내게 하는 현대 부르주아 집안의 어머니나 마찬가지 정도의 악성뿐. 이윽고 모녀 춤잔치로 떠남. 홀로 남은 부엌데기 신데렐라. 곧은 마음의 아름다움을 지닌 그녀의 솔직한 슬픔의 춤. 이런 때 슬프지 않은 체하는 탈의 연기를 모르는 곳에 바로, 이 무용극의 매듭을 푸는 열쇠를 준 작자의 뜻이 있다. 어느덧, 춤에 취한다. 그녀의 낯빛이 밝아가고 우아한 턴과 경쾌한 도약이 미어진 기쁨의 솔로로 바뀜. 불행 속에 구질구질 얽히지 않고 그것을 뚫고 밝음으로까지 자기를 높이는 그녀의 성격을 나타내는 보기. 밝게 웃는 신데렐라의 얼굴에 스포트라이트를 주어 관중에게 다시 한 번 그녀를 기억시킨 다음 무대 암전. 제2막, 왕자의 춤잔치. 좌우로 벌려 선 여성 무용수들, 가운데 탈을 쓴 왕자. 탈을 벗으려는 고민과 간절한 사랑을 찾는 왕자의 춤. 메르헨적인 당돌성과 무설명 속에 인간의 운명이 외적인 조건 때문에 휘둘리는 분위기와, 그에 대한 왕자 편의 안타까움과 반항의 심리 과정이 우러나오도록. 배경으로 물러나 늘어선 여성 무용수들 한 사람씩 나와 왕자의 탈 벗기를 돕는 듀엣. 실패의 연속. 마지막으로 나오는 신데렐라의 이복형제 두 사람만 남기고 모두 나간 가운데, 온 장면 중 가장 눈부시고 육감적인 듀엣. 춤을 마친 마술사의 딸. 자신에 넘친 손으로 왕자의 탈을 벗기려 다가옴. 바람에 찬 왕자. 꿇어앉아 그녀를 맞는다. 실패. 탈은 꿈쩍도 않는다. 절망하여 무대에 쓰러지는 왕자. 불빛 푸름으로 바뀌며 마녀 등장. 풀어헤친 머리. 1막에선 보이지 않던 비죽이 드러난 뾰족한 덧니. 푸른 불빛 속에 '원 이럴 수도 있담……!?'을 감추지도 못하고 드러낸, 망연자실한 악마의 애교 있는 모습. 그녀의 예언은 그녀 자신의 뜻을 벗어난 다른 현실성을 숨기고 있었던 것이다. 다음 순간 악마 모녀의, 저희들의 실패에 대한 노여움과 저주에 찬 미친 듯한 춤. 비바람 치는 음악. 모녀 춤에 지쳐 무대에 쓰러진다. 무대에는 왕자와 모녀와 음악. 희망과 가능성을 예고하는 달콤하고 고요한. 그 소리에 살며시 일어나는 왕자. 기쁨과 기대와 떨림에 넘친 몸짓. 위기적인 전환을 가능케 하는 어떤 일의 다가섬을 예상시키는 무드로 무대와 음악이 바뀜. 눈부신 품위를 지니며 신데렐라 나옴……

터지는 외침과 더불어 정임은 민의 팔에 매달리면서 뛰어올랐다.
"보세요. 5번이 이겼어요."
깃대처럼 흔들어대는 그녀의 팔 끝 펴진 주먹 속에서 No. 5 경마권이 그녀의 이마처럼 젖어 있다.
경마장에서 점심을 마치고 비원에 들어와서도 얼마나 자기가 말에 대해서는 익숙한 감식가인가를 늘어놓기에 정임은 세월이 없었다.
"제가 무어랬어요. 그 갈색 말이 꼭 이긴다고 하지 않았어요? 흰말이 보기에는 그럴듯해도 뒷다리가 엉거주춤한 거랑 그 자세가 틀렸거든요. 인제 제 실력을 알 만하죠."
그녀는 정말 즐거운 모양이었다. 어린애처럼 다짐 받으려 들었다.
여인이여 무슨 실력 말인가? 그대의 No. 5 서러브레드가 우승하고 나의 백마가 진다는 사실을 예언한 그 위대한 영혼의 투시력 말인가……?

"스타트 라인에 선 모양만 봐도 안답니다. 우물쭈물하는 빛이 있는 건 안 돼."

옳다. 행동과 심리 사이에 틈이 있을 때 그는 지는 거야. 빈틈없는 열중만이 삶의 보람을 느끼는 길이지. 출발선에서 망설인 자는 벌써 진 것이다. 말이든 사람이든.

"근데 저만 공연히 흥분하네…… 선생님은 경마엔 흥미가 없으신가 봐."

민은 문득 미라를 생각했다. 그녀라면 이 뜰에서 무슨 말을 느낄 것인가. 그러고 보면 민이 그녀를 경마에 이끌었거나 비원에 데리고 온 기억은 없었다. 늘 새 아틀리에를 가졌으면 좋겠다는, 그 채광이 나쁜 아틀리에에서 지루한 신경전을 강요한 것밖에 또 무엇이 있었던가? 그 까칠한 목을 죄고, 밤을 새면서 그려놓은 출품 작품을 칼로 찢어버리는 것이 사랑이었을까. 역설로 나타난 사랑? 잔소리 마라. 왜 순순히는 사랑을 나타내지 못해. 네가 인형을 사랑할 때 인형의 팔을 분질러야 사랑의 표시가 되나. 다치기 쉬운 것을 함부로 다루는 건 멋도 아니고 사랑의 역설도 아니야. 그러나…… 무엇을 또 꾸미려 드느냐. 왜 그렇게 자주 '그러나'를 가져오느냐. 선뜻 피리어드를 찍는 그런 선선한 사나이가 왜 못 돼. 그것은 옳다. 그러나…… 잠깐만…… 그러나, 그녀는, 미라는 과연 '다치기 쉬운 것'으로 자기를 받아주기를 바라는 것일까. 자기가 인형처럼 다루어지기를 바라겠는가. '물건'으로 다루어지기를 바랄는지. 아니다. 경마를 권유한다면 그녀는, 가엾은 듯한 웃음을 지은 얼굴로 묵묵히 팔레트에 붓을 이기며 고개를 흔들 테지. 비원에 가자면 케이스에 가득히 스케치북을 메고 와서 나를 절망시키겠지.

정임은 화제야 어떻든 자기 세계를 고집하지 않고 나와의 대화를 늘 바란다. 어쩌면 나는 대화를 할 줄 모르는 놈인가. 늘 독백만 하고 귀를 기울여 고즈넉이 들으며 다정히 응답하는 대화의 예절을 모르는 나.

"아니야 난 정임이하고 이야기하는 게 좋아."

정말이다. 적어도 반은 정말이다. '반은'이란 말에 고까워 말라. 내 딴엔 찬사야.

"제 이야기가요, 정말?"

그녀는 활짝 웃는다.

"정말이야. 내 침묵을 달리 생각지 말아줘."

이번도 정말이다. 나는 어쩌면 너한테서 빛을 찾고 있는지도 몰라. 내가 쓴 저 작품의 끝이 너에게서 나올지도 몰라. 어쨌든 그건 너에게 관계없는 일. 자꾸 말하여다오. 제길 왕들의 옛 자리에서 서러브레드 품평회란 얼마나 좋아. 오직 그 풍류를 네가 알기까지 한다면 오죽 좋으랴만.

"그렇지만 철학자하고 말 이야기만 지껄이다가 문득 생각하니……"

무슨 소리를. 그것이 네 매력인 줄 모르느냐. 철학자는 무슨 빌어먹을 철학자. 약한 마음이 앓는 신경 쇠약에다 이러쿵저러쿵하는 탈을 뒤집어씌운 거지. 제 손으로 쓴 그 탈이 손오공의 머리 테처럼 빠지지 않아서 이 꼴이지. 게다가 그 진짜 철학이란 것도 사실은 아무것도 아니란다, 아가야.

"정임이, 나면서부터 선인은 애쓴 끝의 성자보다 복된 거야. 힘쓰지 않고 착하다면 군소리가 무슨 소용이야?"

이것은 정말 정말이다. 너는 이 말이 얼마나 정말 정말인지 모를 거야. 모르는 게 너의 매력이고 모르는 게 단 한 가지 흠이지만.

"사실은 저를 깔보시는 거 아니야요?"

쳇. 언제 그런 말을 배웠소. 그런 말을 배우면 못써요. 그런 투를 배우기 시작하면 너는 마력을 잃은 불쌍한 마녀처럼 동리 사람들에게 학살당하는 거야. 자의식이라는 동리 사람에게 때려잡히는 거야.

"정임이, 내가 지금 지도하는 레퍼토리는 다만 정임이 하나를 보고 하는 거야. 아직 끝맺지 못한 채 연습을 시작한 건 가을 공연에 늦지 않기 위해서고, 정임이 이미지에 매혹돼서 이 작품을 쓴 건 잘 알잖아? 정임이 우리가 일생 이렇게 같이 일한다면 행복할 것 같아?"

네 눈이 빛나누나. 그렇다. 나는 정임이를 적어도 공연 날 밤까지는 사랑할 필요가 있다. 그녀의 이미지를 허물지 않기 위하여. 미라에게 죄 될 것은 조금도 없다. 정임이 같은 애숭이를 미라와 바꿀까 보냐. 내 여자는 미라다. 미라를 잘 길들이는 길만이 뜻이 있다. 문제를 가지지 않은 여자를 사랑하는 것은 해결이 아니고 회피다.

그녀를 안심시켜야 한다. 민은 비로소 정임이를 대할 때마다 치미는 심술의 까닭을 안다. 그와 정임 사이에는 저 여윈 어깨, 미라의 어깨가 가로막고 있다. 정임에게 향하는 호의가 그 어깨에 걸려서 자꾸 비뚜로 달아난 것이었다. 미라 아무것도 아니야. 나는 배반하지 않아. 나는 미라를 통해서만 행복하고 싶어. 정임이는 나의 예술을 위해 필요한 수단이고……

그들은 왕과 왕비의 침실 앞까지 와 있었다. 이 살림살이는 한 말에 일본서 주문한 것이리라. 금박이 입혀진, 왕조풍의 것들이다. 천장이 나지막한 기와집 방 안에 놓인 그 양식 살림들은, 왕자의 으리으리한 살림 자리라기보다는 동화극 속의 조촐한 풍경 같았다.

민은 농담을 하는 것이었다.

"저기 가 한번 앉아볼까 부다……"

민은 다리가 맵시 있게 구부러진 의자를 가리키며 둘레를 둘러보았다. 안내인은 보이지 않는다. 신성한 것을 버려주는 기쁨이 있을 것만 같았다.

그 말이 채 끝나기 전에, 정임은 막아놓은 줄을 발레 동작으로 가볍게 넘기며 그대로 스텝을 밟아 의자로 가서, 사뿐 올라앉았다. 금빛 의자에 바른 몸매로 앉은 그녀는 여왕보다 고와 보였다.

그녀는 민의 말을 받아 그런 자그마하나마 충분히 민에 대한 응석을 나타낸 모험을 하고 있는 것이 아주 즐거운 모양으로, 익살을 부리는 것이었다. 상글상글 웃으면서.

"경은 어려워 말고 가까이 오라. 짐은 심히 즐겁도다. 내 사랑을 물리치지 말라."

이상한 일이 민의 가슴속에서 일어났다.

떼를 쓰는 어린이가 생트집으로 어머니더러 보기 싫다고 방에서 나가 나가 하며 발버둥 쳐놓고는, 막상 어머니 치마꼬리가 문틈으로 빠지기 무섭게 왁 울음을 터뜨릴 때의 마음과 꼭 같은 틀에서 부어져나온 것만은 틀림없으나, 달리 표현할 수는 없는 무엇이 불끈 가슴에 솟아난 것이다.

민은 펄쩍 줄을 뛰어넘었다.

의자에 앉은 그녀에게 달려가자, 다짜고짜로 그녀의 비스듬히 모로 꼰 발목을 사정없이 낚아챈다.

"바보 어디라고 이런……"

비명을 지르며 마룻바닥에 엉덩방아를 찧었다가, 재빨리 일어서면서 그를 노려본 정임의 눈에서 떨어지는 눈물을 보자, 그는 눈을 감았다.

네놈이야말로 희극이다. 그리고 악당이다.

민은 이를 악물고 그 소리를 거부했다.

플라타너스 잎이 보도에 구르기 시작할 무렵, 현대발레단 가을 공연 「신데렐라 공주」 상연 날짜가 하루하루 다가오고 있었다.

넉 달 동안 민은 정임과 자기 사이에 놓인 미라의 어깨에 걸려 엎어지면서, 눈 가리고 아웅 하는 광대 노릇을 해왔다. 미라는 그가 찾아가면 덤덤히 앉은 채 전혀 상대를 하지 않았다. 오면 오는가, 가면 가는가, 바람보다 더는 그를 여기지 않는 듯한 태도였다.

국전 개전이 가까워오면서 더 심해지는 듯했다.

일부러 민을 사로잡기 위해서였다면 그녀의 수법은 큰 성공이었다.
　몸과 마음이 안고 뒹굴던 여자의 그런 덤덤한 반응은, 민을 무섭게 만들었다. 버림받는 것. 인간이 싫어졌다고 쓴웃음으로 버림받는 것은 지옥이었다. 하느님은 몰라도 좋지만 너만은 알아달라고 염치를 버리고 매달리고 싶었다. 그런데도, 그런 곧은길로 나가지는 않았다. 민은 아직도 어느 날 새벽 자기의 앙상한 발목을 그리고 앉았던 그녀의 싸늘한 눈초리에 막혀 있었다. 어쩌면 마지막 승부에서 써먹을 패 쪽지로서 쓰기 위하여 짐짓 막힌 체하는지도 모른다.
　그의 일기장에 적힌 토막글들은 그간 그 자신의 마음의 어수선한 그림이다. 내용이야 무엇이든.

　독백은 자음自淫이요 대화는 사랑이다.

　자기 결함을 안다는 일이 덕이 될 수는 없다. 자백은 면죄를 성립시키는 것이 아니므로.

　서양 철학이란, 바이블이 너무 알기 쉽기 때문에 될수록 어렵게 옮겨놓은 것이다. 다만 그리스는 빼고.

　여자가 약한 것이 아니라 사랑에 빠진 여인만 약하다. 그 나머지는……

여기가 로도스 섬이다. 여기서 해보란 말은 틀렸다. 왜냐하면 여기는 로도스 섬이 아니므로.

역설이란 것이 근대 이후에 사랑을 받기 시작한 것은, 인간의 사상의 순열 조합이 가능한 형태는 다 끝났기 때문에, 이번에는 한번 한 말을 뒤집어놓기 시작한 데 까닭이 있다. 아무튼 말은 해야 했으므로. 예수의 역설은 무어냐구? 신에게는 역설이 없답니다. 역설이란, 신이 인간과 상의함이 없이 저지른 단독 계약에 대하여 인간이 투덜대는 피해 의식입니다. 갚음을 청구할 수 없는.

울어야 할 때 웃는 것이 감동적이라는 것을 알았을 때 인간은 연극을 발명했을 것이다. 울어야 할 때 우는 것은 극이 아니므로.

동양의 할아버지들은 이후의 모든 후손에게 불초 두 자만을 유산으로 남겨주었다.

모든 인간이 양반이고자 하는 것.
또는 양반이 되려는 것을 적어도 막을 수 없다는 것.
(민주주의!)
그런데 결국 그들은 양반이 될 수 없다는 것(족보가 없으므로)
바로 현대의 골치 아픔의 까닭.

이상주의가 낡은 옷 같아 보이는 시대에, 공동 사회적 연대 의식은 과연 언제까지 지탱할까?
　어떤 나라의 청년들은 전통도 없이 주먹질만 한다는 소문이 있다. 공중에 대고. 이렇게 말하는 경우 나는 물론 전통을 서구적 문화라고 새기고 아무 회의도 느끼지 않는 사대주의자요 문화적 식민지 주민이다.

　동양에 관한 말에 관심을 가진 척해서는 안 된다. 교양 있는 신사들이 그대의 최신형 헤어스타일 속에 아득한 상투의 환상을 대번 떠올릴 것이며, 사실 그것들은 거들떠볼 값도 없는, 멸망하는 자의 노랫가락이며, 썩어빠진 것이므로.

　장사는 긴 목이다.

　알면서 입을 다무는 것과 몰라서 그러는 것은 다르다. 이 비약을 서양인은 영원히 구별 못 한다. 그들은 생략법을 모른다. 이 까닭에 서양인에겐 동양의 달관은 영원히 이그조틱한 스핑크스일 뿐이다.

　한시漢詩의 거시성巨視性에서 현대시에 내한 구원을 보는 것은?

　서양은 늘 그 변두리에 풀이 못 할 어떤 것을 남긴다. 이 어떤 것이 동양의 재산이다. 서양이라는 등기소는 이 재산의 등록을 거부한다. 왜냐하면 근대라는 물권법에는 그런 재산에 대한 항목이 없기 때문이다. 이리하여 동양은 이 창피한 유산을 이그조티시즘을 거래하는 서양 상인에게 헐값으로 팔아버린다.

니힐리즘이란, 기권을 선언하고서도 여전히 경기장에 남아서 이러쿵저러쿵하는 경기자의 알쏭달쏭한 미련과 같다.

삶은 캐비지를 닮았다.
캐고 꼬집으면 몽땅 그런 심지가 떨어질 뿐.

현대인에게 정공법은 통하지 않는다. 그에게 무엇을 설득하려면 궤계詭計를 써야 한다. 정공법은 그에게 경계심을 일으키므로.

참나무처럼 단단한 경건의 줄기에, 목련처럼 풍부한 감각을 꽃피우는 것.

참나무처럼 고루한 형식의 줄기에, 목련처럼 부화한 허무를 꽃피우는 것이라고 뒤집고 싶지?
너는 악마의 몇째 아들이냐?

'파리'와 같은 진짜 허무가 없다고 열등감을 느끼는 식민주의자들이 있다. 마치 뉴욕의 갱에 비하면 한국의 깡패는 어린애 장난이야 하고 어깨를 으쓱해 보이며 비관하듯이. 소름 끼치도록 딱한 아저씨들.

예수는 한 번 십자가에 달린 것으로 넉넉하다. 석가는 한 번 바늘방석에 앉은 것으로 됐다.

현대인은 자기의 건망증을 핑계로 예수가 수없이 십자가에 오르기를, 부처님이 수없이 바늘방석에 앉기를 창한다. 기합술사에게 한 번 더를 요구하듯.

현대인은 바이블의 역사적 진리성을 자아의 심리적 타당성으로 옮긴다. 제목이 붙은 그림을 옮겨, 무제의 음악을 만든다.

고지식한 자는 구원된다.
지방 자치법은 정신생활에 더욱 필요한 입법이다.
천재들이 자살한 까닭은 그들이 걸작을 쓴 이튿날에도 해가 동에서 떴기 때문이다.

광학光學에는 한 가지 백색만 있다.
마음에는 두 가지 백색이 있다.
원래부터가 백색인 경우와
흡수해서 백색인 경우와.

이것을 구별해야 한다. 그러나 정말 고백하면, 똑같다. 뿐만 아니라 하느님께선 앞의 것을 편애하신다는 소문조차 있다.

우주여행의 결과 신이 사탄의 맏아들이었다는 것이 밝혀지는 날, 모든 긍정론은 만화가 되겠지.

슬픔을 가장하는 자는 복수당한다. 거짓말하던 아이가 이리에 잡아먹혔듯이.

무어라구?
지금은 달나라에 가는 때가 아니냐구? 눈을 크게 뜨고 우주를 보라구? 알았어. 헌데 저리 좀 비켜주게나.

현대인을 건지는 단 한 가지 길을 나는 알고 있다. 그러나 차마 입 밖에 내지는 않겠다. 네가 배를 쥐고 웃을 테니까. 무어 정말 안 웃을 테야? 그럼……
사랑하면서 열심히 살라. 이거야. 이 악마 같은 놈아. 웃지 않겠다고 하고서. 주여 그는 저의 하는 소행을 알지 못하오니……

헤매는 대철인보다 타고나기를 착한 사람을 택하겠다.

개념과 논리의 헛갈림으로 뒤얽힌 인간의 논쟁을 수식으로 보기 쉽게 풀 수 있는 마음의 수학.

자기의 불면증의 이유도 모르고서 남의 위암을 고쳐주겠다는 사람이 얼마나 많은가. 그들이야말로 살인광이다.

단순만으로는 안 되고 다양만으로도 안 된다.
침묵과 웅변의 합금을 만들 줄 아는 요술쟁이는 어디 있는가?

현대는 말하기 어려운 때다. 인간과 인간의 오감이 끊어진 시대, 그러므로 현대에서 말을 하려고 한다는 사실만으로서도 덕이라 불려야 하며, 동시에 악덕 혹은 악취미라 불려야 한다.
한 사람의 연인을 가진다는 것은 현대에서 가능한 최대한의 정의 실현이 아닐까?

기다림도 또한 덕이 아닌가. 누리를 가로지르는 성운에 참가할 때까지, 내 자신의 모나드의 창가에 경건한 촛불을 켜놓고 연인의 꿈을 꾸는 것으로 만족하자.

교외 전차의 운전사가 플라톤의 독자일 수 있고 버스 여차장이 보바리의 애독자일 수 있다는 데 미상불 모든 악은 있다. 신분과 교양이 일치했던 오호 흘러간 황금시대여.

Cynicism을 목 졸라 죽이고 겸허라는 무기 감방에 살고 싶다는 것이 원.

달밤이었다.
지붕에서 굽어보는 눈에 로터리는 둥글게 둘러선 고층 건물에 싸인, 깊은 우물의 물 빠진 밑바닥처럼 보인다.

관객들이 말끔히 흩어진 극장 앞 광장. 총총한 가로등 빛을 받아 조금 물기 있게 빛나는 보도와, 건물의 육중한 벽으로 싸인 그 마당은 사람들이 돌아간 또 하나의 극장 무대 같다.

공연이 끝나자 그는 이 옥상으로 와버렸다.

신데렐라 공주의 피날레.

예고와 희망에 찬 음악을 타고 신데렐라 나옴.

왕자의 기쁨에 넘친 구원에의 욕망과 프리마 발레리나의 헌신과 사랑을 나타내는 듀엣.

배경 속에서 서서히 일어나는 마녀 어미 딸.

음악은 숨 가쁜 승리와 해결로 접어든다. 모녀의 방해를 굳세게 물리치고 사랑을 고백하는 신데렐라.

외적 운명이 내적 필연으로 바뀜.

마침내 떨어지는 탈.

천천히 퇴장하는 모녀. 악마가 자포자기한 묘한 해학의 몸짓으로. 무대에 남은 주역 무용수 두 사람의 승리의 춤.

처음에 그는 실팬가? 하였다.

막이 내렸는데 박수가 없었다.

눈앞이 캄캄해졌다. 그러자 갈채가 터졌다. 주역인 강 선생과 정임이 몇 번이나 무대에 나가서 환호에 답례했다. 흥분한 단원들이 어깨를 부딪치며 이리 뛰고 저리 뛰는 속에서, 단원의 한 사람이 꽃다발과 쪽지를 민에게 전했다. 그 쪽지를 훑어 읽자 민은 이쪽으로 걸어오는 정임을 스치며 문을 박차고 극장 입구로 달려갔다.

"아무도 나간 사람 없소? 지금 막."

"네 어떤 부인이……"

"베레모를 쓴?"

"네, 네, 방금 어떤 신사 분과 차로 떠나셨습니다."

"……"

그길로 그는 옥상에 올라와버린 것이다.

〔……〕 저를 마녀의 딸로 만들어버린 건 너무하시잖아요? 이건 농담. 반갑습니다. 현대발레단의 앞날을 축복합니다. 저는 불란서로 부임하는 오빠의 권대로 파리로 떠납니다. 사랑했습니다.

쪽지의 문면이 머리에서 꿀벌처럼 잉잉거린다. '했습니다'라고 한 과거형 속에, 민은 그녀의 마음을 읽었다. 그녀가 지난번 국전에 들기만 했대도 지금의 이 어두운 느낌은 없을 것을.

민은 돌아다보았다. 마지막 장면의 옷 그대로인 정임이가, 옥상 어귀에서 이쪽을 기웃하니 보고 있다. 그녀는 민의 곁으로 다가와서 그의 얼굴을 들여다보다가, 아직도 움켜쥔 미라의 쪽지를 그의 손에서 뽑아 달빛에 대고 읽었다. 민은 그 자리에 주저앉아 무릎을 세우고 팔로 감싸 안았다. 무릎 새에 머리를 묻었다.

곁에 섰던 정임이 푸르르 달려가는 기척에, 민은 퍼뜩 머리를 들었다가, 얼어붙은 듯 숨을 죽였다. 달무리 진 하늘을 뒤로 옥상의 훤칠한 난간 위에 발끝으로 선 정임의 둥실한 포즈를 거기 본 것이다.

로터리의 희부연 보도를 향하여 나비처럼 떨어져가는 그녀의 환상이 머리를 스쳐갔다. 침착하게…… 서둘지 말고……

"알았어 알았다니까……"

속에서 타는 감동을 한껏 감추며, 아무렇지도 않은 듯이, 가볍게, 무슨 장난이야 하는 기분이 풍기게 소리 냈다. 그러나 그렇게 말했을 뿐, 민은 한 발도 움직이기는커녕 손의 자리도 바꾸지 못했다. 만일 자기가 조금이라도 움직이면 그녀의 균형이 무너질 것 같았다. 자꾸 머리가 어지러워온다. 자기만 '사람'이고 다른 사람은 인형으로 알고 살아오던 사람이, 처음으로 또 다른 자기 밖의 '사람'을 발견한 현장에서 느끼는 멀미였다. 사막과 인형들을 상대로 저 혼자만의 독백을 노래하며, 포탄에 찢어진 '남의 팔다리'를 가로채면서 살아온 자에게는, 지금 테라스 위에서 맞서오는 '사람'의 모습은 어지러웠다. '사람'이란 이렇게 무서운 것……

툭.

그 기척에 바짝 정신을 차렸을 때, 정임은 사뿐히 뛰어내려 그의 옆에 서 있었다.

앞으로 고꾸라지는 민을 가슴으로 받으며 그녀는 웃고 있었다.

누군가 계단을 뛰어올라오는 기척이 난다.

4

나는 일이 이렇게 쉽사리 이루어지리라곤 생각지 않았다.

잘못되면 죽음까지 각오한 터였으나, 이처럼 순순히 계획한 대로 들어맞았을 때는 오히려 신기했다. 나는 옆에 놓아둔 피리를 집어 들었다. 오래 손에 잡아본 적이 없었던 이 피리가, 큰 몫을 할 줄이야. 이곳 다비라국의 서울까지 숨어든 나와 마술사 부다가는, 낮 동안에 왕녀가 코끼리 부대를 조련하고 있는 벌판까지 나가서 형세를 살펴보았다. 처음 보는 눈에, 조련하는 모습은 큰 구경거리였다. 이백 마리를 헤아리는 코끼리들이, 등에 무사를 태우고 옆으로 줄을 지어 전후좌우로 자욱한 먼지를 일으키며 달리고 있다. 그 대형의 가운데 한층 큰 흰 코끼리 위에 눈부신 바구니 속에 앉아서 지휘하는 왕녀 마가녀는, 민첩하게 운동하는 인물이 자아내는 건강하고 싱싱한 아름다움으로 빛나고 있었다. 나는 여태껏 찾아온 얼굴— 저 브라마의 얼굴이, 살아 있는 팔다리에 붙어서 움직이는 모습을 내 눈으로 똑똑히 보았다.

해 질 무렵이 되어 조련이 끝나자, 웅장한 대열이 시가를 향하여 행군해올 때, 나와 부다가는 대열을 거슬러 모습을 나타냈다. 나는 떠도는 바라문으로 자리고 있었다. 나는 피리를 불며 의젓이 걸어나갔다. 긴 행렬의 가운데쯤에 이르렀을 때, 나는 코끼리 위에 탄 왕녀의 눈길이 내 위에 주어지는 것을 알 수 있었으나 여전히 유유한 걸음을 옮겨갔다. 대열의 마지막쯤에 이르렀을 때 왕녀가 탄 흰 코끼리가 이편으로 돌아져오는 것을 보고, 나는 만족한 웃음을 지그시 눌렀다. 내 옆에서 머문 코끼리 위에서 그녀는 나의 피리를 칭찬하고, 하룻밤 자고 갈 데를 주겠노라고 했다. 소문에 들은 마가녀의 피리 부는 취미에 맞춘 꾀가 들어맞은 것이었다.

융숭한 대접을 받고 잠자리로 물러 나올 때 그녀는, 만일 나만 좋다면 며칠이라도 묵어가라고 말했다. 이렇게 쉽게 되다니. 나는 갑자기 하루의 피로가 덮치면서 잠이 몰려왔다. 나의 잠들어가는 의식 속에 고귀한 웃음을 품은 왕녀의 얼굴이 떴다, 가라앉았다, 한다. 내가 벗겨내야 할 얼굴이.

바라문이라는 신분에, 피리라는 취미와 그보다도 왕녀의 거침없는 성격이 우리를 빨리 가깝게 했다. 나의 피리 가락에는 자부하고 있었으나, 왕녀의 그것도 더불어 즐길 만했다. 다만 이내 알 수 있는 것은, 이 왕녀가 고귀한 신분과 총명에도 불구하고 전혀 배움은 없다는 사실이었다. 나는 여태껏 이처럼 자유자재한 몸짓의 인간을 보지 못했다. 그녀의 마음과 얼굴은 하나였다. 마음이 웃는 것은 얼굴이 웃는 것이며, 얼굴 밑에 숨겨진 아무것도 없었다. 밤이 미지 때문에 신비하다면, 창창한 대낮은 그 너무나 투명한 폭로 때문에 오히려 신비한 것이 아닐까. 내가 밤이라면 그녀는 낮이었다. 그녀의 웃음과 이야기는, 거침없는 사람의 아름다움이었다. 혼돈을 모르는 데서 오는 힘이 넘치고 있었다. 그러한 그녀의 얼굴은, 한 번 본 이래 나의 마음에 자리 잡고, 무한한 뒤쫓음으로 나를 몰아넣고 있는, 저 브라마의 얼굴에 대한 쌍둥이 꼴이었다.

나는 그 얼굴을 가질 때의 기쁨을 생각했다. 마침내 목표에 지척의 거리까지 다다른 것이다. 그러나 여기서 한 팔을 뻗치는 것은 아주 위험했다. 무모하다는 것이 낫다. 첩첩이 쌓인 적 중에서 적의 왕녀에게 해를 가한다는 건 있을 수 없는 일이었다. 그녀를 나라 밖으로 꾀어내는 일이 남은 일이었다. 나는 요즘 그녀의 점점 가까워오는 심정을 싸늘하게 재어보고 있었다. 어제 저녁 늦은 시각에 뜰을 거닐며 하던 그녀의 말이 생각난다.

"바라문은 환속할 수 없습니까?"

나는 그녀의 물음에 고개를 끄덕였다.

"있단 말씀이군요."

그녀는 잠깐 생각하는 듯하더니, 이내 옆에 있는 무화과 열매를 따서 연꽃으로 온통 뒤덮인 못 위에 던지고 던지고 하면서, 코끼리 이야기를 했다. 지금 그녀가 타고 다니는 코끼리가 몇 살이라는 것. 코끼리들은 사람의 마음을 다 꿰뚫어 알기 때문에, 자신이 없는 사람이 부리면 잘 따르지 않는다는 얘기. 자기가 늘 이상하게 생각하는 일은 그 큰 허우대에 비해서 그들은 대단히 소식가인데 왜 그런지 알 수 있느냐고 물어올 때, 나는 착잡한 마음으로 실소했다. 사람이 이렇게 어이없고 단순한 관심의 세계에서도 살 수 있다는 데 놀랐다. 가령 그녀에게, 누리에 넘친 아트만의 이법을 말한다 할지라도 통하지 않을 것을 알았다. 그녀의 영혼의 생김새는 그렇게 깊은 문제를 다루도록 만들어져 있지 않는 듯하였다. 영혼이 없는지도 몰랐다. 그녀가 가진 것은 얼굴뿐이 아니었을까. 내가 그녀에게서 얻을 수 있는 것은 그 얼굴뿐이라 생각했다. 그 얼굴을 뺏는 것. 뺏어서 나의 얼굴을 완성하는 도구가 되는 것만이, 그 여자가 할 수 있는 일이라 믿었다. 나는 마술사 부다가의 말에 따라, 어느 날 밤, 늘 하듯 뜰을 거니는 참에 잎이 무성한 보리수 그늘에서 그녀의 입술을 범하였다. 나는 바라문의 길을 버리고 환속하겠노라 말했다.

  그녀와 갈라져 잠자리로 돌아온 후에, 끝내 잠을 이루지 못한 나는, 다시 뜰로 걸어나갔다. 나의 발길은 무심결에, 방금 아까까지 마가녀와 더불어 앉아 있던 그 자리로 향하고 있는 것을 다 와 서야 깨달았다. 그 자리에 누군가 서 있는 기척을 느끼고, 잠시 발을 멈추었다.

  "누구요?"

  대답이 없다.

  나는 긴장해서 잠시 그곳을 들여다본 후, 다시 걸음을 옮겨 걸치는 나뭇가지와 남은 잎사귀들을 제치면서 걸어갔다.

  "아 돌아가지 않고……"

  뜻밖이었다. 마가녀 공주는 마치 이 자리에서 다시 만나기를 약속하기나 했던 사람처럼, 다소곳이 앉아 있을 뿐, 머리도 들지 않았다. 복잡한 마음의 실마리가 한꺼번에 뒤엉키는 대로 한다면, 그녀를 와락 끌어안고 싶었으나, 이런 때에도 자유스러운 동작에 오금을 박는 어떤 악랄한 것이 있었다. 말을 하여야 쓸데없는 줄을 깨닫고, 또 할 말도 떠오르지 않았다. 그녀의 앞으로 다가가 멈춰 섰다. 달이 이미 기울어진 때여서, 더군다나 우리의 둘레에 엉키고 덮인 수목과 키 높은 꽃나무들 때문에, 아까 처음에 기척을 느꼈을 때에도 그녀를 알아보지는 못했던 것이다. 늘 어찔한 멀미를 느끼며 그녀의 얼굴을 대해온 나에게는, 여태껏 마가녀는 곧 얼굴이었으며, 그 팔과 다리와 몸뚱이를 마음에 둔 적은 없었다. 지금, 짙은 어둠 속에서 보는 그녀는, 얼굴을 가려 볼 수 없고, 다만 사람 크기의 부드러운 그림자의 덩어리였다. 지금의 그녀를 의식하는 것은, 시각으로는 불가능한 일이었다. 나는 두 손바닥으로 그녀의 턱을 받쳐서 위로 향하게 했다. 얼굴이 있을 데가 알릴락 말락 보얀 원을 이루었을 뿐 '그녀의 얼굴'을 볼 수는 없었다. 나는 어둠 속에서 눈을 홉뜨고 얼굴을 찾았으나, 헛수고였다. 분명히 손아귀에 받들고 있는 물체를 눈으로 볼 수 없다는 일이, 무언가 참을 수 없는 조바심을 자아냈다. 그 느낌은 왜 그런지, 노여움에 가까운 것이었다. 나는 거칠게 그녀를 껴안았다. 그래도 왕녀는 여전히 뿌리치지도 않고, 그저 고스란히 몸과 마음의 침묵을 지킬 뿐이었다. 나는 양팔에 든 그녀를 좌우로 뒤채며 이름을 불렀다. 그래도 반응이 없었다. 안고 있는 몸이 전하는 따뜻한 기운을 느끼자, 한꺼번에 몸속을 몰아치는 욕망의 바람이 지나갔다. 얼굴도 볼 수 없고, 말도 없는, 이 따뜻하고 부드러운 덩어리는, 그 속으로 들어가지 못할 물체가 일으키는 짜증을 부른 것이었다. 나는 마가녀에게서 어떤 저항을 느껴본 적은 없었다. 그녀는 투명 자체이며, 그 투명성이 낯이 빽빽힌 투명성처럼 오히려 미지의 신비를 자아낸다고 생각하긴 했으나, 그렇다고 이쪽의 침투를 밀어내는 것이라곤 여기지 않았으며, 오히려 나 자신의 자아가 마음대로 개척할 수 있는 무기無記의 빈칸이라고 믿어왔다. 그런 탓으로, 그녀 자신을 인격으로 대하는 대신, 그녀에게 비치는 자기 자신을 상대해왔던 것이다. 비록 그녀가 나의 말에 응답한다손 치더라도, 그 말은, 내가 던진 말의 메아리였다. 지금 얼굴도 보이지 않고, 말도 없는 마가녀는, 나로서는 모든 공격의 수단이 거부된 튼튼한 요새였다. 나는 이런 사태가 나 자신의 문제와 얼마나 깊게 얽혀 있는가를 미처 생각 못 하고 있었다. 그저, 더욱 도가 거세어가는 짜증과 노여움이 있었다.

확실히 손아귀에 잡았다고 생각했던 물건이, 뜻밖에 엄연한 자기의 존재를 주장한 데서 온 일방적인 감정이었다. 그런 감정은 이 경우 욕정으로 표현을 얻고 있었다. 나는 마가녀의 입술을 미친 듯 찾았다. 입술에도 감각이 없는 듯했다. 열렬히 되받는 입술이 아니고, 여전히 의사 표시를 버린 입술. 무서운 욕망의 불길이 누를 수 없이 몸을 불태웠다.

그때.

여럿이 떠들면서 이편으로 오는 기척이 났다. 왕녀의 시녀들이었다. 마가녀는 또 한 번 나를 배반했다.

"인제 오느냐. 지금 막 돌아가려던 참인데."

그녀의 소리가 귓속에서 우렛소리처럼 울렸다. 나는 그녀를 안았던 팔을 풀었다. 자연히 왕녀와 손을 맞추기나 하듯, 소리를 죽이는 나 자신의 동작이 나를 슬프게 했다. 귀를 기울여 그들이 돌아가는 발자취 소리를 들으면서, 닭 쫓던 개 같은 느낌이 나를 괴롭혔다. 만일 왕녀가 부르지 않았다면, 시녀들은 이 어둠 속에서 그들을 찾아내지는 못했으리라. 그녀는 나를 사랑하지 않고 있었던가? 이런 생각을 하다가, 나는 적이 놀랐다. 그녀와의 사이는 오로지 계략에 불과한 것이 아니었던가. 흉내를 내고 있을 뿐이었을 터였다. 하긴 나의 목적이 이루어지려면 그녀의 마음만은 정말이어야 한다. 그러나 지금 내가 문득 그녀는 나를 사랑한 것이 아니었던가? 하고 생각한 것은, 내 계획에 대한 걱정에서 나온 순전히 타산적인 뜻에서만은 아니었기 때문에 나를 놀라게 했다. 그녀의 알 수 없는 침묵과, 시녀들에게 기척을 내어 마지막 대목에서 몸을 뺀 일은, 나를 두 가지로 괴롭혔다. 왕녀가 나에게 열중하지 않고 있는 증거라면 나의 지금까지 쌓아온 노력은 허탕이 될뿐더러, 위험까지도 닥칠 염려가 있다는 걱정 때문이었다. 다른 한 가지에 대하여 나는 못 본 체하려 들었다. 나는 좀더 악랄해져야 한다. 생각할 틈을 줄 때, 나는 그녀를 잃을 것이다. 그녀는 지금 무언가 생각하고 있다. 위험한 일이다. 또, 그녀의 얼굴이 저 생각의 흉한 그림자를 지니게 하는 것도 안 될 말이다. 내 연기가 부족했다면, 더 잘된 연기를 보여야 한다. 내가 그녀를 사랑하는 것이 목적이 아닌 바에는 아무리 진실에 가까운 사랑의 연기를 한다손 치더라도 조금도 부끄러울 것이 없다.

이튿날 나는 아프다는 핑계로 종일 누워서 지냈다. 핑계로 누운 것이었지만, 몸과 마음이 몹시 지쳐 있는 것도 사실이었다. 잠을 청하였지만 생각은 구름처럼 일어, 오정쯤 됐을 때는, 더 누워 있을 수 없었다. 나는 부다가를 시켜서 왕녀가 궁 안에 있는지 알아보게 했다. 부다가는 돌아와서, 마가녀 공주는 아침 일찍부터 조련장에 나갔다 한다. 그 말이 또 나를 때렸다. 지난밤 그런 일이 있었다면, 오늘 하루쯤은 자기 방에서 번민의 시간을 가지는 것이,

사랑하는 여인의 통상이 아닐까 생각할 때, 나는 새삼 그녀의 마음속에 어느 만큼이나 한 영토를 얻는 데 성공했던가, 의심할 수밖에 없었다. 높은 천장과 방의 넓이에도 불구하고, 답답하고 무더웠다. 나는 부다가를 데리고 조련장으로 나갔다. 우리의 모습을 보고 코끼리를 몰아온 그녀의 얼굴을 보자, 나는 또 한 번 의아한 마음을 누르지 못하였다. 어젯밤 일을 까맣게 잊은 듯한 무심한 얼굴.

그녀와 같이 탄 코끼리의 잔등에서 둘러보았을 때, 시야에 들어온 것은 육중한 잿빛 물체들이 치열히 움직이는 물결이었다. 집채만 한 몸뚱이가 땀과 기름에 번들거리며, 뜨거운 햇살 아래 거센 숨을 내뿜으며 치닫는 먼지바람 속에서, 나는 짐승들의 훅훅 끼치는 살 냄새에 현기증이 났다. 나는 왕녀를 보았다. 그녀의 눈빛은 뜨거운 홍분으로 빛나고 있는 이런 때에도, 더욱 맑았다. 수백 마리의 육체가 흐느끼는 이 장대한 운동의 마당에서도, 나의 관심은, 이런 분방한 운동의 초점에 몸을 둔 한 인간의 얼굴이 보여주는, 놀라운 무잡성無雜性에 있었다. 저런 얼굴. 브라마의 이법에 아랑곳없이 살아온 이 여인이 눈앞에서 보여주는 얼굴은, 나에게 치욕을 느끼게 했다. 나는 발버둥쳤다. 이 빛나는 얼굴은 그녀의 공이 아니다. 애쓰지 않은 완성은 그것 스스로는 값없는 것이다. 그것은 완성이 아니라 출발하지 않은 것이다. 바라문의 전통인 구도 정신의 고귀함을 믿고, 인간이란 오직 그 길을 거쳐서만 아트만을 내 것으로 만들 수 있다고 배워온 나는, 그녀의 얼굴에 반하면 할수록 그 얼굴의 임자를 낮춰 보려 애썼다.

어느 날 밤 우리는, 관목이 우거진 속에 파묻힌 정자 속에 앉아 있었다. 신명이 나서 혼자서 말하고 있던 왕녀가 말을 뚝 그치며 나를 쳐다보았다.

"바라문, 언제나 이야기하는 건 저뿐, 당신은 듣고만 계십니다."

갑자기 들이대는 그 말에 나는 당황했다. 늘 거짓의 몸짓을 짓다 보니 어느덧 그런 몫을 맡고 있었던가. 진실을 말할 수 없다면, 침묵이란, 최소한의 예의였는지 모른다. 또 이 여인과 더불어 열을 올릴 수 있는 화제가 대체 무엇일까. 그 많은 사람들이 쉴 새 없이 죽을 때까지 떠드는 말의 부피가, 나에게는 어리석어 보였다. 정녕 어쩌지 못하여 내는 말이 그렇게 많을 수 있을는지를 의심해 왔다.

"별로…… 나는 왕녀의 이야기를 듣고 있으면 재미있을 뿐이죠."

정말이다. 나는 자기가 진정한 감정 표시를 한 사실을 느낀다.

"제 이야기가요? 정말일까?"

마가녀 공주는 두 손을 모아 잡고 적이 행복한 낯을 지었다. 그렇다 여인이여 너의 이야기를 듣고 있으면, 그 자질구레한 일상의 일에 대한 진술 속에서, 나는 어떤 해방감을 느끼는 거다. 굉장히 부지런한 사람이 게으른 사람을 보고 숨이 열리듯이. 여인이여 네 말이 옳다. 자꾸 이야기해다오.

"정말입니다, 왕녀. 당신의 이야기를 듣고 있으면 나에게는 모든 것이 다 잊혀집니다."

이번도 진실이다. 너의 밝은 다변으로 나의 탈을 벗겨줄 수 있느냐. 허심탄회 코끼리의 소식小食에 맞장구를 칠 수 있는 사람을 만들어줄 수 있느냐.

"그렇지만 저는 아무것도 아는 것이 없어서 바라문처럼 학문이 높은 분하고도 코끼리 얘기밖에는 늘 하는 것이 없고, 그 생각이 지금 퍼뜩 들었어요."

아니다. 아니다. 내가 거기 끌리는 줄을 모르느냐.

"마가녀. 사람이란 깨끗해질수록 이야기의 내용이 간결해지는 법이오. 말이란 간결할수록 좋고 어려운 이야기란 안 해도 된다면 안 할수록 좋은 것입니다."

이것도 틀림없는 진실이다. 얼굴도 그렇다. 얼굴……

"바라문 당신은 정말 나를 사랑하는 것입니까?"

이건 또 무슨 소린가. 이 여자의 마음속에 무슨 그늘이 지기 시작했는가. 사랑이 그녀에게 의심을 가르쳐주었는가.

"마가녀 의심하면 행복은 달아납니다."

옳다. 이런 적당한 말을 재빨리 생각해내다니.

"그래도. 웬일일까요. 자꾸 무언지 두려워져요."

나는 일어서서 그녀의 앞에 섰다. 그녀는 얼굴을 들어 나를 쳐다보았다. 살눈썹이 젖어 있었다. 나는 거기서 인간이 사랑할 때의 얼굴을 보는 대신, 또 한 번 틀림없는 목표를 확인했다고 믿었다. 이 얼굴만이 필요했다.

"마가녀 나를 사랑합니까?"

대답 대신에 꽃망울이 열리면서 이슬이 밀려나오듯 거침없이 눈물이 흘러내린다.

"그렇다면 나를 위해서 모든 것을 버릴 수 있겠습니까?"

"모든 것을!"

"부모와 나라까지도?"

"네, 부모까지도?"

단순한 동물이여. 너의 지금 나이에 부모란 벌써 가장 가까운 사람들의 자리에서 물러나야 한다는 것을 모르느냐. 하물며 왕국이랴.

"그렇습니다. 부모까지도."

나는, 그녀의 어깨에 얹었던 손을 내리며, 한 발 물러섰다.

"바라문. 그 사람들을 버리지 않고 우리가 행복할 수 있는 길은 없습니까?"

"없습니다. 당신은 둘 중의 하나를 고를 수 있을 뿐입니다. 망설이면 행복은 지나갑니다. 망설이면 코끼리들이 헝클어지듯이."

"오 그렇습니다."

나는 조급히 굴지 않고, 늦추지도 않았다. 먹이를 던지고 지켜볼 뿐이었다.

"우리가 같이 살면 행복할 것 같습니까? 마가녀 공주."

"바라문, 더할 수 없이 행복할 것 같아요."

"그래도 그들을 버릴 수 없습니까?"

갑자기, 나뭇가지 사이로 달빛이 바로 흘러들었다.

마가녀의 눈에는 벌써 눈물이 없었다.

그녀는 결심한 것이다.

벵골 벌판의 하늘에는 백금 도가니를 닮은 태양이 지글지글 타고 있었다.

싸움의 대세는 이미 드러나 있었다.

다비라군의 코끼리 부대는, 그래도 처음에는, 줄을 지어 가바나군을 짓밟아왔다. 계략대로 나뭇가지에 붙인 무수한 유황불이 던져지자, 걷잡을 수 없는 혼란이 동물들 사이에 일어났다. 지리멸렬이 된 채 날뛰는 거상군은, 몸에 엉켜 붙은 뜨거운 유황덩이를 뿌리칠 생각으로 거대한 몸을 뒤채며 일제히 방향을 돌렸다. 그 힘은 무엇으로서도 막을 것 같지 않았다. 다음에는 저항 없는 일방적인 사냥이나 다름없었다. 싸움이란 그런 것이다. 해가 들판의 저편으로 떨어졌을 때는, 이미 싸움은 끝나고, 왕과 장군들의 천막을 둘러싸고 벌판에는 불기둥이 줄느런히 일어났다. 이긴 가바나군이 피우는 모닥불이었다.

낮의 싸움에서 나의 행동은 전군의 사기를 돋우는 가장 큰 힘이었다. 왕과 장군들이 보내는 치하 속에서 나는 다만 우두커니 아래를 보고 섰을 뿐이었다. 어느 장군은 나를 가리켜, 전 인도 제일의 용사라고 불렀다. 손꼽는 다비라군의 장수가 내 칼 아래 쓰러진 수가, 열 명을 넘을 것이라고 그는 말했다. 용맹이 아니라 목숨이 귀찮아서 아무렇게나 움직이는 사람만이 가지는 허무한 난폭성이 있었으나, 이 살벌한 행동의 마당에서 그런 미묘한 심리적 굴곡을 알아본 사람이 없었다. 드디어 내가 두려워하면서 기다리던 일이 일어났다. 참패한 다비라 국왕과 왕비가 부왕 앞에 끌려온 것이다. 왕비와 눈길을 마주치는 순간 나는 고개를 숙여버렸다. 그녀의 얼굴이, 살아 있었을 때의 왕녀 마가녀와 너무도 닮은 때문이었으며, 다음에는 나를 알아본 왕비의 눈빛 때문이었다.

 나는 부왕 앞으로 조용히 걸어나갔다.

 "대왕. 오늘 싸움에 이긴 원인이 천분의 일이라도, 만일, 저에게 있다고 하신 아까의 말씀이 참말씀이라면, 간곡한 청을 하나 들어주십시오."

 부왕은 만족스런 얼굴로 나를 바라보았다.

 "좋고말고. 오늘 싸움의 으뜸 공을 세운 자의 청, 못 들어줄 일이 무엇인가? 말하라."

 "다비라 국왕과 그 왕후의 목숨을 살려주십시오. 이것이 청입니다."

 부왕을 비롯하여 늘어선 사람들이 조용한 채 아무 말도 없었다. 나는 부왕을 바라보았다. 나는 다시 한 번 간청했다.

 "싸움에 공이 있는 자의 청은 들어주는 것이 법도입니다. 그들에게 제가 많은 은혜를 입은 바 있습니다. 굳이 소원합니다."

 말이 없던 부왕은, 자리에서 일어나면서, 높은 소리로 외치듯 말했다.

 "왕자의 청을 들어주노라. 쓸데없는 살생을 피함은 왕자의 덕이로다. 다비라 국왕과 왕후를 손님으로 모셔라."

 말을 맺고 부왕은, 다음 천막에 마련된 잔치 자리로 부장들을 거느리고 옮아갔다. 이윽고 떠들썩한 환성과, 악기의 드높은 가락이 터질 듯 일어났다.

그 무렵 나는 서울을 향하여 달리고 있었다. 마치, 한때 육체의 열반에서 허무를 느꼈던 것처럼, 전쟁의 흥분도 허무를 메우지 못하는 것을 나는 마지막으로 알았다. 싸움이 끝났을 때, 나는, 천막으로 돌아와서 거울을 들여다보았다. 짐승이 보였다. 휘번뜩이는 눈과 부푼 콧구멍과, 더한층 거짓이 짙게 새겨진 그 탈이 더욱 흉하게 그곳에 어리어 있었다.

달리는 말 위에서 나는 눈을 감았다. 감은 눈 속에 살아 있던 때의 마가녀 공주의 얼굴이, 환히 떠올랐다. 쟁반에 담겨 왔던 그녀의 얼굴은 웃고 있었다. 그때까지도 나는, 모진 마음이 허물어지지 않았다고 생각했다. 드디어 바람이 이루어지는 기쁨에 목이 메어 있는 것이라고, 내 가슴의 격동을 자신에게 일러줬었다. 그 얼굴을 아주 제가 가지는 것으로 그녀에 대한 사람으로서의 빚을 넉넉히 갚을 수 있다고 다짐하려 들었다. 그 얼굴을 쓴 순간의 기쁨과 두려움.

그리고 떨리는 손으로 다시 그 얼굴을 당겼을 때, 힘없이 손을 따라 묻어나온 얼굴을 두 손바닥에 받았을 때, 내게는 모든 것이 마침내 끝났던 것이다.

머리를 곱게 빗고 금방 부스스 눈을 뜰 듯이 웃음 띤 그 얼굴은, 목숨을 모독당한 그 자리에서까지도 끊임없이 소리 없는 사랑을 호소하고 있는, 사람 얼굴의 모양을 하고 쟁반에 담겨진 사랑의 모형이었다. 나는 오늘 싸움에서 죽기를 바랐다. 그러나 나는 죽지 못하고 다시 한 번 흥분 뒤에 오는 덩그런 허전함을 겪었다. 이제는 스스로 죽는 길만이 남아 있었다. 죽기 전에 한 가지 할 일이 있었다. 그 일을 마치려고 나는 서울로 달리고 있었다.

마술사 부다가의 집에 닿았을 때는 새벽이 가까웠다.

나는 말에서 내려 문을 두드렸다.

한참 만에, 문이 열리며, 등불을 한 손에 든 부다가의 모습이 문간에 나타났다. 나는 말없이 집 안으로 들어서서 뒤에 남아 빗장을 잠그는 부다가를 기다리지 않고 '얼굴의 방'으로 걸어갔다. 기다란 복도에는 아직 바깥의 흐릿한 새벽빛이 들어오지 못하고 있었다.

나는 문을 열고 방에 들어섰다. 전혀 앞이 안 보이게 캄캄하였다. 나는 마가녀의 얼굴이 놓였을 자리를 어림하여 눈을 돌렸다. 부다가가 걸어오는 소리가 들린다. 그가 문을 열면 그 손에 들린 횃불이 말없는 얼굴들을 대뜸 밝혀줄 게다.

나는 마루에 풀썩 무릎을 꿇으며 두 손으로 낯을 가렸다. 처음으로, 이 많은 얼굴들에 대한 공포가 덮쳐들었다. 나는 죄어드는 가슴과 찢어질 듯한 머리의 아픔 때문에 신음했다. 방 안에 부다가가 들어서는 기척이 나고, 낯을 가린 내 손가락 사이로 붉은 기운이 흘러들었다.

나는 오래 그런 대로 앉아서 두려운 듯이 조금씩 손을 아래로 물러내리다가, 홱 손을 떼버리며 앞을 바라보았다. 행여나 사라졌을까 한, 턱없는 내 바람에 아랑곳없이 바로 앞에는 시렁의 맨 마지막 자리에서 마가녀 공주의 얼굴이 웃고 있었다. 나는 고개를 돌려 얼굴들을 차례로 훑어보았다. 모든 얼굴이 금세 눈을 뜨고 "여보시오!" 하면서 말을 걸어올 것 같다. 나는 낯을 가리며 신음했다. 내 등 뒤에서 마술사 부다가의 말소리가 들려왔다.

"왕자, 후회하십니까?"

나는 벌떡 일어나며 부르짖었다.

"후회한다……"

나는 숨을 모으기 위하여 잠깐 말을 끊었다.

"내 탈을 벗지 못해도 좋다. 영원히 깨닫지 못한 채 저주스런 탈을 쓰고 살아도 좋다. 만일 이 끔찍한 일을 하지만 않았다면, 이 죄만 없어진다면……"

나는 칼을 뽑아 들고 마술사 부다가에게 달려들다가, 문득 그 자리에 서버렸다.

부다가는 손에 든 횃불을 왕녀 마가녀의 얼굴에 바싹 들이댄 것이다.

어찌 된 일일까? 그 얼굴은 금세 얼음 녹듯 철철 녹아버려 그 뒤에 받친 틀과 더불어 질펀히 괸 촛물이 되고 말았다. 부다가는 그 다음 얼굴도, 또 그 다음도, 돌아가면서, 방 안에 있는 모든 얼굴을 모조리 녹이고 있다.

처음에 나의 머릿속에서 불덩이가 어지럽고 뜨겁게 맴돌아가다가, 마술사 부다가가 일을 거의 끝낼 무렵에는, 그 덩어리에 한 표현을 주고 있었다.

'가짜, 가짜였구나!'

그 생각은 입으로 그대로 흘러나왔다. 부다가는 천천히 이편을 바라보았다.

"그렇소 왕자. 이 얼굴들은 모두 가짜요. 아교와 초로 잘 만든 탈바가지들이오."

나는 짐승 소리를 질렀다.

"저기를 보시오."

마술사 부다가가 가리키는 쪽 문이 열리고, 왕녀 마가녀가 두 팔을 벌리며 걸어들어오고 있었다.

상상을 벗어난 일에 얼이 빠진 나는 떨리는 손으로 왕녀의 따뜻한 몸을 자꾸 쓸어보다. 그녀의 목에 걸린 눈 익은 진주 목걸이를 몇 번이나 만져보았다. 그러다가 퍼뜩 마술사 부다가 쪽으로 몸을 돌렸다.

"오 당신은……"

내 말과 동시에 우리 두 사람의 눈앞에서, 허리가 꾸부정하던 마술사 부다가는, 처음에 옛 스승 사리감으로 모습이 바뀌고, 다시 변신하여 저 그림 속에서 본 브라마의 신으로 바뀌었다.

"왕자 다문고. 너의 한마디가 너의 업業을 치웠다. 탈은 벗겨졌다."

나는 발밑에 떨어진 것을 보았다. 흉하게 일그러진, 주름으로 얽히고, 떨어지면서 비틀려 오그라진 나 자신의 업의 탈을.

민은 눈을 떴다.

의식을 되찾은 것을 보자, 코밑수염은 그의 어깨를 부축해 일으키면서 "오 이번에는 정말 곤히 주무시더군. 좋은 꿈 보셨는지, 웃음을 지으시더니."

"아닙니다. 아무 꿈도……"

민은 옆방에 기다리게 한 정임을 생각하고, 침대에서 내려섰다. 공연이 끝난 후 한 달이 지난 어느 날 오후였다.

그들이 이 근처로 지나가다 정임의 호기심을 풀어주느라고 들렀던 것이다. 그가 시술받고 독백하는 동안에, 옆방에서는 오늘 이야기와 함께 먼저 녹음한 것까지도 정임이가 모조리 들은 일을 그는 알지 못하였다. 본인도 모르는 '더 깊은 그' 자신의 소리를, 그의 여인이 다소곳이 빼지 않고 들었다.

"한동안 신세 질 일이 없을 것 같습니다."

민의 말에 코밑수염은 천만에 천만에를 해 보였다.

"그건 우리가 바라는 바입니다. 부디."

코밑수염은 추위에 떠는 어린애 손을 녹여주듯 그의 손을 자기의 두 손바닥 사이에 한참이나 품었다.

서로 외투의 어깨를 비비며 문을 나서는 두 사람을 문틈으로 내다보고 있던 옆방의 도청자들은, 그들의 모습이 문밖으로 아주 사라지자, 조용히 응접실로 밀려나왔다.

오랫동안 그들은 감동을 지그시 즐기고 있는 사람들처럼 부드러운 웃음을 지으며 담배를 피울 뿐, 말이 없었다.

대머리가 벗어지고 무테안경을 쓴 신사가, 코밑수염을 건너다보며 생각난 듯이 말했다.

"내일 안으로 복사한 녹음을 뉴욕으로 보내시오. 케이스에 대한 해설과 함께."

"결론은 그대로 둡니까?"

"그러면?"

" '본 케이스는 청년기의 보상 의식의 나타남으로서, 싸움에 다녀온 젊은이들이 그동안의 공백 기간을 무엇인가 값있는 어떤 것을 빨리 얻음으로써 메워보려는 정신 현상의 하나임.' 이 대목 말입니다."

"그 대목에 약간 불만이 있으시다 그런 얘긴가요?"

"이를테면…… 모든 사람의 정신 활동을 이처럼 환경과 그에 대한 '대응'의 두 가지로 나누어버리면 결국은 인간을 해체한다는 거나 다름이 없지 않을까 하는 생각입니다. 제일 과학적인 방법으로 인간을 연구한다는 노력이 마지막에는 인간의 파편을 한 아름 얻었을 뿐, 살아 있는 인간은 잃어버리는 결과가 된다는 건, 방법론 자체에 커다란 모순이 있는 것으로 여겨집니다. '환경' '대응' 그리고 제3의 요소가 필요합니다. '꿈'이랄지, '명예'랄지. 물리학은 환경과 반작용으로 충분히 세계를 설명하지요. 그러나 인간을 설명할 때는 또 하나 제3의 계기가 반드시 필요하지 않을까요? 그렇지 않고서야 운동과 행위를 구별할 수 없지요."

"찬성입니다. 동시에 불찬성입니다. 찬성이란 건 서양식 학문이 방법론상으로 결함이 있다는 걸 시인하는 뜻에서 그렇고, 불찬성이란, 귀하가 우리 협회의 뜻을 잘못 아신 데서 그렇습니다. 우리는 철학을 하려고 모인 게 아닙니다. 사람의 행위에 가치론의 메스를 대려는 게 아니지요. 그런 기도는 너무도 많았고, 또 다른 사람들의 손에 의해서 앞으로 얼마든지 계획이 될 겁니다. 우리는 영혼의 생태학을 수립하기 위한 기초적인 법칙을 세우기 위해서 자료를 모으는 것입니다. 케이스에 대한 개별적인 감동이라든지,

그런 것에 유혹돼서는 안 될 줄로 압니다. 해부학자가 실험용 동물에게 불교도의 자비심을 베푼다면 그는 다지요. 학문에 감상이 섞여서야 될 말인가요? 우리는 인정이 너무 많아서 망한 거지요. 자기를 속이는 인정이……"

코밑수염은 손바닥으로 머리를 때리며 단단히 코를 떼었다는 시늉을 호들갑스레 몸짓으로 나타냈다.

"지금까지는 지부 책임자로서의 공식적인 말입니다. 그 소위 '제3의 계기'에 대해서는 이런 방법으로 전폭적인 지지를 나타내고자 합니다."

대머리는 이렇게 말하며, 찬장에서 한 병의 양주와 사람 수대로 글라스를 꺼내, 회원에게 죽 부어놓고 선창했다.

"다문고 왕자를 기념하여."

높이 들린 글라스 속 불그무레한 액체가 희미한 형광등 빛을 번쩍, 되비쳤다.

해설

사랑, 혹은 현대의 구원
— 「가면고」에 대하여

김병익
(문학평론가)

　최인훈의 중편소설 「가면고」는 연보에 따르면, 그의 문제작 『광장』보다 두어 달 앞선 1960년 7월에 처음 발표되었는데 내가 이 아름다운 소설을 읽은 것은 그로부터 7, 8년 후 신구문화사의 『현대한국문학전집』을 통해서였다. 그로부터 근 10년 후, 작가에 의해 약간의 수정을 받은 「가면고」를 재독하면서 1967년 여름 처음 읽던 때의 격한 감동을 회상하고 그에 못지않은 감동을 또 한 차례 느끼면서 나는 왜 이 소설이, 적어도 나로서는 『광장』보다 적게 다루어서는 안 될 것으로 믿어지는 이 「가면고」가 소수의 독자 외에는 거의 알려지지 않았는가 하는 의문을 다시 품게 되었다. 그것은 이 소설의 반사실주의성 때문인가. 그의 내면적 편력, 사랑의 갈망 때문인가. 근래의 우리 문학이 현실의 아픔 때문에 그 현실의 현장으로 깊이 뛰어들기를 바라왔고, 그 현장성이 적나라하게 드러났을 때 그것을 좋은 작품으로 보아온 경향이 지배적이었던 것이 사실이다. 그리고「가면고」는 이런 관점에서라면 이 지배적 경향으로부터 벗어난 것도 사실이다. 그러나, 바로 그러하기 때문에「가면고」의 진정한 평가는 바로 이루어져야 한다고 믿는다. 최인훈이 이「가면고」에서 짐짓 삶의 구체적인 아픔이라든가 일상적인 것에 대한 분노를 버리고 있기 때문에 이 소설의 초월성은 높이 존중되어야 하고 그것의 영원성은 현실과 일상에 의해 차단된 우리의 신성한 갈망에 호소하는 것으로, 따라서 우리의 가장 깊은 내면의 소망으로 받아들여져야 한다.

그것은 다음 두 가지 점 때문에 더욱 그렇다.「가면고」가 품고 있는, '인간은 사랑을 통해 구원받는다'는 저 파우스트적 주제는 한국인의 심성에 거의 비춰지지 않는 사상이다. 사랑과 구원의 주제에 대한 관심의 희박은 우리의 의식 면에서나 그것의 문학적 표현에서나 공통된 현상이다. 철저히 현실주의적인 유교의 가치관 아래 이루어진 '인륜'은 사랑과 영원에 대한 종교적 열의를 거세했고 가령 춘원의 자유연애론에서 피력되는 사랑도 개인주의와 자유의사를 우대해야 한다는, 전통적 가치관의 반대편에 서 있어 사랑이「가면고」에서 거듭 역설되는 '자아 완성'으로 발전하지 못하고 있으며 황순원의 인간에 대한 원초적인 사랑 역시 생명 외경의 신비한 인도주의로 전개되어 최인훈의 그것과는 궤를 달리하고 있다. 최인훈의 사랑은 그 사랑의 상대방을 향해 무한히 열려 있으며 그 열려 있음을 통해 구원의 길을 향한 매듭을 푸는, 그런 사랑이다. 이 점에서 그의 사랑의 형태는 극히 서구적이다. 그러나 이 사랑을 통해 얻게 되는 구원의 양상은 '자신의 완벽한 초상'을 소유하려는 동양적 구도 과정을 보여주고 있다. 이것은 매우 논리적이고도 그 논리를 뛰어넘는 사상이다. 우리는 아마 「가면고」에 대해 한국인의 의식으로서는 극히 희귀한, 한국 문학에서는 거의 유일한 '구원의 문학'이라고 말할 수 있을 것이다. 「가면고」에 대한 두번째 관심은 이러한 사상, 이 구원의 문학으로서의 영원성의 문학이 바로 최인훈에 의해 이루어졌다는 점이다. 물론 우리는 여기서 최인훈 자신을 가리키는 것이 아니다. 『광장』과 『소설가 구보씨의 일일』의 최인훈 문학이 상징하는 왕성한 독서열과 지식욕, 스스로 '소설노동자'로 치부하는 최인훈의 지적 작업을 의미하는 최인훈다움이 사랑과 구원, 영원과 완성을 지극히 아름다운 문학으로 이룩한다는 것. 이것은 '이 세상의 모든 책을 다 읽고 모든 이치를 다 안' 후의 허망으로부터 사랑의 편력에 나서는 파우스트 정신을 연상시킨다. 다시 말하면 지식과 논리의 절정에서 그 한계를 뛰어넘을 때 얻게 되는 정신의 유일한 가능성으로서의 사랑과 구원을 의미한다. 「가면고」 속의 한마디 말을 인용한다면 "가장 높은 것과 가장 낮은 것이 합하여 하나가 된" 그런 사랑이다. 이 사랑은 지식과 논리를 갖추지 않으면 불가능하되 그 지식과 논리의 경계선을 뛰어넘지 않으면 얻어낼 수 없는 사랑이다. 아마, 우리의 지적 욕망, 사고에의 정열이 이렇게 초월할 수 없는 욕망과 정열이라면 그것들은 헛되고 굳은 돌덩이의 지식과 사고일 것이다. 현실에 대한 고뇌와, 고통 받는 이웃에 대한 연민이 이런 기초 위에서 이루어진 것이 아니라면 그 고뇌와 연민을 우리는 진정한 것으로 받아들일 수 없을 것이다.

최인훈은 나아가 그의 사랑과 구원이 종교와 예술 그리고 인간으로서 지상의 가치임을 「가면고」의 구조를 통해 방법론적으로 시사하고 있다. 우리는 「가면고」를 읽으면서 독자적인 줄거리를 갖는 세 개의 이야기 — 이 소설의 주인공인 민의 현실적인 편력과 최면에 의해 고백되는 그의 전생의 방황, 그리고 민이 구상하여 안무하는 무용극 「신데렐라 공주」가 하나의 테마를 향해 아름답게 협연하고 있는 것을 발견한다. 그리고 민은 전생의 고백에서 다문고 왕자, 「신데렐라 공주」에서는 마술에 걸린 왕자임을, 프리마 발레리나 정임이가 전생에는 공주 마가녀, 무용 속에서는 신데렐라에 해당됨을 어렵지 않게 알아볼 수 있다. 이음동양의 이 세 개의 모티프는 모두가 '인간은 사랑을 통해 구원받는다'는 주제를 연주하고 있으며 그 주인공들은 모두 '헛된 탈을 벗으려는 고민과 간절한 사랑을 찾는 춤'을 추고 있는 것이다. 그러나 최인훈은 동일한 테마의 변주를 통해 사랑과 구원의 명제를 양적으로 강조하려는 것만이 아닌 것이다. 그는 민의 전생의 고백이 보여주는 강렬한 종교적 구도를 통해, 그리고 가장 추상화된 예술 형태인 무용극을 통해 그 명제는 전쟁을 치르고 난 공허한 현대인의 실질적인 요구 항목일 뿐 아니라 영원성을 지향하는 종교에서도, 절정을 향해 몸부림치는 예술에서도 그것은 지상의 명제임을, 말하자면 어느 시대, 어느 유형의 인간들에게나 두루 추구되고 추구될 수 있는 최고의 가치임을 밝혀준다. 「가면고」에서 독특하게 사용되고 있는 중첩 구조의 의미를 우리는 이렇게 이해해야 할 것이다. 그것은 최인훈 사상의 방법적인 표현인 것이다. 그럼에도 불구하고

「가면고」의 사랑과 구원이 현대의, 그리고 한국적인 상황에서, 그렇기 때문에 그 가치가 창조되고 실현되어야 한다는 것을 작가는 분명하게 말하고 있다. 다문고 왕자로서의 전생을 모두 고백한 민을 보낸 뒤 심령학회의 공식적인 해설이 "본 케이스는 청년기의 보상 의식의 나타남으로서, 싸움에 다녀온 젊은이들이 그동안의 공백 기간을 무엇인가 값있는 어떤 것을 빨리 얻음으로써 메워보려는 정신 현상의 하나"로 못 박고 있기 때문이다.

최인훈이 현대의, 한국 젊은이의 정신적 공백을 보상하는 것으로서의 사랑을 말하고 있음은 비단 이 심령학회 해설에서만이 아니다. 이미 "가슴에 기미"가 있는 여인과의 사건을 소개하는 도입 부부터 그것은 충분히 예고되고 있다.

군에서 나왔을 때 민은 너그러운 심경을 느끼고 있었다. 〔……〕 화약과 사람의 살점이 범벅이 돼서 몸부림치던 저 도살장 속에서 보낸 내 청춘을 헛되게 해서는 안 된다. 그 생활을 내 생애의 공백 기간으로 셈할 것이 아니라, 천금을 주고도 사지 못할 비싼 겪음으로 살려야 한다. 아 나는 이 시대에 살 수 있는 세금을 치른 거야.

그러면 사랑이란, 죽음의 선뜩한 냉기를 눈치 챈 자의 채난採暖 작업이랄까. 서로 몸을 오그려 붙이며 하얀 얼음판 위에서, 처음, 몸과 몸으로 비벼댄 빙하 시대의 불씨의 이름을 사랑이라 하는가. 〔……〕 춥다. 현대는 정말 춥다. 혼자서는 불을 못 피운다. 바람을 막으며 손바닥만 한 얼음 위에 불을 피우려면 두 사람이어야 한다.

현대의, 전후의 상황에 대한 이러한 진단은 최인훈에게만 이루어진 것이 아니며 이 같은 '빙하 시대'의 불씨를 살리기 위해 사랑이 필요하다는 것은 그의 결론만이 아니다. 그러나 "사랑이란 무엇인가를 알기 위하여, 시험관 속에 넣고 쪼개보면서, 어두운 방 안에서 허구한 시간을 없애"며 "의식의 바퀴를 타고 멀미가 나게 허덕이던 옛 '백과사전 시대'"로 되돌아가면서 철학도 민은 "자기 자신의 완벽한 초상화"를 갖고 "자아 완성이라는 르네상스적 '개념'"을 성취하기를 희망한다. 그러나 그 희망의 열도가 강렬하면 할수록 "자기의 얼굴을 다스리지 못하는 〔……〕 그 부자연함과 섣부른 배우 같은 생경함"에 어이없어지는 것이다.

거울 속에는 쫓기는 사람의 초조함을 숨기느라고 짐짓 평정을 꾸민 가짜 성자의 탈이 있었다. 신의 창조에 들러리 선 사람만이 가질 만한 자신을 꾸민 눈. 바로 그것을 어기고 있는 입의 선. 탈의 데생은 위태로워 어느 선 하나 차분함이 없다. 양식의 모방에 과장된 필체로 그려진 서투른 초상화였다.

위선과 불완전의 탈을 벗고 "표정과 감정 사이에 한 치의 겉돎도 없는 그런 비치는 얼굴"을 갖는다는 것은 완성된 인간의 얼굴일 것이다. 민의 이 고민과 탐구는 최면에 의해 3천 년 전 인도 가바나국의 다문고 왕자였던 전생의 구도로 대현된다. 아라녀와의 '몸의 열반'을 느끼면서도 다문고는 "사람의 얼굴을 브라마와 하나를 만들어주는 그 '한 가지'가 무엇인지"를 물으며 "깊은 학문을 하면 할수록, 내 표정은 점점 맑아가고 수정처럼 영롱해가야 할 터인데" 그 반대로 "탈은 더욱더 굳어가고, 그늘이 짙고, 홈이 파여가면서, 투명한 얼굴의 바닥이 자꾸 뒤로 숨어들어가는 것은 어떻게 된 일일까"고 한탄한다. 이것은 물론 오늘의 말로 하자면 민이 느끼는 것처럼 "자아 기만과 그에 대한 반발이라는 바싹 마음을 썩이는 악순환"이 빚는 자학과 증오와 위선의 얼굴이다. 다문고는 민과 마찬가지로 '투명하고 천진한 얼굴'이 있음을 알고 있지만 그는 '무지하고도 소박한 마음'에서 오는 그 얼굴을 거부한다.

언뜻 보기에 물 긷는 소녀의 투명한 표정은 브라마의 저 투명한 표정과 닮았지만, 하나는 광물처럼 무기無機한 영혼의 타면墮眠이며 하나는 불꽃을 겪고 나온 영원의 원면原面이다.

광학光學에는 한 가지 백색만 있다./마음에는 두 가지 백색이 있다./원래부터가 백색인 경우와/흡수해서 백색인 경우와.

민은 그의 단상에서 쓴 것과 같은 '백색'의 두 가지 설 때문에 정임에 대한 사랑을 자인하지 않는다. 그는 "나면서부터 선인은 애쓴 끝의 성자보다 복된" 것이라고 부러워하지만 그러나 "문제를 가지지 않은 여자를 사랑하는 것은 해결이 아니고 회피"라고 생각한다. 그리하여 정임은 "나의 예술을 위해 필요한 수단"이고 "그녀 자신의 '자기'를 버리지 못하는" 미라를 통해 행복을 얻고자 한다. 그의 끈질긴 시도에도 불구하고 미라와의 관계는 계속 삭막해진다. 마침내 무용극「신데렐라 공주」가 성공리에 공연되고 미라는 떠났을 때 옥상에서 드디어 민은 정임에 대해

 자기만 '사람'이고 다른 사람은 인형으로 알고 살아오던 사람이, 처음으로 또 다른 자기 밖의 '사람'을 발견한 현장에서 느끼는 멀미

를 갖는다. 이 인간, 타인에 대한 각성은 다문고에서 전철이 만들어진다. 브라마의 얼굴을 찾아 사람을 죽이고 그 탈을 써보던 왕자는 드디어 '건강하고 싱싱한 아름다움'의 마가녀 공주의 얼굴을 벗길 결심을 한다. "고귀한 신분과 총명에도 불구하고 전혀 배움은 없"어 보이는 공주의 얼굴에서 다문고는 "혼돈을 모르는 데서 오는 힘"의 넘침을 발견하고 또 그녀의 그에 대한 사랑을 깨닫고 있지만 그는 그녀의 "놀라운 무잡성無雜性"이 "애쓰지 않은" 완성이며 "완성이 아니라 출발하지 않은" 상태라고 낮춰 보려 한다. 그는 차츰 느끼게 되는 그녀에 대한 사랑을 억누르고 그녀를 유혹하여 마술사 부다가로 하여금 그녀의 탈을 만들게 한다. 그러나 "목숨을 모독당한 그 자리에서까지도 끊임없이 소리 없는 사랑을 호소하고 있는 〔……〕 사랑의 모형"에서 그는 절망을 느끼고 그가 만들게 했던 숱한 탈들 앞에서 공포에 사로잡힌다. 마침내 자신의 탈을 위해 타인을 희생한 것에 대한 참회가 이루어지고 "내 탈을 벗지 못해도 좋다. 영원히 깨닫지 못한 채 저주스런 탈을 쓰고 살아도 좋다. 〔……〕 이 죄만 없어진다면" 하고 절규할 때 그의 '업

은 치워지고 탈은 벗겨진' 것이다. 최인훈은 이것을 「신데렐라 공주」의 결말에 대한 코멘트에서 "외적 운명이 내적 필연으로 바뀜"이라고 쓰고 있다. 결국 그는 사랑을 통해 아집과 오만을 떨쳐버리고 자아를 완성할 수 있게 되는 것이며 '현대처럼 추울 때' 그 사랑을 갖는다는 것은 가장 중요한 일이라고 생각한다. 그는 민의 단상을 통해 이렇게 말한다.

현대는 말하기 어려운 때다. 인간과 인간의 오감이 끊어진 시대, 그러므로 현대에서 말을 하려고 한다는 사실만으로서도 덕이라 불려야 하며, 동시에 악덕 혹은 악취미라 불려야 한다.
한 사람의 연인을 가진다는 것은 현대에서 가능한 최대한의 정의 실현이 아닐까?

〔1976〕

해설

소통의 방법론

강헌국
(문학평론가)

　최인훈 소설의 두드러진 특징으로 강박 증상을 주목할 만하다. 『회색인』에서 독고준은 한국전쟁 중에 W시에서 겪은 여름을 거듭 회상한다. 그 여름의 어느 날 독고준은 공습을 피해 대피한 방공호에서 문득 한 여인의 품에 안기게 된다. 방공호의 어둠과 열기 속에서 독고준은 살갗에 닿는 여인의 감촉으로 충격과 흥분에 휩싸인다. 『회색인』 전체를 통해 독고준은 그 기억을 강박적으로 되풀이한다. 『서유기』에서 독고준은 W시로 가기 위해 석왕사역에서 열차를 타지만 번번이 석왕사역으로 되돌아온다. 그 소설은 석왕사역과 W시 사이를 맴도는 독고준의 여행을 얼개로 삼는다. 「하늘의 다리」의 준구는 눈앞에 종종 나타나는 환각적 이미지에 사로잡혀 있고 「웃음소리」에서 주인공의 강박적 심리는 반복되는 환청을 통해 표현된다. 확성기와 라디오, 전화기 등과 같은 매체가 강박적 효과를 불러일으키는 수단이 되기도 한다. 「구운몽」의 후반

부에서는 정부군 방송과 혁명군 방송이 공중의 확성기를 통해 번갈아 울려나온다. 그 방송들은 혁명이 실패로 끝나서 반란군의 수괴로 쫓기게 된 독고민의 처지를 서술한다. 「구운몽」과 유사한 상황은 『서유기』의 끝부분에도 나온다. 독고준은 마침내 W시에 도착하여 추억을 떠올리며 시가지를 배회한다. W시의 확성기들은 긴급 소식을 전하듯 독고준을 간첩이나 정신병자로 규정하는 방송을 계속한다. 「주석의 소리」와 「총독의 소리」도 방송 매체를 서술 수단으로 채택하여 강박적 효과를 구현한 사례들이다. 최인훈의 소설에서 강박 증상은 서사를 구축하는 주요 모티프로 기능하는가 하면 서술의 수단으로 이용되기도 한다.

프로이트에 따르면 강박적 반복이나 집착은 신경증의 일종이다. 환자는 그 증상을 통해 무의식에 억압되어 있는 유년기의 어떤 체험을 재현한다. 물론 환자는 강박 증상이 유년기의 원체험에서 비롯한다는 사실을 자각하지 못한다. 프로이트가 '최초의 장면'이라고 명명한 원체험은 체험 당시에는 환자에게 그 의미가 이해되지 못한 채 트라우마성 사건으로 무의식에 억압되고 훗날 모종의 계기에 의해 압축과 전치를 거쳐 재현된다. 환자는 강박 증상을 통해 원체험의 의미를 이해하려는 시도를 자신도 모르게 되풀이한다. 따라서 강박 증상은 근원에 대한 탐색과 그 의미에 대한 질문의 형식이라고 할 수 있다. 최인훈의 소설에 나타나는 강박 증상도 그와 유사한 성격을 지닌다. 그 강박 증상이 향하는 근원은 한국전쟁과 식민지 시대, 그리고 더 멀게는 조선 시대로 소급된다. 강박 신경증이 현재의 어떤 계기에 의해 무의식에 억압된 원체험을 소환하는 것처럼 최인훈의 소설에서 빈번하게 드러나는 강박 증상도 현실적 계기를 지닌다. 지금-여기에서 진행되는 삶의 부정성이 그러한 삶을 빚은 근원에 대해 강박적으로 탐색하고 질문하도록 만드는 것이다. 강박 증상이 최인훈 소설의 주요 특징이라는 사실은 「크리스마스 캐럴」과 「가면고」에서도 재차 확인된다. 「크리스마스 캐럴」에서는 비틀린 대화들이 강박적으로 전개되고 「가면고」에서는 얼굴에 대한 집착이 되풀이된다.

「크리스마스 캐럴」은 작중 인물들 간의 기이한 대화 장면으로 시작한다. '나'는 아버지의 부름을 받고 사랑방으로 건너가지만 아버지는 곁에 앉은 딸 옥이에게 "얘, 내가 너희 오래비를 불렀던가?"라고 묻는다. 아버지가 좀 전에 자신이 했던 말을 부인하는데 그 말을 들었음이 분명한 옥이와 '나'는 이상하게 여기지 않는다. 옥이는 "아무튼 저렇게 오셨으니깐, 부르신 걸로 하시는 게 어떨까요?"라고 말하고 '나'는 "존재는 본질에……"라며 당장의 상황과 별 관련이 없는 논설을 펼치려 한다. 그 후로도 대화는 부자연스럽게 진행된다. 질문과 대답이 어긋나고 과장스런 말이 구사되어 가족 간의 대화에 대한 독자의 상식적인 기대를 배반한다. 익숙한 것을 익숙하지 않게 보여주는 일종의 '낯설게 하기'가 수행된 셈이다. 그로써 작중 인물들이 주고받는 대화의 의미보다 대화라는 소통 방식 자체가 환기된다. 「크리스마스 캐럴」 연작 중 4를 제외한 나머지 네 편은 많은 분량을 할애하여 아버지와 '나' 사이의 대화를 다룬다. 그 대화는 대개 부자연스럽고 어색하여 대화의 소통 기능에 대한 회의를 불러일으킨다. 아버지와 '나'는 대화로 소

이번도 진실이다. 너의 밝은 다변으로 나의 탈을 벗겨줄 수 있느냐. 허심탄회 코끼리의 소식小食에 맞장구를 칠 수 있는 사람을 만들어줄 수 있느냐.

"그렇지만 저는 아무것도 아는 것이 없어서 바라문처럼 학문이 높은 분하고도 코끼리 애기밖에는 늘 하는 것이 없고, 그 생각이 지금 퍼뜩 들었어요."

아니다. 아니다. 내가 거기 끌리는 줄을 모르느냐.

"마가녀. 사람이란 깨끗해질수록 이야기의 내용이 간결해지는 법이오. 말이란 간결할수록 좋고 어려운 이야기란 안 해도 된다면 안 할수록 좋은 것입니다."

이것도 틀림없는 진실이다. 얼굴도 그렇다. 얼굴……

"바라문 당신은 정말 나를 사랑하는 것입니까?"

이건 또 무슨 소린가. 이 여자의 마음속에 무슨 그늘이 지기 시작했는가. 사랑이 그녀에게 의심을 가르쳐주었는가.

"마가녀 의심하면 행복은 달아납니다."

옳다. 이런 적당한 말을 재빨리 생각해내다니.

"그래도. 웬일일까요. 자꾸 무언지 두려워져요."

나는 일어서서 그녀의 앞에 섰다. 그녀는 얼굴을 들어 나를 쳐다보았다. 살눈썹이 젖어 있었다. 나는 거기서 인간이 사랑할 때의 얼굴을 보는 대신, 또 한 번 틀림없는 목표를 확인했다고 믿었다. 이 얼굴만이 필요했다.

"마가녀 나를 사랑합니까?"

대답 대신에 꽃망울이 열리면서 이슬이 밀려나오듯 거침없이 눈 어느 날 밤 우리는, 관목이 우거진 속에 파묻힌 정자 속에 앉아 있었다. 신명이 나서 혼자서 말하고 있던 왕녀가 말을 뚝 그치며 나를 쳐다보았다.

"바라문, 언제나 이야기하는 건 저뿐, 당신은 듣고만 계십니다."

갑자기 들이대는 그 말에 나는 당황했다. 늘 거짓의 몸짓을 짓다 보니 어느덧 그런 몫을 맡고 있었던가. 진실을 말할 수 없다면, 침묵이란, 최소한의 예의였는지 모른다. 또 이 여인과 더불어 열을 올릴 수 있는 화제가 대체 무엇일까. 그 많은 사람들이 쉴 새 없이 죽을 때까지 떠드는 말의 부피가, 나에게는 어리석어 보였다. 정녕 어쩌지 못하여 내는 말이 그렇게 많을 수 있을는지를 의심해왔다.

"별로…… 나는 왕녀의 이야기를 듣고 있으면 재미있을 뿐이죠."

정말이다. 나는 자기가 진정한 감정 표시를 한 사실을 느낀다.

"제 이야기가요? 정말일까?"

마가녀 공주는 두 손을 모아 잡고 적이 행복한 낯을 지었다. 그렇다 여인이여 너의 이야기를 듣고 있으면, 그 자질구레한 일상의 일에 대한 진술 속에서, 나는 어떤 해방감을 느끼는 거다. 굉장히 부지런한 사람이 게으른 사람을 보고 숨이 열리듯이. 여인이여 네 말이 옳다. 자꾸 이야기해다오.

"정말입니다, 왕녀. 당신의 이야기를 듣고 있으면 나에게는 모든 것이 다 잊혀집니다."

통하기보다는 오히려 소통 장애를 겪는다. 대화가 소통의 왜곡과 단절을 초래하는 경우가 적지 않다. 「크리스마스 캐럴」에서 대화는 피할 수 없는 소통 수단이긴 하되 매우 불편한 소통 수단이다. 따라서 대화 당사자들이 그처럼 불편한 수단을 통해 의사를 교환하고 상호 이해에 이르는 일은 결코 쉽지 않다.

아버지와 '나'가 소통 장애를 겪는 주된 이유는 그들 각자가 자신의 생각을 자신의 목소리로 말하지 않는 데 있다. 그들은 기성의 담론들을 다양하게 차용하여 서로 말을 주고받는다.

① "아버님 소자는,"
　잠깐 끊었다가
　"소자가 불민한 탓이옵니다."
　"무엇이 불민하단 말이냐?"
　"소자는 항상 지척에 모시고 있으면서도 한 가지도 마음 흡족하실 일을 못 해드리옵고 행동거지가 슬기롭지 못하여……"

② "아버님, 말씀이 좀 불온해지십니다."
　"불온하다니? 얘가 너는 나를 사상적으로 몰 생각이냐?"
　"사상적으로라뇨?"
　"그럼 불온하단 건 무슨 소리야!"
　아버님은 와들와들 떨었다.

③ "내가 좀 과했나 보다. 문제를 이 편지에 좁히기로 하자. 이의

있느냐?"

"없습니다."

"그럼 가결됐다."

④ "첫째로 친일파들은 괴로워도 마땅한 사람들이었던 빈면에 통일이 되어서 괴로울 사람들 가운데는 도덕적으로 비난할 수 없는 사람들이 섞여 있습니다. 둘째로 해방을 위해서는 준비가 있었습니다만 통일을 위해서는 아무 준비도 없습니다. 〔……〕 신금단이는 바로 그런 불쌍한 희생잡니다. 아흔아홉 마리의 양들에게 몰려 희생의 낭떠러지에 처박힌 한 마리의 양입니다."

아버지와 '나'의 대화는 일상을 배경으로 이루어지는데 그 배경과는 이질적인 언어와 화법이 대화에 사용된다. 일상 대화에 차용된 비일상적인 담론 형식은 낯설고 부자연스러운 인상을 자아낸다. ①에서 '나'는 사극의 대사를 흉내 내지만 일상에서 발화된 그 대사는 사극에서와 같은 비장함을 지니지 못한다. ①에 해당하는 경우는 이 소설의 도처에서 목도된다. '나'는 대화 도중 갑자기 아버지에 대한 존대의 수준을 평소보다 높이고 아버지는 위엄을 갖춰 화답하는 격이다. 심지어 '나'는 무릎을 꿇고 방바닥에 머리를 조아리는가 하면 흐느끼는 시늉을 하기도 한다. 우스꽝스러운 그 장면들을 통해 사극의 담론 형식이 희화되고 전통 예법이 시효를 다한 세태가 암시된다. ②는 사상과 관련한 심문 장면을 재현한다. 한국의 크리스마스 풍속을 화제로 삼는 부자간의 대화에 이어지는

②에서 아버지를 불온하다고 하는 '나'의 말은 그동안 진행된 문맥과 관련이 없음에도 위력이 대단하다. 크리스마스에 대한 주장을 논리적으로 펼치던 아버지는 금세 위축되고 공포에 떤다. 사상성을 심문하는 말이 현실에서 발휘하는 억압적 효과가 ②에서 선명하게 확인된다. 그 말은 전후 사정을 불문하고 상대방을 단숨에 곤경에 빠뜨릴 수 있다. ③에서는 의회의 의사 진행 과정이 대화의 방식으로 채택된다. 입법 기관의 언어는 부자간의 대화에 쓰임으로써 본래의 권위를 상실하고 희화된다. ④는 정치적 연설에서 유래한 발언이다. '나'는 정치인이 아닌데도 일상의 대화에서 정치인처럼 연설한다. '나'의 발언을 통해 정치적 연설이 정치인의 전유물이 아니고 그런 만큼 특별하지도 않다는 사실이 환기되며 특정 화법의 특권적 점유가 형성하는 배타적 권위에 대한 의문이 제기된다. 여기에 인용된 사례 외에도 이 소설에는 여러 형식의 담론들이 나온다. 그 담론들은 정치 토론에서 말장난에 이르기까지 다양하게 분포한다. 그로써 이 소설은 동시대의 담론 형식들을 보여주는 전시장이 된다. 대화는 아버지와 '나' 두 사람이 벌이지만 대화 속에는 타자들의 목소리가 개입한다. 그들은 각자의 목소리가 아닌 타자들의 목소리로 말하는 것이다. 그 목소리들로 인해 그들은 작중 인물로서 성격적 일관성을 획득하지 못한다. 전통적인 소설 문법에 따르면 작중 인물은 성격 면에서 일관성을 지녀야 하며 그러자면 작중 인물의 발화들이 일관성 있게 조직되어야 한다. 그러나 이 소설에서 아버지와 '나'는 그들의 입을 통해 흘러나오는 타자들의 서로 다른 목소리로 인해 일관된 성격을 부여받지

못한다. 그들은 현실적 존재로서도 구체성이 떨어진다. 소설이 끝날 때까지 그들의 신분이나 직업은 명시되지 않으며 그들이 생활을 위해 하는 활동도 소개되지 않는다. 낮에도 집에 있는 그들은 대화를 위해 설정된 존재들처럼 보인다. 따라서 그들의 현실적 정체성보다 그들의 대화가 주목되지 않을 수 없다. 그들의 대화는 동시대의 담론 형식들을 재현하는 기능을 담당한다. 그 담론 형식들은 그것들이 위치했던 맥락에서 그들의 대화로 전치됨으로써 반성적으로 고찰되거나 희화되고 더 나아가 그 허구성이 폭로되기도 한다. 그들이 대화 중에 겪는 소통 장애는 그 담론 형식들의 문제점을 선명하게 드러낸다. 그들은 제 목소리가 아닌 타자들의 목소리로 대화함으로써 소통 장애를 겪는다. 그 소통 장애는 대화에 차용된 담론 형식들이 소통 수단으로 제 기능을 다하지 못함을 입증한다. 그들이 대화 중에 동음이의어나 사자성어, 속담 등을 이용하여 벌이는 말장난은 동시대의 담론 형식들에 대한 통렬한 비판을 내포한다. 정치적 연설 같은 공식 담론들과 말장난이 수준 면에서 별반 다를 바 없다는 것이다.

아버지와 '나'가 타자들의 목소리로 대화하는 까닭은 감시에 대한 공포 때문이다. 그러한 공포로 그들은 대화를 기성의 담론 형식으로 위장한다. 그들은 대화 도중에 간간이 입을 다물고 바깥의 동정에 주의를 기울이곤 한다.

"떠들지 말아라."
아버님은 어두운 낯빛을 지으시며 무슨 기척을 살피시는 것이었다. 나는 등골이 오싹하고 소름이 쪽 끼쳤다.
"쉬이."
아버지는 나의 살갗에 소름이 끼치는 소리를 나무라듯 다시 손을 저었다.

감시에 대한 피해 의식은 자유로운 대화를 억압한다. 그 피해 의식이 아버지와 '나'로 하여금 대화를 타자들의 목소리로 위장함으로써 자신들의 발화에 대해 책임을 회피하게 한다. 차용된 담론 형식들에 발화의 책임을 전가하려는 것이다. 그러나 그 담론 형식들은 아버지와 '나' 사이에서 소통 장애를 빚는다. 발화자가 자신의 뜻대로 진술하기를 주저하거나 자신의 말에 대해 책임을 지지 않으려 하면 대화가 정상적으로 이루어지지 못한다. 대화는 비틀리고 겉돌며 대화 당사자들 간의 진정한 교감은 기대하기 어려워진다.

아버지와 '나'에게 피해 의식을 갖도록 하는 감시의 실체는 이 소설에서 명확하게 언급되지 않는다. 인기척과 바람 소리, 없어진 칫솔 등을 통해 암시될 뿐이다. 아버지와 '나'는 그런 현상들에 대해 지나칠 만큼 예민하게 반응한다. 식구들의 칫솔이 사라진 사건에 대한 '나'의 당혹감은 "드디어 올 것이 왔구나"라는 정치적 함의를 지닌 말로 표현되기도 한다. 주변에서 벌어지는 미미하고도 사소한 변화를 감시의 조짐으로 파악하는 피해 의식을 이해하려면 일제 식민지에서 남북 분단으로 이어지는 한국의 현대사를 고려해야 한다. 그 시대가 빚은 여러 병폐 중의 하나로 말에 대한 억압을

들 수 있다. 개인의 말에 감시와 처벌의 공포가 따라붙도록 함으로써 말을 통해 입장을 표명하거나 주장을 설파하는 일이 자유롭게 이루어지지 못하도록 한 것이다. 말이 고통을 부를 수 있다는 피해 의식은 말에 대한 자기 검열을 낳는다. 그 자기 검열이 아버지와 '나'가 의식하는 감시의 실체이다. 따라서 감시의 기관은 그들의 외부가 아닌 그들의 정신 속에 설치되어 있다고 해야 한다. 왜곡된 역사는 감시를 보편적인 삶의 조건으로 여기게 할 정도로 그들의 정신에 외상을 남긴 것이다. 그래서 아버지와 '나'는 위장된 대화를 하면서도 다른 누군가가 엿들을까 두려워하고 '나'는 아버지가 '나'의 생각을 물을 때마다 "글쎄요"를 연발한다. 감시에 대한 공포로 그들의 대화는 강박적 성격을 지닌다.

  동시대의 담론 형식들을 재현하면서 강박적으로 전개되는 아버지와 '나'의 대화에서 주로 다뤄지는 소재는 크리스마스이다. 연작 1에서 아버지는 크리스마스이브에 외박하려는 옥이를 만류하며 한국의 크리스마스 풍속이 지닌 기형성을 지적한다. 기독교에서 유래한 크리스마스가 한국에서는 향락적인 양상으로 변질되었다는 것이다. 연작 1의 끝 장면은 한국의 크리스마스 풍속을 매우 상징적으로 보여준다. 옥이는 아버지와 성가대 사이에서 노래를 부르며 트위스트를 춘다. 성가대가 서구의 기독교를 대표한다면 아버지는 한국의 전통적 사고방식을 대신한다. 한국의 크리스마스 풍속은 그 양자 사이에서 추는 트위스트와 같다는 것이 그 기묘한 장면이 의미하는 바이다. 성가대를 배경으로 트위스트를 추는 옥이를 향해 아버지는 천천히 무릎을 꿇는다. 패배나 체념을 함축하는 그 동작은 연작 2에서 어머니와 옥이가 크리스마스에 교회로 간 사건과 연결된다. 아버지와 '나'의 대화는 크리스마스에서 신금단 사건과 행운의 편지로 이어진다. 강박 신경증의 메커니즘대로라면 크리스마스나 신금단 사건과 행운의 편지는 강박 증상의 현실적 소재들이다. 따라서 그 소재들이 그들로 하여금 동시대의 담론 형식들을 차용토록 하는 강박 증상의 원인은 아니다. 그 원인은 감시에 대한 피해 의식을 검토하면서 언급한 바와 같이 더 근원적인 데에 있다. 연작 4에서 그 원인이 구체적으로 탐색된다. 연작 4는 유럽으로 유학을 다녀온 한 인물의 경험과 생각을 전한다. R이라는 유럽의 도시로 유학을 간 그는 "학문은 코즈모폴리턴한 것이며 관념적인 것이라고 생각해온 동방의 이방인 학생"이다. 그러나 그는 신기료장수를 닮은 현지 대학 교수들의 모습을 보며 당황한다. 교수들은 거칠고 굵은 손마디를 가진 신기료장수처럼 학문을 다룬다. 그들에게 "학문은 무슨 막연한 것이 아니고, 그 손가락으로 주무르고 이기고 꿰매는, 아교풀이고 암말의 허벅지 안가죽이고 쇠못이고 구두창이었다." 프로테스탄티즘 같은 서구의 정신적 기풍도 "구가舊家의 가헌家憲처럼 질기고 고집스러운 결국 교수들의 손가락 마디나 구두창과 같은 물건이었다." 서구의 근대가 오랜 전통과 구체적인 경험에 뿌리를 두고 성립되었는 데 반해 한국의 근대화 과정에는 서구와 같은 절차가 생략된다. 고유한 전통을 망각한 채 서구의 근대를 무분별하게 추종한 한국의 근대화는 서구적 특수성을 세계적 보편성으로 간주하는 오류를 범한 것이다. 연작 4의 수호 성녀 이야기도 그러한 오류와 관련된다. 항상 성경책을 품고 다녀서 수호 성녀라고 불리는 할머니가 그와 한 아파트에 산다. 마을 사람들은 그녀가 독실한 신앙심 때문에 20년 넘도록 성경책을 품에서 놓지 않는다고 여긴다. 그러나 그녀는 임종의 자리에서 젊은 시절 사별한 연인을 잊지 않으려고 그의 가죽으로 장정한 성경책을 지니고 있었노라고 고백한다. 마을 사람들이 수호 성녀를 오해한 것처럼 한국은 서구의 특수성을 추종해야 할 보편성으로 착각함으로써 왜곡된 방향으로 근대화를 진행한다. 이 소설의 강박 증상은 바로 그러한 근대화를 가져온 근원적 오류를 거듭 소환하는 것이다.

연작 5에서 강박 증상은 신체상의 통증으로 전이되어 나타난다. '나'는 밤마다 겨드랑이를 쑤셔대는 원인 불명의 통증을 잊고자 통행금지가 발령 중인 서울 시내를 돌아다닌다. 금제를 넘어선 자유로운 행보 속에서 '나'는 서울의 관능을 감지하고 4·19 때 죽은 학생들이 시청 앞 광장에서 벌이는 심야의 의식을 목격하기도 한다. 겉으로는 차갑게 보이던 서울은 그 내부에 뜨거운 기운을 품고 있다. '나'는 그 기운에서 강박 증상을 치유할 수 있는 희망을 본다. 밤거리의 산책이 겨드랑이의 통증을 날개로 변모시키는 기적을 가져온 것이다. 비록 5·16으로 고통의 시간이 연장되고 있지만 겨드랑이의 날개가 있는 한 '나'는 그 희망을 계속 지탱할 수 있다.

「가면고」의 민은 자신의 얼굴이 거짓되다고 생각한다. 민은 자신이 탈을 쓴 상태이며 자신의 표정이 서툰 연기처럼 어색하다는 자의식을 갖고 있다. "표정과 감정 사이에 한 치의 겉돎도 없는 그런 비치는 얼굴의 소유자였으면 하는 욕망"에서 민은 탈을 피가 나도록 잡아당겨서 벗어버리고 싶다. 주위 사람들은 민의 얼굴에서 평정과 달관의 풍모를 보지만 민은 그러한 인상이 실상과 부합하지 않는다는 것을 잘 안다. 민은 자신이 쓴 가짜 성자의 탈이 사람들의 오해를 부른다고 생각한다. 그러나 "그런 치명적인 오해는, 그럴수록 민의 행동에 올가미를 씌웠고, 자아 기만과 그에 대한 반발이라는 바싹 마음을 썩이는 악순환을 가져왔다." 탈에 대한 민의 태도는 이중적이다. 한편에서는 탈을 벗어버리려 하면서도 다른 한편에서는 맨얼굴이 드러나는 것을 두려워한다. 민의 그러한 두려움은 미라가 민의 맨발을 그리는 사건을 통해 표출된다. 민이 잠든 사이에 미라는 민의 맨발을 그린다. 잠에서 깬 민은 미라가 "민 자신의 마른 나뭇가지처럼 초라한 맨발"을 그리는 것을 보고 당황한다. 민은 미라에게서 그림을 빼앗아 갈기갈기 찢어버린다. 초라한 맨발은 탈로 위장된 민의 맨얼굴을 의미한다. 그 초라한 얼굴이 미라의 손에 의해 그림으로 옮겨지는 것을 민은 용납하지 못한다. 평정과 달관의 인상을 풍기는 탈과 초라한 맨얼굴 사이에서 민은 고뇌한다. 민은 초라한 맨얼굴 때문에 탈을 벗지 못하고 탈에 대한 자의식은 민에게 모멸감을 가져온다. 그 모순된 상황을 극복하려면 맨얼굴과 탈 사이의 간극을 없애야 한다. 맨얼굴이 탈과 같은 풍모를 갖도록 함으로써 탈을 쓴 모습과 탈을 쓰지 않은 모습이 달라 보이지 않도록 해야 한다. 탈을 소멸시키는 그 과정은 자아를 완성하는 과정이기도 하다.

자아의 완성을 향한 민의 열망은 사랑과 예술을 통해 추구된다.

민에게 사랑은 "죽음의 선뜩한 냉기를 눈치 챈 자의 채난採暖 작업"이며 "강렬한 목숨의 보람을 불태우는 작업"이다. 그러나 민은 미라와의 관계에서 그러한 사랑을 성취하지 못한다. 민과 섹스를 하는 미라의 몸은 차갑기만 하다. 민이 생각하기에 현대는 정신적인 면에서 빙하기처럼 추운 시대이며 사랑은 그 시대에 피우는 불과 같다. 그런데 "바람을 막으며 손바닥만 한 얼음 위에 불을 피우려면 두 사람이어야 한다. 작업에는 짝패가 필요한 것이다." 민에게 미라는 함께 불을 피울 수 있는 짝이 되지 못한다. 나름의 목표를 추구하는 미라로서는 민의 요구를 충족시켜줄 수 없다. 미라는 국전 입선을 위해 그림에 전념해야 한다. 탈과 맨얼굴 사이에서처럼 민은 미라와의 관계에서 틈을 느낀다. 그 틈은 좀처럼 메워지지 않는다. 민은 사랑뿐 아니라 예술 창작을 통해서도 자아의 완성을 이루려 한다. "민에게 있어서 자아의 완성이란 몸과 마음이 다 같이 살 수 있는 단 하나의 구원이었다. 이런 자기의 문제를 일반성에까지 높인 작품을 만들어보려는 것이 오랜 꿈이었으나" 뜻대로 되지 않는다. 발레 공연용 각본을 쓰는 민의 작업은 제자리걸음을 면치 못한다. 소재가 떠올라 원고를 펼쳐보지만 번번이 형상화하는 데까지 이르지 못한다.

 이 소설에는 민처럼 자아의 완성을 추구하는 인물이 하나 더 나온다. 그는 인도 가바나국의 왕자 다문고이다. 다문고는 스승의 가르침에 따라 브라마와 같은 영원의 얼굴을 갖고자 서재에 파묻혀 학문 연구에 전념한다. 그러나 거울 앞에 서면 영원의 얼굴 대신 "무엇인가에 쫓기는 자의 초조와 짐짓 평정을 꾸며보는 가짜 성자의 둔감이 하나로 엉겨 붙은 탈이 비친다." 학문을 통한 구도의 노력에서 성과를 거두지 못하자 다문고는 다른 길을 모색한다. 여색을 통해 탈을 벗으려는 기대로 궁녀 아라녀와 동침한다. 그러나 아라녀와의 동침은 다문고에게 허무를 가져다줄 뿐이다.

  자아의 완성을 향한 도정에서 좌절을 거듭하는 다문고의 모습은 민의 그것과 유사하다. 민의 예술이 다문고의 학문으로 바뀐 정도가 설정 면에서 들 수 있는 양자의 차이이다. 이 소설은 그처럼 유사하게 설정된 두 벌의 이야기가 서로 조응하며 전개된다. 시공간적 배경이 전혀 동떨어진 두 벌의 이야기가 연결되도록 매개하는 기능은 심령학회의 최면술이 담당한다. 민의 이야기와 다문고의 이야기는 최면술에 의해 의식과 무의식의 관계로 배치된다. 그리고 민이 겪는 고뇌는 무의식에서, 다시 말해 다문고의 이야기에서 해소된다. 탈 벗겨내기에 실패한 다문고는 방법을 바꿔 탈을 씀으로써 영원의 얼굴을 얻으려 한다. 다문고는 산 사람의 낯가죽을 벗겨 그것을 써보는 일을 되풀이한다. 자신의 탈과 영원의 얼굴 사이의 간극을 다른 사람의 낯가죽을 빌려 메우려 한 것이다. 그러나 그 시도는 번번이 실패한다. 다른 사람의 낯가죽으로 만든 탈은 다문고의 얼굴에 밀착되지 않는다. 실패를 거듭하던 다문고는 다비라국의 왕녀 마가녀의 얼굴을 보게 된다. 다문고의 눈에 비친 마가녀의 얼굴은 "브라마의 얼굴에 대한 쌍둥이 꼴"이다. 다문고는 마가녀의 얼굴로 탈을 만들어 씀으로써 영원의 얼굴을 완성하려 하지만 그 탈은 다문고의 얼굴에서 힘없이 떨어진다. 다문고는 절망한 나머지 자살을 결심하고 마술사 부다가에게 달려간다. 자살하기에 앞서 부다가를 죽이기로 한 것이다. 부다가는 산 사람의 얼굴로 탈을 만들어 써보도록 다문고에게 권유하고 스스로 탈 만드는 일을 한 장본인이다. 부다가의 방에는 다문고가 써보았던 탈들이 시렁마다 가득히 보관되어 있다. 그 탈들을 보며 다문고는 "내 탈을 벗지 못해도 좋다. 영원히 깨닫지 못한 채 저주스런 탈을 쓰고 살아도 좋다. 만일 이 끔찍한 일을 하지만 않았다면, 이 죄만 없어진다면……"이라고 말하면서 그동안 자신이 저지른 죄를 후회한다. 다문고가 칼을 뽑아 들고 부다가를 죽이려는 순간 부다가는 횃불을 들어 시렁의 탈들을 비춘다. 탈들은 횃불에 녹아내린다. 그 탈들은 산 사람의 얼굴로 만든 것이 아니라 아교와 초로 만든 것이었다. 시렁의 가짜 얼굴들이 모조리 녹아버리자 죽은 줄 알았던 마가녀가 돌아오고 부다가는 브라마의 신으로 변한다. 그는 "왕자 다문고. 너의 한마디가 너의 업業을 치웠다. 탈은 벗겨졌다"고 선언한다. 다문고는 아집을 버림으로써 자아의 완성을 이룬 것이다.

최면술에 의해 유도된 무의식의 상태에서 민은 다문고의 이야기를 진술한다. 잠에서 깬 민은 심령학회의 코밑수염 사내에게 한동안 신세를 질 일이 없을 것 같다고 말한다. 그만큼 민의 마음이 가벼워진 것이다. 민이 추구하는 자아의 완성은 아집과 다를 바 없다. 민에게 사랑했다는 편지를 남기고 떠난 미라도 아집에서 자유롭지 못한 인물이다. 아집에 사로잡힌 사람들 사이에서 사랑은 불가능하다. 아집을 버릴 때 비로소 진정한 자아의 완성과 사랑의 실현이 가능하다는 것을 다문고의 이야기는 전한다. 민이 자면서 하는 독백을 정임은 옆방에서 듣는다. 정임은 다문고 이야기 속의 마가녀에 해당하는 인물이다. 다문고가 마가녀의 얼굴로 영원의 얼굴을 완성하려 한 것처럼 민도 발레 공연의 성공을 위해 정임과의 사랑을 이용한다. 그러나 민은 무의식의 목소리로 진술한 다문고의 이야기를 통해 아집에서 벗어나고 정임은 그런 민을 이해하게 된다. "독백은 자음自淫이요 대화는 사랑이다"라는 작중의 문장처럼 아집을 버리고 서로 소통할 때 진정한 사랑의 길은 열린다.

심령학회 학자들의 진단처럼 자아의 완성을 향한 민의 강박적 집착은 전쟁에서 기인한다. 전쟁 직후 군에서 제대한 민은 한 여자에게 사랑을 고백하려다가 그녀가 M의 연인이라는 사실을 알게 된다. M은 전쟁 중에 죽은 민의 동료이다. 민은 눈보라 속을 함께 행군하던 M에게서 그가 연인의 몸을 기억하며 추위를 잊는다는 말을 듣는다. 기억할 연인이 없던 민은 M의 연인을 떠올리며 추위를 견디고자 한다. 남의 불씨로 자신의 몸을 데우려 한 것이다. 민은 M의 연인에게 사랑을 고백하지 않는다. 다시금 남의 불씨를 가져오려는 자신의 처지를 민은 용납하지 못한다. 그 일 이후 민은 관념의 세계에 몰입하고 얼굴에 집착하는 강박 증상에 사로잡힌다. 「가면고」의 결구에서 보는 대로 그 증상은 아집을 버린 사랑을 통해 치유될 수 있다. 그리고 그 사랑은 「크리스마스 캐럴」의 소통 장애를 극복할 수 있는 대안이 되기도 할 것이다.

〔2009〕